教育部人文社会科学研究一般项目资助（题名：社会转型时期"民生问题"报告文学研究 批准号：11YJA751092）
　　集美大学学术著作出版基金资助
　　集美大学文学院行健学术基金资助

集美大学文学院行健学术丛书第三辑

底层现实的守望与期盼：
社会转型时期"民生问题"报告文学研究

张　瑷◎著

中国社会科学出版社

图书在版编目（CIP）数据

底层现实的守望与期盼：社会转型时期"民生问题"报告文学研究／张瑷著.
—北京：中国社会科学出版社，2016.6
ISBN 978 - 7 - 5161 - 8266 - 6

Ⅰ.①底…　Ⅱ.①张…　Ⅲ.①报告文学 - 文学研究 - 中国 - 当代Ⅳ.①I207.5

中国版本图书馆 CIP 数据核字（2016）第 116752 号

出 版 人	赵剑英
责任编辑	任　明
责任校对	闫　萃
责任印制	何　艳

出　　版	中国社会科学出版社
社　　址	北京鼓楼西大街甲 158 号
邮　　编	100720
网　　址	http：//www.csspw.cn
发 行 部	010 - 84083685
门 市 部	010 - 84029450
经　　销	新华书店及其他书店

印刷装订	北京市兴怀印刷厂
版　　次	2016 年 6 月第 1 版
印　　次	2016 年 6 月第 1 次印刷

开　　本	710×1000　1/16
印　　张	21
插　　页	2
字　　数	334 千字
定　　价	75.00 元

总序：在遥远的海滨

苏　涵

　　展现在您面前的这套丛书，是由一个居住在遥远海滨的学术群体——集美大学文学院的教师致力于各自学科的研究，近期所推出的部分学术成果。这套丛书的内容涉及中国古代文学、中国现当代文学、语言学、文艺学、比较文学与世界文学等若干学科方向，分界交融，见仁见智，各立一说，从不同角度体现着这个学术群体所作出的勤劳而智慧的工作。

　　这套丛书之所以能以这样的形式出版，并且冠以"集美大学文学院行健学术丛书"之名，是因为一个必须铭记的事实：它是由吕行健先生捐资设立的集美大学文学院行健学术基金资助出版的。吕行健先生是集美大学文学院的校友，毕业后曾经留校工作，后来求学于北京，驰骋商海，再将自己所获得的财富回报于母校，支持母校的学术事业，其行其意都令人感佩。

　　当然，不论是这个学术群体所作出的努力，还是吕行健先生对母校学术研究的支持，都与集美大学源远流长的精神传统与学术传统有着密切的关系。

　　远在 1918 年，著名的爱国华侨领袖陈嘉庚先生就在他的家乡——集美创建了集美师范学校，1926 年又在集美师范学校设立了国学专门部，我们将此视为集美大学的前身 。虽然，那个时候，这"前身"仅仅是师范学校的格局，而非陈嘉庚先生期望的"大学之规模"，但是，却有着卓越的教育理念与学术思想。这些，都绝非我们今天所认识的同等学校可比拟，甚至值得我们今天具有"大学之规模"的诸多学校管理者借鉴与思考。

　　在当时的集美学校，校主陈嘉庚先生不仅倾尽自己在海外经营所获得的财富，在内忧外患的年代里，倾力支持集美学校的发展，而且倡导以最优厚的待遇聘任优秀教师，支持他们的学术研究。先后聘任过诸如国学家钱穆、文学家王鲁彦和汪静之、教育学家朱智贤和罗廷光、哲学家王伯祥和杨筠如、生物学家伍献文、经济学家陈灿、地理学家盛叙功等到校任教。这些或盛名于当时，或享誉于后世的学问大家，在这里教书，在这里做学问，培养了一批批杰出的人才。翻开至今保存完好的当年出版的《集美周刊》，几乎每一期都刊登了当时师生的学术论文、文学作品，以及大量的学术活动与教学活动的报道，使读者可以感受到一股扑面而来的学术气息，感受到朴实而充满灵性的学术研究品格。

20 世纪 50 年代之后，陈嘉庚先生创建并维持了近半个世纪之久的集美学村里门类众多、规模巨大的所有学校，逐渐归属于国家所有，并以"大学之规模"迅速发展，才有了今天作为福建省重点建设高校之一的集美大学，也才有了今天正在蒸蒸日上的集美大学文学院。

正是在这样的地方，我们的教师融洽相处，切磋砥砺，致力学问，锐意进取，不断提高着自己的学术境界，也不断扩大着自己的学术影响。到目前为止，我们学院已经拥有中国语言文学一级学科硕士学位授予权，拥有一大批颇具影响或崭露头角的优秀学者。他们在中国古代小说、中国戏曲文学、古代文艺理论与批评、西方小说史、英美当代文学、现当代文学批评、现当代纪实文学与乡土文学、应用语言学、文字学、方言学、文艺学基本理论、民间文艺学等研究方向上都取得了优异的成绩。尤其值得一提的是，这个学术群体有着非常明晰的学术发展理念，那就是，以中国语言文学的基础研究为主体、为根基，做扎实的学问；以现实文化问题研究为辅翼、为延伸，增强学术研究对社会现实的介入可能。在这一学术理念的引导下，我们近年不仅获得了一大批国家社科基金、教育部社科基金、省社科基金项目，而且获得了来自社会的有力支持，正在开展着大方向一致而又丰富多彩的各种系列研究。

也正是因为这样，我们才决定组织出版全由我们教师自己研究而推出的"集美大学文学院行健学术丛书"。我们计划，这套丛书每年一辑，每辑可以根据情况编排不同的数量。而每一辑的丛书，既可能是不同作者在不同方向上的撰著，也可能是围绕相同或相近方向不同作者的各抒己见。但不论如何，我们都希望它成为一个见证，从一个角度见证我们学院教师的学术努力，见证我们不断向更高境界前行的足迹。

我们不可能停留在学术研究的某一个层面上，维持现状，我们期待的是在这个前行的过程中，不断地向自己挑战。因为只有这样，才有学术上的真正创造和持续发展。

虽然我们遥居海之一隅，但是，这里不仅有着由陈嘉庚先生亲手创建并在后来日益扩大、愈臻优美的校园，而且有着陈嘉庚先生用一生的言行所体现的伟大精神为我们注入持久不竭的精神动力，我们一定能够不断地达到我们追求的一个个目标。

从集美大学文学院的楼顶望去：近处，红顶高楼林立于蓝天之下，湖泊花园散布于校舍之间，白鹭翔集，群鸟争鸣，正乃自然与人文交融为一的景象；远处，蓝色大海潮涌于鹭岛之外，连通着广阔的台湾海峡，交汇汹涌的太平洋洋流——有时暖气北上，幻变成风雨晴阴，有时台风遥临，呼唤出万千气象，恰是天地造化之壮观。置身于斯，不生江湖之远的感慨，反而令人常常想起李白的名句："阳春招我以烟景，大块假我以文章。"

是为序。

2012 年 6 月 29 日

于集美大学文学院

目　　录

导论　关注民生：遽变时代的文学命题

民生问题是直接关系着现实社会民众的生存与发展权益的根本性问题，也是深远影响着人类社会和平稳定与文明进步的历史性问题。一切先进的国家政权或政党，都必以深厚的民本思想作为政治理想和政治制度建构的基石，都必以博大的民生情怀赢得人民的拥护和支持。

自 20 世纪 90 年代以来，中国的改革开放进入加快推进的新阶段，急进的社会结构转型与经济体制转轨，加剧了机制摩擦和新旧矛盾冲突，经济的快速发展使社会利益差别扩大，公平保障缺失，诸多民生问题凸显出来，它们不仅与广大人民群众的切身利益息息相关，更是与国家改革发展的前途命运休戚相关。因此，关注民生，积极探寻解决问题的有效途径，已成为全社会共同面对的重大课题。从中央决策层到政治、经济、文化等学术领域，民生问题形成了焦点和热点，多视角、多层面的研究正深广拓进、方兴未艾。

急剧变革的时代同样也呼唤着文学的现实关怀，拷问文学的社会良知。然而，正如文学批评家李陀所指出的，"在这么剧烈的社会变迁中，当中国改革出现新的非常复杂和尖锐的社会问题的时候；当社会各个阶层在复杂的社会现实面前，都在进行激烈的、充满激情的思考的时候，90 年代的大多数作家并没有把自己的写作介入到这些思考和激动当中，反而是陷入'纯文学'这样一个固定的观念里，越来越拒绝了解社会，越来越拒绝和社会以文学的方式进行互动，更不必说以文学的方式（我愿意在这里再强调一下，一定是以文学的方式）参与当前的社会变革。"[①] 李陀先生由"纯文学"与现实社会、与底层民生的疏离隔绝状态，批评文学在时代大潮面前的萎缩，准确切中要害。但他只是针对

---

① 李陀、李静：《漫说"纯文学"——李陀访谈录》，《上海文学》2001 年第 3 期。

"纯文学"而言,是对文学界提出这一概念并以此为文学发展导向的反思。以所谓的"纯文学"为正宗,漠视其他文学思潮与文学形态的活力,本身就是片面的,是需要反省的。

事实上,被一些学者定位于"亚文学"的报告文学,① 对现实矛盾与社会变革的积极参与已经引起广泛而强烈的社会影响。报告文学作为新闻与文学结合的纪实性文体,自其产生之时,就具有自觉追踪社会变迁、揭露现实矛盾、关注人类困境的使命意识。当代优秀的报告文学作家,以敏锐的观察力发现社会转型时期突出的矛盾和问题,以深入现实的参与精神和探求真相的严谨态度,反映民间疾苦、传达民生诉求,书写出震撼人心的文学报告,这是充满生机与冲击力的文学湍流,激荡着现实深层,也促动了当代文学的新发展。

一　急遽的社会转型与社会发展

20 世纪 70 年代末,中国历史经历了伟大的转折,开始进入新时期。这是一个振奋人心的复兴时代,也是一个躁动不安的变革时代。这个时代快速而深刻地改变着中国的社会结构和经济体制,也激烈而深入地影响着中国人的文化心理与思想观念。当改革的巨浪席卷大地,每一个普通的公民都身处旋涡,他们满怀希望又饱含忧患地走进这一历史时期。

(一)社会转型促动社会发展

社会转型的理论资源来自西方现代社会学,主要探讨传统社会向现代化社会转换的结构转型等问题。当前我国学界对社会转型的理论阐述存在不同的范畴指向,比较通用的概括是:"从自给半自给的产品经济社会向社会主义市场经济社会转化;从农业社会向工业社会转化;从乡村社会向城镇社会转化;从封闭半封闭社会向开放社会转化;从同质的

---

① 见洪子诚在《中国当代文学史》中的阐述:"报告文学常拥有大量读者。……当代的许多'报告文学'作品,既难以用'文学'的标准来品评,也难以用新闻的特征来衡量。近年来,有的批评家将它们归入'亚文学'的范围,是一种处理的方法。"北京大学出版社 1999 年版,第 249—250 页。

单一性社会向异质的多样性社会转化；从伦理社会向法理社会转化。"①

当代中国社会大转型始于国家战略决策的重大转变。1978 年 12 月，中共十一届三中全会做出英明决定：把全党工作的重点转移到社会主义现代化建设上来。从此开启了改革开放的历史新时期。

改革开放之前，经过十年动乱的中国社会百废待兴、贫穷落后。因此，尽快摆脱这一严峻境况是改革发展的第一目标。在邓小平提出的"贫穷不是社会主义，发展太慢也不是社会主义"的思想指导下②，经济建设与发展开始了突飞猛进的变化。

改革开放 35 年，中国经济发展已取得巨大成就。从 1979 年至 2012 年，我国国内生产总值年均增长速度高达 9.8%，同期世界经济年均增速只有 2.8%；国内生产总值由 1978 年的 3645 亿元跃升至 2012 年的 518942 亿元；经济总量占世界的份额由 1978 年的 1.8% 提高到 2012 年的 11.5%；我国人均国民总收入由 1978 年的 190 美元上升至 2012 年的 5680 美元；1978 年国家财政收入仅 1132 亿元，2012 年达到 117254 亿元，增长了 104 倍；外汇储备 1978 年仅 1.67 亿美元，居世界第 38 位，到 2012 年达到 33116 亿美元，连续 7 年稳居世界第一；对外贸易 1978 年货物进出口总额只有 206 亿美元，世界排名第 29 位，2012 年上升到 38671 亿美元，仅次于美国位居世界第二，综合国力与国际影响力实现了由弱到强的历史性巨变。同时，中国经济结构也发生着深刻变化，产业结构趋向优化，区域发展、城镇化进程都明显加快；农产品和其他商品的供给能力不断增强，新兴服务业等得到迅速发展，实现了由短缺到丰富充裕的大转变。随着经济建设发展的推进，城乡居民收入显著提高，2012 年城镇居民人均可支配收入 24565 元，比 1978 年增长 71 倍；农村居民脱贫速度在加快，扶贫工作取得举世瞩目的成就，1978—2012 年，绝对贫困人口从 2.5 亿人减少到 9899 万人。从整体来看，人民生活得到全面改善，从温饱不足向总体小康跨进。③

---

① 李培林：《处在社会转型时期的中国》，《国际社会科学杂志》（中文版）1993 年第 3 期。

② 《邓小平文选》第 3 卷，人民出版社 1993 年版，第 255 页。

③ 参见国家统计局《改革开放铸辉煌 经济发展谱新篇——1978 年以来我国经济社会发展的巨大变化》，《人民日报》2013 年 11 月 6 日。

（二）社会转型加剧社会矛盾

必须承认，中国的经济改革是在探索与失误中前进，是在教训和代价中积累经验。1992 年邓小平发表南方谈话，1993 年 11 月中共十四届三中全会发表《中共中央关于建立社会主义市场经济体制若干问题的决定》，将中国经济改革和发展推上快车道。邓小平强调"发展才是硬道理"[1]，是在总结我国社会主义建设的经验与教训，针对我国的基本国情提出的科学论断，体现着社会主义的本质要求。长期处于社会主义初级阶段，我国的主要矛盾仍然是人民日益增长的物质文化需要和落后的社会生产力之间的矛盾，只有加快发展生产力，才能推动政治文化的发展，才能提高人民的生活水平，解决各种矛盾，实现社会安定，为社会主义民主政治建设，精神文明建设以及和谐社会建设创造物质条件，从根本上巩固社会主义制度。但是，决策指导思想以发展经济为中心，在实践过程中也出现失误，忽略了科学发展宗旨，形成过分追求经济增长速度的导向，就无法顾全协调与平衡、公平与保障，甚至为此付出环境恶化、资源透支的惨重代价。

由于社会结构转型与经济体制转轨同时进行，"双转"交织既产生相互推动力，也形成摩擦阻力。而且急速的"双转"使中国市场经济缺少正常的历史积累过程，势必造成改革发展中的一些硬伤或隐患，增加了改革的难度与复杂性。因此，在中国经济指标持续快速增长的同时，城乡差距、地区差距、贫富差距也在持续扩大。一些贫困落后地区因为自然资源的过度开发和索取而陷入贫困的恶性循环；已经脱贫人群或因为失业、疾病、伤亡事故、子女教育、负债等原因而再度返贫。经济发展状况较好的城市，在 20 世纪 90 年代进行了国有企业改革、单位制改革以及住房、医疗、养老、就业四大体制的变革，使社会利益分配、社会群体分层进一步受到改革影响而出现差异悬殊的分化现象。那么，"不同阶层的社会群体未能按照公平正义的原则合理分享国家发展

---

① 邓小平 1992 年南方谈话时提出"发展才是硬道理"，见《邓小平文选》第 3 卷，人民出版社 1993 年版，第 377 页。

成果"①，是导致新的社会矛盾与民生问题产生的根本原因。

社会学家郑杭生精辟指出："社会快速转型期的一个鲜明特点，是社会进步与社会代价共存、社会优化与社会弊病并生、社会协调与社会失衡同在、充满希望与饱含痛苦相伴。中国社会生活各个领域，如城乡面貌、利益格局、社会关系、次级制度、社会控制机制、价值观念、生活方式、文化模式、社会承受能力等等领域，都毫无例外地表现了这一中国社会转型的两重性和极端复杂性。"② 不可否认，社会转型产生的矛盾和问题已经十分尖锐和严重，但是改革却不能因为弊病的存在而废止。那么如何攻破难关、兴利除弊、根治腐败、消除不公乃是深化改革和科学发展的关键。

二　急迫的民生问题与民生诉求

（一）"民生问题"的内涵

民生问题，一般是指特定的历史条件和社会制度下，民众的基本生存与生活问题，以及民众的基本发展机会、基本发展能力和基本权益保护等问题。民生问题的具体内容呈现在由低到高梯状递进的三个层面上：第一层面是民众基本的生存问题——与衣食住行、生老病死等相关的最低需求和保障；第二层面是民众基本的发展问题——与就业、教育、劳动报酬及社会利益获取与提高、机遇的公平获得与竞争等相关的需求和权益保护；第三层面是民众更高的生活质量问题——与社会福利、环境安全、精神文化、休闲娱乐等相关的高层次需求和追求。

从历史的角度看，民生问题总是处于变化和发展的动态中，不同的历史时期和社会阶段，民生的整体状况必然存在明显差异，民生问题的性质、程度、内涵与外延是随着社会的发展变化而不断发展变化，同时社会对民生问题的认识与解决策略也应该随着时代进步而进步。

---

① 郑功成：《构建和谐社会要以民生为本》，《前线》2007 年第 5 期。

② 郑杭生：《改革开放三十年：社会发展理论和社会转型理论》，《中国社会科学》2009年第 2 期。

翻开中国历史典籍，"民生"一词古已有之，"民生在勤，勤则不匮"（《左传·宣公十二年》），意思是说，人民的生活保障在于勤劳，勤劳而不至于物质匮乏。这里的"民生"概念，即指百姓的基本生活与生计。在历史的发展过程中，无数政权兴亡的经验教训警示统治者，"民生"与"国计"有着不可分割的利害关系。因此，"济苍生、安社稷"的政治主张与民本思想开始载入史册，成为历代传承的思想文化传统。但不可否认，这些思想资源长期都是为维护统治阶级的根本利益服务的。

真正从国家与人民的利益出发，将民生与民权、民族置于同等重要地位的是孙中山先生。他对"民生"内涵的阐释简明扼要："民生就是人民的生活、社会的生存、国民的生计、群众的生命便是。"孙中山重视人民最基本的生存与生计问题，但他又强调说："故民生主义就是社会主义，又名共产主义，即是大同主义。"① 他指出了民生的发展方向，也是社会进步与发展的方向，所以"民族独立、民权自由和民生幸福"共同构成"三民主义"的思想核心与价值观，使他的民生思想既有政治经济学的科学性，又蕴含了现代民主思想精髓。

20 世纪 40 年代初，毛泽东提出"为人民服务"的政治命题，1944 年 9 月 8 日他在战士张思德的追悼会上作了重要讲话，深刻阐述革命队伍"为人民服务"的根本目的和意义；1945 年 4 月，他又在党的七大政治报告中再次重申"全心全意地为人民服务"、"一切从人民的利益出发"的思想原则，并将这一思想确立为中国共产党的根本宗旨②。新中国成立之后，中国共产党针对社会主义初级阶段的基本国情，以马克思主义的唯物史观为指导，积极探索解决民生问题的有效途径，在 60 多年的实践中，逐渐形成中国特色社会主义民生思想。党的十六届三中全会提出："坚持以人为本，树立全面、协调、可持续的发展观，促进经济社会和人的全面发展。"③ 执政为民的理念已立足于新的历史起点，赋予社会主义民生思想新的内涵和价值取向。从

① 孙中山：《三民主义》，岳麓书社 2000 年版，第 167 页。

② 《毛泽东选集》第 3 卷，人民出版社 1991 年版，第 1094 页。

③ 《中国共产党第十六届中央委员会第三次全体会议公报》，新华网，2003 年 10 月 14 日。

构建和谐社会的高度，中共十七大、十八大报告都强调指出："必须在经济发展的基础上，更加注重社会建设，着力保障和改善民生"①，"加强社会建设，必须以保障和改善民生为重点。提高人民物质文化生活水平，是改革开放和社会主义现代化建设的根本目的。要多谋民生之利，多解民生之忧，解决好人民最关心最直接最现实的利益问题，在学有所教、劳有所得、病有所医、老有所养、住有所居上持续取得新进展，努力让人民过上更好生活。"② 由此，不仅看出党和国家对民生问题的高度重视，也显示出社会主义社会向前发展的方向明确且坚定，给广大人民带来信心和动力。

（二）民生问题表现

如果说中国改革开放之前突出的民生问题还是广大人民群众的温饱问题，那么经过30多年的经济发展，绝大部分初级性的民生问题已得到解决或改善，人民的生活水平不断提高，人民的生活愿望和追求不断向着更高的目标持续向上，因而新的民生诉求又会紧跟着出现，递进上升的民生问题所关联的因素更多，性质更复杂，解决和改善的难度也更大。

因为民生问题与每一位个体公民息息相关，因此广大民众对当下的民生问题有着最切身的感受和最直观的认识。2007年"两会"前夕，新华网所作的"网民关注的'两会'热点问题"调查结果显示，"看病难、住房难、上学难"问题，分别以76%、65%和50%的得票率位居前列③。其实，这三大民生问题几乎年年成为"两会"期间民众关注的焦点问题，被喻为"新三座大山"。在民间，一些生动形象的顺口溜如"教改把家长逼疯，房改把家底掏空，医改给你提前送终"等也广为流传。

---

① 胡锦涛：《高举中国特色社会主义伟大旗帜 为夺取全面建设小康社会新胜利而奋斗——在中国共产党第十七次全国代表大会上的报告》，《人民日报》2007年10月25日。

② 胡锦涛：《坚定不移沿着中国特色社会主义道路前进 为全面建成小康社会而奋斗——在中国共产党第十八次全国代表大会上的报告》，《人民日报》2012年11月18日。

③ 见费杨生采写的报道《"两会"网上调查显示：新"三座大山"再成关注焦点》，新华网，2007年2月27日。

　　需要指出的是，广大民众对住房、医疗、教育的强烈不满并不是因为这三大领域在改革过程中发展过慢，恰恰相反，21世纪初的10年间，房地产业发展可谓迅猛异常，无论是一线大城市，还是全国各地的中小城市，放眼四望，满目开发热潮，遍地高楼林立；医疗事业的蓬勃发展令世界瞩目，拥有先进诊疗设备的大医院不断增多，方便群众看病的社区医院、私人诊所以及药店也遍布城乡；教育改革与发展也是力度空前，高校扩建、扩招，城市中小学基础教育设施建设、资源配置等都向着现代化的目标快速迈进，各类职业学校、民办学校、教育培训机构如雨后春笋……但是在如此辉煌的改革成就下，大众普遍抱怨住房难、看病难、上学难，究其根源，都是因"贵"而"难"，老百姓的经济能力普遍难以承受住房、医疗、教育所要投入的高昂费用。

　　从下面截取的2010—2014年"两会"期间最受关注的十大热点话题排行统计图（见图1）中，可以清楚地看到，除了"新三座大山"顽固地占据在我们生活的重要位置之外，腐败问题、"三农"问题、就业问题、养老问题、收入分配与物价问题、食品安全与环境污染问题、社会保障与司法公平问题等也都是持久困扰民心、引发民怨、阻挡民生发展的突出问题。

　　对于现阶段的民生问题，诸多社会学家和经济学家已做了大量的研究，他们依靠科学的调查数据与理论分析得出种种论断。因为本课题的研究对象是"民生问题"报告文学，后面所展开的论述主要侧重于报告文学的观照视阈和探讨范畴，为了便于将社会问题与文学研究更好地统一起来，这里有必要借助社会学界的研究数据和成果，同时介入个体的直观认识，对当前突出的民生问题进行初步梳理和辨析。

　　1. 最突出、最严峻的民生问题依然是"三农"问题。"农民真苦、农村真穷、农业真危险"作为历史沿袭下来的老问题，至今仍没有得到全面彻底的改善，近10亿农民和农民工依然是中国社会最底层的弱势群体，普遍存在程度不同的生存困苦与发展困境。按2011年提高后的贫困标准，中国贫困人口还有1.28亿，约占农村总人口的13.4%;①

---

　　①　中国科学院可持续发展战略研究组编：《2012中国可持续发展战略报告——全球视野下的中国可持续发展》，科学出版社2012年版，第45页。

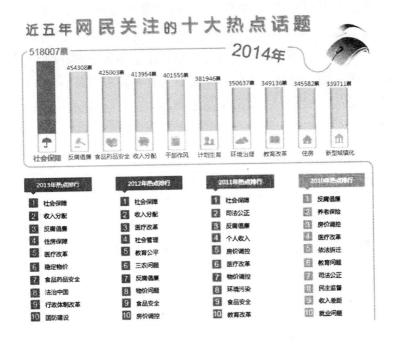

图1　近五年网民关注的十大热点话题

资料来源：新华网，2014年3月1日。

在"以地生财"的经济大开发过程中，失地农民数量惊人剧增，最新数据显示，2014年全国失地农民总数大约有1.12亿，[①] 他们遭遇就业难、收入下降、生活无保障等新的窘况；城乡分割的二元社会结构，使占中国人口绝大多数的农民不能公平地享有国民待遇，社会保障制度严重缺失、滞后，农村居民与农民工的社会保障覆盖率依然很低；工业化、城镇化对农村生态与农业经济的破坏后患无穷，耕地被占用，水土受污染，乱垦滥伐导致环境恶化、农田荒芜、农业产品劣质化……农村的凋敝与衰落已不是个别现象。近10年不断出现的"新三农问题"也是急需重视的民生问题，其中最突出的是农民工——尤其是新生代农民工的处境与身份问题，他们已构成庞大的社会群体，据统计，2014年

---

① 见赵静采写的报道《专家：中国失地农民1.12亿　耕地保护迫在眉睫》，中国证券网，2015年11月21日。

全国农民工总量已达到 2.74 亿人。[①] 但是这个群体陷入没有合法身份、没有社会依托、没有人生归属的"盲区"，他们在劳动就业、工资待遇、医疗、住房、子女就学、养老、日常生活等各个生存问题上都没有可靠的保障，更缺乏社会关怀，甚至遭受各种歧视。另一突出问题是留守农村的老人、妇女、儿童的生活困难与生存安全问题，留守老人生活困难多，看病难，无人照料；留守妇女劳动负担重、压力大，婚姻与家庭关系不稳定，情感缺失，精神心理问题得不到安慰和疏通；留守儿童缺少家庭教育和亲情关爱，失学、辍学现象严重，犯罪率以及被拐卖、受成人伤害或性侵等案件发生率都在惊人升高。

"三农"问题深刻反映出社会公平的严重缺失与社会保障的巨大缺漏。广大农民的弱势地位使他们的社会诉求也是微弱的，甚至是无声无息的。但是必须注意，当极度的贫富差距扩大与不合理不公平的制度相关联时，就有可能激化社会矛盾。因此，解决、改善"三农"问题才是解决、改善民生问题的关键，也是构建和谐社会的关键。

2. 教育问题。教育关系着一个民族整体的素质和发展前景，亦是民生发展的前提条件。已进入知识经济时代的现代社会，如果不能保障全民享有充分的教育，使其获得生存与发展的基本知识和技能，就会直接影响社会的进步水平。但是，由于我国现阶段教育的财政投入不足、教育产业化、教育资源分配不公等因素，使城乡之间、地区之间、贫富阶层之间教育差距拉大，失衡现象加重。贫困群体子女上学难、失学率高；普通人群子女教育负担重、经济投入比重大，应试教育制度下为子女参加各类补习、培优等费用投入增加了教育成本；择校费、赞助费、借读费等乱收费现象屡禁不止，把优质教育资源当作高消费商品，使公益性的教育成了变相牟私利的工具，暴露了教育领域的腐败问题。

3. 看病贵、看病难问题。健康是生命之本，是人全面发展的基础，也是一个国家国民素质的重要体现。始于20世纪80年代中期的医疗卫生体系改革，在20世纪90年代后加快了向市场化转变的速度，这个转变从根本上将百姓治疗疾病的经济费用由从前的国家承担转为个人承

---

① 《全国农民工总量达 2.74 亿人　二百万人返乡创业》，中国经济网农业频道 2015 年 3 月 2 日。

担，那么改制后的医疗卫生部门铁面无情地只为有支付能力的消费者服务，而且出于种种利益需求大幅度增长医疗费用，逐渐淡忘、抛弃了医药卫生的公益性质。因此，绝大多数民众都存在看不起病的忧虑，而低收入人群或失业人群更是有病无力医治，或因治病负债、返贫。

中国人口众多，但医疗卫生资源、国家用于医药卫生的开支、政府的卫生投入等与国民的实际需要相差甚远，而这些并不充足的资源和投入也主要集中在大中城市，农村的医疗卫生设施、医疗卫生保障严重匮缺。看病难问题困扰着人们的生活与情绪，已经到了怨声载道的严重程度。

4. 住房问题。住房是人民生活的必需品，安居才能乐业。1998年我国实行住房货币化改革之后，房地产市场快速发展起来，而地方政府过度依赖土地财政又推动了房地产业的畸形膨胀，吸引了更多的企业或富人为牟取暴利投资或投机房地产，致使近10年中国高房价疯狂飙升，涨幅离谱，远远超出普通居民的购买力，给国民造成住房贵、安居难的重大生活压力。同时，我国房屋租赁市场管理落后，乱象丛生，服务水平与诚信度较差，缺乏健全的监管机制。我国现有的住房保障政策尚不完善，虽然廉租房、公租房、经济适用房、安置房、限价房等保障性住房规划和工程逐年增多，然而在实施过程中却隐存不少弊端和问题，没有更好地实现应有的住房保障目的，也远远不能解决住房难题。

5. 就业难与失业问题。就业是民生之本，解决每一位公民的就业问题与稳定的生活来源，是保证民众生存与生活的必要前提。当前乃至未来10年间，我国就业形势依然十分严峻。"十二五"期间，劳动年龄人口将达最高峰——9.97亿。就业难人群包括新增劳动力（近5年城镇平均每年新增2000万人左右）；高校毕业生（近5年每年新增700万人左右）[1]；此外还有复转军人与下岗工人的就业、再就业问题等。解决就业问题的任务十分艰巨。

6. 安全问题。食品安全、药品安全、交通安全、生产安全、环境安全、社会治安等都是需要政府加大力度保证、监管的民生安全问题。其中，食品安全问题尤其重大、突出，民以食为天，食品是人类赖以生

---

① 见王炜采写的报道《"十二五"期间，劳动年龄人口将达最高峰9.97亿　就业政策将更加积极》，《人民日报》2011年2月23日。

存的基本物质条件，而食品安全直接影响到人的生存安全。但由于一些食品生产企业、经销商和非法开办的加工厂等一味追求利益，丧失道德底线，完全不顾基本的安全准则，使用劣质、变质原料生产加工食品，或非法使用有毒添加剂、色素、香料等，甚至猖狂造假。瘦肉精猪肉、三聚氰胺毒奶粉、镉大米、假羊肉、有害的"美容"水果、农药超标蔬菜……频频曝光的食品中毒事件和食品加工黑幕让人触目惊心、深恶痛绝，食品不安全问题已成了中国老百姓深受其害的灾祸，应当依靠强力的法律从根本上严管、严治、严惩，让人民吃到放心食物。

7. 养老问题。老有所养是人生晚年的生存保障问题，也是每个家庭、社会都不能回避的重要问题。随着社会的发展和人口老龄化时代的来临，传统的养老模式已危机凸显，养老难已成为当前社会普遍存在的严峻的民生问题，尤其是低收入家庭、农村家庭的老人，在子女赡养、疾病防治、精神关怀等方面缺失更严重、问题更突出。

在社会分配制度改革、社会保障体系建设、社会管理机制改进等尚未达到公平、健全、完善的要求与目标之时，积累已久的民生问题有可能趋向严重甚至恶化，而新衍生的民生问题又将层出不穷。因此，关注民生、重视民生、保障民生、改善民生不仅需要坚定明确的执政理念作指导，先进合理的政治制度作保证，科学有效的经济政策作支持，同时也需要民主思想、法制观念、批评意识、舆论影响来促进、来监督；需要文化环境与文化事业同步协调发展；需要文学艺术与时俱进，张扬新的现实主义精神，积极引领健康的文学发展方向。

三　应时而生的"民生问题"报告文学

（一）感时忧世、为民请命的报告文学传统

感时忧世，为民请命，是历代知识分子秉持和传承的道义精神；揭露世间不平，关心人民疾苦，也是历代文学作品思想感情的重要本源。"长太息以掩涕兮，哀民生之多艰"（屈原《离骚》），这千古绝唱诉不尽屈原内心的忧患与悲凉；杜甫一生写下无数"忧黎元"的诗篇，他的"三吏三别"（《石壕吏》、《新安吏》、《潼关吏》；《新婚别》、《垂

老别》、《无家别》）堪称诗歌体的《史记》，深刻揭露统治阶级暴政下人民的不幸遭遇，真实记录了庶民百姓在战争、饥荒等无穷灾难中流离失所、饥寒交迫的凄惨情景；"百姓多寒无可救，一身独暖亦何情！心中为念农桑苦，耳里如闻饥冻声。"（白居易《新制绫袄成，感而有咏》）深切道出白居易的忧民情愫，他不断忠告文人们要担负起"救济人病，裨补时阙"的社会责任（白居易《与元九书》），自己躬行践履，创作了《新乐府》、《秦中吟》等系列现实讽喻诗，无情鞭挞反动官吏与权贵豪族贪婪无耻、穷奢极欲的罪恶本性，揭示贫富悬殊的社会不平等现象，为"不能发声哭"的劳苦大众呼告歌哭。中国古代诗文中的现实批判锋芒和体恤民生的悲悯情怀，千百年来一直具有撼动人心的艺术感染力，对现实主义文学的发展产生了深远的影响。

自 20 世纪以来，人类社会进入了迅猛发展且又瞬息万变、难以预料的复杂时期，现代化进程日新月异，而天灾人祸亦源源不绝。动荡变幻的时势风云，错综复杂的现实矛盾，光怪陆离的社会现象，福祸无常的人事变故……这一切既需要新闻进行快速报道，也需要文学深入细致的描绘。因此，时代催生出新闻与文学结合的新兴文体——报告文学。正如近代学者姚华所言："文章应时而生，体各有当。"[①] 报告文学是社会激变时期的产物，担当着现实干预责任和社会批判功能，也担当着关注底层苦难和人类命运的使命。19 世纪末杰出的俄国现实主义作家契诃夫，经历漫长艰苦的旅程，只身前往"不可容忍的痛苦之地"萨哈林岛，他在苦役犯中间生活了数月，对监狱、煤矿、农场、移民屯进行实地考察，用卡片记录了上万犯人与移民的生存境况，地狱般的恶劣环境与流放犯们的悲惨命运令他极度震惊和忧郁，之后他花费三年多的时间写出自己毕生最为自豪的经典作品《萨哈林旅行记》，冷静客观的纪实叙述中蕴含着作者的悲愤之情。1902 年美国作家杰克·伦敦装扮成流浪的水手在英国贫民窟租了一间破房子住下来，他亲眼目睹工人成天十几个小时地劳作却依然在饥饿线上挣扎，他们死于各种职业病，他们的妻子为糊口出卖肉体，儿童们像苍蝇一样死去……经过三个多月的体验和观察，杰克·伦敦写下控诉资本主义剥削制度的纪实文学《深渊中

---

① 姚华：《曲海一勺》，舒芜编《近代文论选》，人民文学出版社 1999 年版，第 685 页。

的人们》。捷克作家基希自称为"怒吼的新闻记者"，他从 1912 年至 1946 年奔走于世界各地，目击两次世界大战给人类带来的死亡、瘟疫、贫穷、恐怖等巨灾，他以报告文学为武器，戳穿资本主义高度发达时期文明的虚伪假象，暴露出一幕幕血腥的残酷真相。基希写于 1933 年的《秘密的中国》，真实描述了中国纱厂女工、童工、码头工人、车夫等下层劳动人民的艰辛与酸楚，对帝国主义、封建主义、官僚资本主义压迫下生活在水深火热之中的中国民众寄予了深切的同情。

　　早期国际报告文学创作实践以及基希等关于报告文学的理论主张，在 20 世纪 30 年代译介到中国后，强有力地促动了中国报告文学的成长与发展。夏衍的《包身工》、宋之的《一九三六年春在太原》、萧乾的《流民图》、圣旦的《岱山的渔盐民》、洪深的《天堂中的地狱》、李乔的《锡是如何炼成的》、仓剑的《矿工手记》、杨志粹的《野屋》、蒋牧良的《龙山》，以及群众性报告文学创作结集《中国的一日》等，都是批判现实黑暗、反映底层苦难、揭示民族危机的呐喊的文学。抗战全面爆发后，报告文学以"轻骑兵"的锐勇姿态，谱写中国人民英勇抗敌的战斗篇章，像丘东平烽烟中写下的《第七连》、《我们在那里打了败仗》等，"只要展开他的作品，就感到那时的疾风骤雨扑面而来，他的革命激情还在震撼着我们"。①

　　新中国成立之初，报告文学与时代文学主旋律一致，讴歌新的气象、新的英雄和模范人物，其社会批判功能被赞美歌颂的诗化倾向取代。回顾 20 世纪五六十年代的报告文学，仅有极少数作品如《县委书记的好榜样——焦裕禄》间接反映了当时兰考县受灾农民挨饿逃荒的穷困实况。那个时期普遍存在的现实矛盾与民生问题，甚至像 60 年代初多地发生饿死人的严重灾情，都不可能在当时的新闻报道或文学作品中得到真实的披露。

　　十年动乱终结后，老作家徐迟于 1978 年 1 月发表于《人民文学》上的《哥德巴赫猜想》，犹如第一声春雷撼动着整个神州，继而出现一大批振聋发聩的时代报告——张书绅的《正气歌》，王晨、张天来的

---

① 于逢：《〈沉郁的梅冷城〉编后记》，丘东平《沉郁的梅冷城》，花城出版社 1983 年版，第 464 页。

《划破夜幕的陨星》，刘宾雁的《人妖之间》，黄宗英的《大雁情》，陈祖芬的《祖国高于一切》，孟晓云的《胡杨泪》，李延国的《在这片国土上》等。这些作品率先冲破长期禁锢人们思想的极"左"枷锁，恢复了现实主义的批判精神，重铸人的尊严，在思想大解放的社会思潮中发挥出积极的战斗作用，及时地传达出历史大裂变、社会大转型时期的主流精神。

20 世纪 80 年代中后期，随着改革开放的深入，一些新的矛盾与问题暴露出来，报告文学作家以更具现代意义的参与精神深入洞察社会现实，他们普遍认识到，影响现实生活与社会发展的不仅有政治和经济因素，还有道德伦理、宗教文化、思想传统、地域民俗、婚姻家庭以及教育、生态等多种因素，要想真实地反映现实社会，就必须具备纵深联系的开阔视野和思考能力。因此，他们对历史痼习与现实矛盾进行多层面、多维度的理性审视与综合反思，追求题材的厚重，思辨的深度与表现的张力。"全景式"报告文学形成创作高潮并产生了十分强大的社会轰动，代表作如李延国的《中国农民大趋势——胶东风情录》，朱幼棣、陈坚发的《温州大爆发》，麦天枢、张瑜的《土地与皇帝》，徐刚的《伐木者，醒来！》，沙青的《北京失去平衡》，岳非丘的《只有一条长江——代母亲河长江写一份"万言书"》，钱钢的《唐山大地震》，苏晓康的《洪荒启示录——汝河两岸访灾纪实》《自由备忘录》《阴阳大裂变——关于现代婚姻的痛苦思考》《神圣忧思录——中小学教育危境纪实》（与张敏合作），涵逸的《中国的"小皇帝"》，陈冠柏的《黑色的七月——关于中国高考问题的思索》，哈雷、山夫的《人口爆炸忧与患》，赵瑜的《中国的要害》，霍达的《万家忧乐》，等等。这些作品全面展现改革风潮与趋势，揭露新旧矛盾与冲突，批判权大于法的封建顽疾及体制弊病，反思天灾背后的人祸，对生态环境危机、教育隐患、人口压力、交通要害、商品质量问题以及婚姻家庭矛盾等，都进行了深广反映。这些作品思情蕴含厚重，忧患意识浓烈，现实批判精神与哲理思辨性得到强化，对于人们更全面更深入地了解当代社会产生了深刻的启发和引导作用。但不可否认，一些"全景式"社会问题报告文学也存在思想偏激的缺憾和方法论之误区。由于作者们过于热衷选择"大问题、大题材"，在"宏大叙事"倾向中，忽略了对平民百姓日常生活中的一些实际问题与烦恼困惑的关注，缺乏更具体更深入的民生关怀。

（二）"民生问题"报告文学形成创作热潮

在改革进程的加快推进中，社会矛盾与现实问题越来越多地暴露出来，固有的积弊和新的困难交织并存，使诸多的民生问题集中出现并趋向严峻，人们渴望深入了解民生问题的成因和国家政府的举措，希望在文学艺术中看到老百姓的喜怒哀乐和有深度有热度的现实生活反映。面对来自多层面的民生诉求，报告文学作家们积极承担了时代的文学命题，他们躬行大地，深潜底层，贴紧生活的脉搏，将他们的发现、他们的思考、他们的焦虑还有希望形诸文字，凝成作品，"民生问题"报告文学形成创作热潮。

可以说，近20年来各类突出的民生问题都在报告文学中得到深入细致的呈现。早在20世纪90年代，已有敏感的报告文学作家开始关注"三农"在社会转型时期的窘困处境，卢跃刚的《辛未水患》（1991年）、《乡村八记》（1994年），梅洁的《山苍苍，水茫茫》（1993年），黄传会的《中国贫困警示录》（1996年），冷梦的《黄河大移民——三门峡移民始末》（1996年），赵冬苓的《最后的战争——中国八七扶贫启示录》（1998年），杨豪的《农民的呼喊》（1999年），孙晶岩的《山脊——中国扶贫行动》（1999年）等，从不同侧面披露农村的贫穷与落后，积极探求变革时期农民的出路问题。

2000年3月2日，原湖北省监利县棋盘乡党委书记李昌平上书朱镕基总理，开门见山地道出"农民真苦，农村真穷，农业真危险"的严峻实情[1]，8月24日《南方周末》头版对此事作了比较详尽的报道，之后该县发起一场被称为"痛苦而又尖锐的改革"，但它的引发者李昌平却被迫辞职南下打工，人们都在关注李昌平的命运。2002年年初李昌平写出长篇报告文学《我向总理说实话》，此书以朴实真诚的语言，记述一位农村基层干部、农民、打工者对"三农"问题的切身感受、冷峻审视、痛苦思考、矛盾困惑、焦灼希望……这部在文学评论家眼中可

---

[1]　李昌平：《给朱镕基总理的信》，《我向总理说实话》，光明日报出版社2002年版，第20页。

能不能称为文学作品的事实报告，却比当时任何文学作品更有触动良知的感人力量。可以说，这部作品也强烈触动了报告文学的"三农"情怀。陈桂棣、春桃夫妇历时两年之久，跑遍了安徽省50多个县市的乡村，中国农村"想象不到的贫穷，想象不到的罪恶，想象不到的苦难，想象不到的无奈，想象不到的抗争，想象不到的沉默……"让他们感到"前所未有的震撼与隐痛"①，他们饱含深情与热泪的长篇力作《中国农民调查》2003年在《当代》杂志发表后产生了巨大反响，人民文学出版社出版的单行本一个月内印刷了3次，售出15万本，一时间众人争相传阅、洛阳纸贵，互联网上的传播与热评也盛况空前。此作于2006年在柏林荣膺尤利西斯世界报告文学一等奖。《我向总理说实话》与《中国农民调查》都集中深入地揭示了农业发展和农村改革最根本的敏感问题——农村政府机构臃肿和官场腐败加剧农民负担，使干群矛盾尖锐化，农村税费、债务、摊派等长期存在的不合理制度激起广大农民强烈怨愤，但相对应的改革却万分艰难，不能彻底解决矛盾。

　　与这两部作品形成呼应，深入揭示"三农"问题的长篇报告文学接连涌现，陈庆港的《十四家：中国农民生存报告（2000—2010）》，程宝林的《一个农民儿子的村庄实录》，梅洁的《西部的倾诉——中国西部女性生存现状忧思录》，宗满德的《村情——西部农民生活实录》，梁鸿的《中国在梁庄》等，都是以真情实境的记录与描述，展现当代农村经济凋敝现状和农民的艰难困厄处境，袒露深切的现实忧思；黄传会的《中国新生代农民工》，胡传永的《血泪打工妹》，丁燕的《工厂女孩》，杨豪的《中国农民大迁徙》，梁鸿的《出梁庄记》，杜丽蓉的《城市民工生存报告》等，为农民工群体代言，传达底层的民生诉求；杨豪的《农村留守妇女生存报告》，阮梅的《世纪之痛——中国留守儿童调查》等，聚焦几千万农村留守妇女儿童的生存与精神苦痛，吁求社会重视；蒋泽先的《中国农民生死报告》，曾德强的《有什么，别有病——中国农村医疗现状调查》等，揭示农村医疗卫生条件的落后，对缺乏社会保障的农民的生老病死问题给予人道主义的关怀；楚良、木施的

---

① 陈桂棣、春桃：《中国农民调查·引言　在现实与目标的夹缝中》，人民文学出版社2004年版，第5页。

《失去土地的人们》，蒋巍的《你代表谁？——唐维君：决死农民的悲惨际遇》，何建明的《根本利益》等，揭露弱势群体被强权恶势欺压残害、基本权益被蛮横剥夺的种种劫难，以鲜明的立场为民伸张正义；朱凌的《灰村纪事——草根民主与潜规则的博弈》，魏荣汉、董江爱的《昂贵的选票——"230万元选村官事件"再考》等，透过农村基层政权选举中出现的系列荒谬现象，深度披露并反思农村政治文明与草根民主建设的突出难题，从深层反思制约"三农"发展的历史原因和现实矛盾；宁小龄的《户口：项链与绳索》，海默的《横亘国人心头的——户口之痛》等抨击二元体制与户籍制度对"三农"发展的捆绑，对"户口"演绎的人生悲剧进行了冷静展示和剖析；何建明的《共和国告急》，徐刚的《拯救大地》，陈桂棣的《淮河的警告》，李林樱的《啊，黄河——万里生态灾难大调查》等，暴露国家资源被掠夺侵占、生态环境遭到严重破坏的危境，而李青松的《共和国——退耕还林》，邢军纪、曹岩的《北中国的太阳》，冷梦的《高西沟调查——中国新农村启示录》，肖亦农的《寻找毛乌素——绿色乌审启示录》等则正面倡导生态保护和科学发展理念，具有实践指导意义。莫伸的《一号文件》，郑金兰的《三农手记》，孙晶岩的《中国新农村启示录》，何建明的《精彩吴仁宝》，袁亚平的《为民好书记郑九万》等深刻反映党中央系列"三农"政策的实施给农村带来的显著变化，积极探索农村改革新的模式和新农村建设经验，重塑农民主体形象和精神风貌。

　　在读者中产生较大影响并引起海内外媒体广泛关注的报告文学优秀之作如周勍的《民以何食为天》，朱晓军的《天使在作战》，曾德强的《中国之痛——医疗行业内幕大揭秘》，何建明的《落泪是金》，黄传会的《我的课桌在哪里？农民工子女教育调查》，徐江善的《中国高教之虞——高校扩招、就业及其他》，常扬的《涅槃——关于下岗职工的文学报告》，廉思等的《蚁族：大学毕业生聚居村实录》，曲兰的《老年悲歌》，阮梅、吴素梅的《中国式拆迁》，陈芳的《疯狂的房子——揭开中国房地产暴利黑幕》，雷尔冬的《"房奴"实录——一个群体的生存故事》，长江的《矿难如麻》，徐江善的《中国，车祸之痛》，陈廷一的《2013：雾霾挑战中国》，等等，这些作品所深度审察的正是人民群众最为关心的食品、医疗、教育、就业、养老、住房、安全、环境等突出的民生问题，关系着百姓的所有根本利益。

报告文学以感同身受的情感体验关怀民生，以亲历调查的科学态度和方法探究现象背后的本质，以穿透现实的理性思考重建文学的当代价值观，不仅在题材上有纵深开掘，而且对精神向度有新的突破，深化了报告文学的现实主义内涵。此外，报告文学既介入民生，同情民瘼，又正视民众精神空间的缺陷，为重新树立公民意识和社会道德信念做出了努力。

2014 年 10 月 15 日，习近平在文艺工作座谈会上深刻指出："每到重大历史关头，文化都能感国运之变化、立时代之潮头、发时代之先声。"他对作家们推心置腹地说："文艺工作者要想有成就，就必须自觉与人民同呼吸、共命运、心连心，欢乐着人民的欢乐，忧患着人民的忧患，做人民的孺子牛。"① 这些精辟之论正是对报告文学作家创作使命的最好写照，也是对报告文学价值取向和审美意义最透彻的诠释。

（三）"民生问题"报告文学的研究意义

"民生问题"报告文学虽然引起广泛的社会反响，每当有优秀作品问世，也总受到热议与好评，但是对于这一重要的文学现象，尚未引起文学界充分的探讨，更缺乏系统的研究，反映出报告文学理论批评与研究的弱势。当然，有一些报告文学研究专家已经敏感关注到报告文学在世纪之交出现的新态势及创作生机，对于报告文学在参与现实、关怀底层、体察民情等自觉行动中走在时代前沿和文学前沿，发挥出积极作用与影响，给予了热情褒扬与支持。比如尹均生教授连续发表《关注民生 关注弱势 关注民族的未来——中国需要呐喊的报告文学》、《报告文学在建设和谐社会中的作用》等文，强调报告文学的社会功能与现实批判精神；李炳银、李朝全、李建军、梁多亮、胡柏一等评论家、学者也发表系列评论，如《报告文学现实的行走姿态》、《关注民生 促进和谐 建设民族精神家园——2007 年报告文学印象》、《写作的责任与教养——从〈中国农民调查〉说开去》、《新世纪报告文学的新贡献——评陈桂棣、春桃的〈中国农民调查〉》、《报告文学的底层意识与

---

① 习近平：《在文艺工作座谈会上的讲话》，《人民日报》2015 年 10 月 15 日。

作家的文学自觉》等；此外几部学术论著如章罗生的《中国报告文学新论——从新时期到新世纪》、丁晓原的《中国报告文学三十年观察》、王晖的《时代文体与文体时代——近 30 年写实文学观察》、龚举善的《报告文学现代转型研究》等，①以宏观视野考察从新时期到新世纪报告文学的题材拓展与发展轨迹，其中部分内容涉及报告文学的底层叙事。遗憾的是上述评论和研究屈指可数，且在当代文学集中于小说批评研究的众语喧哗中，其声也微。

"民生问题"报告文学批评与研究之所以欠缺不足，主要原因在于三个方面：其一是报告文学长期处于"亚文学"地位，常常不能进入当代文学批评研究的整体视域和框架，一些可以形成批评热点、焦点的文学现象——比如新世纪以来成为学术热潮的"底层文学"研究，学术界和当代文坛几乎所有知名的学者与评论家诸如陈思和、刘再复、王晓明、南帆、陈晓明、雷达、蔡翔、孟繁华、贺绍俊、蒋述卓、张清华、吴亮、毕光明、张颐武、李云雷、洪治纲、葛红兵等都曾参与到这一热潮中发表创见，但是他们主要是以小说、诗歌创作为讨论对象和依据，极少关注报告文学在底层文学中的声音；积极支持底层文学研讨的权威与核心学术期刊如《文学评论》、《文艺理论与批评》、《东南学术》、《南方文坛》、《文艺争鸣》、《当代作家评论》等，也是极少刊登报告文学的研究论文或评论。其二是报告文学研究主体及学术实力相对薄弱，缺少成熟的学术组织和强大的学术支持，共时性的创作批评在理论空间难以深入、建树不足；而理论研究又往往落后于创作，且存在理论资源落伍、匮乏等危机。其三是"民生问题"虽然成为突出而鲜明的题材意识与题材范畴，但是形成有独特内涵与特征的文学现象需要一定的时间长度进行观察和判断，从民生题材的描述性评论到民生文学全方位思想艺术价值的抽象概括与阐释，也需要逻辑渐进的过程。

那么，经过十多年的创作历程，"民生问题"报告文学已成为蕴含着新的历史内涵、彰显出新的时代特征与审美精神的文学现象，有必要将其置于社会转型的背景和语境中进行整体观照、深入研究，并给予价值层面的科学判断与考量。文化建设与改善民生关系密切，精神文化需

---

① 列举的文献信息详见书后所附"参考文献"，这里略去详注。

求是民生发展的重要内容之一。从报告文学的视阈关注民生，亦可确立、丰富民生问题的文化研究视角。同时，在当代社会文化价值多元与价值危机并存的情形下，文学共同面对价值选择的困惑，通过"民生问题"报告文学研究，进一步探讨文学的现实主义变化以及价值建构，深入研究报告文学的主体性、时代性和审美品格在社会文化发展中的嬗变，具有重要的理论意义和现实意义。

第一章 "民生问题"报告文学产生的社会人文环境

20 世纪 90 年代末开始，随着民生问题的凸显、扩大和日趋严重，一些深入关怀民生疾苦、全面揭示民生问题的报告文学作品不断涌现出来，产生了强烈的社会反响。因此可以说，"民生问题"报告文学是社会转型的大背景下产生的时代文学。毫无疑问，民生问题产生的社会根源也就是民生题材报告文学产生的社会根源，但是严肃的文学创作作为一种重要的精神创造活动，还与所处的历史语境与文化生态密切相关。就是说，特定的社会人文环境是产生精神创造与文学现象的必要条件和内在依据。

这里所说的社会人文环境包含"社会环境"与"人文环境"两个密切联系但又存在差异的概念范畴。社会环境一般是指人类所创造的物质与精神条件的总和，是人类生存、活动必须依赖的社会经济文化体系，这一体系由诸多因素构成，如生产力、生产关系、社会制度、经济模式、政治与法制、教育与科技、新闻与舆论、宗教与风俗等。在社会环境的大范畴内提出"人文环境"的概念，是为了突出强调人类社会生活的价值空间与理想空间的重要意义。从根本上说，人文环境是人文精神为核心标志的，能够体现人的平等自由、尊严价值、人文关怀，体现社会的民主正义、和谐友爱、道德文明的社会文化环境。

本章主要从社会转型时期社会结构与社会关系的变化、政治民主化的进展、社会舆论环境的变迁、文化形态的多元分化等多维视角对"民生问题"报告文学产生的社会人文环境进行观察和描述。

一 社会结构与社会关系的变化

在当代中国社会转型的过程中，社会结构与社会关系发生了历史性的深刻变化，这些深刻的变化不仅反作用于社会转型与社会发展，也从根本上影响着社会人文环境的变迁。因此，对社会结构与社会关系的科学分析是认识当代社会各种现象与矛盾的出发点，也是进一步把握中国现代化进程中社会发展特点与规律的基本前提。同时，探讨文学发展与社会发展的内在关系、文学现象的现实根基与时代本质，必然也不能脱离上述社会学语境。

社会学及相关学科领域对社会结构与社会关系的研究已经非常广泛和深入，但对概念的界定与使用存在一些差异或侧重点有所不同。按照《枫丹娜现代思潮辞典》所给出的定义，"社会结构"是指："一个社会中的人的相互关系的可识别的框架、形式，形态及模式。……社会结构可被分解成若干主要成分，例如它的政治、法律、军事、宗教、教育以及家庭组织。然而，所有这些成分是由各种制度和各个群体相互联结起来的。"① 在这一定义中社会结构是分两个层次阐释的，首先确定社会结构是由人（群体）构成的社会关系模式；其次说明这些社会关系又存在于因特定活动目的而组织的不同结构成分中。陆学艺等社会学者认为："所谓社会结构，是指一个国家或地区的占有一定资源、机会的社会成员的组成方式与关系格局。""是社会资源在社会成员中的配置，以及社会成员获得社会资源的机会（公平性）的结果。"② 社会结构可分解为人口结构、家庭结构、就业结构、城乡结构、区域结构、组织结构、社会阶层结构等若干个子结构，但陆学艺强调："社会阶层结构是社会结构的集中反映，也是社会结构中最重要、最核心的结构。"③ 有些研究者甚至就将社会阶层结构视为社会结构。

---

① ［英］A.布洛克、O.斯塔列布拉斯主编：《枫丹娜现代思潮辞典》，李瑞华等译，社会科学文献出版社 1988 年版，第 537 页。

② 陆学艺主编：《当代中国社会结构》，社会科学文献出版社 2010 年版，第 10 页。

③ 陆学艺：《中国社会结构的变化及发展趋势》，《云南民族大学学报》（哲学社会科学版）2006 年第 5 期。

　　"社会关系"是"人们在共同活动过程中所结成的以生产关系为基础的相互关系的总称。"① 所谓"相互关系",即包含个人之间、个人与群体之间、个人与国家之间的相互关系,还应包含群体与群体之间、群体与国家之间的相互关系。因此马克思早已指出:"人的本质并不是单个人所固有的抽象物,在其现实性上,它是一切社会关系的总和。"② 他还进一步指出:"随着新生产力的获得,人们改变自己的生产方式,随着生产方式即保证自己生活的方式的改变,人们也就会改变自己的一切社会关系。"③ 由此可以肯定,个体的人只有依赖于社会关系才能实现其存在意义或存在价值,人类只有建立稳定的同时又不断追求优化发展的社会关系,才能推动社会发展与历史进步。

　　以上对"社会结构"与"社会关系"做了简要的概念说明,因研究领域所限,无法在此对所有构成要素及其变化展开全面探讨,仅选择变化程度最大、影响也最大的几个方面进行必要的概述与分析。

(一) 社会阶层变化

　　当代中国社会结构变迁最突出、最根本的标志是社会阶层发生了重大改变。

　　中国社会科学院社会学研究所于 1999 年就成立了"当代中国社会结构变迁研究"课题组,他们费时 3 年,展开大规模的社会调查,在深入实地的国情调查研究中,以马克思关于阶级阶层和社会结构的学说为理论指导,借鉴国外相关研究的新成果和科学方法,完成了《当代中国社会阶层研究报告》。报告中明确指出:

　　　　1978 年以来的改革开放使中国社会发生了深刻的变化,经济体制转轨和现代化进程的推进也促使中国社会阶层结构发生结构性的改变。原来的"两个阶级一个阶层"(工人阶级、农民阶级和知识分子阶层)的社会结构发生了显著的分化,一些新的社会阶层逐

---

① 《辞海》缩印本,上海辞书出版社 1980 年版,第 1578 页。

② 马克思:《关于费尔巴哈的提纲》,《马克思恩格斯选集》第 1 卷,人民出版社 1972 年版,第 18 页。

③ 马克思:《政治经济学的形而上学》(《哲学的贫困》第二章),同上书,第 108 页。

渐形成，各阶层之间的社会、经济、生活方式及利益认同的差异日益明晰化，以职业为基础的新的社会阶层分化机制逐渐取代过去的以政治身份、户口身份和行政身份为依据的分化机制。

基于这一认识，他们提出了"以职业分类为基础，以组织资源、经济资源和文化资源的占有状况为标准来划分社会阶层的理论框架"[①]，将中国社会划分为十大社会阶层和五大社会经济地位等级。这十大社会阶层是：国家与社会管理者阶层、经理人员阶层、私营企业主阶层、专业技术人员阶层、办事人员阶层、个体工商户阶层、商业服务业员工阶层、产业工人阶层、农业劳动者阶层和城乡无业、失业、半失业者阶层。五大社会经济等级为：社会上层：高层领导干部、大企业经理人员、高级专业人员及大私营企业主；中上层：中低层领导干部、大企业中层管理人员、中小企业经理人员、中级专业技术人员及中等企业主；中中层：初级专业技术人员、小企业主、办事人员、个体工商户、中高级技工、农业经营大户；中下层：个体劳动者、一般商业服务人员、工人、农民；底层：生活处于贫困状态并缺乏就业保障的工人、农民和无业、失业、半失业者（见图1－1）。

为了对中国社会结构变迁动态有更加科学的把握，该课题组进行了长期深入的调查研究，2010年完成了第三个研究报告。在该报告中他们对有显微变动的十大阶层及各阶层所占人口比例制作了更为直观的"结构图"（见图1－2）。

通过对图1－2中各个阶层人口比例与图1－1中"五大社会等级"进行对照，可以看出中下层与底层人群占了70%以上，这是一个极为庞大的阶层，中间层人数只有20%出头，还非常薄弱。虽然说各阶层人员具有流动性，但是目前"中国社会各阶层的位序已经确立，今后不会有大的变化"[②]。这就意味着，中国社会阶层结构依然是底层过大的金字塔形而非中间大、两头小的橄榄形。所谓中间大、两头小的橄榄

---

① 陆学艺主编：《当代中国社会阶层研究报告》，社会科学文献出版社2002年版，第4、8页。

② 陆学艺：《中国社会结构的变化及发展趋势》，《云南民族大学学报》（哲学社会科学版）2006年第5期。

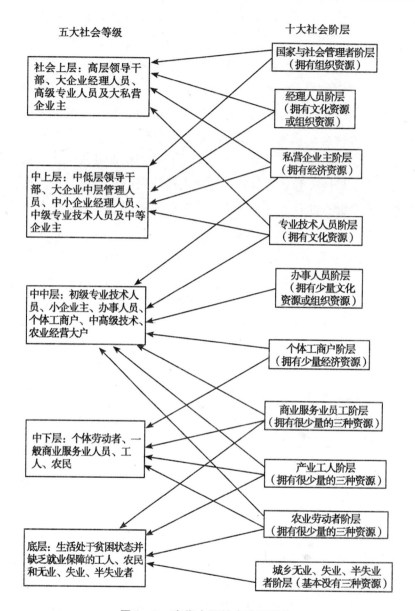

图1-1　当代中国社会阶层结构

说明：图中箭头表示相关社会阶层的全部或部分可以归入五大社会等级中的某个等级。

资料来源：陆学艺主编：《当代中国社会阶层研究报告》，社会科学文献出版社2002年版，第9页。

形，是指拥有较多的社会资源、有稳固的经济收入与社会地位的中产阶级是社会最大规模的阶层，而占有社会资源极多、社会地位很高的社会

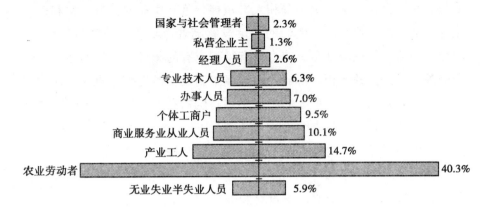

图 1 - 2 2006 年中国社会阶层结构

资料来源：陆学艺主编：《当代中国社会结构》，社会科学文献出版社 2010 年版，第394 页。

阶层，与只拥有极少量社会资源或者几乎没有任何社会资源、社会地位极低的阶层，其规模都很小。社会学者普遍认为，橄榄形结构是一个现代化国家比较合理的阶层结构形态，因为庞大的中间阶层"是社会政治稳定的中坚力量，也是经济发展、社会进步、文化共享的骨干群体"[1]。我国社会金字塔形的结构不适应现代化发展要求，中下阶层不能尽快缩小，中间阶层没有迅速扩大，贫富差距越来越大，必然使社会矛盾增多，民生问题增多。

　　社会阶层研究将社会人群占有资源的状况作为不同阶层的重要区分标准，使我们更加清晰地看到社会结构与社会人文生态存在的问题与缺失。一般所说的资源至少包括组织资源（主要指依据国家政权组织和党组织系统而拥有的支配社会资源的能力），经济资源（主要指对生产资料的所有权、使用权和经营权），文化资源（包括技术资源，指社会认可的知识和技能的拥有）。[2] 社会阶层资源占有状况的调研结果显示，处于中上层的知识分子群体，文化教育程度较高，他们拥有比较充分的文化资源，在社会转型中最先接受现代化思想与观念，他们提倡民主政

---

① 陆学艺：《别让社会结构成为现代化的"瓶颈"》，《人民论坛》2012 年第 1 期。

② 陆学艺主编：《当代中国社会阶层研究报告》，社会科学文献出版社 2002 年版，第8 页。

治与法治社会，追求自由平等和人文精神，具有积极的竞争意识和多元化的社会诉求。但是由于他们的力量没有随着经济改革速度发展壮大，因此他们的价值观与社会影响力没有得到应有的彰显，反而可能因为组织资源、经济资源的相对薄弱，在改革中利益相对受损等原因，使他们处于压抑的窘状。比重最大的中下层和底层拥有很少量的三种资源或者基本没有任何资源，这是底层社会长期处于弱势和失声状态的根本原因。广大的弱势群体对他们的不公平待遇和劣势处境并非麻木不仁，对困扰他们的大大小小的民生问题也不是习以为常不思改变，关键是他们既没有申诉的途径和能力，更没有影响公共政策与社会舆论的可能。只有当承受的下限破裂、当各种问题与矛盾激化，他们才有可能进行本能反抗，所以平常无事的表象下或许潜伏着一触即发的危险。正因为此，解决社会矛盾与民生问题不仅需要强有力的改革决心与策略，调整不平衡的社会结构，打破社会阶层的固化现状，还特别需要社会文化的全面参与，弱势阶层更需要社会的人文关怀，需要知识阶层为其代言，也更需要切实获得公平的教育机会，提高公民意识和文化素质。

（二）"断裂"与"失衡"现象

如前文所述，严重的两极分化是由于资源占有和收入分配差距不断扩大造成的。处于顶端的强势虽然在人口比例上占极少数，但整个社会的各种资源主要掌握在他们手中，而占人口绝大多数的底层群体与之相反，处于各种资源匮乏的弱势境地。由于强势群体对社会资源的垄断，也从某种现实条件下阻碍了中间阶层的壮大与发展。社会资源、社会实力与社会影响力的比重结构与社会阶层的金字塔形结构对比，正好是一个倒金字塔形。那么贫富两极分化过于严重而又缺乏中间缓冲阶层，必然出现"断裂"现象。所以，社会学界常以"断裂"与"失衡"描述和概括自20世纪90年代中期以来社会结构呈现的一些新的变化特征。

孙立平教授从以下三个层面判断社会结构的"断裂"性特征：

第一，在社会等级与分层结构上是指一部分人被甩到社会结构之外，而且在不同的阶层和群体之间缺乏有效的整合机制。在现实意义上这当然首先是指明显的两极分化。这里断裂的含义是由于严重的两极分化，人们几乎是生活在两个完全不同的社会之中，而且这两个社会在很大程度上是互相封闭的。第二，在地区之间表现为城乡之间的断裂。城乡之间的断裂既有社会结构的含义（因为农村居民和城市居民是两个不同的社会阶层），也有区域或空间的含义。而空间实际上也恰恰是社会结构的一个重要维度。第三，社会的断裂会表现在文化以及社会生活的许多层面。断裂社会的实质，是几个时代的成分并存，互相之间缺乏有机的联系。①

"一部分人被甩到了社会结构之外"，意味着被甩出去的人甚至不能存在于社会结构底层，而是处在了社会结构之外。比如一些年龄偏大、教育水平偏低的失业或下岗人群，根本没有可能进入社会的主导产业，也根本不可能回到原来的就业体制中，他们或永久丧失了就业机会。

至于城乡社会的"断裂"，既有由来已久的行政制度造成城乡分割的二元结构之根源，又有新的市场因素而加剧的二元结构"断裂"状态，从20世纪90年代开始，生活必需品的消费时代转向耐用消费品消费时代，城市家庭与农副产品有关的开销极其有限，而更多的大宗消费项目，与农村或农民几乎没有什么关系。就是说，城市生活不再依赖农村和农民的供给，城市不断快速发展和繁荣的同时，农村却日趋凋敝破败，从而形成一种新的社会断裂。

断裂现象表现在文化以及社会生活方面，可以看到在社会的不同部分当中，几乎是完全不同时代的东西，共存在这个社会里，比如从存在主义、尼采热、后现代，到消费主义、市民文化、港台电视剧，再到农民的地方性的自娱自乐和"封建迷信"，而在这样的一种文化混杂中，在社会中处于边缘的群体，比如农民，他们观看的电视节目和城里人几乎没有什么不同，但那些电视剧的内容，与他们几乎完全不相干。②

"断裂"一说对中国社会转型过程中诸多不和谐现象具有认识上的

---

① 孙立平：《自序：从"结构断裂"到"权利失衡"》，《失衡：断裂社会的运作逻辑》，社会科学文献出版社2004年版，第4页。

② 参见孙立平《失衡：断裂社会的运作逻辑》，社会科学文献出版社2004年版，第21—24页。

穿透力，但若作为一种理论概念，还有待深入探讨。

从社会结构的层面观察"失衡"现象，首先，表现在经济结构与社会结构的不平衡现状，即所谓的"一条腿长一条腿短"——"中国在经济方面已经处于工业化中期阶段，但社会结构和社会发展水平尚处于工业化初期阶段，经济社会发展很不平衡、很不协调，这是产生诸多经济社会矛盾和问题的结构性原因。"① 社会结构的现代化滞后于经济结构，不仅造成社会发展的不和谐，加剧社会矛盾冲突和摩擦，而且使基本的民生问题陷于难以解决的窘困境地，比如看病难、上学难、住房难、养老难等，本来不应该是经济发展已达到一定现代化程度的国家所存在的问题，但由于社会阶层结构不合理，社会体制、社会组织以及社会管理等结构性调整与改革进程比较落后，必然直接影响到社会事业与民生事业的发展水平。

其次，"失衡"现象还体现在社会利益格局改变过程中出现的严重倾斜和失衡。从资源配置方面看，国家财政投入是向城市、特别是大城市的经济建设倾斜，向国有大企业倾斜；行业之间经过分化、改制或兼并重组之后，资源配置也趋向集聚于少数垄断性行业之中；始于20世纪90年代的"圈地运动"拉开大规模瓜分国有资产的序幕，在各级地方政府的"开发热"中，国有土地大量被拍卖，成为房地产行业牟取暴利的肥厚资源。利益格局的失衡使财富越来越集中于少数人手中，为了维护既得利益，赢得更大利益，他们必然要千方百计稳固自己的社会地位，扩张社会影响力，这一切都需要依靠或得到权力的保护。因此，权力的极度膨胀助长了权钱交易的腐败现象，当腐败行为介入国家资源和社会财富的分配与占有时，社会利益格局将产生更为严重的失衡现象。

（三）劳资关系紧张对立的新状态

自改革开放以来，中国社会关系最深刻的改变体现在生产关系的大变革中。那么，作为生产关系主要构成因素的劳动关系，也必然随之发生变化。"劳动关系"的一般定义是指："劳动者与用人单位之间

---

① 陆学艺：《别让社会结构成为现代化的"瓶颈"》，《人民论坛》2012年第1期。

为实现劳动过程而发生的劳动力与生产资料相结合的社会关系。"① 在改革开放之前的计划经济时期，是公有制为基础的生产关系，国家用人单位（企业）实行统一招工、统一分配，单位或企业的职工终身受到国家提供的各方面保障；从性质上说，用人单位与劳动者之间不是雇用关系，劳动力也不能成为商品，社会不存在劳动力市场。社会主义市场经济体制形成之后，出现生产资料私有制和其他混合所有制企业，于是以资本和劳动为利益双方、以雇用关系为基本形态、以市场机制调节劳动力供求和劳动报酬的劳动关系—劳资关系形成，并且逐渐成为一种重要的社会关系。这一转变对扩大投资与就业渠道，加速公有制企业的市场化改制，推进以工业化为主导的经济发展产生了积极作用，但也暴露出一些突出的问题，尤其使社会关系中的不平等现象、贫富悬殊现象趋向严重。

劳资关系是私有制为基础的生产关系的产物，资本与劳动者之间有着剥削与被剥削的原始关系和固有的不平等的利益关系。在社会主义市场经济条件下，尽管社会学与经济学界都在共同探讨建构和谐互惠、利益均衡的平等合作的劳资关系，但由于在劳动立法、政府管理、组织协调等方面存在缺漏或不利因素，劳资关系的紧张对立没有得到有效改善。现阶段劳资关系较为突出的矛盾表现在两个方面。

首先，劳资双方的社会地位与实力差距极大，不平等的关系使劳动者处于被压迫的境遇，他们的合法权益常遭受侵害。比如，占有资本的资方对劳动条件与劳动报酬具有主宰权，而出卖劳动力的劳方只能被动接受（包括不合理的劳动条件与劳动报酬）；劳资双方在签订劳动合同或因纠纷解除劳动契约时，强势的资方也总是处于支配地位，不仅常常强行实施不合理的霸王条约，而且还存在对劳动者性别、年龄等方面的歧视；有一些无视法律与责任的资方不愿与劳方签订正式的劳动合同，甚至在一些危险性行业中资方无理要求劳方签订"生死合同"以规避责任；强弱不对等的关系和不公平的劳动契约，导致劳方在自身权益遭到侵犯或遭遇工伤事故时无法讨回公道，而不能正常维权又往往导致劳资关系恶化，矛盾冲突加剧。此外，政府在参与劳资管理监督时，也暴

---

① 董保华：《劳动法论》，上海世界图书出版公司1999年版，第41页。

露出职能错位、有失公平等问题，在以 GDP 为核心的政绩考核影响下，一些地方政府为了招商引资、提升经济指标和政绩，立场与态度向资本方倾斜，忽视劳动者的利益与诉求，对劳动侵权现象听之任之；一些资方在政策保护中尝到甜头，又会不断凭借自己的经济实力去谋取更多的政治资源加强保护既得利益，巩固自己的社会强势地位，这也是官商勾结、腐败成风的根源之一。在如此力量悬殊的博弈中，劳方陷于更不利的劣势处境。

其次，资本最根本的动力是利润，为了实现利润的最大化目的，以恃强凌弱的野蛮方式压榨劳动者，就常常突破了道德底线，使劳资双方的社会伦理关系扭曲崩坏。比如，一些企业为了降低劳动成本，使用老化、落后、简陋的生产设备，生产环境恶劣、劳动条件极差，缺乏应有的生产安全保护措施，不惜以牺牲劳动者的健康换来低成本的收益，造成每年有数目惊人的劳动伤亡事故发生，尤其在工矿、五金、化工、电镀、皮革制造等职业危险、中毒危害非常严重的企业，工人们是用命换钱，而且换来的是极其微薄的收入。资方拖欠、克扣工人的工资，延长劳动时间，提高劳动强度，违法使用童工等，也是一些企业普遍存在的现象。这些现象背后隐藏着非人道的"欺弱""歧贫"心理，也同样隐藏着"敌对""仇富"情绪，而且后者积累到一定程度会转化成非理性的反社会倾向，出现暴力反抗举动。因此，劳资关系折射出当下社会道德伦理的困境，尤其要引起社会的高度警觉和重视。

二　政治民主化的进展

追求高度民主化的政治是现代社会的共同理想，因此充分实现政治的民主化必然成为政治发展与政治体制改革的最高目标。"民主政治"的含义虽然具有历史性和多义性，但从根本上说，民主政治是区别于专制政治或极权政治的政治形态，同时也是区别于人治的法治政治。其"核心内涵是人民主权，即公民具有平等地参与、决定、管理国家事务和公共事务的权利"，"人民主权的实现需要一系列法制化的政治制度保障，包括公民权利的确认、国家机构的设置及权力分配、选举的原则及程序、公民参与的途径、公共事务的决策、公共权力的监督等各项制度。"① 政治民主化就是实现上述目标,建立民主政治的过程,也即逐步实现"由少数政治家的权力政治向公民参与的公益政治的转移,由自上而下的统治型(government)政治向上下结合的治理型(governance)政治的转移,由封闭的、保守的、维持性的政治向开放的、变革的、发展性的政治的转移"②。既然政治民主化是要完成多方面的深刻变革,就不可能一步到位,而应该遵循渐进的步骤和程序。

如何在社会主义条件下有步骤、有秩序地进行政治体制改革,推进政治民主化,邓小平在 20 世纪 80 年代就提出了基本思路:"第一,巩固社会主义制度;第二,发展社会主义社会的生产力;第三,发扬社会主义民主,调动广大人民的积极性。"③ 他还特别强调:"调动积极性是最大的民主。"④ 这一思想启示我们,政治民主化的过程不仅要坚持社会主义方向,而且必须大力发展社会主义生产力,以经济体制改革为前提条件;同时,民主之"民"——人民大众的觉悟与素质提高也是关键。所以,以"民主"为核心价值取向的政治改革必然从根本上改善社会人文环境,推动社会文明进步。

(一) 政治体制改革进展阶段与成效

始于 1978 年春天的思想解放运动启动了新时期中国政治改革的引擎,1980 年邓小平在《党和国家领导制度的改革》讲话中,对"权力过分集中"这一"总病根"及党政不分的"一元化"政治体制弊端进行了尖锐而又深刻的批评和剖析,阐明了政治体制改革的必要性和艰巨性。⑤ 这些指导性思想,为中国政治体制改革的初期开拓确立了目标、原则与方法。在这一改革的起步阶段,具有历史性的突破是废除了领导职务终身制。

---

① 吴志华主编:《政治学导论》,上海教育出版社 2003 年版,第 194—195 页。
② 朱平:《道德的公民化和政治的民主化——论公民道德建设与民主政治建设的关系》,《安徽师范大学学报》(人文社会科学版)2002 年第 6 期。
③ 《邓小平文选》第 3 卷,人民出版社 1993 年版,第 178 页。
④ 同上书,第 242 页。
⑤ 《邓小平文选》第 2 卷,人民出版社 1994 年版,第 321 页。

1987—1989 年，政治体制改革全面展开，进入有步骤、有秩序的深入探索阶段，改革重点是对国家权力机构实行"党政分开"，进一步下放权力，同时为适应经济体制改革的深入发展而进行了政府行政管理体制及其职能转化的改革。但是，渐进高潮的改革态势在 1989 年春夏之交的政治风波中暂时停顿。

从 20 世纪 80 年代末一直到 1997 年，中国政治体制改革处于以维护政治稳定为原则的调整、转折时期。1992 年党的十四大确立建设社会主义市场经济体制的目标，经济改革发展上了快车道，而政治改革的速度与力度都有所减弱，明显滞后于经济改革。然而这并不意味着停止，社会主义市场经济发展必然推动制度创新，在新的历史机遇到来之际政治体制改革的紧迫性更为突出。

1997 年党的十五大召开，明确提出"依法治国，建设社会主义法治国家"的战略目标[①]，标志着当代中国政治形态的转型。十六大进一步拓深改革思路，强调："发展社会主义民主政治，建设社会主义政治文明，是全面建设小康社会的重要标志。"[②] 从"依法治国"到建设"政治文明"，这两个概念的提出，不仅在政治改革的观念与理论上具有创新意义，而且在实践中能够更密切地将各项改革措施有机地统一起来。随着社会的发展和经济体制改革的深入推进，新的形势要求政治体制改革全面加速，但同时"改革攻坚面临深层次矛盾和问题"，"民主法治建设与扩大人民民主和经济社会发展的要求还不完全适应"[③]，胡锦涛在十七大报告中指出："政治体制改革作为我国全面改革的重要组成部分，必须随着经济社会发展而不断深化，与人民政治参与积极性不断提高相适应。"他从六个方面阐述了发展社会主义民主政治的策略——扩大人民民主，保证人民当家做主；发展基层民主，保障人民享有更多更切实的民主权利；全面落实依法治国基本方略，加快建设社会主义法治国家；壮大爱国统一战线，团结一切可以团结的力量；加快行政管理体

---

① 《十五大以来重要文献选编》上，人民出版社 2000 年版，第 30 页。

② 江泽民：《全面建设小康社会，开创中国特色社会主义事业新局面——在中国共产党第十六次全国代表大会上的报告》，《人民日报》2002 年 11 月 18 日。

③ 胡锦涛：《高举中国特色社会主义伟大旗帜　为夺取全面建设小康社会新胜利而奋斗——在中国共产党第十七次全国代表大会上的报告》，《人民日报》2007 年 10 月 25 日。

制改革，建设服务型政府；完善制约和监督机制，保证人民赋予的权力始终用来为人民谋利益。① 十七大报告传达出党中央坚定不移加快政治民主化进程的决心，体现了与时俱进的创新精神。

（二）政治民主化的进步与面对的困难挑战

经过四个阶段渐进式的政治体制改革，我国政治民主化取得多方面的显著进步。

第一，国家权力机构的民主政治建设、党内民主建设、基层民主建设等得到程度不同的推进；民主政治制度和人民代表大会制度、多党合作与政治协商制度、民族区域自治制度等不断健全和完善。

第二，依法治国方略得到深入落实，首先表现在党的执政制度法制化建设进一步加强，政府行为通过行政法制加以规范和监督，颁布了《行政许可法》、《行政诉讼法》、《行政复议法》等，法治政府建设取得新成效，政府提供基本公共服务的能力显著增强。其次人权法律保障体系已经形成。"2004 年 3 月，'国家尊重和保障人权'写入宪法后，中国相继制订了《物权法》、《劳动合同法》、《就业促进法》，修订了《选举法》、《残疾人保障法》、《国家赔偿法》、《刑事诉讼法》等一批保护公民基本权利的法律，……中国已经初步形成了一个以宪法为中心，由 240 多部件法律、700 多件行政法规和 8600 多件地方性法规共同构成的人权法规体系，标志着中国人权保障已经逐步走上了规范化、法律化、制度化的轨道。"②

第三，选举制度有了较大改进，自 1979 年制定了新选举法后，在 1982—2010 年，对选举法又进行了 5 次修改，选举的广泛性、公平性和竞争性以及透明度都逐渐增强；实现城乡选举"同票同权"，确保基层代表数量，农民工等流动人口的选举权问题正逐渐得到解决；在选举过程中组织代表候选人与选民见面，使选举更好地反映公民意愿和利益。

---

① 胡锦涛：《高举中国特色社会主义伟大旗帜 为夺取全面建设小康社会新胜利而奋斗——在中国共产党第十七次全国代表大会上的报告》，《人民日报》2007 年 10 月 25 日。

② 黄孟复：《在第五届北京人权论坛开幕式上的致辞》，《人民日报》（海外版）2012 年 12 月 14 日。

第四，政治民主化的发展也使公民的经济自由、经济权力得到一定扩展，城市居民的工作生活不再终身依赖固有单位，工作调动与地区之间迁移的自由度增加；农民进城务工除户籍迁移限制之外不再受到其他限制，完全具有流动迁徙地的选择自由；通过完善高考制度、改革户籍制度与人事档案制度等，制约社会阶层流动的障碍正在逐步减少。

不可否认，政治体制改革与政治民主化建设是一个艰巨而长期的探索过程，必然面对种种困难和挑战。

第一，政治体制改革相比较其他改革其自身的难度更大，邓小平曾指出："这个问题太困难，每项改革涉及的人和事都很广泛，很深刻，触及许多人的利益，会遇到很多障碍，需要审慎从事。"[①] 正因为政治体制改革会触动改革者自身的利益，使改革的内在阻力加大。中国严重的政治腐败为何难以根治，原因之一就是制度深层的改革过于复杂艰难。比如官员财产公开的社会呼吁从 1987 年到现在已历时 20 多年，近几年"两会"召开之际，这一呼吁尤为强烈，成为民众最关注的改革焦点问题，但至今依然是悬而未决的"老大难"，此个案说明了改革与"革自己命"之间存在必然的矛盾冲突。所以，当改革进入深水区，若没有涉险滩、啃硬骨头的勇气，就很难再深入下去。我国政治体制改革的目标与任务还远未完成。

第二，政治民主化建设所依存的政治文化生态依然有缺陷。"政治文化是一个民族在特定时期流行的一套政治态度、信仰和感情。这个政治文化是由本民族的历史和现在社会、经济、政治活动进程所形成。"[②] 中国有着几千年的封建专制历史，长期缺乏民主的政治文化传统，而封建文化的旧思想体系却根深蒂固、影响深远，常以历史的惯性对新时代社会发展产生内在的扼制力。在社会转型时期我们不难发现封建集权思想、特权思想、人治思想、官本位思想以及等级观念、官僚主义作风、家长制作风等封建思想残余在政治领域里滋生、变异，滥用权力、徇私舞弊、贪赃枉法、贪腐行贿、执法犯法等恶劣行径难以绝迹，严重危害

---

① 《邓小平文选》第 3 卷，人民出版社 1993 年版，第 176 页。

② ［美］加布里埃尔·A. 阿尔蒙德、小 G. 宾厄姆·鲍威尔：《比较政治学——体系、过程和政策》，曹沛霖等译，东方出版社 2007 年版，第 26 页。

着社会主义政治文明。此外，由于教育事业与文化事业尚不发达，也不利于形成良好的政治文化生态，并且不能全面提升国民的综合素质，使政治民主化的主体力量存在缺陷。

第三，人民群众参与民主政治的自觉意识、追求目标等不够积极明确，水平能力存在种种不足。同时，保证人民当家做主的制度也仍有不完善、不健全等客观不利因素。其中最突出的是选举制度暴露出的一些问题，如全国人大代表各阶层所占比例失衡现象依然突出，各级党政军领导干部的比重过高，企业、商界、文化艺术界的管理阶层或成功人士也占有较大比例，而普通知识分子、基层工农代表数量偏低，占全国人口总数1/7的两亿多流动人员，他们的选举权与被选举权在新修订的《选举法》中也未涉及。没有制度上的保障，基层民主难以得到更好的发展，弱势群体的利益诉求缺乏正常的途径，而拥有社会管理权势和经济资本强势的上层人群及社会精英人物却在民主选举、决策、管理以及监督等各个方面占有绝对优势，能够有更多的平台为其所属阶层的利益代言。此外，多数代表是通过多层次的间接选举产生的，选民的意愿不能通过选举真实地反映出来，被选举的代表也对选民缺乏应有的责任意识，使选举常常流于形式。由于监督体系不完善，选举中存在"内定"等不透明现象，权钱交易、贿选丑闻也频频曝光。因此，着力于政治文化生态的改善，进一步健全民主制度、加强民主监督机制，重视公民的道德与法理教育，切实提高党的执政能力，是保障政治民主化健康发展的重要条件和动力。

三 社会舆论生态的变迁

社会舆论生态是社会人文环境的重要构成部分，它直接关系到一个社会政治民主生存与发展的状况，也深刻影响着一个时代人文精神的风貌与特质。

舆论是与人类社会共同存在的言论形态和言论现象。从本质上讲，我们通常所说的社会舆论是指公众对社会某些问题、事态、现象、矛盾等发表的群体性、倾向性意见，这些意见以集合式的言论形态在社会散播流传并产生影响。社会舆论的传播载体与途径有多种，最普遍的方式有两种：一是公众（或群体）以人际的自发言说为媒介的舆论发散；二是通过各类媒体如报刊、广播、电视、互联网等进行的有组织、有导向、可控制的舆论传播。那么，无论以哪种载体或途径传播，舆论从产生到发展再到形成影响，都离不开一定的社会环境与社会条件——这就是社会舆论生态。一方面，社会舆论是否自由活跃、是否能够发挥积极作用，受社会经济、政治、文化等现实客观条件的制约和影响，经济发达、政治民主化程度高、社会文化健康繁荣，社会舆论传播的媒介就有了物质与政治文化的条件保证，不仅使传播媒介的种类、形式丰富多样，而且使舆论内容丰富充实，水平与质量不断提升。另一方面，社会舆论的主体——公民的现代社会理想、思想文化素质以及公民权利意识是决定社会舆论进步与否的重要主观条件。公民是社会舆论生态系统中不可忽视的重要构成。

因为前文中已对社会转型时期的经济、政治发展变化做了简要概述，这里不再重复，仅从民众素质与传媒生态两个角度观察社会舆论生态的新变化。

（一）民众素质与公民意识审视

社会舆论作为有倾向性的公众意见，也是人的意识活动产物，那么公众是否具备关心社会事态的自觉参与意识，是否具有发现问题的敏感眼光和思考判断能力，是否能够平等自由地与人交换自己的看法并能够将意见充分地表达出来，这是社会舆论产生的主观先决条件。因此，公众主体的综合素质不仅影响着社会舆论的产生，还影响着社会舆论的性能与水平。

以现代社会发展的水平高度来审视，中国民众的公民意识还十分薄弱，甚至普遍缺乏，民众素质的整体水平还比较低下。如果探究根源，有历史的原因，也有现实的原因，诸多客观因素和落后观念依然在限制民众的素质提高和公民意识生长。

1. 从历史的角度看

中国经历了古老漫长的农业社会，其主要特征是土地私有制和自给自足的小农经济形态，在这种经济条件下，人们的生产与生活方式相对封闭，与外部世界联系较少，没有形成社会大分工，社会经济联系与人际交往的空间有限，因此难以形成公民社会。

沿袭了两千多年的封建宗法制度、高度集权的君主专制统治、强盛不衰的愚民政治文化，使中国古代缺失公民社会的建构基础与条件。由封建人治、封建礼制、封建法制共同主宰的社会，只能产生奴性的、依附性的臣民而非人格独立的公民。封建人治的本质就是"君权至上"，君主是至高无上的统治者，拥有国家一切权力、疆土、财富和臣民，君主之下的诸侯与各等级官吏所拥有的权力乃是君主封赐，他们务必忠君不二，唯命是从，从根本上没有政治主动权；至于庶民百姓生来就是排斥于政治等级之外的卑贱人群，是统治阶级的奴仆，更是要绝对地恭顺听命、服从统治阶级的所有意志。马克思指出："君主政体的原则总的说来就是轻视人，蔑视人，使人不成其为人；⋯⋯哪里君主制的原则占优势，哪里的人就占少数；哪里君主制的原则是天经地义的，哪里就根本没有人了。"① 人治社会扼杀人的独立人格与主体意识，正是马克思所说的使人彻底丧失做人的基本权利。

中国封建宗法社会具有政治与伦理一体化的特征，专制统治不仅需要政治高压的维护还需要道德伦理的教化来巩固。所以，礼制的本质是以封建道德伦理为核心体系的愚民文化进一步泯灭人的主体意识，剥夺人的独立个性。孔子告诫世人"非礼勿视，非礼勿听，非礼勿言，非礼勿动"（《论语·颜渊》），就是以礼教来规范、限定人的言行举止，不能随意僭越君臣等级的严格界限。儒学确立"三纲"（君为臣纲、父为子纲、夫为妇纲）"五常"（仁、义、礼、智、信）作为宗法等级思想的"精髓"，深深植入民族心理，沉积为顽冥不化的国民性，极不利于民族的进步与发展。礼制既是维护、巩固人治的道德约束，也是钳制人的思想、奴役民众精神的文化工具，几千年来一直产生着消极影响。

封建社会也曾注重推行法制，但与现代社会所提倡的同民主政治相联系的法制有着本质的不同，它实质上是一种更为强硬的人治，依靠刑律等暴政手段强化封建专制统治，并不存在维护公民权利的可能，所谓"礼主刑辅"其最终目的都是为人治服务。

---

① 马克思：《摘自"德法年鉴"的书信》，《马克思恩格斯全集》第 1 卷，人民出版社1956 年版，第 411 页。

　　始于 19 世纪下半叶的近代历史变革与资产阶级民主革命，使封建君主专制走向灭亡，民主政治思潮推动中国社会发生了历史性的大转折。之后经过五四思想启蒙运动，民主意识更深入地影响着中国知识阶级的观念和行为。但是由于国家经济落后、教育水平低下，国民性的改造必然是一个曲折漫长而困难重重的过程，这也是资产阶级革命最终失败和民主政治理想难以实现的根源之一。

　　始于康有为、梁启超等对于民族性弱点的反省，到五四运动时期发展为比较集中的国民性批判，鲁迅、陈独秀、李大钊、胡适、林语堂等都曾撰文解剖国民劣根性。尽管因为历史的、地域的、文化的差异造成"千古中国，万种民性"，而且国民性、民族性本是优劣共有、进步与落后并存的复杂集合体，但是不得不承认，国民劣根性与民族精神素质的贫弱的确是中国历史走向现代的最大障碍。其中最不利于民族人格精神健全和发展的劣根性主要表现在：奴性、自私、胆怯、愚昧迷信、逆来顺受、保守麻木、自满自足、墨守成规、忍耐苟活、像一盘散沙不能团结……

　　新中国成立之后，历史发生巨大的变化，人民当家做主，1954 年颁布的《中华人民共和国宪法》明确规定了公民的权利和义务。遗憾的是，因为体制存在弊端，公民的权利与义务并未得到全面实现。在社会主义初级阶段，中国是贫穷落后的农业国，生产力、生产关系不发达，自然经济和半自然经济占很大比重，国民受教育程度低，文盲与半文盲人数众多。在计划经济体制下，人们劳动就业、收入分配、生活保障都由国家统一计划安排，个人服从集体，没有经济行为的自主权；政治体制的中央高度集权和党政一体，使国民的参政议政意识淡薄，舆论自由也受到一定抑制，民主监督缺乏通畅的途径和相关制度保障。传统政治文化思想对国民的观念依然有着深厚的影响。

　　2. 从现实视角看

　　改革开放 30 年中国社会取得飞跃性的进步，已进入全面建设小康社会、和谐社会的新阶段。然而，新的矛盾与问题不断出现也是不争的事实，如前文所述，中国经济与社会发展不平衡，城乡差距、区域差距、贫富差距还在扩大，金字塔形的社会阶层结构暴露出社会关系的隐患和危机，经济地位与社会地位处于下层、底层的广大民众不仅严重缺乏社会资源、经济资源，也严重缺乏文化和教育资源。对照马斯洛关于人的基本需求层次来看，弱势群体最低级的生理需求——吃、穿、住、医疗等尚未得到普遍满足，而安全需求——生活稳定、劳动安全、就业保障等还处在难以满足的困难状况下，对于社会民众中的大多数人而言，生存艰难制约着发展，何谈整体素质的改善与提高？所谓公民权利、人格价值、平等意识、参与精神等都近乎奢谈。

还必须清醒地看到，在国家经济快速发展、社会物质财富创造日益繁荣的背景下，在贫富悬殊、腐败现象较为严重的现实境况中，民众的社会心理产生了程度不同的失衡或扭曲，固有的道德意识、人格情操和价值观都处于前所未有的危机甚至崩坏中——困惑、迷茫、浮躁、焦虑、分裂、失信、失守、沦丧、堕落……慕富与仇富心态、攀比虚荣心态、奢靡享乐主义、拜金主义等像有毒的空气侵入许多人的心肺，极度膨胀的物质欲望驱使越来越多的人不择手段追求财富，投机倒把、造假走私、坑蒙拐骗、不讲诚信、自私贪婪、缺乏公德……国民劣根性似乎进入新的恶性循环，国民素质常常受到西方外媒诟病，在一定程度上损害着我们的民族形象。

然而，需要客观地指出，随着市场经济的发展，公民社会在新的经济、政治、文化土壤中得以孕育生长，公民意识在逐渐增强，民众素质也有了一定的改善和提高。

首先，市场经济的发展为公民权利的实践创造了现实条件。

市场经济并不单纯只是一种经济运行方式，它是吸纳社会各要素于市场大流通之中而对人类社会发生全面影响的整个社会组织结构。就这一结构运行的经济结果来讲，一方面，它带给人类以巨大的物质财富；另一方面，它将一切可以利用的社会资源整合到经济运转的大轮盘中，使市场成为衡量一切的砝码。……就这一结构运行的政治结果来说，它不仅使传统政治的结构彻底瓦解，而且斩断了将其触角伸向社会各个领域的传统方法之手，使经济成为政治活动的最终动力和直接润滑剂；同时，由于它充分肯定了各个人、各个集团自身利益的合理性与合法性，个人与集团在各个层面的竞争与冲突，必然将在"最大多数人的最大幸福"这个利益协调的指挥棒下，走向以协商、沟通、谈判以解决政治冲突的境地……

市场经济运行的这种结果，已经造就出了一个与传统社会完全不同的新社会结构。自然经济的可控性、慢节奏、自足性、低效率，传统政治的集权性、奴化性、随意性，与市场经济的非控性、快节奏、开放性、高效率，现代政治的分权化、自主性、法治性等，正相反对。①

市场经济影响下社会运行机制正在发生的深刻改变，将使越来越多的社会生活领域能够确立人的独立地位，在此基础上人的主体意识和社会参与意识得到逐步提高，公民的自由平等要求也开始受到社会的普遍重视。同时，商品经济的繁荣和社会物质生活条件的改善，使民众获得较自由的流动性，社会交往的便利性和丰富性都在提高，他们了解社会真实情况的广度与深度得到大大拓展，大众媒介的兴盛也为公民了解社会提供了更方便多样的途径。

其次，公众的文化素质与政治素质在不断提高。在经济改革与发展已取得显著成就的同时，社会主义民主政治建设、文化建设、教育改革等也在加快速度、加大力度，尽管与人民的愿望和理想还有较大差距，但不可否认的是，国民素质随着社会进步而进步，与现代文明社会发展相适应的价值观逐步改变着国民的传统道德意识和陈旧落后的思想观念，民主思想、法制观念、权利意识、政治素养、人文精神等作为人的现代品格已得到更多普通群众的认同。社会主义核心价值观强调文明、和谐、自由、平等、公正、敬业、诚信、友善等，对民众的道德教育、素质改善具有积极的作用力和深远的影响力。

（二）传媒生态观察

围绕国家大事或重要的社会生活而产生的社会舆论，需要有大范围的传播空间，仅在小范围的社区或人际传播就不能实现社会舆论的作用与影响，因此必须依靠各类传媒实现最大限度的传播。显然，传媒的生

---

① 任剑涛：《道德理想主义与伦理中心主义：儒家伦理及其现代处境》，东方出版社2003年版，第248—249页。

态优化和发展为社会舆论创造了更有利的环境和条件。关于传媒生态学，西方学者基于不同的视角给出了多元化的理论界定和阐释，纽约大学的尼尔·波兹曼认为："传媒生态是探讨传播媒介如何影响人的知觉、了悟、感受和价值观；并人类如何利用媒介求生。生态这个词引申为对环境的研究：包括环境结构、内涵及对于人的影响。最终，环境是一个复杂的信息系统，对人类的思考、感受和行为方式有所限制。"[①] 他揭示出传媒与人形成的联系与互动构成生态系统。美国另一位学者大卫·阿什德给出的定义是："在最宽泛的意义上，传媒生态指的是信息技术、各种论坛、媒体以及信息渠道的结构、组织和可得性（accessibility）。"[②] 如果以这两种观点为基础，从传媒生态的视角观察社会转型时期中国传媒事业的发展变化，以及传媒与社会舆论、政治民主化的互动对整个社会人文环境的影响，能够更好地理解"民生问题"报告文学产生的社会条件和社会心理需要。

改革开放之前，中国的所有新闻媒体都直接属于中央和地方各级党委与行政组织部门领导的宣传机构，其生存与发展的经济条件也受到政府的控制；新闻媒体在意识形态领域是作为党和政府的喉舌而存在，因此在新闻报道、舆论宣传、各类信息传播的功能实现中不能偏离根本性的政治功能，无条件地服从于政治需要和党中央精神是必须恪守的原则。为了便于领导并统一舆论导向，媒体结构表现为"高层"领导"基层"的组织系统，新华通讯社、《人民日报》、中央人民广播电台为高层核心，各省市地区分布着新华分社、省级党报和省级广播电台等。这一组织严密的"新闻网"已形成自上而下垂直式的传播方式。以报纸和广播为主要媒介的传播生态呈现贫弱、萧条的面貌——规模小、种类少、内容僵化空洞、形式呆板单一，通常是千报一面、千台一声。居高临下的"传达式"传播使公众处于被动接受、灌输的状态。民间舆论没有由下而上进行传播的媒介，事实上也就不存在由公众对社会事

---

① Neil Postman, "The Reformed English Curriculum" In Eurich, Alvin C. （ed.）, *High School 1980: The Shape of the Future in American Secondary Education*, NewYork: Pitman publishing Corporation, 1970, p. 161.

② ［美］大卫·阿什德：《传播生态学——控制的文化范式》，邵志择译，华夏出版社2003年版，第2页。

态、问题等发表意见的舆论主动权。

新时期之初，中国的新闻媒体在种类、内容等方面伴随着改革发展而出现了日趋繁荣的新景象，但是党政喉舌的基本性能未改变，其生态系统依然受到国家意识形态的规范和制约。传媒生态发生根本性的改变始于 20 世纪 90 年代，突出的变化表现在以下几个方面。

1. 随着经济改革的深入，新闻媒介开始突破"党媒一体化"的单一格局，出现大众化、产业化、集团化、市场化等多元发展态势和多层次媒介结构，形成主流媒体与大众媒体空间共享的状态。主流媒体拥有政治、经济、文化等综合实力及地位，具有权威性的话语权及较大范围的影响力，主要为政治经济决策层服务；大众媒体以普及性的媒介为传播途径，以社会与大众的信息需求和舆论公开为目的，扩大公民参与，注重"焦点效应"，具有开放性、服务性、消费性、娱乐性等多元特点。

虽然主流媒体的主体地位依然坚固强大，其政治宣传功能和舆论导向力量并未削弱，但政治权力的干预在逐渐减少，从"党政喉舌"向"人民喉舌"的转型也已初显成效。大众传媒以贴近受众的姿态，介入现实，介入生活，无论是新闻报道、信息传播还是舆论聚焦，都注重受众的关切度和产生互动的可能。报界流行周末报、晚报、生活报、都市报等，许多报纸都开辟了舆论监督、热点聚焦类栏目；各级电视台都纷纷创办面向百姓、关注民生、增强观众参与热情的节目类型，多以"现场直播"的纪实风格吸引广大观众，像《焦点访谈》、《民生直通车》、《民生大参考》、《城市条形码》、《都市一时间》等深受观众喜爱，全国各省市电视台创办这类节目专栏有数十个；广播电台也多设各类"热线参与"节目，与人们普遍关注的经济、文化、教育、住房、医疗、交通、消费、娱乐等息息相关。大众传媒努力发出民众的声音，推动社会舆论的健康发展。

2. 传媒种类趋向多样化，新兴媒介不断涌现，极大地刺激了媒介之间的竞争和媒介内部系统的优化改进。传统媒介如报纸、广播、电视等在普及的过程中不断开放市场空间，产业化发展速度加快，与之相随，媒体的机构增长和种类扩张也呈现旺盛的活力。20 世纪 90 年代中后期互联网技术得到推广并迅速发展起来，信息化、数字化时代已深刻地改变了大众生活方式以及传媒生态结构，网络、手机等作为新的传播载体，全面挑战传统媒体，形成影响力极强的传播空间。据中国互联网络信息中心（CNNIC）发布的第 37 次《中国互联网络发展状况统计报告》显示，截至 2015 年 12 月，中国网民规模达到 6.88 亿，互联网普及率达到 50.3%……手机网民规模达到 6.20 亿。[①]

互联网的全球化使各类信息可以在世界各地极为迅速地传播，目前国际性的网站多不胜数，而传统媒体、政府机构和许多职能部门也纷纷建立了自己的网站，"自媒体"性质的博客、微博、微信、QQ、BBS 等已在人们的日常生活中占据越来越多的空间，不仅成为社会精英阐发思想、评点时势、议论国事、文化交流的广阔平台，也成为平民百姓发表意见的舆论媒介。近几年，政府、人大、政协、纪委、公安、人民法院、人民检察院等都积极借助网络平台拓展新的舆论环境，他们通过政务微博传播政府声音，倾听社会反映，关注群众利益，凝聚公众意愿，在一定程度上强化了舆论引导和舆论监督功能。

3. 传媒理念与舆论引导倾向逐步适应社会现代化进程的需要和政治民主化发展需要，先进性、公正性、务实性等都有了明显提高。突出表现为介入现实、参与社会的自觉性与主动性不断增强，报纸、广播、电视等传统媒体共同有了明确的改进宗旨——首先是传播内容社会化，敏锐发现社会出现的新问题，关注现实矛盾，体察民生与民情，传达民众呼声，敢于批评政府，扶正祛邪，兴利除弊，行使社会舆论力量；其次是传播视角平民化，克服居高临下的"传达"意识和"灌输"方式，将关注视点植入基层、底层社会，拓展观察现实生活的广度与深度，实现对社会和大众零距离的人文关怀；最后是传播形式多样化，满足不同阶层与群众的接受习惯和趣味，加强传媒与受众的亲和力。这里列举一些报纸和电视台栏目公开宣称的宗旨与风格追求来进一步说明传媒理念的新变：《南方周末》——"在这里，读懂中国"，"反映社会，服务改革，贴近生活，激浊扬清"；《南方都市报》——"及时生动地还原新闻，客观准确地再现事件，具体周到地服务生活"，"拒绝平庸，追求

---

① CNNIC 发布第 37 次《中国互联网络发展状况统计报告》，中国互联网络信息中心，2016 年 1 月 22 日。

卓越，善讲真话，敢做大事"；《羊城晚报》——"反映生活、干预生活、引导生活、丰富生活"，"贴近时代，贴近读者，反应迅速，视野开阔"；《辽沈晚报》——"责任媒体，服务生活"；《新民晚报》——"飞入寻常百姓家"；电视栏目如山东台的《民生直通车》——"权为民所用、利为民所谋、情为民所系"；北京台《第七日》——"心疼老百姓，为老百姓说话"；湖南经视的《都市一时间》——"民生视角、本色表达"，"用激情表现生活、用心力感受冷暖、用良知检讨社会"；苏州台的《社会传真》——"关注民生、民情、民意，聚焦热点、重点、难点"；东方卫视的《上海直播》——"以平民的视角选取题材，以平民的审美趣味观察生活、取舍镜头，并用平民化的表现方式进行报道"；河南台的《民生大参考》——"百姓无小事，民生大参考"；福建台的《现场》——"情系民生，服务大众"……从以上宗旨和风格中，传达出当代传媒比较一致的价值取向，对促进政治民主化产生了积极作用。比如2003年大学生孙志刚在广州被强行收容后非正常死亡，4月25日《南方都市报》刊登出记者陈峰采写的报道《被收容者孙志刚之死》，披露了这一恶性事件，随即《南方周末》、《中国青年报》等诸多知名媒体以及中新网、人民网、新浪网等各大网站都纷纷介入，引发强烈社会舆论，许志永、俞江、滕彪三位青年法学博士和北京大学贺卫方等五位学者先后上书全国人民代表大会常务委员会，呼吁废除《城市流浪乞讨人员收容遣送法》，6月22日，新华社发布消息，这部执行了20多年的法律终于废除，这一个案彰显了新闻媒体的干预力量和社会舆论的监督力量。①

　　4. 传媒生态外部环境与内部系统的变迁，也衍生出一些问题，产生负面效应。

　　首先，媒体产业化初期，由于缺乏市场需求的理性判断，媒体数量激增后出现媒介市场不正常的竞争现象，一些媒体为迎合低层次受众猎奇探秘的心理和消费性、娱乐性追求，热衷传播坊间奇闻囧事或娱乐界的八卦新闻，存在低级趣味和媚俗之态。随着市场和利益因素对传媒业

---

　　① 案例参见汪凯《转型中国：媒体、民意与公共政策》，复旦大学出版社2005年版，第19—22页。

制约力度的增强，一些媒介被权贵阶层和利益集团收买、御用，充当那些拥有决策话语权、消费话语权族群的"喉舌"，这样的媒体"不再是社会的公器，不再是历史的忠实记录者或旁观者……而是投资者、经营者和编辑者们一种赚钱的工具。媒体已经成为财经、体育和娱乐记者的天地，而这些领域恰恰是媒体投资者最赚钱的领域"①。

2003 年有一个典型个案可见媒体被利益集团控制与利用而产生的惊世效果：随着房地产业的过热发展，房价持续疯涨，使民众产生普遍的不满情绪，一些经济观察家也客观分析了房地产发展中的不合理现象。在此背景下，中国人民银行于 2003 年 6 月 13 日出台《关于进一步加强房地产信贷业务管理的通知》（"121 文件"），目的是规范房地产市场，结果在房地产商结成的利益阶层引起轩然大波，短短两个月内，《经济观察报》、《21 世纪经济报道》、《北京青年报》、《银行家》、《京华时报》等媒体多次举办与地产相关的论坛，让任志强、冯仑、王健林、潘石屹等地产界大佬纷纷登台鼓噪，炮轰"121 文件"。于是在此文件出台 78 天后人们看到了一个戏剧性的结果，8 月 31 日国务院发布《国务院关于促进房地产市场持续健康发展的通知》（"18 号令"），首次将房地产业确立为"国民经济的支柱产业"②，"表明支持房地产业的发展，以抵消'121 号文件'所造成的负面影响，重振业界信心"③。利益集团在与政策的博弈中大获全胜有媒体不可低估的功劳，由这一案例足见媒体在市场化过程中与商业集团形成的利益关系。然而，每当媒体大肆散布房价上涨信息、刊登那些地产大佬、经济专家振振有词的"上涨有理"言论，或是关于政府出台"救市"政策的报道，几乎都会遭到无数网民的跟帖抨击甚至谩骂，由此可见公众对媒体追逐利益而立场倾斜、失衡现象的强烈不满。

其次，新兴媒体一方面带来传媒的根本性变革，形成广阔而便利的舆论场域；另一方面因为监管不到位，自律意识薄弱，时常出现失控、

---

① 李希光：《第十三讲 新闻的平衡与真相》，李彬、王君超主编《媒介二十五讲》，清华大学出版社 2004 年版，第 149 页。

② 参见汪凯《转型中国：媒体、民意与公共政策》，复旦大学出版社 2005 年版，第 126—129 页。

③ 参见涂名《房奴：中国房改真相》，中山大学出版社 2007 年版，第 52—54 页。

失范等弊端。比如一些社会敏感话题或重大事件往往引发网民情绪的极端化爆发，尽管舆论的出发点是正确的，但有可能因情绪过激丧失理性、言论失控，缺乏客观冷静的探讨或论辩，反而代之以讥讽嘲笑、瞎起哄、口水战、叫骂、人身攻击，甚至出现语言暴力、恶搞等舆论现象。比如 2011 年"郭美美炫富"成为网络媒介的焦点，公众舆论从抨击腐败现象进而发展为对红十字会的大讨伐，并且强烈质疑政府的公信力，不少网民公开倡议不为红十字会捐款，得到许多人的响应。这场舆论可谓烽火四起、硝烟弥漫，正负效应混杂搅和在一起，从某种程度上干扰了正常视听，不利于对事情真相与本质的认识和深层次的责任追问。因此，加强、完善网络媒介的管理机制，提高媒体公信力，倡导网络文明，有效疏导、理顺网民情绪，以诚意化解社会矛盾，营造和谐舆论环境，是当下需要中国社会、大众传媒以及受众三者紧密联合、共同致力改进的首要任务。

四　文化形态的多元分化、碰撞与交汇

文化是历史发展与社会进步的文明标志，体现着人类物质创造与精神创造共同达到的水平。因此社会历史的巨大变革与发展，从根本上离不开文化变革与发展的内在活力。同时，社会的深刻转型又会强有力地推动文化的生态结构改变，影响着文化的内涵嬗变及价值追求。

（一）中国现代文化发展的曲折历程

从 1840 年鸦片战争之后到 1911 年辛亥革命爆发，中国近代社会正是在长达 70 年"古今中西文化的大交汇、大碰撞中"渐次开始了艰难的现代化转型①。随后轰轰烈烈的五四运动则以彻底的反帝反封建精神，决绝冲破几千年文化传统桎梏，高举新文化大旗，追求民主、科学、人权、自由，开启了史无前例的思想启蒙运动。

然而，大革命失败后内忧外患的严峻形势使思想文化启蒙逐渐失去相适宜的历史语境，风起云涌的无产阶级革命与迫在眉睫的政治救亡运

---

① 何晓明：《中国早期现代化的文化纲领》，《光明日报》2002 年 12 月 17 日。

动，苏联、日本等域外革命文艺运动的影响，孕育了以马克思主义文艺思想为指导方向的左翼文化，形成很有声势的左翼文艺运动和文艺大众化运动。到 1937 年抗日战争全面爆发后，深重的灾难和忧患笼罩中国，社会经济、文化以及民众的日常生活等无不遭受战争的摧毁与破坏，为了适应抗日救亡运动的新形势，以"救亡图存"为精神内核的抗战文化在烽火岁月诞生，并迅速发展壮大。特定历史时期的战争环境与政治需要制约着文化艺术的选择与特性，以延安为中心的解放区在共产党的直接领导下，建立起了高度组织化的无产阶级文化队伍与文化体制，形成统一明确的文化指导思想和纲领。

新中国成立后，国家政权格外重视对文化领域的管控，五四以来的知识分子启蒙文化、抗战以来的战争文化、解放区新兴的"工农兵"文化以及原有的各类民间文化等，都统一在政治规范下的"一元化"结构中，但是知识分子的思想意识形态与精英文化形态从 20 世纪 40 年代就开始处于被批评、被改造的处境，新中国五六十年代频繁发动的各种运动，其矛头也多是针对文化领域中的知识分子，尤其是经过"反右"和"文化大革命"这样历时长久、波及范围极广、对各行各业造成的破坏性极为严重的运动，中国知识分子群体更是遭遇前所未有的人生劫难和精神重创。极"左"文化方针推行的是"假、大、空"的政治文化，充当路线斗争的工具、政治宣传的工具，思想苍白僵化、概念化，形态单一、模式化。在这一历史背景下，中国现代文化发展曲折多艰，在几十年的时间里停滞不前甚至发生倒退。

十年动乱终结后，思想解放运动强有力地推动了社会的大变革、大转型，文化变革与转型也随之急剧发生，文化形态突破了"大一统"格局，开始多元化的分化、碰撞和交汇。按照学界比较一致的观点，当代中国文化的多元格局主要由主流文化、精英文化、大众文化等构成。主流文化是体现国家权力意识形态的主导性文化，代表着统治阶级的思想意志；精英文化是代表知识分子独立思想和启蒙意识的文化，具有批判现实、拒绝庸俗的内在品格；大众文化是现代经济发展的产物，具有世俗性、消费性、流行性等特征，重在满足大众参与和消遣娱乐需要。

（二）精英文化与"新启蒙思潮"的盛衰

1978 年春天，声势浩大的思想解放运动将知识分子重新推上历史舞台，长期接受思想改造、在历次政治运动中被批判、被迫害、被剥夺了做人权力的知识分子，真正翻身解放，获得新生。他们以"向前看"的宽容胸怀放下历史包袱和个人恩怨，再次树立以天下为己任的信念，责无旁贷地担当起思想启蒙的历史重任，"在他们心灵深处蛰伏已久的'五四'知识分子现实战斗精神又开始爆发出来"①。"从1978年至1989年，大致可以看成是思想观念的新启蒙时期，也可以看成是当代中国史上的文艺复兴时期，是20世纪五四文化精神在当代中国的续写与再现。"②

之所以说"五四文化精神"在80年代续接，是因为全社会回响着科学、民主、自由的呼声。"实现四个现代化"的宏伟目标激发了国人崇尚科学的热情，"攀登科学高峰"成为80年代青年的理想与志向；讴歌数学家陈景润、地质学家李四光、流体物理学家周培源、植物学家蔡希陶、徐凤翔的报告文学《哥德巴赫猜想》、《地质之光》、《在湍流的漩涡中》、《生命之树常绿》、《小木屋》等在社会上产生了极大的震撼力，"知识分子题材"文学创作掀起高潮，反响热烈。人们在经历了"打倒一切"、"造反有理"的荒谬时代后，痛感"文化大革命"中的"法西斯"暴行和各种整人"权术"剥夺了人身的基本权利，肆意损害、践踏人的政治名誉与人格尊严，泯灭人性，禁锢、钳制人的思想，上到国家主席、下至草民百姓，个人的是非曲直无处申辩，生死安危难以预料，国家法律几乎遭到彻底的毁灭。因此，新时期人民的思想觉醒也突出地表现为对民主与法制的强烈呼唤与诉求。思想界、哲学界、文学界在批判、反思极"左"路线与思潮的过程中，重新认识马克思主义关于"人性"、"人道主义"、"人的异化"问题的深刻洞见，展开了"人道主义"和"主体性思想"大讨论，涌现出一大批引起社会广泛热议或激烈争鸣的文学艺术作品和思想学术论著。比如小说《班主任》、《晚霞消失的时候》、《飞天》、《人啊，人！》、《爱，是不能忘记的》、《绿化树》，电影《苦恋》、《在社会的档案里》，诗歌《回答》、《致橡

---

① 陈思和：《中国当代文学史教程》，复旦大学出版社1999年版，第10页。

② 邹诗鹏：《三十年来中国社会文化思潮的走向及其历史效应》，《马克思主义与现实》2009年第1期。

树》，散文《随想录》，报告文学《人妖之间》、《大雁情》、《胡杨泪》、《自由备忘录》，哲学论集《为人道主义辩护》，文学评论《论文学的主体性》、《新的美学原则在崛起》，等等。

思想解放运动的巨浪推开闭锁已久的国门，西方现代主义文化思潮席卷神州，从康德、叔本华、尼采、弗洛伊德、萨特等哲学、美学、心理学学说的渗透，到波普、库恩、费耶阿本德等开放社会理念和科学革命论的方法论引导，西方现代思想文化对80年代"新启蒙思潮"产生了深刻影响，也产生了有力的推动作用。

透过80年代的"新启蒙思潮"，我们看到精英文化从主流文化的长期辖制与规约中突围出来，并且形成极强的文化阵势，在社会中引领主潮，指点乾坤，传播真理，批判丑恶。精英文化掀起的"新启蒙思潮"，"从总体上充当了改革开放事业在思想意识上的开路先锋。在这个意义上，启蒙显然意味着为所有不利于或阻碍改革开放的观念扫清道路，并把一种主体自我意识赋予每一个中国人"①。主流文化此时期也多少受到精英文化的影响，或者将精英文化的"现代化"追寻视为主流文化的有机构成，正因为如此，主流文化不仅在思想解放与改革开放潮流中表现出积极姿态，而且对精英文化试图挣脱主流意识形态规范的自由化倾向也表现出一定的宽容姿态。尽管在1983年、1987年所进行的"清除精神污染"、"反对资产阶级自由化"运动再次昭示主流意识形态的控制力量，但产生的成效与影响却趋于式微。总体而言，健康而富有生机的文化环境保证了改革顺利进行和社会顺利转型。

在80年代，随着以邓丽君为代表的港台流行歌曲、以琼瑶为代表的通俗小说以及武打、言情电视剧风靡内地，先导性的大众文化开始介入并影响着文化生态与格局。主流文化对此表现出从拒绝、抵制到容纳的渐次变化；精英文化则是居高临下、不屑一顾，对流行的种种进行了抨击或嘲讽。80年代中后期，以本土大众文化的兴起为标志，大众文化开始真正攻占中心舞台，而精英文化与"新启蒙思潮"在1989年的政治风波前后由盛而衰，最后偃旗息鼓，历史翻过80年代这一页。

① 邹诗鹏：《三十年来中国社会文化思潮的走向及其历史效应》，《马克思主义与现实》2009年第1期。

（三）大众文化的勃兴与影响

大众文化的勃兴成为 20 世纪 90 年代最张扬的文化现象。虽然之前大众文化一直受到非议、排斥、压制，然而"'新启蒙'浪潮的由盛转衰是与世俗化浪潮的陡然高涨同时到来的"，这是 90 年代伊始迫使我们接受的严酷的事实。"具有反讽意味的是，知识界对改革开放的大声疾呼在结出了现代化之果的同时也使自己被现代化和世俗化浪潮推到了时代的边缘。"① 显然，大众文化势力之所以迅速壮大并以不可抗拒的冲击力改变了文化生态，霸气十足地占据了准中心的文化空间，是"现代化"的另一类成果，再次证明社会变革与转型必然带动文化的变革与转型。90 年代中国社会全面转向市场经济社会，商品经济意识渗透社会的各个领域，使文化事业长期依赖的计划经济体制内的物质基础陷入窘境。比如，在 80 年代拥有上百万读者订阅的纯文学刊物，到 90 年代却难以存活，受制于市场消费状况而迫不得已改变办刊宗旨或刊登商业广告来维持办刊的费用开支；而具备了文化与商业双重属性的"文化产业"则开始兴旺发达，既然"文化产业"是"从事文化产品生产和提供文化服务的经营性行业"②，就必须有其面对的消费群体——大众，所以有学者认为"文化产业几乎就是大众文化的同义语"③。

由此可见，大众文化是市场经济的产物，"它依托工业化和运用高科技手段，迅速占据大众生活空间以诉求更多的现代性，表现为消解政治神圣化和形塑公共领域，改写多元文化格局和确立多元消费主体"④。大众文化全面影响着、改变着社会的文化心理与受众的价值观念，理想、崇高、激情被消解，取而代之的是世俗、庸常、漠然的精神形态和功利主义价值观。当然，认同平民意识，尊重世俗人生，肯定日常生活

① 樊星：《从"新启蒙"到"再启蒙"——纪念"五四"九十周年》，《文艺争鸣》2009 年第 2 期。

② 《文化部关于支持和促进文化产业发展的若干意见》，《中国文化报》2003 年 10 月 18 日。

③ 胡惠林：《文化产业发展的中国道路：我国文化产业发展理论与实践研究》，上海人民出版社 2004 年版，第 49 页。

④ 范玉刚：《大众文化：现代性的后果》，《中共中央党校学报》2004 年第 3 期。

意义，追求物质享受和休闲娱乐等都是人类合理的要求。大众文化挑战文化特权，藐视权威、精英，在一定程度上推动了文化的多元化发展，有利于建构民主化的文化环境；大众文化消弭艺术与生活的界限，瓦解了高雅艺术与通俗艺术的壁垒，虽然可能造成艺术格调与品位的低俗化、艺术审美精神的退化甚至堕落，但是却让长期被高雅艺术殿堂拒之门外的大众拥有了文化参与和表现的"狂欢广场"——卡拉 OK、蹦迪、广场舞、网络文学、微电影……当大众成为大众文化消费者的同时也真正成为流行文化、时尚文化、日常文化的享有者和体验着，在身心满足之余收获一份自信和成功感，不能说这其中就压根没有思想或精神的升华。

但是必须警醒地看到，大众参与的文化狂欢也会产生像"鸦片"一样的麻醉作用。"人们沉湎于平庸的娱乐和无聊的消遣之中，以暂时逃避日常生活的责任及其单调乏味的劳动，个体麻痹的神经因而丧失对现存社会秩序不合理性进行质疑和批判的敏感及兴趣，发达工业社会借此导演了一次成功的温柔肃杀，将一切反抗意识削平。"① 赵本山的小品一直受到大众喜爱，说明他的艺术追求和风格贴近老百姓，具有民间艺术特有的生命力。但是不能否认，赵本山的有些小品也存在庸俗无聊的内容和浅薄低级的噱头，可悲的是我们许多观众在开怀大笑时充当了"被娱乐"的"丑角"而不能自知。

特别需要指出的是，大众文化的"大众"是具备一定消费能力的群体，并不包含处于贫困阶层无力消费的群体。受市场经济条件下的利润趋导，大众文化所张扬的时尚豪华、物欲快感都是投"有钱有闲"阶层所好，这一切与贫困的底层弱势群体毫不相关，社会发展中诸多不公平、不道德的现象、问题、矛盾、忧患等恰恰被大众文化漠视、忽略、遮蔽。从这个方面看，大众文化对国民素质改善、对民族人格建构究竟有益还是不利，需要更冷静的审视和探讨。有学者认为："大众文化虽然消解、缓和了政治、伦理、阶级专制对人性的扭曲和压抑，但却带来了一系列人性新的分裂和扭曲的现实与可能性：物质性与精神性的分裂

---

① 傅永军：《控制与反抗——社会批判理论与当代资本主义》，泰山出版社 1998 年版，第 101 页。

与对立，工具理性与价值理性的分裂与对立，人的现实性与理想性的分裂与对立等。具体表现为感性欲望的泛化、主体人格的异化和精神价值的消解。"① 从 90 年代热炒的"美女作家"、"下半身写作"，王朔小说中的"痞子文化"，影视作品中的"黄（床戏、色情）黑（黑道、暴力）白（尸鬼、惊悚）"等现象中，就可以看到赤裸裸的"欲望的泛化"、"人格的异化"以及"精神价值的消解"。庸俗、低俗、媚俗的倾向与品味不仅颠覆了传统文化的价值体系，也销蚀着现代文化的健康肌理与精神本质。

（四）分化—碰撞—交汇：以良性互动促进文化和谐

被喻为"三分天下"的主流文化、精英文化、大众文化，并不是各自为政，泾渭分明，而且也不可能划分出清晰的"文化版图"界限，文化自产生之时就是丰富的、包容的、流变的，现代社会的文化发展更是开放自由的、繁复多姿的、交叉融汇的。因此当代多元文化之间、各种文化形态内在构成之间，必然存在种种复杂且多变的关系——观念冲突或互补、新旧矛盾或掺杂、土洋碰撞或融合、雅俗对抗或共享……这一切挑战的不是文化本身而是文化心态。

20 世纪 90 年代已经边缘化的精英文化，虽然陷入身份危机和焦虑，但也在以不同的方式寻求突破或发展。80 年代独领风骚的知识分子在政治风波后体验到灰暗的挫败感，90 年代初又在汹涌而至的经济大潮中一时惶惑、无所适从，但是逼到头上的经济压力、市场与功名利禄的诱惑，开始动摇他们固有的立场或态度。有识时务者纷纷"下海"，创业经商、发财致富，找到了新的价值空间；另一种选择是专心治学，无论是新兴起的儒学热、文化保守主义所代表的"重返传统"研究取向，还是以新自由主义、后现代主义、新"左"派为代表的"西学"研究取向，都倾力于著书立说，在"纯学术"王国安身立命；再有一种姿态是进军市场，与大众文化"共舞"，作家们、艺术家们放下清高的架子，听命大众文化运作的信号与规则，与出版商、文化产业老板、策划代理们携手合作，按照市场行情与消费群体的趣味与需要写

---

① 邹广文、常晋芳：《当代大众文化的本质特征》，《学海》2001 年第 5 期。

小说、编影视、出唱片、办展览、搞签售和媒体发布活动……比如"布老虎丛书"、"红罂粟丛书"等，就是通过策划手段和商业模式打造的文学畅销"品牌"，不分"纯文学"或"俗文学"都可装进一只篮子里，变成系列包装后的"产品"，源源不断地输入市场。再比如自90年代以来的"改编热"，让一些曾受读者冷落的作品改编成电影、电视剧后突然"火"起来，原本寂寞的作家跻身热闹的影视界后也身价大增，于是越来越多的作家积极"触电"，与大众文化媒体亲密联姻。

　　然而，在知识分子分化的过程中，依然有精英文化的坚守者，他们执着于理想与精神的追求和终极关怀，拒绝庸俗，反抗绝望，发出了自己的强音——1993—1995年历时两年的"人文精神"大讨论，有张承志、陈思和、陈平原、王晓明、王岳川、王蒙、王彬彬、南帆、樊星等数十名著名的学者与作家参与，发表了上百篇论文，这场讨论"是在知识分子的'救世'热情遭遇重挫以后的一次自我反思，是知识分子在世俗化浪潮中怎样保持不俗的姿态、保持'个人自由'的知识分子立场的一次大辩论"。樊星视其为"再启蒙"思潮，他从90年代的"陈寅恪热"、"钱理群热"、"王小波热"等现象中感受到了知识分子对"独立之精神，自由之思想"的坚定认同①。在文学创作领域，也有不少作家、特别是报告文学作家坚持良知写作，主动介入现实，他们关注民生、暴露黑暗、针砭时弊、伸张正义，写出受人民欢迎的优秀作品。

　　面对文化形态的多元分化趋势，主流文化的权威性、主导性、统摄性明显弱化，主流意识形态对思想文化的规约力也松懈了许多。为了适应市场经济的发展需要，稳定局势，创造和谐社会的文化环境，主流文化采取"一头抓，一头放"的策略，一方面加强中国特色社会主义文化建设，弘扬时代主旋律，积极自我更新；另一方面提倡多样化，对其他文化形态的嬗变不再进行行政式的干预，并且试图通过与多元文化的耦合以及良性互动产生更大的文化能量，促进文化的新发展。

---

　　①　樊星：《从"新启蒙"到"再启蒙"——纪念"五四"九十周年》，《文艺争鸣》2009年第2期。

第二章 "三农"困境:最底层的悲情呼告

农业落后、农村凋敝、农民贫穷曾一直是中国历史发展中的突出问题,但是将"三农"作为"一体化"的重要问题集中关注和探讨则始于上个世纪90年代初。1991年召开的中共十三届八中全会,对加快实现农业发展、农村稳定、农民小康的重要性进行了讨论,之后一些刊物开始刊发与"三农"相关的研究文章,如《论毛泽东社会主义时期的"三农"思想》(朱竞存,1993),《正确处理"三农"问题的思考》(冯灼锋,1994),《"三农"问题及其对策刍议》(陈锡根,1995),《制约"三农"问题的两个基本矛盾》(温铁军,1996)等。1993年湖南作家李超贵肩负全面反映"三农"的写作责任,从盛夏到初秋对11个省市的农村进行考察,写出长篇报告文学《中国农村大写意》,以宏阔的视野呈现农村改革"模式"及其成效,但一些深层的严峻问题没有得到充分揭示,正如作者在"后记"里的坦承——"仅仅接触到了'三农'问题的百分之一,仅仅表达了'三农'问题的千分之一。"①2000年李昌平上书朱镕基总理的事件在媒体披露后,"农民真苦,农村真穷,农业真危险"才成为"三农"问题最集中、最真切、最尖锐、最形象的反映。李昌平这位农村基层干部对"三农"问题的悲情呼告震惊了满怀豪情迎接新世纪来临的神州大地,强烈触动了现实人心,"三农"问题不仅成为中央高度重视的政治大事,也成为社会舆论的焦点与热点。

以卢跃刚、陈桂棣、春桃、何建明、黄传会、赵瑜、梅洁、李林樱、杨豪等为代表的报告文学作家们,自觉选择了一条崎岖艰险的文学道路,他们秉承报告文学创始者认定的信念与使命,以铁肩担道义的社

---

① 李超贵:《中国农村大写意·后记》,湖南文艺出版社1993年版,第338页。

会良知和济世情怀，长期深入现实底层，深入农村与农民中间，经过数月甚至数年的田野调查和亲历体验后，写出了一部部厚重的作品，真实而全面地记录了近 10 多年"三农"的困境与危况，饱含着对"三农"的深切关怀与沉重忧思。这 10 多年间，中国社会进入超速发展时期，经济持续增长，建设日新月异，"崛起"、"腾飞"、"繁荣"、"和谐"等充满希望的字眼频现于新闻宣传报道和一些官方报告中。然而，我们通过"三农"报告文学，却那么不愿相信地看到，占中国人口绝大多数的 9 亿农民，并没有公平地分享到改革与发展的丰硕果实，还有几千万农民没有真正脱贫，甚至依然挣扎在贫困线下，依然无法摆脱悲苦的命运。如果说李昌平揭示的"三农"问题是历史延续下来的以贫困落后为根本特征的"老三农问题"，那么随着中央一系列扶贫政策的出台，扶贫力度的不断加大，我们相信贫困问题会逐步得到改善。但是，诸多"新三农问题"又凸显出来——在农村民主与法制严重缺失、权力腐败已成重灾的现实境况下，农民的根本利益被肆意剥夺、损害，横征暴敛引发的干群冲突与恶性事件时有发生，农民上访和各种抗争行为接连不断；农民工作为当代中国最庞大的弱势群体，普遍处在生计艰难、保障缺失、身份焦虑等多重困境中；农村留守妇女、儿童、老人则长年累月承受着无依无助的痛苦煎熬；工业化和城镇化进程的加快、长期的土地过度开发，致使无数农民失去土地，背井离乡，而几亿农民进城务工谋生，又使越来越多的乡村加速衰败、消亡……中国农村与农业的发展依然危机重重。

报告文学以直击现实的锐利和反思历史的穿透力，对新旧"三农"问题进行了全方位、多层面的调查，对事实真相进行了深度披露和报告，使"三农"题材得到纵深掘进，也引领当代文学的现实主义创作在一个新的时代起点与历史高度展开深入探索。

一 中国农民，抗争贫穷的艰难

（一）直面农民的苦难命运

中国农民走过最漫长、最黑暗的苦难历史，也走过最悲壮、最艰辛的抗争之路。毛泽东在新民主主义革命早期就曾经指出："农民问题乃国民革命的中心问题……农民问题不在现在的革命运动中得到相当的解决，农民不会拥护这个革命。"① 因此共产党领导的土地革命战争赢得农民的支持，取得最后的胜利，建立了新中国政权。但是由于种种历史和现实的原因，翻身得解放的农民却没有在中国革命和现代化进程中走向富裕，反而背负着沉重的负担长期处于社会最底层，始终未能彻底摆脱苦难命运。

经过农业合作化、人民公社化运动，农民原有的或土改时分到的土地、耕牛等全部上交归公，以政治运动方式强制推行的集体化道路不尊重农民的意愿，不为农民的切身利益着想，严重打击了他们的生产积极性。1958—1960 年"大跃进"时期，以高指标、瞎指挥、浮夸风和共产风为主要标志的"左"倾错误严重泛滥，贻害无穷。紧接着是"三年自然灾害"，天灾人祸造成全国大饥荒，饿死的农民不计其数。"文革"十年，农民、农村、农业处在更大的浩劫中，贫穷与落后如沉重的枷锁死死地扼住农民的命运。

"文化大革命"结束后，发端于安徽农村的"大包干"启动了农村大变革，"是新中国继土地改革之后又一次伟大的农业革命。它带来了中国农村经济的飞速发展"。然而，就在"深化农村改革方兴未艾之时，一九八四年十月二十日，党的十二届三中全会形成的关于城市改革的决定，就将中国改革的重心由农村转向了城市"②。自此，农村与城市的发展差距越来越大，农民增收缓慢、农业基础薄弱、农村发展滞后等方面的各种问题越来越突出。

陈桂棣和春桃作为农民的后代，作为从农村奋斗出来的作家，他们没有想到在中国已经发生巨大变化的 20 世纪 90 年代，在安徽淮北平原的一个村庄竟然亲眼看到农民们过着"家徒四壁、一贫如洗"的生活。更让他们震惊的是，在安徽的江南，"大山里的农业生产仍停留在刀耕火种的原始状态，农民一年累到头，平均收入只有七百元，月收入仅摊

---

① 毛泽东：《国民革命与农民运动——〈农民问题丛刊〉序》，《毛泽东文集》第 1 卷，人民出版社 1993 年版，第 37 页。

② 陈桂棣、春桃：《中国农民调查》，人民文学出版社 2004 年版，第 144、146 页。

到五十八元；许多农民住的还是阴暗、潮湿、狭小、破旧的泥坯房子，有的，甚至连屋瓦也置不起，房顶还是树皮盖的。"农民们含着泪告诉他们："大包干留给我们的好处早就一点一点被掏光了！"

"既然是亿万农民引领了中国改革的风气之先，现在怎么又会沦落到如此难堪的境地？"① 带着巨大的困惑，他们历时两年之久，跑遍了安徽省50多个县市的乡村，展开地毯式的艰苦调查，深入无数农民家里了解他们最真实的生存境况，从不同层面探究发生在农村的众多惨案、冤案真相。他们和着血泪完成了沉重如山的《中国农民调查》。

这部长篇报告文学以大量的事实，真实地揭示了"三农"问题的严峻性与复杂性。农民作为弱势群体不仅深陷生活的悲苦困境，也深受农村黑恶势力的欺压盘剥。作者突破重重困难重新调查发生在安徽农村的一系列恶性案件，虽然有的案子已经"了结"多年，但是留下的后患并未终结，相似的悲剧和惨剧还在频频上演。透过这些血淋淋的案件，我们万分震惊地看到广大农民在根本利益被损害、被侵犯的情况下求生无路、申诉无门的绝望与无奈，他们忍无可忍的抗争不仅无力改变厄运，反而付出更加惨重的代价。

利辛县纪王场乡路营村农民丁作明代表村民上访，反映村干部违反规定多收农民"提留款"加重农民负担等问题，并揭露他们欺上压下、贪赃枉法等恶劣行径，被村干部们怀恨在心，丁作明遭到最残忍的打击、报复，1993 年 2 月 21 日，他被关进乡派出所非法设立的"留置室"，几个联防队员在副所长彭志中的指使下，将丁作明活活打死。

作者沉痛地说："丁作明是中国的九亿农民之中，因反映农民负担而被乱棍打死的第一人，他以自己年轻的生命为代价，唤醒人们不应该那么乐观地忽略或回避中国农村正在变得十分严峻的现实。"确实，丁作明之死，不仅震惊了社会，也引起中央空前的重视，"就在丁作明惨死后的第二十六天，即一九九三年三月十九日，中共中央办公厅、国务院办公厅就联合下发了《关于减轻农民负担的紧急通知》；接着，同年六月二十日，国务院就在京召开了全国减轻农民负担工作会议。这以

---

① 陈桂棣、春桃：《中国农民调查·引言 在现实与目标的夹缝中》，人民文学出版社2004 年版，第 2、3 页。

后，仅仅又只过了一个月的时间，七月二十二日，中共中央办公厅和国务院办公厅再次联合发出《关于涉及农民负担项目审核处理意见的通知》，将涉及农民负担有强制、摊派和搭车收费行为的有关项目，被取消、暂缓执行、需要修改或坚决予以纠正的，计一百二十二项之多！"①

　　然而，我们还没有从"丁作明血案"的沉重压抑中透出一口气，又被发生在固镇县唐南乡小张庄的一场野蛮杀戮惊骇得几乎窒息！

　　小张庄长期以来"恶人治村"，五毒俱全的恶棍张桂全尚在刑期却被乡党委和村支部委以重任，当上村委会副主任，他在村里一手遮天，"依仗着手中的权力，他侵占土地，霸占鱼塘，侵占公物，贪占公款，已是恶贯满盈"。他的7个儿子狗仗人势，横行霸道。村民们对村干部的胡作非为早已忍无可忍，一再上访和举报，终于引起南唐乡党委的重视，派人进驻小张庄带领村民代表进行查账。对查账的村民代表，张桂全恨得咬牙切齿，公然叫嚣"不打死他们，也叫他们腿断胳膊折！"②谁也不会想到，张桂全就真的挥起了杀人的屠刀！1998年2月18日一大早，张桂全带着他的两个儿子杀气腾腾地闯入清账小组成员张桂玉家，只听一声喊打，木棍就舞向毫无防备的张桂玉，之后张桂全的另外两个儿子带着尖刀、菜刀赶到现场行凶，猝不及防的张桂玉第一个倒在屠刀下，闻讯赶来的村民代表张洪传、张桂毛、张桂玉的哥哥张桂月也遭到疯狂的砍杀，前后只有5分钟，4条活生生的人命成了冤魂，张桂玉的儿子也被砍成重伤，小张庄顷刻间淹没在血雨腥风之中。

　　丁作明的悲剧还在延续，恶性案件还在频发。尽管中央已经三令五申要求减轻农民负担，可是依然有村、乡（镇）的干部无视党纪国法，对农民横征暴敛、敲骨吸髓。阜南县中岗镇沈寨村党支部书记沈可理为强收农民提留款，竟公然开枪打死1人、伤2人。

　　作者以惊心动魄的描述，还原了1997年10月5日发生在灵璧县大高村的对"抗税"农民的清剿场面——

　　　　一支全副武装的队伍，威风八面地从灵璧县城出发了，裹挟着

① 陈桂棣、春桃：《中国农民调查》，人民文学出版社2004年版，第23、28页。
② 同上书，第38、33页。

大大小小的警车、轿车、卡车乃至消防车，车上除了公安和武警，还有神色肃杀服饰各异来自县镇机关的党政官员。

……

一路之上，警笛阵阵，各式枪械寒光闪闪；车辆经过乡间的土路时，扬起的尘土遮天蔽日。

沿途的老百姓见此阵势，惊慌地躲开；缩在农舍窗后的那些眼睛，吃惊地数着数儿：出动的各种车辆三十二部，人员多达二百余众！

……

一个只有一百来人的大高村西组，被抓走的就有五十一人。其中一个三岁的孩子是随同母亲一道被抓的，若加上这个三岁孩子，这一清剿行动被抓的就应该是五十二人。

……

大高村西组村民看得很清楚：这次被抓的，不是敢于反映农民负担问题上访过或支持过上访的，就是敢于怀疑或要求过清查村镇账目的，再不就是对村镇干部不满或有过节的。……警车启动时，村里村外，田头地脑，哭声喊声此起彼伏，撕心裂肺……①

这就是曾经被定性为"暴力抗税事件"的真相，全副武装的官兵面对的竟然只是手无寸铁、毫无抵抗能力的男女村民！

作者披露的仅是安徽农村的几起大案，事实上在全国不少地方，充满血腥暴力的案件层出不穷，漫漫上访路上浸透着蒙冤农民屈辱辛酸的苦水和血泪，他们因为上访被打被抓，在人民的执法机关遭受种种丧失人性的惩罚，或者大半辈子流浪在外，有家难回。

安徽临泉县是远近闻名的贫困县，这个县最贫困的地区是白庙镇王营村，可是县、镇、村的干部丝毫不关心农民的死活，依然用各种乱摊派、乱集资、乱罚款的手段对农民巧取豪夺。那些镇压上访的公安武警，进到村里不问青红皂白见人就抓就打——

---

① 陈桂棣、春桃：《中国农民调查》，人民文学出版社2004年版，第57—62页。

　　押到临泉县看守所时，一下车，一个个就被打跪在地，任警察用高压线作的鞭子劈头盖脸地抽个够。直到他们抽累了，就给每人的双脚戴上大镣，戴镣还要自己掏腰包，每个人付了七块钱。那镣足有八斤多重，戴上后就逼着你在大院里跑上三圈，跑不动就打。

　　几个血气方刚的村民代表王俊彬、王洪超、王向东因为上访，经历了人生最悲惨、最黑暗、最绝望的日日夜夜，受到非人的折磨与屈辱。

　　他们的双手从背后被反铐起来，一天二十四小时就那么被铐着。吃饭时，铐在背后的手不可能端碗，不可能抓筷子，每顿饭就只能像猪狗一样伏在地上，伸长脖子，去舔，去啃……①

　　被羁押的那两个月，成为王洪超他们不堪回首的恐怖记忆。

　　为什么一些村官如同恶霸横行妄为、草菅人命、鱼肉百姓？为什么"干群冲突"恶化到如此地步？面对所有的不公与不幸，难道真要以生命为代价才能发出微弱的抗争声音？

　　这是不容回避的严峻问题。

（二）审视"三农"问题根源

　　《中国农民调查》的作者在广泛调研和理性剖析中展开"古老而沉重的话题"，追溯、反思自新中国成立以来农业政策的功过是非，从现实困窘、政策缺陷、体制弊端等多层面探究"三农"问题的历史痼疾和新症结。

　　1. 农民为城市工业化做出了巨大牺牲

　　在新中国成立之初，为尽快改变一穷二白的社会现状，必须要迅速发展工业，走工业化的道路。"任何一个国家工业化都必须要有一定的积累，而中国这一积累只能来自农业，要农民作出牺牲，这在当时决策者们并非不清楚，只是形势所迫。"温铁军指出："工业化积累从农业拿走了太多的剩余，只剩下维持生活的基本资料，甚至有时还不够，直

---

　　①　陈桂棣、春桃：《中国农民调查》，人民文学出版社 2004 年版，第 103、105 页。

至发生三年自然灾害时期饿死人的惨剧。"①

　　陈桂棣、春桃在查阅了大量的历史文献后，剖析了"服务于国家城市工业化的农村高度集体化的基本制度"。"在这种高度集中的垄断经济体制下，国家十分便当地就占有了中国农村的各种资源；控制了中国农业和其他产业的生产、交换、分配、消费的全部经济过程，从而实现了由政府无偿占有中国农民全部劳动剩余价值，并使之转化为城市工业资本的原始积累。"②

　　从体制和政策上看，长期实行的"城乡分治、一国两策"，以户籍制度、劳动制度、工资福利制度等将农民拒之于一切社会保障制度之外，造成城乡之间无法逾越的鸿沟，拉大了贫富差距。而极不合理的工农业产品的"剪刀差"本来应该逐步缩小，但是却一直在扩大，因"剪刀差"对农民造成的损失是十分巨大的。

　　2. 农民养活庞大的乡镇机构和干部群体

　　改革开放后，全国农村撤销了人民公社，改制并成立了61766个有自己独立的财政利益和相应的税收权利的乡、镇政府。

　　　　这些农村基层政府的摊子越铺越大，但凡上面有的机构，这里也有，不仅先后建立起党委、政府、纪检、人大、政协、武装部六套班子……还相继产生代表上级政府部门的"七所八站"，于是，财政、税务、公安、工商、交通、卫生、粮食、农技、水利、种子、植保、农机、畜牧、食品、渔业，应运而生。真是麻雀虽小，五脏俱全。

　　　　这些日益膨胀的单位和日益庞杂的人员，无一例外地都是需要由农民来养活的。③

　　3. 农民的税费负担

　　向农民征收的税费究竟有多少项？谁也说不清。"据中央农民负担

---

①　温铁军：《中国的问题根本上是农民问题》，《学习月刊》2007年第1期。

②　陈桂棣、春桃：《中国农民调查》，人民文学出版社2004年版，第139页。

③　同上书，第147—148页。

监督管理部门的统计，仅中央一级的机关和部门制定的与农民负担有关的收费、基金、集资等各种文件和项目，就有九十三项之多，涉及二十四个国家部、委、办、局；而地方政府制定的收费项目则多达二百六十九项；还有大量无法统计的'搭车'收费。"陈桂棣他们在调查中发现，有些税费项目"压根儿就是乡村干部们的随心所欲"。多如牛毛的税费、摊派费、集资费、管理费、劳务费以及各类支出费用几乎就把农民榨干了。

在农村有些地方，"计划生育"工作成了新的经济"增长点"，也成了某些村干部疯狂敛财的"尚方宝剑"。利辛县孙庙乡干部林明等人，"以'超生'、'无证生育'、'妨碍公务'等莫须有的罪名，甚至根本就不需要任何理由，将涉及孙庙乡二十二个村的两百多名无辜农民从家中抓走，私设牢房，通过骇人听闻的非法拘禁手段，大肆敲诈钱财"[①]。

4. 农民血汗搭起的"花架子"

那些好大喜功、贪恋"政绩"的官僚们乐此不疲地大搞"达标工程"、"形象工程"，弄虚作假，欺上瞒下。在安徽省涡阳县花沟镇，陈桂棣他们目睹了一个"四万工程"——万亩黄花菜工程、万株（葡萄树）绿色长廊工程、万亩蔬菜工程和万户养鸽工程。策动这个宏大工程的镇党委书记陈晓明为此大红大紫了一番，但是农民却在强行拆迁中住进四面透风的窝棚，并付出血汗代价。最后这些投入近百万的"花架子"几乎都成了光秃秃的废墟，被折腾得苦不堪言的农民真是欲哭无泪。

基层干部吃喝玩乐，贪贿腐败的不正之风更是无限度地加重着农民的负担，"几十顶大盖帽管着一顶破草帽"现象不单纯意味着农民政治经济地位的卑微，也意味着中国农民近百年的翻身解放闹革命至今并没有为自己赢得公平和权力。

（三）反思贫困的恶性循环

被称为"反贫困作家"的黄传会，是最早为"脱贫攻坚战"吹响

---

① 陈桂棣、春桃：《中国农民调查》，人民文学出版社2004年版，第151、155页。

冲锋号的作家。为了考察我国贫困现状，他在长达5年的时间里，足迹踏遍21个省的50多个贫困县，"从太行山、沂蒙山到大别山，从吕梁山到黄土高原、青藏高原"，像大山一般沉重的历史使命和现实责任一直压在心头，使他义无反顾地将多年的创作心血全部倾注到了"反贫困"这一重大主题，他以触目惊心的"忧患八千万"为开篇，书写了第一部《中国贫困警示录》。"八千万食不果腹、衣不遮体、房不遮风雨，尚未解决温饱问题的民众那苦涩的人生"也正是"三农"忧患之最。作者亲眼目睹、真实描述的贫困户的生存境况令人揪心，而他所揭示的贫困的恶性循环更令人忧虑，"树砍光了，草割完了，连山上那层薄薄的植被也被开荒铲得一干二净"，真是"越穷越垦，越垦越穷"，"随着生态环境不断恶化，旱灾频率愈繁，间隔愈短"，大自然的报复是无情的，而贫困对下一代的贻害更是无法估量的，因为贫困留给他们的不仅是贫瘠的土地，枯竭的资源，还有"破碎的读书梦"——作者披露了两组可怕的数据："我国有近两亿文盲，全世界每四个文盲中，就有一个是中国人"，"我国每年平均有四百万名儿童失学或辍学，这其中绝大多数是由于家庭贫困所造成。"改变贫困的重担将要落在下一代肩上，但是没有文化的一代，又如何承担起这副重担？"经济的落后，严重影响着贫困地区教育的发展；而教育的滞后，又进一步制约着贫困地区经济的发展。"作者焦虑地发问："我们该怎样才能走出这个怪圈？"[1]

还有一个更危险的走不出去的怪圈是"封闭的家园与保守落后的思想"，地理位置的偏僻封闭、自然环境与条件的恶劣是贫困地区的共有特点，而客观不利因素又必定影响着人的主观意识和思想。贫困使悲剧日常化，日常化的悲剧又使人的精神变得麻木萎顿，失去希望，失去改变命运的勇气，长期靠天吃饭、依赖救济、穷日子穷过已成惯性，这种惯性不仅遏制人的发展需要，而且助长了愚昧、认命、固执、不思进取、懒惰懈怠等人性的弱点。因此，最落后的文化传统、最顽劣的风俗积习，往往在最贫困的地区根深蒂固，世代相袭。许多贫困县千方百计护住"贫困县帽子"，只要戴上这顶帽子，领导

---

[1] 黄传会：《中国贫困警示录》，中国社会出版社1996年版，第2、15、28页。

高兴，群众满意，这一普遍存在的"贫困怪圈"警示我们，比贫困更可怕的是精神贫困、信念贫困、人格贫困。黄传会以悲悯情怀哀贫、揭贫，更以批判精神痛贫、反贫，虽然这部长篇报告文学以 4/5 的篇幅展现中国农民艰巨而伟大的"贫困突围"，报道"国家八七扶贫攻坚计划"实施的可喜成绩，但是作品最撼动人心并发人深省的却是第一篇。我们和作者一样清醒，脱贫业绩有待时间的检验，脱贫后的迅速返贫现象更不容人们乐观。

李林樱也曾为报道"八七扶贫攻坚计划"的落实情况，深入大巴山区一年有余，与贫困山民同吃同住，她最后写出的《贫困的呐喊》却并不是一份让人欣慰的成绩单，而是画满沉重的问号与惊叹号的实情报告。许多像蔡老汉、马大爷、王成明、吴成华那样的贫困户至今还处于饥寒交迫中，他们住着破烂不堪的屋子，有的甚至还蜗居在原始岩洞里，床上仅有的铺盖就是破草席、化肥袋、塑料膜或是渔网似的旧棉絮，作者注意到所采访的农民多数穿的是褴褛的"刷把衣"，脸上神情冷漠呆傻，有的男人一把年纪还打光棍，有的只好近亲结婚，不少家庭都有痴呆或残疾人。她叹道："贫穷，似乎使得他们从精神到肉体都变得麻木了"，他们"能战胜自己人格的湮灭和不思进取的懒惰，和贫困进行抗争吗？"① 作者不仅揭示与贫困紧紧捆绑在一起的愚昧和麻木，还冷静剖析了一切致贫的根本原因，比如屡禁不绝的乱集资、乱摊派、乱收费加重农民的负担，扶贫资金被公然占用、挪用，一些干部腐败成性，花钱买官买政绩……脱贫之路因此而变得更艰难、更漫长。

陈庆港的《十四家：中国农民生存报告（2000—2010）》，是一部让人读后心情沉重、难以释怀的作品。作者选择甘肃、云南、山西、贵州 14 户农家进行了长达 10 年的跟踪调查，作者的生活与感情已经完全与这 14 家融为一体，因此他的写作没有"作家"在场，没有写作缘由与意图的任何交代，没有"前言""后记"也没有"序"，打开书，首先被多幅纪实摄影带入农家生活与劳作的实地与实境，文字叙事的每一部分开端，都以记账的方式记述某家"人口情况"和"家事纪要"，这

---

① 李林樱：《贫困的呐喊》，《报告文学》2001 年第 4 期。

是14家10年间沧桑变化的"索引"，没有感情色彩，没有因果逻辑，却是真实发生的一切，所有生老病死、聚散离合、糊口度日都只有一种状态一种底色，那就是"贫困"。14家的生存报告始于2000年夏，一个灰蒙蒙的黎明，车应堂的老母亲杜徐贵早早起来叫醒孙女，在依然黯淡的晨光里走出村口，融入外出讨饭的人流，车应堂也拉着架子车进城寻苦力活，这就是甘肃岷县寺沟乡纸坊村六社再寻常不过的一天的开始，每一家的日常生活如同复制出的一样，尽管他们中有做一点小买卖的，有靠手艺外出做工的，有当民办教师的，但是每一家有着相同的处境——付出一年的劳苦却不能养活一家老小就只能出去乞讨，疾病缠身都是苦熬着，熬不过的就撒手西去，买粮看病欠下没完没了的债，娃大了穿得衣不遮体，交不上学费，老光棍一直娶不上媳妇，民办老师拿不到工资……到2004年秋，杜徐贵死在讨饭的途中，车应堂一路艰险、一路辛酸地把老娘的尸体运回家，中青年包括辍学的半大小子和姑娘都出去打工了，但是贫困、疾患、无奈依然紧紧跟随着他们……再到2007年冬，打工、被骗、欠薪、死里逃生、命殒黑矿……构成这个时代的农民命运。最后写到2010年春，14家的生活明显有改善了，或是盖了房，或是添置了电视机，或是娶媳妇嫁女儿，但是71岁的郭霞翠和她48岁的光棍儿子张国云还在乞讨的路上，在外打工的依然颠沛流离、没有安全保障也没有平等尊严，留守的老人、妇女、儿童面对的是新的苦难或悲剧。这散布在4省的14家，贫穷与苦难的命运还远远得不到根本性的改变，那么，在2010年的春天，我们依然没有看到"三农"的春天。

二 农民工，生存与身份的双重困境

我国每年新增300万—400万的农民背井离乡，涌入城市，目前农民工总数已接近3亿。他们既是城市建设离不开的劳动大军，但又永远是被排斥在城市边缘的"流动人口"。改革开放30多年来，农民工为经济社会的快速发展做出了巨大的贡献。然而，在城市居民的生活随着社会经济发展而得到极大改善的同时，那些为城市化建设流血流汗的广大农民工却依然生活在困窘的底层，不但没有分享到文明的成果，甚至他们的劳动付出都得不到合理的回报，基本的权益受损害、无保障。而最严重的问题是农民工在城市没有与城镇居民平等的身份，因此也就根本享受不到平等的待遇，更不可能获得参与社会管理的权力，也极难在文化上融入城市社会。尤其是生于20世纪八九十年代的新生代农民工面对更多的烦恼与困惑，他们与父辈已根本不同，改革开放前20年进城打工的农民与农村和土地有着割舍不断的血肉联系，出来打工是为了解决温饱和摆脱贫困，但他们最终是要回到农村，那是他们的归宿。新生代农民工多数是中学毕业后直接脱离农村涌进城市，有的就出生、成长于城市，他们不仅缺乏农业生产的基本技能，而且在思想观念上排斥自己的农民身份，他们进城是为了摆脱、割断与农村的联系。然而，二元结构的国家体制使这个庞大的群体并不能成为真正的城市人，他们实际成了没有身份的人——既不是农民也不是市民，因此他们的人生似乎没有未来，而不平等的现实又会酿出诸多新的社会问题。这些不容忽视的问题，引起报告文学作家的极大关注。

（一）生活无保障、权益受损害的打工生涯

农民工的打工生涯充满艰辛与悲苦，当他们像逃荒的难民涌入城市，面对的就是居住无定所、打工不稳定、有病看不起、子女难入学等现实生存问题。

在城乡结合部或城中村，那些空间狭小、设施简陋的廉价出租房，就是大多数农民工的"立锥之地"。也有许多人住在工厂内外的集体宿舍或简易工棚里，拥挤不堪，环境恶劣。

农民出身并在建筑工地当过农民工的报告文学作家杨豪，对"三农"困境有太多的切实体验，他1999年就在《当代》上发表《农民的呼唤》，2000年在《报告文学》上发表《中国农民教育现状忧思录》，2007年出版长篇报告文学《中国农民大迁徙》，全景描述了农民工的各种生存苦难和辛酸遭遇。在他笔下我们看到农民工最真实的生存状况——"随便用芦席在马路边或空地上一围，就算作工棚，就是他们栖身的地方"，这样的窝棚低矮、阴暗、潮湿，"几十个人挤在一间棚子里，睡一溜儿随地铺开的大地铺，棚内散发着一股汗臭加霉味之类的混合气味，下雨时里面还进水……"这些打工者"吃的饭食也差，一大

锅菜，难见一点点油星，跟煮猪食似的……"① 但是这样差的条件，也让那些流落街头找不到活干、吃不上饭、无处栖身的农民工求之不得。

2007年7月3日—10月24日，杨豪对湖北农民工彭红平进行了持续114天的跟踪采访，第一次见到他，"他肩扛行李，腋夹草席。他当时身上只有3角钱，已经两天没有吃饱饭了"。在作者跟踪他的114天中，"有工作的日子只有45天，经常吃不饱饭，甚至睡在马路上，被人偷过也被骗过。三个多月的时间一共只拿到现钱415元"。这期间，彭红平为11个老板打过工，最远到过新疆，但没有一个老板与他签订用工合同，也没有一次拿到足额的工钱。②

所有描述农民工的报告文学作品，都无法回避一起起充满暴力剥削和欺诈罪恶的"欠薪事件"。农民工是最廉价的劳动力，他们的劳动没有社会保障，生命与健康普遍被漠视，利益与权利受到损害时也缺乏法律保护。特别是刚刚出来打工的青年人（很多是十几岁的孩子）常常被骗、被坑，他们有的落入监狱式的工矿，在极为恶劣的环境中，在工头严密的监控和凶残的打骂下做着无法承受的苦力，如果拼着命逃出虎口，只能是白白流了血汗，一分钱也拿不到；有的没日没夜、累死累活地干完一项工程，承包工程的老板却逃得无影无踪，就是没有逃跑的也百般刁难工人，无所顾忌地赖账欠薪，工人们挣的全是"阎王债"，讨薪之难、之苦真是无法言尽，有的为了讨薪被毒打致残，或是绝望之极跳楼自杀以示抗争……在肖春飞等合写的报告文学《我的民工兄弟》中，作者揭露了一个个令人不忍卒读的"血薪"事件。

农民工不仅得不到劳动权益保障，甚至也得不到生命与健康的关怀与保护，他们的生死安危在那些以追求低成本和高利润为唯一目的的企业主和工头眼里轻如毫毛。肖春飞他们通过调查，披露了大量血淋淋的伤亡事件。

　　2002年一年，浙江永康，著名的中国"五金之乡"，就发生了一千例民工断指、损掌事故，不少狠心的老板为了节省手术费用，

---

① 杨豪：《中国农民大迁徙》，浙江文艺出版社2007年版，第30—31页。

② 同上书，第39—40页。

根本不让医院对断指进行重新植活手术；2004 年盛夏，东莞、宁波、南京……都有高温作业的民工活活热死的"新闻"，没人给他们发放降温品和降温费，红色、黑色高温预警更如同虚设；一些制鞋、玩具和塑料行业的厂家，使用的化学品不标明化学成分、毒性和防护等项说明，只用代号来代替，对职业危害严重的岗位采取轮换辞退旧工人，不断招收新工人的方法，不少事后发病的民工，全然不知，竟把中毒当作感冒、头痛、贫血等病来治疗。①

据国家人口计生委发布的 2009 年流动人口监测报告，60% 的农业流动人口就业于工作条件差、职业病发生率高和工伤事故频发的低薪、高危行业。② 近十年间，矽肺病、白血病等病魔不知夺去了多少打工仔、打工妹年轻的生命。

女作家长江曾冒着生命危险奔赴山西矿难现场采访，她写道："我的左脚鞋底还没有散尽富源煤矿死人的气味，右脚就已经沾上了'义兴寨金矿 0 号脉王全全探矿'爆炸的粉尘和残屑"，频频发生的矿难几乎难以统计清楚，作者揭开冰山一角——2002 年 1 月—11 月，矿难发生 3427 起，死亡人数 5791 人，真是"矿难如麻！"③ 20 世纪 30 年代，夏衍在报告文学《包身工》的结尾警告贪婪无耻的日本资本家及其走狗工头，"当心呻吟着的那些锭子上的冤魂！"今天，同样需要警告那些丧失道德底线、毫无人性的工矿老板，听一听数以万计的矿难冤魂们的控诉吧！黄传会在《中国新生代农民工》中记录一个个农民工的血泪打工史时，想起马克思 150 年前说过的一段话："劳动为富人生产了奇迹般的东西，但是为工人生产了赤贫。劳动创造了宫殿，但是给工人创造了贫民窟。劳动创造了美，但是使工人变成畸形。"他感叹在 21 世纪的今天，一些打工行业的状况"与马克思描述的情景，依然有着惊人的

---

① 肖春飞、杨金志、丛峰等：《我的民工兄弟》，复旦大学出版社 2005 年版，第 66 页。

② 全国总工会新生代农民工问题课题组：《关于新生代农民工问题的研究报告》，《工人日报》2010 年 6 月 21 日。

③ 长江：《矿难如麻》，中国作家协会创研部编《中国报告文学精选》，长江文艺出版社 2004 年版，第 79 页。

相似之处"①。

（二）社会歧视下的身份焦虑与心理危机

如果说那些生产条件落后、安全设施极差的黑工矿和小作坊如同张着血盆大口吞吃打工者生命与健康的怪兽，那么在一些设备先进、管理优质的现代化大企业，运转不息的流水线其实也是年轻生命的隐形杀手。发生在富士康的"13跳"震惊中外，自杀者都是年轻人。清华大学等多家高校和科研单位的9名社会学者联名写了一份呼吁书，他们焦灼地写道："我们从富士康发生的悲剧，听到了新生代农民工以生命发出的呐喊，警示全社会共同反思以牺牲人的基本尊严为代价的发展模式。"② 是的，新生代农民工不再是为了温饱迁徙到城市，他们有梦想，要求实现自己的人生价值，但是最基本的尊严与权利常常受到践踏和损害，身份认同的严重危机使他们产生心理焦虑，这些或许是一些新生代农民工自杀的根本原因。

> 农民自从踏进城市的那天起，就被划入了管束的对象范围。名目繁多的证件强加于农民身上。……农民工必须一手交钱，一手交证。不办就业证不让你就业，但办了就业证却又不安排你就业。办健康证医院一般不给任何体检，但只要交钱就给证。农民想不通，认为种种办证，一是为卡人，二是为收钱。
> "我来北京做工就像做贼一样，别说晚上，就是白天也不敢上街，来京五年了，连天安门都没去过。"这是一位在丰台的打工仔的悲哀之声。该办的证件他都办了，但是他还是怕碰上联防队员，怕被送到某个地方去挖河，然后被遣送回老家。在联防队员眼里，外来人口就是"违法乱纪者"的代名词，没有任何争辩的权利。③

近几年农民工犯罪比例呈上升趋势，除了生活所迫，是否也有心理

---

① 黄传会：《中国新生代农民工》，人民文学出版社2011年版，第79页。
② 沈原、郭于华、卢晖临等：《社会学者的呼吁：解决新生代农民工问题，杜绝富士康悲剧重演》，《中国工人》2010年第7期。
③ 杨豪：《中国农民大迁徙》，浙江文艺出版社2007年版，第191页。

问题因素？而犯罪比例的升高又进一步恶化了他们在城市的处境。

在北京、上海这些特大城市的一些现代化居住小区里，出现过这样的文字：

"春节将至，民工回乡，希望广大居民提高警惕，加强防盗意识。"①

这种公然的人格侮辱与歧视带给农民工的伤害远胜于肉体承受的饥寒劳累之苦。在二元分割的社会结构、社会意识以及社会文化心理的影响下，对农民工的"污名化"普遍存在——他们随地吐痰乱扔垃圾破坏了城市卫生，他们的言谈粗鄙行为野蛮污染着城市文明，他们偷盗诈骗甚至杀人抢劫威胁到城市治安。对于受过一定教育、人格平等意识已经初步觉醒的新生代农民工，身份歧视与被"污名化"的处境不仅严重践踏甚至摧毁他们的自尊与人生信念，导致他们产生社会归属的困惑和自我认同的危机，而且反过来又对他们的行为方式形成极为消极的负面影响。社会学家诺贝特·埃利亚斯认为："一个群体能将人性的低劣强加在另一个群体之上并加以维持（有效的污名化，stigmatization），这完全是两个群体之间特定的权力关系的结果。"他通过社区调查发现，居于优等环境内核的"内局群体"，控制了文化的公共性合法表达渠道，并借此对他人"不遵从"社会规范的行为表示厌恶和震惊；而居于边缘陋巷的"外局群体"往往自视劣等，他们之所以屈服于公共舆论强加于自身的"污名"，一是缺乏权力控制和文化表达的渠道，二是索性以更坏的举止以示反抗，三是在强大而一致的舆论下自我产生羞耻感。通过青少年辍学之类的再生产机制，劣势群体甚至亲自参与了这种权力关系格局的构型。② 在当下中国社会，城市公民（内局群体、优势群体）与农民群体（外局群体、劣势群体）之间，已经存在上述现象，折射出种种令人担忧的紧张关系，若不予以重视，必将产生更多的社会

---

① 肖春飞、杨金志、丛峰等：《我的民工兄弟》，复旦大学出版社 2005 年版，第 29 页。

② 参见杨善华主编《当代西方社会学理论》第八章"埃利亚斯"（李康撰写），北京大学出版社 1999 年版，第 336、334 页。

矛盾与冲突。

新生代农民工在城市受到的歧视与不平等待遇又直接延续在他们的子女——新新生代身上，同样没有城市户口的新新生代"小黑户"们首先遭遇上学难，他们多数因为交不起"借读费"而被公办学校拒之门外。黄传会的《我的课桌在哪里？——农民工子女教育调查》替这些在城里没有身份、不能享有受教育资格的"另类孩子"发出求学求助的呼喊。在不公平的天空下，他们幼小的心灵投下了多大的阴霾？与他们年龄不相符的忧郁和沉重已经覆盖了天真的目光，我们的社会怎样面对这一代人的成长困境与困惑？由于政府不能有效解决农民工子女上学难题，一些民办"农民工子弟学校"应运而生，它们或是在城郊菜地边临时搭建的简陋棚子，或是租用废弃的破旧厂房、仓库等，环境与条件十分恶劣，存在许多安全隐患，师资紧缺根本谈不上教学质量要求，但是即使条件再差，每所学校都挤满了孩子。也有不少农民工子女早早辍学跟着父母一起打工，或者游荡在社会上、沉迷于网吧里无人管束，这些现象背后潜藏的问题是严峻的。"这不仅仅是这个群体将来能否成为高素质劳动者的经济问题，更是这个群体因此对社会公正产生怀疑和不信任、甚至导致心态失衡的社会问题。"①

报告文学深度关注新生代农民工的人生出路与精神需求，呼唤全社会尊重他们、关爱他们，改善他们的处境，也希望通过文学的影响力，激励他们自强进取，提升自我的文化素质，以新的姿态挑战命运，挑战未来。

三 "留守群体"，亲情破碎的人伦悲剧

"留守群体"，这是近10年中国社会发展中出现的一个新概念，随着农民工大量涌入城市，农村只剩下妇女、儿童和老人，在江西、安徽、四川、河南、湖南、贵州等农民工输出大省，有些村庄90%以上的青壮年外出打工，农业生产的重负落在了妇女和老人肩上，而所有老人干不动的重活粗活又都由妇女来承担，可以想象，她们的劳动强度与

① 肖春飞、杨金志、丛峰等：《我的民工兄弟》，复旦大学出版社2005年版，第104页。

精神压力已经超越了忍受极限。由于国家尚未出台保障留守群体生活和基本权益的法规、政策等，社会对他们的精神关怀更是远远滞后，因此这一弱势群体的生存状态处于"三农"困境的最深处。

（一）不该发生的人伦悲剧

2012年第12期的《时代报告·中国报告文学》刊载了杨豪的新作《农村留守妇女生存报告》，这是作者经过4年的采访和调研完成的，全面反映了留守妇女在生产劳动、家庭关系、健康状况、精神心理等方面存在的问题与忧患。

在中国经济建设高速发展的过程中，在城乡二元体制的制约下，传统乡村的人伦关系与农民家庭传统生活模式都在迅速分崩离析，"留守妇女"被称为"体制性寡妇"，她们付出的辛劳和牺牲长期得不到回报，情感的压抑与孤独长期得不到安慰，这一切都严重损害着她们的身心健康和生活信念，不断酿造出一幕幕令人扼腕叹息的悲剧。

独守空房的留守妇女经常遭受一些流氓恶棍的欺凌强奸，作者披露了5年之内发生在江苏睢宁县农村的三起谋杀案，经立案调查，破案结果令人震惊，行凶杀人者都是平日里老实本分的农民夫妻，被杀的三个人却都是"无良光棍"，三个案子的犯罪情节如出一辙——农民朱文清、李恒荣、孟刚常年在外收破烂、打工，他们留守在村子里的妻子受到同村光棍李存涛、李存会、吴之贵的多次强奸、威胁、恐吓，因为顾及"颜面"她们不敢报警，但又不堪一再受辱，丈夫知道后更是忍不下一口气，于是他们就豁出去犯下了杀人罪。

生活在大别山一个偏僻山村的徐金菊曾是一位性格活泼、爱美爱唱歌的年轻媳妇，她不甘心过苦日子，想挣钱盖房子、供儿子长大读书，所以自己去集镇的酒店当舞厅小姐。丈夫胡明义不愿让妻子混迹于不三不四的男人中挣这份辛苦钱，就自己出远门打工去了，留守在山村的金菊耐不住寂寞，也向往到山村外的大地方过美好的新生活，就与一个跑江湖的男人相好私通，准备一起私奔去广西。胡明义闻讯后赶回家来劝阻，两天两夜谈不拢，愤怒绝望中他操起菜刀砍向妻子，随后自己喝了农药，这对曾经恩爱的夫妻命赴黄泉，撇下年仅10岁的儿子。

在家务农的留守妇女，被繁多、繁重的体力活几乎累垮，还要照顾公婆、养育子女，万分辛苦地支撑着家里家外所有重负，可是她们中有不少人熬到头等来的是丈夫的离弃。作者采访过一位名叫春芬的 35 岁留守妇女，得知她在深圳打工的丈夫与别的女人同居，孩子的生活费也不寄回来，她只有在痛苦中煎熬着，伤感地对作者说："我的心现在已经死了……"另一位被丈夫遗弃的留守妇女耿仙枝说："这十多年，俺和他维持的只是一个空壳婚姻，再拖下去就把俺拖死了，是俺主动和他离婚的……"①

无数挣扎在多重苦难中的留守妇女，她们在近几年的犯罪率、离婚率、自杀率都在惊人攀升。

不可否认，无数外出打工的农民改变了他们在农村的经济状况，一些家庭盖起了小洋楼，用着不算低档的手机、电脑，但是这些富裕的留守群体是否获得了真正的"幸福感"？从留守老人来说，他们最欠缺的不是钱，而是子女的照顾和关心。在城市，"老年抑郁症"已经受到社会和医疗界的高度重视，但在农村，老人生了大病常常都是硬扛着，缺乏及时治疗和亲人照料，有谁会关注他们的心理和精神问题？《我的民工兄弟》中记述了发生在湖北、四川农村的两件惨案：一个 12 岁的留守女孩因为与奶奶发生争执，被暴怒的奶奶用毛巾活活勒死，尸体还被沉入水塘。已经 70 多岁的老奶奶为何如此丧尽天良地对自己的亲孙女下此毒手？

为了探究真相，作者深入采访了出事家庭并细致了解案件始末，这个住在两层小洋楼里的家庭跟多数留守家庭无根本差别，子女都出去打工，两个老人在家照看孙子孙女，他们种着 5 亩多地，从早忙到晚，留在老人身边的几个孩子因为没有父母管教，都很调皮任性，还养成一些坏习惯。出事的女孩常常偷家里的钱去县城玩，几天不回家、不上学，两个老人早被折腾得精疲力竭。可以说这样的家庭都潜伏着不安定因素，但是人们在打工生涯中身不由己、停不下来，也顾不上面对已经暴露的问题，更没有及早关注老人的精神负担，最终导致悲剧发生。几乎就在这个 12 岁的湖北女孩被奶奶杀害的同一时间，四川农村一名 13 岁女孩生下一个孩子，这个留守女孩被自己的堂伯多次奸污，怀胎十月，

① 杨豪：《农村留守妇女生存报告》，《时代报告·中国报告文学》2012 年第 12 期。

她的爷爷奶奶和学校老师竟然毫未察觉，这是多么可怕的关爱缺失！

（二）新时代的"孤儿"泪

湖南女作家阮梅以慈悲之心和母爱天性一直关注生活在各种困境中的少年儿童，她经常去省内外的少管所、看守所、康复医院、精神病院探访那些犯了罪，或有思想品德问题，或精神不正常有心理疾患的孩子，她感到十分震惊和困惑不解的是为什么那么多的孩子误入歧途？为什么精神心理疾病越来越低龄化？随着采访的深入，一个不争的事实成为许多案例的共同根源——出问题的孩子们多是长期与父母分离、缺乏管教和关爱的留守儿童。这一刺痛良知的事实促使阮梅下定决心要深入农村调查留守儿童的生存真相。她利用工作之余和节假日的时间往农村跑，历时 3 年，跨越湖南、湖北、安徽、河南、四川等省，克服经费紧缺、交通不便、方言障碍等种种困难，尝遍了酸甜苦辣；她深入农家与乡村学校，与数以千计的留守孩子、老人、学校老师、乡村干部倾心交谈，发问卷调查，写现场实录……她用泣血的声音为 2000 多万留守儿童"喊痛"——长篇报告文学《世纪之痛——中国留守儿童调查》全面揭开"三农"新问题，其中所披露的大量活生生的案例、故事、数据、书信、对话等无不撞击着我们的痛感神经。

作者在河南农村采访过一个在学校打架成瘾，而且不把人打伤不罢休的"问题"男孩超超，有这样一段对话：

> "为什么要和同学打架？"
>
> "他们看不起我，他们总是笑我、骂我。"
>
> "骂什么？"
>
> "野家伙！"
>
> "像这次，你把别人的眼睛打伤了怎么办？"
>
> "打伤了别人，爸爸妈妈就会回来！"没想到他的回答让人心惊肉跳。
>
> "你怎么晓得他们会回来？"
>
> "不出事他们不会回来，出了事，就会回来！"
>
> "以前出过什么事？"

"我的腿摔断了，他们就回来了。"

"怎么摔断的？"

"一天下大雨，同学都有人送伞，我没人送，我一个人就在雨里跑，碰到了一辆摩托车，撞断了右腿。"

"妈妈回来陪了你多久？"

"没到两个月，腿好了，妈妈就走了。"①

用极端行为引人关注，用出事召回父母，如此荒唐可怕且又幼稚天真的心理反映出这个孤独孩子怎样扭曲的成长危机！阮梅在一所中学组织留守孩子座谈时，有一个叫徐洁的初三学生偷偷把一封信塞到她的口袋里，管德育的副校长说这是带头逃课、打架、闹事的"老大难"学生，然而在孩子的信里，阮梅听到的却是一个软弱无助的孩子的心声：

> 我爸爸妈妈外出做生意快七年了。……我很想他们，每天都想。
>
> 我本来是很坚强很快乐的一个孩子，但自从爸妈出门后，我到了舅舅家，我就不了。进入舅舅家后的我，很调皮，很坏，不是个好学生，不是个好孩子。当然，这都是他们说的。我只感觉到，舅妈的脸色，使我不想回那个"家"。有时候，我真想跑掉算了，就算跑到外面流浪也行。我甚至想到父母反正已经不管我了，我干脆死了算了。②

孩子的泣诉令人心碎，可是谁又能够填补留守孩子的人生残缺、医治他们幼小心灵上的创伤呢？留守儿童犹如被父母抛弃、被时代遗忘、被社会漠视的"孤儿"，生活上孤单无助，情感上孤独寂寞，性格上孤僻压抑……而他们的命运与未来更是一个阴郁沉重的问号，难道"三农"的困境改变、社会的改革发展注定要让千千万万农民的儿孙付出这

---

① 阮梅：《世纪之痛：中国农村留守儿童调查》，人民文学出版社 2008 年版，第103—104 页。

② 同上书，第104—105 页。

无法估量的代价吗？事实上血淋淋的代价已经很多很多！作者在跋涉五省的漫长采访路上，无论走到哪个乡镇，都能听到留守儿童由于监护不到位而出现的非正常死亡事件，其中溺亡的案件可以说频频发生，多不胜数，而且常常是三五成群的孩子一起去水沟池塘玩水游泳同时不幸溺亡。因为大部分留守儿童是跟留守老人共同生活，或者托亲友代管，或者在学校附近租房子独立生活，使留守儿童因患病不能及时医治而死亡的或因煤气中毒、触电、车祸等意外伤害死亡的恶性事件也时有发生，作者所披露的一桩桩留守儿童非正常死亡案件让我们万分悲愤地看到天灾人祸对幼小生命的肆意吞噬和无情扼杀。

2003 年 5 月的一天，都由奶奶代管的三个留守孩子翔翔、程程亲姐弟和表妹燕子，跑到机砖厂附近的水塘（挖土制砖形成的大水坑）下水玩耍，不幸都被淹死。已经做过绝育手术的翔翔、程程的母亲，"在熬过了无数个撕心裂肺的日日夜夜后，花上数千元钱做了输卵管重接手术。第三年，历经生命的又一次大痛，母亲含泪再产下一子"①。可是命运的劫难偏偏死死咬住这个家庭不放，打工在外的夫妻不得不再次狠心抛下得之不易的心肝宝贝让老人照管，结果两年后活蹦乱跳的孩子就在家门口被车碾死。

娟子，这个刚上初一的留守女孩在学校附近的出租房独立生活，因为心脏病突发无人知晓而猝死，在老师同学眼里品学兼优、才艺双全的"校星"就这样悄然陨落，伤心欲绝的父母悔恨不已。英子，也是一个初一女生，父母外出打工后因长辈身体都不好，她只能一个人在家里独自生活，英子洗澡时煤气中毒，一个人孤零零地死在浴室里两天后才被发现。

在湖南一个山村，一名初二男生向奶奶讨要交给学校的生活费，两次讨不到，就赌气喝农药自杀了。在另一个山村，一女孩在母亲再次离家外出打工的第二天早晨，即喝农药自杀。这个女孩成绩优秀、性格开朗，怎么会自杀？作者通过走访周边邻居了解到小女孩每天要做很多的家务活，但稍有不顺，就要遭受父亲的打骂。

面对数不胜数的惨案，作者沉痛地写道："看着这些草根孩子由于

① 阮梅：《世纪之痛：中国农村留守儿童调查》，人民文学出版社 2008 年版，第 127 页。

监管不力，连最起码的健康生命权都被残酷地剥夺去，更是我们这个社会的撕心大痛。"① 她以沉重的笔触写道：

> 由于缺乏来自父母的亲情呵护与家庭教育和监管，许多儿童过早地承受着成人社会的各种压力，在思想道德、心理健康等方面出现严重问题。不少儿童有害羞、不善于表达的自闭倾向，一半以上的孩子呈现出不同程度的心理问题。家庭监管的严重缺位，还导致诸多留守孩子出现行为失范，成为学校学生管理工作的"老、大、难"。亲情的缺失还严重地影响了孩子与别人的社会交往，导致孩子对周围环境和人缺乏安全感和信任感，有的出现攻击型性格趋向，自控力差，好冲动，动辄吵闹打架，从而极易被社会上不法分子引诱参与打架斗殴、吸毒、贩毒，甚至被骗去参与买凶杀人，走上犯罪道路。②

这些严酷的现状，怎能不令人感到揪心揪肺的担忧？阮梅曾说，在这部长篇报告文学的整个采写过程中，"她的身份根本不是作家，而是一位母亲，一个因为孩子的痛楚常常心疼得泪流满面的母亲"③。因此，这部充满母性悲悯与忧戚的作品，也深深感动了广大读者。

农村几千万留守儿童的身心创伤就是当今中国社会发展中最大的创伤，留守儿童的命运已经成为不可回避的严峻问题。"如果我们党和政府不解决好这2000万留守孩子的问题，那么未来的中国不知会增添多少难以预测的负面因素！"④ 这一社会发展的创伤如果不能早日愈合，我们必将付出惨重的代价。

---

① 阮梅：《世纪之痛——中国农村留守儿童调查》，人民文学出版社2008年版，第130—131页。

② 同上书，第3页。

③ 杨豪：《我不是作家，我只是一位流泪的母亲——读阮梅〈世纪之痛——中国农村留守儿童调查〉》，《工友》2012年第9期。

④ 张国祚：《问题、使命、奉献》，《世纪之痛：中国农村留守儿童调查》序言，人民文学出版社2008年版，第2页。

四　她们，"性别"创伤与疼痛

综观近10多年间的报告文学等非虚构类文学创作，似乎女作家对现实的感应与介入行动更为敏捷，从春桃、梅洁、冷梦、孙晶岩、李林樱、胡传永、曲兰、阮梅、涂俏等活跃在当下报告文学领域、勤奋多产的女作家，到孙惠芬、乔叶、梁鸿、郑小琼、丁燕等开始涉足非虚构园地播种笔耕、收获颇丰的才女们，她们贴近大地，触摸到社会转型裂变中的新旧创伤，目睹贫困撕碎尊严的生存哀痛，感受屈辱卑贱、压抑扭曲的性别悲痛，体验身心俱损、生死无奈的生命殇痛……她们将现实底层的疼痛传达出来，震撼着我们日益麻木迟钝的神经。

当女作家们以自觉而敏感的性别视角关注"三农"领域的女性，她们发现，时代的巨变、社会的发展、经济的繁荣与这些女性的命运改变、个体发展、生活水平并不是成正比的，有些状况甚至是成反比的。自改革开放以来，无论是在城市工厂和服务行业奉献青春的打工妹，还是在农村田间地头辛苦劳作的留守妇女，她们做出了巨大贡献，也做出了巨大牺牲。然而，在飞速的历史车轮下，有多少姐妹的梦想、尊严、情感被碾碎，有多少相似的命运悲剧在反复重演。妇女解放之路依然荆棘丛生，漫长艰难。

（一）回头不见来时路——飘零的她们

经济改革的时代潮流，为千百年来困守在土地上的中国农民冲开一个改变命运的豁口，几亿农民奋不顾身地涌进这个豁口，他们要摆脱噩梦般的贫困与落后，也要摆脱与贫困落后紧紧捆绑在一起的农民身份。然而，在缺乏公平、缺乏保障、缺乏关怀的生存空间，在恶劣艰苦的打工环境里，农民工成为最底层的弱势群体。"而牺牲最大、付出最多、受伤最深的依旧是一直不得不作为弱者生存在男人社会里的乡下女人。"① 这是女作家胡传永在采访了无数打工妹之后的沉重喟叹。但是实际上，那些在建筑工地晒脱一层层皮、在流水线上如同机器一般劳碌

---

① 胡传永：《血泪打工妹》，《北京文学》2003 年第 4 期。

不停、在灰尘飞扬或毒气弥漫的作坊一干就是十几个小时的女工们，早已忘记自己是女人，她们与打工仔在劳动的强度下已经没有什么性别差异。她们中不乏比男人更男人的"强者"——吃苦耐劳的强者，忍辱负重的强者，却极少成为掌握命运的强者。

梁鸿在《梁庄在中国》里就写了这样一个真实的"强者"——常年在工地打工的云姐，即使身怀六甲，也照样一天挑十几担子的水，一个人轧面、蒸馒头做十几个工人的饭。不到 40 岁就守寡的她带着 14 岁的女儿去青岛打工，在环境恶劣的干燥剂厂每天干 12 个小时又脏又累的活，为了 50 块钱的满勤奖，从来不休星期天。这个"70 后"打工姐已经理所当然把自己当成"老太婆"，最高兴的事就是能加班拿奖金，最大的愿望就是赶紧攒钱给儿子把房子先盖上，除此之外她不会去想自己作为女人还有什么应该享受的生活乐趣，自己的未来和归宿在哪里。

郑小琼的《女工记》借打工女的自述道出她们丧失性别特征的人生状态："天天上班，加班，睡觉，丈夫在另外的一个工厂，有丈夫跟没有丈夫一个样。""上班是流水线，下班是集体宿舍。没有家，没有丈夫，儿女在电话线的那一端，家隔在几千里的地方。"[①]

这些在"男女平等"的劳动场景已经忘记自己女性性别的打工妹，却并没有逃离出宿命般的性别悲剧。"弱势群体"加"女性"是她们身上的凸显符号，早已成为男权社会虎视眈眈的猎物。那些被称为打工妹、洗脚妹、洗头妹、小保姆、按摩女、三陪小姐、坐台小姐的女性农民工遭遇着无处不在的性别歧视、性侵犯、性骚扰等身心伤害，许许多多的打工妹既廉价出卖苦力还廉价出卖肉体，既遭人践踏还遭人唾弃。她们的单纯、轻信、无助使她们更为轻易地在男权强势中集体沦陷。

胡传永用《血泪打工妹》这样一个"控诉"式标题书写当下打工妹的命运，首先使人联想起夏衍在 20 世纪 30 年代写的《包身工》，与那个久远的旧中国的悲惨女工相比，今天的打工妹不会再由父母在"包身契据"上画押而成为变相贩卖的奴隶，也不再是蓬头赤脚，面黄骨瘦，生疮、烂脚的"芦柴棒"形象。但她们为何依然在血泪中挣扎、沉沦？

----

① 郑小琼：《女工记》，《人民文学》2012 年第 1 期。

　　韩桑，正读高一的少女，因为母亲患重病无钱医治被迫辍学，去了广东一家罐头厂打工，每天手工剥橘子要干十几个小时，有次因困顿不堪偷吃了一瓣橘子，被监工毒打后赶出工厂，绝境中得到厂长"开恩"照顾，把她调到营销部，一切顺理成章地发生了——一个打工妹只能用自己的肉体报答"恩人"。但是这个人面禽兽不仅玩弄蹂躏打工妹的青春和感情，还有"借腹生子"的目的，当所有目的达到后就是无情地抛弃。悲剧并未因此终结，韩桑惨死在大卡车的轮下，明明是蓄意谋杀却以车祸事件草草了结，一个早被贫困打倒的农民家庭，有什么能力为屈死的女儿讨回公道？悲痛欲绝的韩母从此失语，"上苍却连她向别人倾诉的机会也给剥夺了"①！

　　袁芹，又一个"始乱终弃"老套故事的悲剧主角，这个在餐馆打工的农村姑娘被客人调戏甚至公然强奸，为了挣钱给孤苦伶仃的母亲盖一间遮风雨的房子她忍受了一切屈辱。跟韩桑一样，当绝望中受到一点老板的关心就糊里糊涂成了"二奶"，付出惨痛的代价后依然被抛弃。无助无奈的袁芹带着刚出生的女儿回到村子里，母亲不堪人们的指指戳戳上吊自尽。袁芹怀着沉重的负罪感料理完母亲的后事又带着孩子出走，从此下落不明。

　　柏家芸，16岁被逼着嫁给了一个痴呆男人，不堪忍受非人的折磨逃到上海，在别人的诱骗和利用下干起票贩子，她曾被抓住关进号子里，有生以来第一次来月经，遭到老号子欺辱，往她身上泼粪，又被看守拖出号子罚跪，用冰冷的水一桶桶朝她身上泼……她有过同居的男人，生过孩子，但是一直无家可回、有家难回，最后进了精神病院。

　　像韩桑、袁芹、柏家芸这些原本也在校园里读书欢笑的青春少女，因为家庭困境或为了改变命运，她们辍学去打工，可能挣的工钱足以解救家人、养活自己，甚至也可以像城里女孩一样让自己打扮得时尚靓丽，可是她们或许根本没有想到那无法抗争的悲剧宿命迟早会吞没她们——被老板玩弄蹂躏、被客户调戏强奸、被监工打骂羞辱、被收容所暴力管教……当她们稍加反抗，却遭致更惨烈的不幸结果。她们的结局在打工妹群体中绝不是个案，而是不断重复上演的悲剧。她们中最最幸运

---

① 胡传永：《血泪打工妹》，《北京文学》2003年第4期。

的不过都像云姐一样，在充满毒气污染的车间里销蚀健康与青春，一天天衰老下去。作者怀着痛惜之情感慨："你从她们身上所感受到的伤痛，比一直沉浸在伤痛中业已变得麻木业已完全失语的她们自己更甚。"①

　　相比于《血泪打工妹》，《女工记》呈现更为真切逼人的现场实感，虽然郑小琼采用的是诗歌和手记混合的纪实文体，但是这部作品犹如活生生的"生命册"，"用最真实最原生态的方式记录女工的人生"②，周细灵、王海燕、蓉蓉、阿艳……90多个有名有姓的女工，每个人都有自己独特的遭遇和疼痛，她们"习惯了组长的咒骂与保安的搜身"，她们跪在厂房门口讨薪被拖走，她们偷偷去小诊所堕胎、把孩子生在厕所，她们被冲床削去手指、受到污染的肺被癌细胞吞噬，她们经历着各种不稳定的婚姻关系、同居关系和乱七八糟的性交易，她们有的失踪、有的被拐卖、有的跳楼、有的甚至被狗咬死。出身于四川贫穷家庭的郑小琼2001年南下广东打工，她在塑料厂、模具厂、玩具厂、家具厂、五金厂等打工10多年，亲历谋生的艰辛和世道的险恶，女工友们的一切烦恼、悲伤和疼痛她都感同身受，看到身边无数姐妹恓惶无常的生死，看到她们渐渐憔悴的容颜却不知所终的未来，作者常常感到无力、无奈，她叹道："我只是有一种疼痛，一种被无形之刀切割的分裂之痛。"③

　　毕业于中国人民大学新闻学院的丁燕，深知报告文学的真实性程度取决于作者深入第一现场的发现程度，也取决于新闻式的客观性程度。因此，为了写出真实的打工妹群体，她先后在东莞两家电子厂、一家注塑厂打工200天，亲历体验了实实在在的打工生活与打工心理感受。她的长篇报告文学《工厂女孩》与郑小琼的《女工记》在创作倾向上非常一致，都是突出第一现场的亲眼目击与亲身体验，但是丁燕作为"打工妹群体"之外的知识女性，更自觉地确立了一种冷静的观察视角，她没有刻意去寻找打工妹们大悲大痛的悲剧故事或典型事例，也没有刻意渲染她们极端性的苦难命运或忧伤情怀，而是如实记录她身边极为普通

　　① 胡传永：《血泪打工妹》，《北京文学》2003年第4期。

　　② 金莹：《郑小琼：〈女工记〉，被固定在卡座上的青春》，《文学报》2013年5月16日第6版。

　　③ 郑小琼：《女工记》，《人民文学》2012年第1期。

的女工们的日常劳作与生活。在流水线上，她们始终以固定的姿势和机械的动作一刻不停地"运转"着，像是机器中的零件，她们的"那些手指惨不忍睹——粗糙不已，像树棍，又像耙子，但因不断动作，又持有罕见的灵活性"[①]；她们每天经历着微不足道的烦恼或快乐、失落或满足，重复着平常不变的日子。然而，青春就在这些单调重复的日子中退去天然的光鲜，退去爱的梦想，退去生命的丰富，一切悲哀都在这普通平淡的日子流逝中沉积下来。作者在记述打工妹这样一种平常的悲哀时，并不是要立足某个立场"呐喊"，但是我们依然能够在作者平实的叙事中感受到如岩浆一样涌动着的女性意识和女性情怀。

　　丁燕曾在电子厂目睹一个打工妹因痛经一下子昏厥在拉线旁，她被人架出去时，半截腰肢赤裸裸地暴露出来，瞬间她感到"某种突如其来的悲哀，千钧压顶似的罩下来"，"创伤是什么"？作者诘问裹挟她们命运的社会，但她知道社会无法回答，在她"干过一天十一个小时的活计，吃过没有油水的食堂饭菜，住过逼仄混乱的女工宿舍后"，她理解了她们——"她们去酒店 KTV 陪唱，给台湾人或香港人当二奶，屈从于各种年龄段的有钱人有权人……她们在繁重的体力劳动中挣扎过，懂得它的艰苦和永无休止。"[②] 这段话，或许是对"性别创伤"的最直接的体悟。

　　"二奶"，这个暧昧的词语如今"已像越长越大的毒瘤存在于我们活生生的现实社会中"。涂俏孤身卧底深圳河畔的"二奶村"，揭开了二奶生活内幕的一角。那么多年轻的打工妹心甘情愿地被人包养，对自己没有名分、没有承诺、更没有法律保护的"二奶"身份坦然以待，麻木慵怠地在打麻将、闲扯中打发那些独守空房的日子，任凭岁月流逝……看到这一切令人产生深深的悲哀和困惑。尽管从"二奶"的角度说，"在工厂打工一天 12 小时以上，累死累活才不过 400 元，跟香港人生活不用干活，又不用操心生计"，"很合算"[③]。的确，相比于那些居无定所、漂泊在洒满辛酸泪的打工路上的姐妹，那些工伤致残、中毒

---

① 丁燕：《工厂女孩·前言　飞跃电子厂》，外文出版社 2013 年版，第 9 页。

② 丁燕：《工厂女孩》，外文出版社 2013 年版，第 277、278 页。

③ 涂俏：《我在深圳"二奶村"的 60 个日日夜夜》，《北京文学》2004 年第 4 期。

患病而无人问无人管的姐妹，那些为挣三五块钱在工地卖淫的姐妹，"二奶"们算是幸运的。但是从社会道德、社会文明、社会稳定的角度看，这已是过于张扬的丑恶现象、罪恶现象，从妇女人生保护、妇女人生尊严、妇女人生价值实现来看，更是史无前例的大倒退！

面对打工妹走不出的困境和身心创伤，"哀其不幸，怒其不争"的社会舆论已经苍白无力，胡传永悲愤质问这个社会："她们自生自灭也便罢了，我们却是一次又一次地尽可能地利用她们的贫穷，利用她们的善良，利用她们的勤劳，去榨取她们的生命或牺牲她们的青春以维系一种不合理的存在，我们还有什么值得自以为是的东西！还有什么资格奢谈妇女解放，高唱男女平等！"[1] 这是每一个关注妇女进步的作家和研究者倍感痛楚的世纪之问。

（二）荒滩桑小做蚕难——衰萎的她们

从杨豪的《农村留守妇女生存报告》中，我们看到的是留守妇女严酷危困的现实处境，作者将其作为"三农"新衍生的严重问题进行了冷峻观察与审思。而在女作家的关注视域中，留守妇女群体的性别烙印却格外刺目。留守妇女之所以被称为"体制性寡妇"，不仅反映出"打工经济"与城乡二元体制的弊端与隐患，也折射出浓厚的性别悲剧底色。长期的劳苦与困窘、压抑与孤独使这一特殊的女性群体承受着身心摧残，她们的生活信念和情感欲望常常在荆棘与泥沼中挣扎、沦陷……近几年常可看到留守妇女自杀甚至携子自杀的案例报道，这样的现实惨案实在让人难以接受，但是却不断发生在我们身边。

梁鸿2008年夏天回老家梁庄调查采访时，就在哥哥开的诊所，亲眼目睹了留守妇女春梅的死亡。这个村里漂亮的小媳妇，本来应该是幸福的，她和丈夫感情好，已经生育一个闺女。丈夫去外地煤矿打工，春梅人勤快，地里屋里一天到晚忙个不停，按说小日子红红火火的，为什么要喝药自杀呢？到她死后，她的丈夫可能都不明白春梅寻死的原因，那些整天为生计、为温饱操劳的农民更不会关注一个乡下女人的感情困境。春梅思念丈夫，渴望正常的夫妻生活，可是盼到春节男人没有回

---

[1] 胡传永：《血泪打工妹》，《北京文学》2003年第4期。

来，盼到麦收还没有回来，相隔千里的男人杳无音信，春梅在思虑、猜疑、怨怼的情绪折磨中变得神情恍惚，她的病态不仅得不到同情和关怀，反而被视为"花痴"遭受非议和耻笑。春梅在被抢救的过程中嘶哑着嗓子喊出"我不想死，我想活"，可是她最终还是在痛苦的折磨中咽了气。《中国在梁庄》这部报告文学中，最让人痛心叹息的就是春梅之死，作者亲眼目睹的这场悲剧或许是留守妇女中一个特别的个案，但悲剧根源里却有着非常普遍而又被忽视的因素。打工群体的婚姻危机和性压抑问题已经非常突出，城乡分离的夫妻一年难有一聚，而同在一个城市打工的夫妻也常因为租不起房子不能住在一起，他们中的离婚现象、临时夫妻现象、同性恋现象，以及嫖娼、强奸、乱伦等犯罪现象越来越多。但是打工的男人不管是嫖娼还是与人私通，他们并不会因为道德负罪感去自杀；农村里的一些流氓、村干部乘人之危性侵留守妇女，甚至公然拥有"三妻四妾"，他们也多数逍遥法外。极不公平的是，女性的血肉之躯却常常成了道德的祭品。

女作家方格子在报告文学《农村留守妇女》中，也大胆披露了留守妇女的性压抑问题以及她们不堪言说的情感伤痛。她在福建乡村结识了留守妇女彩琴，随着交往的深入，触碰到这个 32 岁女人隐秘的伤痕和无尽的悲哀。为了造房子，彩琴的丈夫出去打工挣钱，夫妻离多聚少，感情上逐渐出现问题，特别是彩琴染上妇科病，使她从心理到生理开始抗拒丈夫，却与待业在家的小叔子发生了说不清道不明的不伦之恋，这一切被丈夫发现后让她坠入了不想活却又不能死的炼狱。当作者问她如果跟丈夫离婚会不会和小叔子在一起，她斩钉截铁地说："死也不会！"负罪感如大山一样压迫着她，如恶魔的利爪蹂躏着她，她无处逃遁，只能像祥林嫂似的重复着"我恨不得死掉……恨不得死掉……"①

在阜南县一个偏僻的村庄，有 1000 多户人家，留守妇女大约 200多个，可是罗香妮说，总觉得整个村子只有她一个年轻的女人留在家里，心里总是发慌，每天都在默默地忍受孤寂的熬煎，吵吵闹闹的三个孩子并不能给她带来快乐和生气，反而常常惹得她心烦，她向作者吐露了自己难以启齿的欲望和饥渴，呜咽着说："我都宁愿死了……你说我

---

① 方格子：《农村留守妇女》，《北京文学》2014 年第 5 期。

这个女人，一年到头见不到自家男人，……你说我打孩子，我心疼啊，刀割一样，可是我烦着，我就烦着，不知道心里窝着什么火，我没地方说话，我打孩子，我这心，痛得透不过气来……"①

春梅、彩琴、罗香妮们，无论死得惊天动地还是活得无声无息，都是她们的宿命，那是千古不变的性别之悲。尤为可怕的是，在看不到终结的悲剧轮回中，劫难甚至不放过幼小的生命。

《梁庄在中国》的结尾，梁鸿讲述了黑女儿——一个还有漫长无边的岁月要受活的9岁留守女童的遭遇，让人掩卷之后依然沉浸在极度的悲愤情绪中难以自拔。

留守女童遭受老头强奸、性侵事件，已是常发案件，每当看到这类消息，人们的愤怒都指向那些禽兽不如的老流氓，可是我们都不能像走近黑女儿这样走近一个个受害女童伤痛的心灵。梁鸿不经意间就亲历了这个仿佛离我们很远的事件，她用近乎残酷的细节描述，揭开一个小女孩的创伤。

　　　奶奶拉着孙女，畏畏缩缩走过来。小女孩儿艰难地向前挪动着，每走一步，嘴唇都抽动一下，很痛苦的样子。还没有上车，就拉着奶奶说要上厕所，她老想小便。一会儿，厕所里就传出小女孩儿的呻吟声。

　　　……

　　　（医生）朋友让小女孩儿把裤子脱下来，让奶奶抱着小女孩，她戴上手套，仔细地查看。女孩儿的会阴部已经红肿和糜烂，每触动一个地方，她都"啊啊"地叫着。……诊断完后，朋友说，小女孩儿会阴部严重撕裂，宫颈受伤，泌尿系统感染，已有并发症。

　　　……

　　　九岁的小女孩儿始终以缓慢、平板和迟钝的声音回答，这迟钝在小小的房间里回响，像钝刀在人的肉体上来回割，让人浑身哆嗦。②

---

① 方格子：《农村留守妇女》，《北京文学》2014年第5期。
② 梁鸿：《梁庄在中国》，《人民文学》2012年第12期。

　　直面这样的场景需要多大的勇气？如实记录下每一个不堪的细节又需要多大的勇气？一个9岁的小女娃，她还根本不懂什么是"性别悲剧"，甚至还不懂"奸污"这样肮脏的字眼，但是她幼小的身心，已经受到如此残忍的污辱和蹂躏，一个可怕的魔鬼阴影将蛰伏在她的生命里，不知道哪一天会突然伸出魔爪攫住她、毁了她。

　　黑女儿的悲剧背后，还捆绑着一个老奶奶的悲剧。她一个孤老婆子，既无力去跟那个老淫棍拼命，又怕坏了孙女名声不敢去报案，还带着负罪感担心着怎么面对快要回家过年的儿媳妇，更揪心的是对孙女的痛……所有的恨、怒、悲、怕、痛只有和着眼泪往肚里吞。在梁鸿的两部长篇报告文学中，我们对老年留守妇女的悲哀有了更多的了解，她们年迈体衰，生活无助，家里地里一摊子事硬撑着做，还要养活照看孙子孙女。像五奶奶，因为在地里多干了一会活耽误了晚饭，孙子跑到河里玩水给淹死了，老人从那以后住到河边的茅草庵里，有谁知道她怎样挨过一个个悔恨自责、痛不欲生的夜晚？还有被18岁的少年强奸后用锄头砸死的82岁的刘老太，得了食道癌说不出话还骑着三轮车接送孙子们上学的建昆婶，在年轻时就已经苍老、整天忙着干活从没穿过干净衣服的凤嫂……她们一辈子都在为别人活，一辈子都活在女人的宿命里。

（三）迈不过的那道坎——殇逝的她们

　　据有关研究人员透露，中国自杀率是23‰，高居世界第一位（全球平均水平是16‰），而自杀80%发生在农村，农村自杀者又以女性为多数。显然，农村自杀率高，"三农"困境是根源，贫穷、落后、疾病是紧紧纠缠在一起的祸患，长期困扰着农民们，无情打碎了许多人生活的信心和生存的信念。不容忽视的是，一些新的危机因素正在形成抑或日趋严峻。我们在梁鸿笔下的"梁庄"已经看到现代化转型中农村内部的"断裂与失衡"，乡村的破败与沦陷不只是老屋倒塌了，良田荒芜了，河流污染了，同时还有乡村组织与秩序的涣散塌陷，还有文化上的凋落和道德伦理的沦丧，还有不平等和歧视造成的内伤，等等。这一切都会危及农民的生存信念。

　　以长篇小说《歇马山庄》成名的东北女作家孙惠芬，跟随贾树梅教授主持的国家自然科学基金项目"农村自杀行为的家庭影响评估与干预研究"课题组，到她的故乡翁古城地区的乡村进行调研，共采访了200多个自杀者的家庭遗族，她以"十日谈"的纪实文体形态，记录了一幕幕生死挣扎的人生劫难，字里行间满是被揭开的流血的伤疤，读这些文字无法不产生钻心的痛感。而那些在命运的摆布下无奈无助而走上不归路的女性，她们的绝望与悲哀尤令人难以释怀，也发人深思。

一个15年守活寡的女人，被丈夫遗弃后在贫困与疾病中艰难度日，她不要丈夫的钱，坚决不离婚，死心塌地等他回来，等到彻底绝望就一次次寻死，最后喝农药死了。赵凤的遭遇要远远比春梅更不幸，因为她的男人是典型的土陈世美，打工混成工头，就抛妻舍子在城里包养"二奶"。她也试图以反叛来抗争命运的不公，可是偶然的一次出轨竟染上性病，从此还背上了罪孽的荆棘；她含辛茹苦拉扯大的儿子不学好，沉迷网吧欠了债她无力偿还；回到娘家也得不到亲人的安慰，母亲徐大仙整天神神叨叨跳大神儿，对女儿的现实悲境几乎置若罔闻，一切归咎为所谓的"阴魂"。赵凤的悲剧让我们在扼腕叹息之余深感疑惑，已经是现代化进程中的新农村，为什么还有抱着"从一而终"愚蠢信念不觉醒的弃妇？为什么还有比"三仙姑"更蒙昧、更迷信的神婆在扮演精神救主？我们不得不警醒，在书写当代中国妇女发展报告时，是不是还有重要的评估依据长期被忽略甚至被遮蔽？

在农村妇女自杀案例中，很多自杀起因是看起来微不足道的鸡毛蒜皮小事，这让人们形成一种偏见，认为农村妇女心胸狭窄，好寻短见。其实，"小事"的现象下往往隐藏着诸多的悲剧因素，它们被外人忽视，也被当事人忽视——或者她们根本无法从乱麻般的关系中面对矛盾，或者她们根本不能意识到所有事端的根源，或者困于日常没完没了的劳作和琐事烦恼，她们甚至没有空暇去解决积怨。

《生死十日谈》"第一日"记述的自杀案例是"一泡屎要了两个人的命"，年轻的小媳妇去河边洗衣服，孩子丢给婆婆带，婆婆忙着农活，把孙子扔在炕上自己玩，等媳妇回家看到孩子糊了一炕的屎就跟婆婆闹起来，婆婆一气之下喝了剧毒农药当即毙命，惊慌的媳妇随即也喝药自杀。这个案例听起来实在不可思议，但这对婆媳关系折射出乡村伦理关系的新危机。过去的"恶婆婆"与"受虐待的媳妇"在今天的农村几乎都翻转角色了，计划生育政策后出生的新一代媳妇多是娘家的独苗苗，不是独苗苗也是受宠爱的宝贝闺女，她们可以读到中学，可以不干农活，她们不想嫁在农村一辈子待在农村，即使嫁了农村婆家，根本不可能唯唯诺诺受婆婆支差，更不会受婆婆的气，不顺心可以出去打工、可以单过、还可以常住娘家。婆家如果穷，婆媳妇不能拿出体面的彩礼，不能给儿子媳妇在镇上买楼，就先在媳妇面前矮了一截，被媳妇辱骂、虐待只能忍着。但是婆婆们固有的传统观念和旧的家庭伦理意识又让她们特别顾及"面子"和家庭名声，所以最后常常是带着愧对祖宗的羞耻感去寻短见（"第五日"讲述的周凡荣老伴的自杀又是一个例证）。小媳妇的死因不全是"畏罪自杀"，同样也有新生代农村女性的人生危机根源。作者采访时听到小媳妇"爱在电脑上看书"的细节，一下触动了敏感的思绪，"在一个与城市现代文明没有一点距离的电脑上，与城市有着遥远距离的乡村，如何安置一颗青春的心？"她默默端详着婚纱照里的新娘，"一头明星一样漂亮的卷发，洁白而修长的胳膊，灿烂又迷人的笑容"，可是"在瞬间的灿烂之后，等着女主人的是寂寞的村庄、埋里埋汰的院子、烟熏火燎的灶屋"，"乡村，似乎怎么都无法延伸年轻女子的希望。"① 如果没有指望改变现代文明与落后生活之间的巨大反差，婚姻也不能帮助她们脱离困境，新生代的农村女性在精神上就会"断裂与失衡"。

耿小云，这个家境极度贫困，父母贷款供出来的女大学生，毕业后有了不错的工作，还当上总经理助理，她靠自己的努力和奋斗已经游出了生活的苦海，即将达到美好的彼岸，为什么依旧不能超度精神苦海，也走上黄泉路？她的自杀是个无法揭开的谜，虽然有爱情挫折的起因，但是经历了艰难奋斗、胸怀大志的知识女性会为爱情挫折放下一切去轻生？父母无能也无心去追究女儿的死亡真相，日夜沉浸在悲痛里。死者留下的"回乡A计划"使人对耿小云的悲剧产生了深一层的追问和思考。在这份计划里，有回乡创业的清晰思路和阶段目标，拥有如此宏阔理想的女孩让作者震撼，但也陷入忧思。"如果A计划真的是乡村出来的大学生为自己点燃的一堆篝火，那么有谁为她注入过燃料、空气和养

---

① 孙惠芬：《生死十日谈》，人民文学出版社 2013 年版，第 13、12 页。

分?"① 一个两手空空、没有背景的女孩子要实现她的创业梦想，别说在社会机制与社会关系中将四处碰壁，就是在父母看来"那是妄想"！"讲给屯里人听，屯里人当成笑话讲。"② 耿小云的爱情在父母乡亲的世俗眼光中可能有损名声，耿小云的理想篝火也在嘲笑和践踏中泯灭，她的一只脚在现代文明的彼岸，另一只脚在乡村落后观念的泥淖中被牢牢套住，难道这不是许多农村新生代女性共有的困境？她们的身份尴尬与焦虑，她们的精神纠结与悲观，都还没有引起社会应有的关注，而社会关怀的严重缺失将会让更多的年轻人失去生活的信念。

孙惠芬笔下的"生死场"让我们悲哀地看到一道道迈不过去的坎儿竟然如此轻易地击碎了一个个生命的生存欲望，使我们对乡村伦理与秩序的恶化、对农村女性悲剧的复杂根源有了更真切的感受与认识。

女作家的性别身份与视角使她们常常更加贴近现实的细微褶皱，更为敏感地听到民生的呼吸，发现身边的社会问题或困境；她们总是身不由己地进入母亲、女儿、妻子的角色，以多愁、善良、悲悯的情怀体验人生的所有悲欢离合，无论崇高的，还是卑微的；她们脆弱的神经似乎不能承受轻微的疼痛，却又无比坚韧地为疗救那些大伤大痛而全身心投入。阮梅坦言自己的报告文学创作是喊出心中的"痛"，她自陈："作家，本应是一个为社会喊痛的人。"③ 在文学道路上刚刚起步的梁鸿直接用"呼愁与哀痛"定位作家的良知写作④。郑小琼说："我无法逃脱我置身的现实，这种具体语境确定了我的文字是单一向度的疼痛。"⑤ 丁燕也说："我经常感到痛苦。我的痛苦如此深切，似乎已无须什么理由。"⑥ 孙惠芬经历了"生死场"的深度采访后写道："他们疼，我也疼，他们让我困惑、困顿、痛苦、迷惘，也给我带来种种思考……"⑦

从文学的社会担当来看，她们或许还不足以以强势姿态和宏大的视

① 孙惠芬：《生死十日谈》，人民文学出版社 2013 年版，第 52 页。

② 同上书，第 49 页。

③ 阮梅：《世纪之痛：中国农村留守儿童调查·后记》，人民文学出版社 2008 年版，第 296 页。

④ 梁鸿：《呼愁与哀痛》，《青春》2013 年第 1 期。

⑤ 郑小琼：《女工记》，《人民文学》2012 年第 1 期。

⑥ 丁燕：《工厂女孩·后记 从西北到东南》，外文出版社 2013 年版，第 286 页。

⑦ 孙惠芬：《生死十日谈·尾声》，人民文学出版社 2013 年版，第 275 页。

野进行"报告"和"纪实",进行深度的问题揭示与理性思考;或许还不能借文学实现"为民请命"的具体目的。但从"报告"和"纪实"的文学意义来说,也尤为需要作家们及时地、真正地关注日常生活与庶民百姓,使文学在"非虚构"的叙事伦理中完成"社会学"与"人学"的密切结合。她们的写作已经触摸到社会与大众在时代震荡中的深刻疼痛,也使读者产生深刻的疼痛共鸣。这就是文学影响力的根源。

五 乡村,回不去的家园

著名作家冯骥才透露,相关部门最新的统计数字显示,我国的自然村 10 年前有 360 万个,现在则只剩 270 万个,一天时间消失的自然村大概有 80—100 个。在他看来,很多传统村落就是一本厚厚的古书,只是很多还来不及翻阅,就已经消亡了。因此他从保护传统文化遗产的意义上,呼吁抢救正在消亡的传统村落。① 如果从中国农业经济发展的长远目光审视村庄消亡的危急境况,更凸显出问题的严峻性和紧迫性,这是关系到中国改革发展的去向、关系到国计民生的根本问题。

(一) 衰落凋敝的村庄

报告文学作家在关注"三农"、进行田野调查的过程中,对当今农村的衰落凋敝有着更切身的了解和感受。青年学者梁鸿在完成一项项量化的教学与科研任务时,或许并没有文学创作的冲动和空暇,但是她对自己"讲台上高谈阔论,夜以继日地写着言不及义的文章"产生了怀疑,她感到这样的生活与自己的心灵、与广阔的现实越来越远。于是她利用寒暑假多次回到故乡——河南穰县梁庄,开始了情感驱动下的田野调查。②

展现在她笔下的梁庄,强烈冲击着我们视觉的,是一个"蓬勃的'废墟'村庄"。作者转引穰县县志关于村镇建设的记载,1990 年始,

---

① 见冯会玲采写的报道《自然村一天消失百个 传统村落保护迫在眉睫》,中国网新闻中心,2012 年 10 月 22 日。

② 梁鸿:《中国在梁庄·前言 从梁庄出发》,江苏人民出版社 2011 年版,第 1 页。

穰县开展"以加强农村基础设施建设"为重点的村镇建设，赫然在目的政绩是修筑了四通八达的公路，建起了排房或楼房，公路沿街造有各类店铺等。然而，作者说回到故乡总有"迷失在故乡"的伤感，记忆中"永恒的村庄一旦被还原到现实中，就变得千疮百孔"。

> 就像这宽阔的高速公路，它横贯于原野之中，仿佛在向世人昭示着现代化已经到达乡村的门口。但是，对于村庄来说，它却依然遥远，甚至更加遥远。
>
> ……那一辆辆飞速驶过的汽车，与村庄的人们没有任何关系，反而更加强化了他们在这现代化社会中"他者"的身份。被占去的土地且不必说，两个曾经近在咫尺、吃饭时就可以窜门儿的村庄，如今却需要绕上几里路才能到达。
>
> ……
>
> 村庄里的新房越来越多，一把把锁无一例外地生着锈。与此同时，人越来越少，晃动在小路、田头、屋檐下的只是一些衰弱的老人。整个村庄被房前屋后的荒草、废墟所统治，显示着它内在的荒凉、颓废与疲惫。①

当作者穿过杂草丛生的小路走近她魂牵梦萦的老家，更是被眼前的断壁残垣和"一大片连绵的废墟"震住了！

> 到处是巨大的断墙和残破的瓦砾，断墙角落是倒塌了一半的锅灶……有的房屋甚至连屋顶都没有了，只剩下几面墙撑着一个框架。
>
> ……
>
> 这一片绵延着倒塌了的房屋有十五家……整个村庄至少有四处这样的大片废墟，估计有六十户左右人家。②

---

① 梁鸿：《中国在梁庄》，江苏人民出版社 2011 年版，第 6、21 页。
② 同上书，第 27 页。

看到眼前的破落景象，她困惑地想，"这些废墟，和公路两旁高大、现代化的建筑是一个村庄吗？"无情的现实让她明白："记忆中的村庄与眼前的现实的村庄相比，虽然地理位置没变，但其精神的存在依据却变了。"①

在游子的记忆中，诗意的乡土永远是一幅幅由"清亮的小河"、"美丽的池塘"、"枝繁叶茂的古树"等构成的山水田园画，但在"现代化"的发展需要中，一切诗情画意都显得那么轻渺和酸腐，"开发"、"建设"才是现代化的两支巨大画笔。在梁庄，曾经翻滚着金色麦浪的良田上如今废弃着许多砖窑，四周被挖得满目疮痍；曾经铺满青青荷叶的池塘被填了，上面矗立着一座座崭新的房屋；往昔的湍水河清澈见底，河中游弋着成双成对的野鸭，岸边盛开着紫汀花，还有细白柔软的沙滩，如今的湍水流淌着化工厂废水，河水像汽油一般黑亮，泛着刺鼻臭味，许多河段已经裸露出干涸的河底，一个个横在水里的挖沙机、河边运沙的卡车隆隆作响，由于河流的自然结构遭到严重破坏，一到夏天，它成了吞噬孩子的恶魔，那些溺亡的多是缺少大人看护的留守儿童。

破败景象不仅是抛荒的田地和废弃的村舍，还有"破败的生活、破败的教育、破败的心情……梁庄的破产不仅是乡村生活的破产，而且是乡村传统中的道德、价值、信仰的破产。这个破产几乎彻底根除了乡土中国赖以存在的可能，也意味着中国传统文化载体的彻底瓦解"②。

（二）破败的乡村生活

梁庄的父老乡亲们离开了低矮破旧的老宅，住进现代气派的新楼，是不是就昭示着"新农村"建设发展的成就呢？可是看看那些荒弃的农田、污染的河流，那些崭新房屋周边的黑色泥流、遍地垃圾，这一切又昭示着怎样一种"现代化进程"？而且每一栋新楼里又天天重复着多少亲情离散的悲伤故事？有谁听得见孤苦老人的叹息和孩子们对父母的

---

① 梁鸿：《中国在梁庄》，江苏人民出版社 2011 年版，第 28 页。

② 孟繁华：《怎样讲述当下中国的乡村故事——新世纪长篇小说中的乡村变革》，《天津社会科学》2011 年第 5 期。

切切呼唤？人们甚至难以想象新楼房背后的惨重代价。

梁鸿跟踪记录了光河叔一家的悲剧：

> 光河和他老婆都是老实人，他的理想就是盖栋排场的房子。积攒了二十几年，也没有把盖房的钱攒下，他们又不愿意借钱，就下狠劲儿干活，光河和老婆、儿子出去打工，几年也不回家一趟。可是，到出事之前，房子还遥遥无期。这房子，是在光河儿女死后得到赔偿的第二年盖起来的。①

四方打工的一家人难得的一次团聚，却成为永别。光河的儿女在回家的路上遭遇车祸惨死，官司打不赢也打不起，只得到十几万元的赔偿。作者写第一部《中国在梁庄》时去看望光河叔，他已经枯槁如鬼，后来写第二部《梁庄在中国》，她补记了"光河之死"。

> 光河是绝食而死的。在死前的两个月，他就拒绝进食。他每天斜躺在床上，眼睛直直地盯着门口，眼神空茫，没有焦点。……梁庄人都说，他是在等着他惨遭车祸死去的那一儿一女来接他。②

那么光河的老母与寡妻又是活在一种怎样的生命煎熬中？这栋新房子成了巨大的悲剧符号，笼罩在梁庄的日常生活中。

真实的梁庄，还有十几年居住在墓地搭起的小茅草屋的昆生一家，有在河里淹死却没有亲人愿意认领尸体的流浪汉军哥，有领来的老婆跟人跑了自己喝醉被车撞死的姜疙瘩，有打工中毒吐血而死的小柱……苟活者麻木度日，死去的已被遗忘。

梁鸿作为生长于斯的农民的女儿，不单单是为受伤累累的乡土悲哀，也不单单是为传统农耕文明的衰落而叹息，她试图深入探究的是："当代的农村政策不停地改变，身在其中的农民不知道哪一种东西还真正属于自己，包括土地。"那么，国家"一直在努力寻找一条适合乡村

---

① 梁鸿：《中国在梁庄》，江苏人民出版社 2011 年版，第 108 页。

② 梁鸿：《梁庄在中国》，《人民文学》2012 年第 12 期。

的道路",为什么"农民却始终处于一种被动消极的状态"?"古老的村庄正在消失,而新的村庄将以什么样的方式,以什么样的心态、面貌达到健康的新生呢?"①从这个意义上看,《中国在梁庄》既是作者为故乡唱的一曲挽歌,又是对中国"三农"大课题提供的一份真实而厚重的调研参考。

(三) 无处安放的乡愁

文学的"乡愁",历来都是离乡人的愁——羁旅之愁、漂泊之愁、怀人之愁、忆旧之愁……它们是从情怀深处流出的一股股细流,都汇合到思乡之愁的小河里,蜿蜒流向故土家园;文学的"乡愁",是依稀的梦,是惆怅的心,是朦胧的画,是抒情的诗。所以,乡愁文学大多不是居乡者的现实书写而是离乡人的远距离凝望。"乡"是"愁"的源头也是慰藉,是心灵的归宿。而一旦"乡"已凋敝败落,已消失解体,"愁"就成了赤裸裸的无根无须、无处安放的内心恐惧。

严峻凸显的"三农"问题,使我们不得不直面依然贫穷落后的乡土现实困境;以惊人速度发展的现代化,又使我们目睹了强硬的不可阻挡的破坏力——破坏着乡村生态,颠覆着农耕文明与秩序。这一切似乎已经让曾经的乡愁渐行渐远,也已经让文学的乡愁母题衰老枯竭。但是另一种乡愁越来越强烈地撞击着我们的感受,那是一种彻底失去原乡的哀痛,是目睹千疮百孔的乡村时深深的伤痛。

"回家"——在梁鸿的记忆中曾是那么幸福而诗意的感受,"沿河而行,河鸟在天空中盘旋"的景色,"那延伸到蓝天深处"的村路,"有着难以形容的清新与柔美"。而如今,"高速公路,犹如一道巨大的伤疤"②,不仅割裂了良田与村庄,也割裂了人与乡土、与老家的生命联系,"回不去的家园"——成为她最敏感的乡愁。

> 少年时代失去母亲,是我永远说不出的痛。想起母亲躺在床上,只能发出"啊、啊"的哭声,我就无法抑制自己的眼泪,那是

---

① 梁鸿:《中国在梁庄》,江苏人民出版社 2011 年版,第 224 页。

② 同上书,第 6 页。

一位失去行动、失去语言的母亲的绝望……这哭声犹如长久的阴影跟随着我。①

　　梁鸿说："乡愁里长长的阴影，不是黑暗的，是掺杂了哀伤、某种温柔又凄凉的记忆。"② 然而现在，可以慢慢凭吊这一记忆的空间正随着时间消逝，原野上孤独的坟头和坟头上的松柏将消失，摇摇欲坠的老屋和院子里的老枣树也将消失。面对已成废墟的家园，她仿佛看到了"温柔的、哀伤的，卑微的、高尚的，逝去的、活着的，那棵树、那间屋、那把椅子，它们汇合在一起，形成那样一双黑眼睛，那样一种哀愁的眼神"③。

　　对于离乡的梁庄人——那些散落在内蒙古、新疆、北京、深圳、青岛等地谋生的打工族群，他们在城市卖苦力、受歧视、被驱赶，在白雾蒸腾没有抽风机的车间里天天吸着毒气干活，在污水横流垃圾成堆的城中村蜗居于狭小简陋的出租屋里，他们"经受着和梁庄相同的命运，不只是分离、思念和死亡，而且是家园的丧失"。只有在偶尔的老乡聚会时，他们才想起"那个他们必须要回去的、也巴不得回去的、但是又不愿意回去的、也回不去的家"④。

　　乡愁的哀痛是"在场"亲历、"触摸"感受的内在疼痛。书写乡愁的哀痛不再是为了思念怀想而是为了"对抗遗忘"——社会发展与现代化进程对"代价"的遗忘，城市对"三农"的遗忘，还有文学对现实的遗忘，作家对良知的遗忘。

　　"三农"问题长期以来就是最尖锐、最沉重、最复杂的民生问题，报告文学作家以全方位的参与意识，关注并揭示了与之相关的几乎所有的现象和矛盾，体现出强烈的"民生情结"和社会干预意识，使报告文学的现实性、批判性得到深化和强化，在中国新世纪的当代文学发展格局中，彰显出鲜明的文体品格和价值取向，代表了文学审美的时代要求。

---

① 梁鸿：《中国在梁庄》，江苏人民出版社 2011 年版，第 229 页。
② 李佳蔚：《梁鸿：当代乡愁记录者》，《中国周刊》2012 年第 1 期。
③ 梁鸿：《呼愁与哀痛》，《青春》2013 年第 1 期。
④ 梁鸿：《梁庄在中国》，《人民文学》2012 年第 12 期。

第三章　上学难：教育之弊的沉重忧思

　　2012 年 9 月 3 日，《长江商报》一则关于湖北麻城顺河镇 3000 名小学生扛着课桌去上学的新闻引爆媒体，仅一天时间里，网上相关信息就达到 13 万条之多，网友评论如潮，社会反响极为强烈。新闻画面中那群年幼的孩子背着大小不一、形状各异的桌子艰难地走在上学路上的情景深深刺痛着人们的神经，"再穷不能穷教育，再苦不能苦孩子"这句话已经在耳边响了许多年，可是看到的现实图景常常令人困惑失望。"扛着课桌去上学"反映出当前中国农村不容乐观的教育现状，而在西部和一些贫困山区，更为落后、恶劣的教育条件与环境依然普遍存在，中国的教育投入离解决教育现实困难的实际需求差距尚远。

　　正是在这一年，国家财政性教育经费支出占国内生产总值比例达到 4%。早在 1993 年，中共中央、国务院颁布的《中国教育改革和发展纲要》中就明确提出，国家财政性教育经费支出占 GDP 的比例要在 20 世纪末达到 4%，但是这个目标并未在预期内实现。教育学者熊丙奇在微博上评论说："这是一个迟到 12 年才达到的目标，而且是较低的水平。"① 之所以说这个水平偏低，是因为"世界各国的平均水平是 4.9%，发展中大国印度是 5%，OECD（经济合作与发展组织）国家是 6.1%，美国早已超过 7%，与之相比，我国的 4% 仍有很长的道路要走。"② 那么，"上学难"这一突出的民生问题会随着国家财政性教育经费投入加大而得到根本改善吗？

---

　　① 引自马扬等采写的报道《中国教育经费支出比例首次"达标"》，新华网，2013 年 3 月 5 日。

　　② 崔立勇：《莫把 4% 当作终点》，《中国经济导报》2013 年 5 月 18 日。

专家和学者们认为："现阶段民生问题的凸显与以往发展中公平、正义、共享理念的缺失密切相关"；① "改革开放近30年来改革最不成功的是教育的改革，而导致教育改革不能成功根本的原因是什么呢？表面看是因为教育问题本身太复杂，实际上还是我们的教育制度安排及其实施问题"；② "可以说，在当代社会，教育日趋成为社会群体分化的基础性力量。良好的教育政策应当是社会和谐的正面力量，而教育花费已经成为城乡居民致贫的罪魁祸首"。③

报告文学作家们，则以反映上学难问题的真实报告，向我们披露教育这座"大山"下老百姓所处的困境和他们悲哀无奈的故事。

一 少年儿童失学的梦魇

因贫困失学，因上学致贫——这在21世纪是怎样荒谬的逻辑和定律？可是在现实中国竟然那么长久地、顽固地存在着。

在二十几年前，黄传会听说"我国每年有四百万名农村儿童因为家庭贫困而失学"时，他的第一个反应是"不可能吧？"他说："我的脑海里闪现的仅仅是'四百万名'这个数字。但是，当我走进太行山、沂蒙山、大别山和黄土高原、内蒙古草原那些贫困的乡村，面对失学儿童那一双双饥渴的目光时，我才真切感受到'贫困'两个字的真正含义。"④ 这位海军作家由此开始关注中国贫困与少年儿童失学问题，他行走在中国现实底层，深入十几个省（区）的六七十个国家级贫困县考察，在为"三农"难以想象的贫困落后万分震惊的同时，也为难以计数的成人文盲和失学儿童痛惜不已，他急切盼望全社会都来关注这一严酷现实。他说自己"是用一种激愤之情，完成了长篇报告文学《"希

---

① 郑功成：《构建和谐社会要以民生为本》，《前线》2007年第5期。
② 万俊人：《再谈教育公平问题》，《现代大学教育》2010年第1期。
③ 袁岳语，见陈黛采写的报道《调查研究显示教育和医疗支出拉大贫富差距》，人民网，2006年2月20日。
④ 黄传会：《"走"出来的文学》，《南方文坛》2012年第1期。

望工程"纪实》的创作的。"① 紧接着，他又写出《中国山村教师》，这两部作品非常真实地呈现了农村教育极端破败窘困的状况，失学的孩子们那一声声"我要上学"的哭喊撕裂人心，山村教师们于贫苦困厄中"蜡炬成灰"的人生故事催人泪下。作品在《当代》杂志发表后反响强烈，产生巨大的"爱心驱动力"，给他来信来电要求捐款的读者不计其数，对希望工程的发展与壮大也起到推动作用。于是，黄传会在20多年的时间里跟踪希望工程的发展轨迹，又接连创作了《希望工程：苦涩的辉煌》、《为了那渴望的目光——希望工程20年记事》。希望工程为改变中国的教育落后现状做出了不可估量的贡献。截至2008年年底，希望工程已募集资金逾40亿元人民币，资助贫困学生330万名，援建希望小学1.5万所，培训乡村小学教师4000余名。

但是，贫困山区的教育困境尚未全面改善，城市农民工子女的上学难问题又严重地凸显出来；近两亿文盲人口的扫盲任务尚未完成，每年新增文盲人数又在剧增。

在希望工程对失学少年儿童实施救助15年后，中国青基会的负责人告诉黄传会，"在城市里，有几百万农民工子女面临着上学的困难"，他的第一个反应依然是"不可能吧？""但是，当我走进那些低矮的棚区，走进城乡结合部打工子弟学校那一间间昏暗的教室，面对农民工子女那一双双茫然的目光，我的心灵受到了极大的震撼！儿童是民族的未来，但数以百万甚至千万计的儿童不能享受最基本的教育时，我们这个民族还有什么希望可言？像是有一根鞭子在抽打着我，将我赶出了'书斋'，去直面现实生活，去为这些'民族的未来'呐喊。"② ——黄传会以忧虑焦灼的语气诉说自己的感受。

那么，当他写完《我的课桌在哪里？农民工子女教育调查》之后，还有多少沉重的"教育"问题在等着他去调查、去揭露、去呼吁？

（一）"我想读书"——令人心酸的渴望

20世纪90年代初，黄传会走进了大别山南麓的红安县，这里曾

---

① 黄传会：《我的课桌在哪里？农民工子女教育调查·引子（三）不可能吧》，人民文学出版社2006年版，第6页。

② 黄传会：《"走"出来的文学》，《南方文坛》2012年第1期。

被战火烧成一片焦土，是为中国革命付出过巨大牺牲的土地。而如今，又成为中国最贫困的地区之一。他走访了几户人家，看到家家一贫如洗、人人破衣烂衫，许多孩子失学在家，他的心一次次被刺痛。在大别山的太湖县，黄传会了解到，这个县去年就有5294名儿童因家庭贫困失学，这么多的孩子含泪离开校园，我们的国家又增添了多少新文盲啊！那些不甘沦为文盲的孩子，为了上学，在小小年纪承受了不该承受的生活压力，遭受了不该遭受的磨难，甚至付出了生命的代价。

只有9岁的李明林辍学在家，肩负起家庭重担，白天做饭、打柴、照料病瘫在床的妈妈，晚上等爸爸劳作回来，他就举一支火把，翻过一座山去小伙伴家里问字读书。

有个叫胡为忠的孩子为了挣够学费，整个夏天去山里打柴，他的双肩磨出一个个血泡，脱了一层层皮，结果开学还差八毛九分钱。

不幸的刘小山幼时丧父，妈妈拉扯着他在贫穷困苦中艰难度日，为了小山上学，妈妈把床板都卖了。懂事的小山为了减轻家里的负担经常去深山里打柴，在一个北风凛冽、天寒地冻的星期天，小山很晚还没有从山里回家，村长带着全村人，打着火把，漫山遍野寻找，最后在一摊血迹中发现孩子的几根骨头和一本课本。可怜的妈妈从此疯了，见人就哭喊："我的儿啊我的儿……"①

听到这些悲惨的事件，记述这些真实的故事，黄传会不仅感到手中的笔格外沉重，更感到作家的社会责任格外重大，他坚定地说："特别是报告文学作家，不应该逃避现实，不应该回避矛盾，不应该装聋作哑，社会责任感是最基本的担当。"②

在广西平果县新安乡汤那屯小学，黄传会听校长说，"全校一百二十九名学生，来报名的只有八十人，交了费的还不到一半"。一个学生一学期学杂费十八九元，对于城市的孩子来说，不过是买一件普通玩具的钱，但在这里，竟然让不少家庭愁苦不堪，实在拿不出就只好让孩子

---

① 黄传会：《托起明天的太阳——中国"希望工程"纪实》，作家出版社1992年版，第25—27页。

② 黄传会：《"走"出来的文学》，《南方文坛》2012年第1期。

辍学。特别是女孩子，家庭困难的都不让去上学了。作者采访后写进报告文学的"五个少女的灰色故事"打动了无数读者的心。

　　她们当中最大的王美爱十四岁，最小的王笑荣才十一岁。早春二月，我穿着厚厚的羽绒服，可她们没有一个穿毛衣或绒衣，都只穿着薄薄的单衣。

　　……

　　我问她们平时在家都干什么，梁红亮回答放牛，王笑荣回答上山砍柴，王雪莲回答打猪草，农英明回答砍柴，王美爱回答一边放牛一边砍柴。

　　我说："叔叔给你们出一道题：你们现在最想的是什么？"

　　梁红亮、王笑荣、王雪莲、农英明几乎异口同声地回答："想读书！"

　　王美爱想了想，低声说："我想读书，可是家里没钱，爸爸说：'没有饭吃，怎么读书。'要是读书不要钱就好了。"

　　我再也问不下去了。

　　……

　　小车驶出了村口，将要拐弯时，蓦然，我看见那五位女孩子站在路旁，正向我们招手。

　　"停下，停下！"我喊了起来。

　　还没待车轮停稳，我便跳下车，急迫地朝她们迎去。

　　女孩儿们显然是哭了一场，一个个眼角挂着泪花，用一种渴望而又充满着企盼的目光凝望着我，她们的嘴角嗫嚅着，想说什么却又说不出来。

　　是该安慰安慰她们？还是该鼓励鼓励她们？一时，我也不知该说什么好。

　　沉思良久，我正欲说："孩子们，现在，我们国家还比较贫困，过几年一定会慢慢富起来的"，却又止住了。要是她们说："叔叔，过几年，我们就永远失去读书的机会了"，我该如何回答？

　　我摇了摇头，分别握了握她们的手，再也没有勇气抬头正眼看她们一下。我觉得我自己，还有我们，都欠了这些山里孩子一笔

债，一笔永远无法偿还的债……①

在农村，重男轻女思想至今依然很严重，所以女孩失学率更高。1998 年在西部贫困地区考察了两个多月的女作家梅洁，更为深切地体察到贫穷、落后、愚昧的生存环境怎样如枷锁一般束缚着西部女性的命运，愚顽的传统意识和残酷的客观条件无情剥夺了她们摆脱蒙昧、寻求文明的权利，梅洁沉痛地写道：

> 中国贫困的西部每年都有数百万儿童在失学、辍学，他们中十有六七是女童。……她们九岁就要订婚，十五六岁要出嫁……她们几乎一年生一个孩子，她们不到 30 岁就有五六个儿女……她们的女儿长大，像母亲的童年一样去放羊、去捡发菜、去挖甘草根，再长大像母亲少女时一样用破布袋装草木灰侍弄月经。她们经历着"贫困——得不到教育——愚昧——更加贫困"的人生怪圈。②

这些在痛苦无望的命运摆布中日复一日地咀嚼贫困、麻木过活的西部女性，谁能够给予她们抗争的勇气和力量？谁能够帮助她们走出绝境获得新生？答案很明确——唯有教育！然而，神圣的教育殿堂却把她们阻挡在门外。梅洁与黄传会一样都具有报告文学作家深重的忧患意识和干预现实的责任感，但作为女性作家，她还具有更为强烈的女性意识和母性情怀，她为西部女童不可抗拒的生存处境深深焦虑，为她们没有光明的未来深深担忧。她的"西部倾诉"如杜鹃啼血，使我们的灵魂为之震颤。

（二）公平，如何面对画满问号的眼睛

同在一片蓝天下，农民工的孩子与大多数城里人的孩子却天壤悬

---

①　黄传会：《托起明天的太阳——中国"希望工程"纪实》，作家出版社 1992 年版，第 6、10—12 页。

②　梅洁：《西部的倾诉——中国西部女性生存现状忧思录》，《北京文学》2001 年第 5 期。

隔，且不说他们在物质生活条件、生活水平方面的差异有多大，就是在人人应该平等拥有的受教育权面前，冷酷无情的身份界限也把他们远远隔开。

"农民工子弟"与"农村留守儿童"都是随着农民进城务工而出现的特指人群名词，本来，孩子就是孩子，无论男孩还是女孩，他们都有自己的名字。可是当那些孩子因为与农民、与农村有着不能脱离的血缘地缘联系，就注定了他们的名字被一个群体称谓取代，无论走到哪里，都会被加上这特定的身份标签，在他们还没有长大成为农民或农民工的时候，他们就叫"农村留守儿童"或"农民工子弟"。他们不是个体，而是庞大的群体。这个群体每年都以惊人的速度剧增。

据全国妇联 2013 年发布的《中国农村留守儿童、城乡流动儿童状况研究报告》揭示："中国农村留守儿童数量超过 6000 万，总体规模扩大；全国流动儿童规模达 3581 万，数量大幅度增长。"[1] 对于如此众多的留守儿童，我们并非全然不知，对于潮水般涌入城市的农民工子弟，我们也不可能视而不见。但是我们是否像关注自己的孩子那样关注过他们？中央电视台《焦点访谈》主持人敬一丹曾说："我们面对着这些孩子们的眼睛，就像面对一个个问号。不论是经济学家、社会学家、教育家，还是乡长、市长，不论是达官贵人，还是平民百姓，都得面对。"[2] 是的，这些孩子不仅需要我们面对，还需要我们深入关注他们的心灵。他们的眼睛常常是忧郁的、不安的、畏怯的、迟钝的、茫然的……这一切都不该是他们小小年纪所应有的，而且每一种眼神后面都连着一个个问号——我是谁？为什么我没有？为什么我不可以？我的课桌在哪里？这些问题经济学家、社会学家、教育家们也都无法解答，但是不能不思考。

早在 2500 多年前，孔子就提出"有教无类"的教育公平理念。但是在中国古代，"学而优则仕"观念根深蒂固，公民接受教育一向被当作进入仕途的必要途径，并没有将其上升到"权利"的高度，因此也

---

① 引自李菲采写的报道《全国妇联：中国农村留守儿童数量超 6000 万》，新华网，2013 年 5 月 10 日。

② 转引自黄传会《我的课桌在哪里？农民工子女教育调查》，人民文学出版社 2006 年版，第 43 页。

绝对不可能实现不同阶级的教育平等。

"公民受教育权"是在近现代西方资本主义发展背景下"平等、自由、民主"等社会意识中逐渐明确的人权要求。1948年，联合国通过的《世界人权宣言》第一次把"人人都有受教育的权利"确定为一项基本人权。我国1995年颁发的《中华人民共和国教育法》第一章第九条规定："公民不分民族、种族、性别、职业、财产状况、宗教信仰等，依法享有平等的受教育机会。"①

那么，尽管公民受教育权有法可依，但是在现实社会条件下，是否每个社会成员在享受公共教育资源时能够受到公正和平等的对待呢？周洪宇教授认为："教育公平包括教育机会公平、教育过程公平和教育质量公平。教育机会和教育过程的公平相对容易做到，但教育质量的公平，即让人人受到较高质量的教育，则不易做到。"②

然而，对于农村留守儿童和城市农民工子弟而言，享受教育机会和教育过程的公平都很难实现，更不敢奢望受到较高质量的教育。

阮梅在对农村留守儿童进行调查时发现：

> 很多留守儿童在调查问卷上填写的理想是"不想读书了，想出门打工"、"到外面挣大钱，养父母"、"我不读书了，去打工养活自己"。……特别是，当留守孩子在学校学习得不到教师耐心的指导，在家里学习遇到困难得不到父母必要的辅导时，社会上那种"有学历不如有权力"、"知识多不如挣钱多"之类的"读书无用论"的影响就会发酵，就会误导留守儿童们的思维与行动……不少留守儿童逃学辍学，混迹于社会，最终难免成为新的一代无知识、没技术、低素质的打工者。③

这些因父母进城打工而留守在农村的孩子之所以不想读书，"读

---

① 《中华人民共和国教育法》（自1995年9月1日起施行），中华人民共和国教育部网站。

② 周洪宇：《怎样实现教育公平》，《光明日报》2005年7月27日。

③ 阮梅：《世纪之痛——中国农村留守儿童调查》，人民文学出版社2008年版，第213—214页。

书无用论"之所以在当代农村流行泛滥，首先还是因为贫困。这些孩子从小被抛在农村遭受骨肉分离之苦，缺少父母疼爱，使他们过早懂得生活的艰辛，所以觉得读书会增加家里的经济负担，会加重父母的辛苦付出，因此他们自然会产生弃学打工挣钱养父母的念头。其次反映出教育不公平已经产生了明显而严重的不良后果。国家对教育资源配置、分布不合理，现有的教育体制有缺陷，相关政策不公平等弊端，导致教育机会、教育过程、教育质量的不公平，农村（特别是贫困地区）的中小学，或者城市的农民工子弟学校，普遍条件差、设施简陋，师资欠缺且师资水平低下，必然不能保证教育质量和教育水平，因此这些学校的学生升入高中、大学的概率显然远远低于那些占有优质教育资源、教育水平高的城市公立学校。那么不管是农村留守儿童还是城市农民工子弟，如果他们考不上大学，一般都只能像父母一样打工为生。既然未来的道路只有这一条，上不上学变得无关紧要。

　　黄传会采访城市里农民工子女时，通过与他们对话交谈，翻阅大量的学生作文，发现他们除了和农村留守儿童一样有着"过早浸润在苦涩与沉重之中的心灵感受"之外，还有非常强烈的质疑公平、反抗歧视、呼求权利的尊严意识。

　　　　我们都来自四方，我也有自己的梦想，我渴望知识的海洋。
　　　　有时候，我自己都搞不懂我们是谁……
　　　　我们生活在一个很狭小的圈子里。是身份的低下，让我们觉得有些自卑，造成心理上的压力，让我们觉得自己不如别人。

　　　　　　　　　　　　　　　　　　　　　　　　　　——胡竟

　　　　一些正规学校一年交赞助费就得一万多元。希望政府能多开放一些打工子女学校，这样那些外地来的学生就可以有一个上学的机会了。

　　　　　　　　　　　　　　　　　　　　　　　　　　——胡立敏

　　　　这个世界太不公平了……我今年上初三，中考时又得离别父母回老家，我想问问我能不能不回老家中考啊？

　　　　　　　　　　　　　　　　　　　——于甲龙①

　　听到这些发自孩子们内心的呼声，怎能不令人动容！然而现实怎样回应孩子们呢？黄传会说，面对农民工子女，他感到最难回答的问题是"为什么我们同城里孩子的命运不一样？"几乎每个孩子都提出了这个问题——有的说："我也是在北京生的，我为什么就不算城里人？为什么我天生就要过穷日子？"有的说："我们农村来的和城市的学生不是一种命。"还有的说自己的学校老被查封，"特别害怕，也觉得低人一等，每次学校被查封，我们都要哭一场，都像是犯了什么罪似的，像是做小偷被人家给抓住了……"② 社会不公、教育不公、歧视与隔阂像阴霾笼罩在孩子们幼小的心灵上，他们将负载着疑虑、困惑、戒备、悲伤、愤懑成长，长大后的他们，会以怎样的心态看社会？会用怎样的方式对待他人？他们会由衷地热爱自己的国家并愿意担当一个公民的责任吗？

（三）悲壮且无奈的"自救"

　　当大潮一般的农民工涌入城市，当他们拖儿带女艰难谋生的时候，也许他们最大的愿望只是在陌生的城市找到一个立足之地，找到一个打工机会，至于孩子的成长和教育问题还压根顾不上考虑，更不会像城里那些有文化的家长们那样，从孩子尚未出生时，就开始胎教、开始精心规划孩子的长远人生，为下一代的教育投入无法计量的时间、精力、财力。当然，在农民工人群中，不排除有为了孩子接受更好的教育而决心进入大城市打拼的年轻父母。然而，不管是忽略孩子成长的还是重视孩子教育的，农民工们无一例外地遭遇子女上学难困境。当他们的子女到了入园、入学年龄甚至超过入学年龄的时候，他们心寒地发现，自己多年洒下的血汗竟一点也没有暖热冰冷的城市，他们不属于城市，他们的

---

　　① 黄传会：《我的课桌在哪里？农民工子女教育调查》，人民文学出版社 2006 年版，第138、140、141—142 页。

　　② 同上书，第143、144、148 页。

下一代依然不属于城市。

那一座座美丽的校园对他们的孩子关上了冷冰冰的大门。

城市可以说，这不是歧视，是条件没有准备好；政府可以说，这不是不公，是政策没有准备好。可是流动人口子女的成长不能等。幼儿园进不去可以不去，让孩子们在工地、在菜场、在出租屋里混着长大。那么小学总得上吧？难道让这些 21 世纪出生的娃娃还当文盲？

没有城市当地户口，要想敲开学校的神圣大门，必须缴纳借读费或赞助费，少则几千元，多则几万元，而农民工的月收入一般多则两三千元，少则三五百元，除去交房租、解决温饱，所剩无几，哪里拿得出这么多的借读费？在大多数农民工为子女上学难愁得走投无路的情况下，各种令人惊奇的"自救"方式出现了。

1995 年，在沈阳打工的刘茂运为大女儿上学的事跑断了腿，但是所有的学校都要收借读费，他每个月挣 500 来块要养活一家 5 口人，实在拿不出几千元的借读费，可又不能让孩子被耽误，万般无奈下只好让不识字的妻子出去打工养家，自己买来小学课本，在家里教女儿念书。后来老二、老三也相继到了上学年龄，他一个人同时教三个不同年段的七八门课，这一教就教了 10 年，堪称当代"新私塾传奇"。虽然 2004 年在"希望工程进城助学行动"中，老二、老三受到资助总算进了校园，可是因为资助名额有限，已经学到初二程度的大女儿刘雅琼继续留在家里学，刘茂运是"文革"时期的高中毕业生，像英语等课程根本教不了，但也只能这样将就下去。在黄传会采访这家将要离开时，刘雅琼把他拉到一边悄悄说："伯伯，我也想像妹妹那样，到学校学习，你帮帮我好吗？"作者不知该怎样回答孩子的请求，心里充满歉疚。[①]

河南信阳息县岗李店乡的小学民办教师李素梅，因为转公办无望，待遇又很差，在兄弟姐妹的动员下辞职来到北京打工。但是不久她又被迫重新站到一个奇特的"教室"里开始新的教书生涯。她的"教室"是甄家坟菜地里用油毛毡搭起来的窝棚，9 个学生全是她兄弟姐妹的孩子，他们最大的 11 岁，最小的 7 岁，在北京上不起学，一年年拖着，

---

① 黄传会：《我的课桌在哪里？农民工子女教育调查》，人民文学出版社 2006 年版，第 51 页。

看着孩子们成天无人管教在外面野混，大人们为此焦虑不堪，最后全家人商议让李素梅自己办学教孩子们，就这样，1994年9月1日，菜地窝棚学校里传出了琅琅的读书声。亲友老乡闻讯后也纷纷把失学的孩子送来了，到暑假时，已经有52名学生了。李素梅一个人没法教这么多的学生，就把丈夫易本耀从老家找来帮忙，1996年夫妻俩又招聘了两位教师，让老乡帮助搭起两个窝棚，索性挂上"打工子弟学校"的木牌开始正式招生办学。

但是，像所有农民工子弟学校的命运一样，他们被城建部门驱赶，被警察驱赶，换了一个地方又一个地方，租过木材厂、煤场的厂房，尽管四处打游击，朝不保夕，可是规模却越来越大。1998年国家教委、公安部联合颁发《流动儿童少年就学暂行办法》，其中针对民办学校的规定阐明："经流入地县级以上人民政府教育行政部门审批，企事业组织、社会团体、其他社会组织及公民个人，可依法举办专门招收流动儿童少年的学校或简易学校。"易本耀满怀信心地将校名改为"北京行知打工子弟学校"，一面向有关部门申请正式办学资格，一面敞开招生，到2001年9月，他们已经拥有4个小学部，一个中学部，学生人数达到3216人。然而，因为迟迟拿不到《社会力量办学许可证》，行知打工子弟学校还是难逃厄运。2002年4月27日，这所学校再次遭到强制查封。

> 丰台区政府、教委、公安、城管、街道，开来了十几辆小车，还带来几十个施工人员，用卡车拉来了砖块、水泥和沙子。
>
> 他们先是将教师集中在一间教室里，由警察看守。然后，带队的对易本耀宣读决定，说易本耀"未经批准，非法办学，现予以取缔"……
>
> 一声令下，施工人员把所有教室的门、窗，将食堂、宿舍的大门，全部用砖封死。①

---

① 黄传会：《我的课桌在哪里？农民工子女教育调查》，人民文学出版社2006年版，第92—93页。

易本耀已经经历过多次学校被拆毁、被查封的残酷场面，学生们每每被吓得抱成一团哭叫的凄惨情形曾让这个当过坦克兵的硬汉心如刀绞。而 4 月 27 日那恐怖的一幕，更是成为他一生不能忘记的噩梦。一个饱经沧桑的校长尚且承受不了如此野蛮的打击和伤害，况且那些无辜的小学生们，他们幼小的心灵留下了多么可怕的创伤和记忆。

近 10 多年来，在全国各个城市的城乡结合部、在农民工聚居地，冒出了数不清的打工子弟学校。不可否认，许多在恶劣的环境里简易搭建的学校，周边垃圾成堆、臭气熏天，校舍破旧、缺水少电，存在安全、卫生等多方面的隐患，更没有操场、图书室和必要的教学设备；一些打工子弟学校的办学者属于半路出家，他们之前也是各个行业的打工者，文化程度普遍不高，相当一部分校长根本不懂教育，他们把办学当作谋生手段，甚至也赚黑心钱；打工子弟学校的师资力量尤其薄弱，多数是来自农村的民办教师，有大专以上学历的极少，近几年虽然有越来越多的师范类大中专毕业生充实师资队伍，可是他们并不安心工作，随时准备跳槽走人。尽管打工子弟学校存在上述种种明显的弊端，尽管农民工子女的教育从根本上得不到质量保证，但是，在政府没有拿出有效的政策彻底解决流动儿童"上学难"这一棘手问题之前，为了对抗失学危机，悲壮且无奈的教育"自救"还得坚持下去。

二　天之骄子失落的梦想

胡锦涛在党的十七大报告中指出："教育是民族振兴的基石，教育公平是社会公平的重要基础。"① 之所以强调教育公平是实现社会公平的必要前提，是因为只有人人享有平等的受教育权，才有可能获得改变命运、发展自我的机遇，才有可能运用知识技能创造财富，因此而改变当下社会贫富差距悬殊、社会阶层结构极其不合理的现状。反言之，只有真正实现社会公平，全社会的公民都可以得到平等的教育机会和教育资源，普遍接受良好教育，全面提升了科学文化水平，才能最终实现中

---

① 胡锦涛：《高举中国特色社会主义伟大旗帜　为夺取全面建设小康社会新胜利而奋斗——在中国共产党第十七次全国代表大会上的报告》，《人民日报》2007 年 10 月 25 日。

华民族的复兴梦想。毫无疑问，民族复兴需要多出人才。在 20 世纪 80 年代"实现四化、振兴中华"的时代语境中，大学生被誉为"天之骄子"，上大学不仅意味着个人发展，还肩负着历史使命。所以在中国，"高考"非同寻常，联系着人生前途、家国厚望以及民族未来。

然而，年年在考场上拼搏的莘莘学子不曾想到，当"现代化"的车轮越来越快地向前飞驶之时，他们中却有越来越多的人被甩落，贫困让天之骄子在神圣殿堂前折翅梦碎。

（一）"大学梦"的沉重代价

从黄传会、梅洁的报告文学中，我们已经看到在贫困山区、在西部落后地区，成千上万的孩子因为交不上几十元的学费而辍学；在城市，也有成千上万的打工子弟因为凑不够几千元的借读费而被挡在学校门外。"九年制义务教育"国策并不能完全彻底解决低收入和贫困家庭子女的上学难问题，中国少年儿童的失学现象依然严重。对于寒门子弟来说，能够坚持读到高中毕业已经实属不易，他们靠父母的艰辛劳动和省吃俭用，靠自己打柴、捡废品、做小工等，勉强凑够学费；极端贫困家庭的孩子靠希望工程救助、靠社会好心人资助才能读上几年书。可是，当那些克服了重重困难咬牙坚持到高考的贫困孩子经过呕心沥血的苦战终于得以"金榜题名"之时，他们面对的也许并不是自己的"盛大节日"，更不是阖家的喜悦欢庆，而是黑云压城的愁苦与绝望！

大学四年的高额学费不是几十元可以从牙缝里省出，不是几百元得到社会资助就可以过难关，也不是几千元靠四处借债能够暂时救急。按照 1999 年的高校学费标准，每生每年 3000 元，2000 年高校大规模扩招，收费猛涨 15%—20%，全国高校平均达到每生每年 4200—6000元，加上伙食费、住宿费、书本费等，一个在校大学生一年所需费用一般都会在万元以上。而根据国家统计局的数据，2000 年城镇居民人均可支配收入 6280 元，农村居民人均纯收入 2253 元，这就意味着供出一个大学生，大约需要一个城镇职工 6.4 年的纯收入、一个农民 17.8 年的纯收入。到 2013 年城镇居民人均可支配收入达到了 26955 万元，农村居民人均纯收入也达到 8896 元，但是，"大学学费在近 20 年的时间里上涨了约 25 倍，而同期城镇居民人均年收入只增长了 4 倍，扣除价格因素实际增长 2.3 倍，大学学费的涨幅几乎 10 倍于居民收入的增长"①。当下培养一个大学生动辄就得十几万元，对于老百姓而言，实在是不堪重负。高额学费不仅无情摧毁了无数贫寒学子的大学梦，甚至酿出令人扼腕叹息的悲剧。

河北作家范香果为了解中国普通民众和贫困群体的教育负担问题，2000 年从初夏到隆冬，他跑了 13 个省，行程 3 万多里，一路采访中的所闻所见使他震惊而悲痛，当他回到家中开始整理上百万字的采访笔记和 80 多盒录音带时，一幕幕悲惨景象依然苦苦折磨着他，眼前晃动的是一张张麻木、呆滞的脸，耳边响起的是一声声凄惶哀痛的诉说……

广西巴马瑶族自治县的肖玉芳考上了梦寐以求的大学，可是"即使把全村的钱加起来也凑不够四年几万元的学费"，伤心欲绝的姑娘只有放弃，但她不甘心放弃梦想，决心走出贫穷落后的山村去打工。在冷漠的城市，孤独无助的姑娘不幸上当受骗被人贩子拐卖到沂蒙山村，受到非人的摧残和蹂躏后悬梁自尽。肖玉芳怀里揣着高校录取通知书、也揣着苦涩的青春梦想和无尽的怨恨离开了这个世界，她该怨恨谁呢？怨自己命苦，生长于一贫如洗的农民家庭？怨高校不公平，将一个交不起学费的好学生拒之门外？怨社会冷酷无情，不仅不能给予一个想靠自己的劳动改变命运、渴望上大学的姑娘一点点帮助，反而将她推进绝望的深渊？谁能回答她呢？

太行山脚下的小山村，也有一个同样聪慧、勤奋、渴望上大学却因为贫穷而绝望的姑娘为此付出了生命代价。就尚春秀家仅能糊口的经济条件，连高中也无法供她念，但这个要强的女孩硬是靠上山打柴、拾酸枣、刨药材挣来学费读完了高中，又以优异的高考成绩被东北一所高校录取。然而，当尚春秀不得不面对上不起大学这一残酷的现实时，她的精神彻底崩溃了，神情恍惚的少女惨死于车轮下。

在青海西宁市，特钢集团公司职工杨新志的女儿杨颖以良好的高考成绩进入建档分数线，却未被大学录取，杨新志东凑西借了 5000 元去走关系也不成，后来有位招生老师告诉他交三五万可以争取个计划外指

① 见董伟采写的报道《近 20 年我国大学学费涨幅 10 倍于居民收入增长》，《中国青年报》2007 年 1 月 15 日。

标。这一家人被逼到了绝望之渊，就是砸锅卖铁、倾家荡产也拿不出这笔钱。纯洁少女杨颖怀着对污浊世界的绝望开煤气自杀，遗书上留下触目惊心的一句话——"我对当前的高考不服气。"①

在安徽合肥市，离大学开学的日子仅有 20 天，四名天之骄子未进高校却进了"高墙"。这四个来自肥东县农村的贫寒生，为了上万元的学费，合伙盗窃，被投进了监狱，十几年的寒窗苦读与青春梦想付诸东流。

这些真实的悲剧不是偶然发生的，也不是个别现象，作者悲愤感慨："所有高考中榜而不能上学的家庭，都有一部催人泪下的血泪史！"②

在中国人的传统观念里，"金榜题名"是光宗耀祖的喜事，每年高考发榜后，在大大小小的城市，那些优越的"状元"们，那些进了北大清华的幸运儿们，都会被家长亲友、学校、媒体众星捧月般环绕着，他们的父母也满面春风、得意扬扬，忙着在高朋满座的庆宴上举杯痛饮。然而，那些捧着大山般沉重的录取通知书一筹莫展的父母们，此刻却怎么都笑不出来，他们为供不起孩子上大学负疚自责，痛不欲生。

牛建芳和妻子都是石家庄轴承设备股份有限公司的工人，工资不高，多年来的积蓄都投入独生女儿的教育上，当女儿考上艺术类院校，牛建芳为每年万余元的学费发愁，不知怎么才能筹到这笔钱，在巨大的压力与自责中，他在女儿开学的那一天离家出走，半个月后人们才在郊区的玉米地里找到他的尸体。这个刚到中年的男子汉选择自杀逃避困境，我们能指责他懦弱吗？唯有叹息！

比范香果的《最后的堡垒——二十一世纪中国教育最新报告》更早两年，长篇报告文学《落泪是金》已在社会上引发了巨大的震动和影响。作者何建明以"白鹿原下的祭奠"作为这部作品的引子：

　　1998 年 4 月 4 日晚，陕西蓝田县汤峪镇白家坡村的白引明夫妇

---

①　范香果：《最后的堡垒——二十一世纪中国教育最新报告》，中国广播电视出版社 2003 年版，第 8、23 页。

②　同上书，第 18 页。

因惧怕孩子上大学后无力承担高额的费用，服下剧毒农药后双双自杀身亡。①

　　这一惨烈的事件令人震惊，也让人难以接受，这对夫妇双双自杀，留下的孤儿别说上大学绝不可能了，就是生存问题也会陷入绝境，他们怎么忍心抛下儿女不管呢？何建明听闻这则消息后立即从北京赶往陕西采访。这对夫妻男的身体不好，女的是残疾人不能下地劳动，女儿在长沙上中专，儿子在县城重点中学读高三，他们生活一直困难，为供儿女上学，外面欠着2800多元债。死者生前多次劝儿子放弃考大学的念头，因为几万元的学费实在没办法筹到，可是儿子说什么也不想放弃。夫妻俩愁得走投无路就走上了本不该走的绝路。

　　白引明夫妇的悲剧使正在为贫困大学生的生存问题写作呼告的何建明陷入更深的忧虑。他说："从我所采访的数百名贫困大学生及他们的家庭情况看，没有一家不是与白引明家庭经济情况相类似，而更多的家庭远比白引明家困难得多。那么这成千上万个家庭又是怎么供自己的子女上大学的呢？"② 这是人们无法想象的沉重问题。

（二）泪洒艰辛求学路

　　那些梦碎大学外且付出惨重代价的不幸学子令人痛惜，那些靠父母借债、社会捐助上了大学的天之骄子们是否就摆脱了不幸呢？事实上，贫困是紧紧缠绕他们的噩梦，是时时刻刻撕裂他们尊严的魔爪，是击垮他们人生信念的恶兽。那么，贫困大学生——这一特殊弱势群体如何与贫困这一魔兽殊死搏斗？他们怎样走过漫长艰辛的求学路？

　　何建明是最早关注教育改革后高校贫困生面临困境的作家。1997—1998年，他用一年多的时间进行考察和采访，走访了全国各地40多所高校，与300多位采访对象进行面对面的访谈交流。他说从踏进大学校园的第一步起，自己的身心与灵魂就再也不能安宁。他怀着虔诚的景仰走进中国"状元"荟萃的最高学府——清华、北大、复旦……却不知如

---

① 何建明：《落泪是金·引子　白鹿原下的祭奠》，新世纪出版社2009年版，第1页。
② 同上书，第4页。

何面对成千上万份贫困生的"灰色档案"；他看到那些贫困生背负着最单薄的行装却是最沉重的负担迈进神圣的大学门槛，他们捧出的学费浸透着父老乡亲的血汗泪水，背后是一个个不堪诉说的悲凄故事；他看到在辉煌的知识殿堂里如饥似渴读书的天之骄子中间，竟然还有不少食不果腹、衣不遮寒的人；他知道在那些搬砖运土、蹬车送货、捡垃圾收废品、端盘子擦桌子的打工人群中，有贫困生挥汗奔忙的身影；他欣闻社会上越来越多的人关注贫困大学生，向他们伸出援助的手……莘莘学子抗争命运的泪水凝成金子般的坚强人格，作家悲悯的泪水凝成了一部金子般可贵的作品。这正是《落泪是金》感动我们的根本原因。这部作品问世16年来一版再版，表现出优秀报告文学强盛的生命力。

报告文学的感染力与生命力首先来自真实。在这部作品中，作者大量采用被采访者的"自述"，更真切地还原他们的人生经历与内心感受，使读者产生感同身受的体验。

我的家在四川丘陵山区，全家六口人，种四亩地，丰年时够吃，能卖点农作物换些油盐酱醋的现钱，一到灾年就有四五个月靠东借西挪过日子……中学毕业后，父母让我去广东打工，说村上的小孩都去了，你也该为家挣钱了。我没听，因为我心里有个"大学梦"……高考我一下考取了，被上海华东理工大学录取。……学费和学杂费几项加起来得4000多块！上哪儿弄出这么多钱？……当时我真觉得走投无路。父母毕竟心疼儿，最后悄悄把家里唯一的一头耕牛给卖了。当我从他们手里接过那几百块钱时，我就有自己上大学是一种罪过的感觉。可几百元的耕牛钱与几千元学费之间还差远着呢！不得已，我流泪告别家人，踏上了漫长而遥远的打工攒学费的艰辛之路。

……我租了一间小破房，每月30元，小得只能仅够我躺下伸直。住定后，我就开始找活打工。先是到建筑工地搅拌水泥，后来又卖菜。……又做起收破烂的活，每天早上三四点就起床，一直走街串巷到天黑。就这么辛辛苦苦干了两个月，人家说省吃俭用，我是常常不吃不用，到头来也才挣了1400元。……当我在永安街头收破烂时见到人家扔下的报纸上说全国的大学已经全部开学时，我呆呆地坐在大街上欲哭无泪……

　　12月8日，当我怀揣3000多元钱来到上海，找到我心中久已
向往的华东理工大学时，老师惋惜地告诉我由于来得太晚，他们不
能再准许我注册入学。我一听差点当场晕倒，好在后来他们说可以
给我保留一年学籍。……我把3000元钱存在学校的储蓄所，又开
始了漫长的打工生涯……①

　　这位名叫曾祥德的同学为自筹学费打了一年工才正式跨入华东理工
大学的门槛。他的经历在那些爸爸妈妈开着宝马送进校门的学生听来像
是天方夜谭，可是在每年近百万的贫困新生中，像曾祥德这样的又何止
一个？有一位大别山区的贫困生，甚至靠乞讨换得大学"入门券"，他
告诉作者：

　　9月初，大学开学了。当我拎着一书包鼓鼓囊囊的钱票到学校
报到时，学生处的老师一边点钱一边很不耐烦地问我是不是做买卖
挣来的钱，我告诉他们说是，我是卖我自己。他们奇怪地看着我，
不明白我说的什么意思。我心想，这个秘密永远只有我一个人
知道。②

　　这是一个怎样屈辱痛苦的秘密？这道心灵上的伤疤是无法揭示给人
看的。更为严峻的考验是，当他们历尽艰难迈进大学之后，等待他们的
仍然是一个又一个生存难题。

　　山东姑娘李某提着母亲腌的一大塑料包咸菜进了太原某高校，每顿
饭都是一个馒头夹几根咸菜，后来带来的咸菜吃完了，她就到食堂后面
去捡丢弃的烂菜叶、菜根自己腌泡，终于有一天，她昏倒在厕所里。

　　在北京某大学的操场上、走道上，每天可以见到一个瘦小的同学一
圈一圈地来回跑着，不仅白天课间跑，晚上熄灯后也跑。原来，这是每
天只吃两顿饭的马义词同学为了对付上课犯困、夜晚饿得睡不着觉想出

---

　　① 何建明：《落泪是金》，新世纪出版社2009年版，第28—30页。
　　② 同上书，第36页。

的绝招。

山西农大的高武军已经是研究生了，由于长期营养不良瘦得皮包骨头，还得了肌肉萎缩症，走路一拐一跛的，就这样，为了挣一二百块的生活费天天去一个瘫痪老人病床前端屎端尿做护工。

听到这些故事，作者忍不住愤怒喊出来：

　　这是怎么啦？

　　这回轮到我的心在大声疾呼我们是社会主义的人民共和国！是正在迈向 21 世纪的现代化强国！怎么、怎么可能在我们的大学里会出现这等的事！

　　为什么？到底又有多少这样的事？①

他带着痛苦、疑问和责任走进大学的一个又一个学生工作部，翻开一份份贫困生的"灰色档案"，他们用"血水和泪水写成的乞求信、呼救书"让他感到一种近似绝望的窒息与压抑。

　　一年的大学生活一晃而过，当初我打工挣得的 4000 多元钱已所剩无几。……在走投无路之下，我只好与在家务农的一位高中同学结伴利用这个暑假，到上海一家日本人开的餐馆刷盘。那餐馆实行两班制，每人每月工资 300 元。为了多挣点钱保证能上得起新学年的课，我向餐馆老板提出要求一天干两个班。……即使如此，由于假期时间有限，我才挣得 600 元钱便匆匆赶回学校。

　　……这也远不够全年学费和生活费。……无奈之中，我只好厚着脸皮在这儿向学校领导发出恳求：请拉一把我这个穷苦的学生……

　　　　　　　　　　　　　　　　　　　——学生：董鹏志

　　……我扪心自问：像我这样一个既无独立生存能力，又日后无可向父母报孝的人活着还有什么意义？在那一次又一次与黑暗对话

————————————

① 何建明：《落泪是金》，新世纪出版社 2009 年版，第 65 页。

时，我甚至觉得自己的生命是那样轻薄无为……

　　老师，学生现在所虑的是目前入学学费太贵，学、杂、书费达2000多元。虽说我在暑假留在北京拼命打工40余天，也仅赚得700余块钱，加平时积攒共1000来元。眼下学校新学年注册日期将至，学生心中怎不焦虑？为解燃眉之急，日前我与一家书店经理谈定以后每天下午到她书店干活，兴许能挣回一点钱来，可这得一段时间，所以在此我请求学校和老师能否宽延一些时间再让我交钱，如果能成，学生将视为生命重现！

——学生：张升①

　　从这些申请中，我们看到贫困学生并不是坐等学校救济，而都是尽力打工自救，但是在遍地民工、下岗工人等"劳力过剩"的环境下，他们找到一份活干并不容易，还常常沦为廉价劳动力，挣不到什么钱。《落泪是金》第二部"生存自救歌"集中记述贫困大学生在校内勤工俭学和在校外打工的事迹，他们自强不息、吃苦耐劳的精神非常让人感动钦佩，但是在他们打工自救历程中经历的磨难屈辱、承受的辛苦劳累、遭遇的坎坷不幸也让人心疼难过。

　　有个学生告诉作者，他曾在大学勤工俭学指导中心安排下负责学校家属楼水电收费，有几户人家总是刁难他，有一次他上门收费时，户主竟然把一张100元的钞票扔在他脸上羞辱他，这个学生当时就气哭了。

　　在校外打工的大学生们更加艰难，经常被雇主任意欺负和宰割。他们中有的上当受骗，辛苦一个月分文未得，为讨薪下跪磕头；有的在洗脚城给客人洗脚时遭到肆无忌惮的轻贱侮辱；有的骑着破自行车为广告公司拉广告，遇到交通小摩擦，警察不问青红皂白扬手就打；有的做家教被男主人多次性侵后忍无可忍举刀杀人，自己却进了监狱……

　　人们常以"钢铁是怎样炼成的"对青年人进行励志教育。一个青年人的成长需要经历冒险、挫折、磨砺、吃苦，才能坚定意志，走向成熟，担当责任。但是，贫困大学生作为一个特殊的弱势群体，长期处在社会不公的逆境与困境中经受苦难与打击，固然可以"百炼成钢"——

---

① 何建明：《落泪是金》，新世纪出版社2009年版，第67—70页。

顽强、坚忍、执着，却也可能"冰冻三尺"——冷漠、阴郁、愤懑。他们不仅急需经济救援，更亟待精神关怀。

三 为灵魂"脱贫"的渴望

鲁迅先生的深刻，在于他对中国国民劣根性的清醒认识，在于他对底层民众"哀其不幸、怒其不争"的忧患意识和疗救态度。从他笔下的系列人物身上，我们深入地看到贫穷落后导致的国民精神困顿与扭曲，而病态的国民精神又如沉重的枷锁摧残民族性格、限制民族发展。在 21 世纪中国社会现代化的进程中，依然存在庞大的弱势群体，而且这个庞大的群体中，每年有几百万的失学儿童和贫困大学生，如果我们仅仅看到他们的物质贫困而不能正视他们的精神危机，即使彻底实现脱贫致富，我们的民族也不能够真正走向强盛。

（一）贫困枷锁下的心理危机

在《落泪是金》这部关于中国贫困大学生生存状况的沉重报告接近尾声之时，何建明又披露一个惨烈悲剧。

黑龙江某大学四年级学生曲铭从学校图书馆 5 楼坠下，同学们永远无法将他唤醒了……

> 曲铭是个贫困生，但他学习优秀，是"三好学生"，几度得过奖学金。可他在仅有三个多月后便能完成学业时，却选择了与这个世界永别之路。为什么？这是为什么？
>
> 后来老师和同学们从他写得十分简单的遗书中找到了答案："这些年我欠大家的情太多了。今生今世无以回报，只有等来世……"①

因为曲铭是特困生，学校一直给他补助、安排勤工俭学岗位，同学们为他发起过募捐活动，帮他筹齐学费。可是曲铭内心的负担一直没有

---

① 何建明：《落泪是金》，新世纪出版社 2009 年版，第 264 页。

减轻过，他曾对同学说因为自己上大学，妹妹不得不辍学，连结婚都没结成；在学校，他又成了老让同学们捐款的包袱……

　　曲铭死于他在接受别人的帮助时内心太重的负疚感。
　　贫困是一种直感的痛苦。接受社会和别人的帮助是一种具有负担的痛苦。

　　何建明在采访中敏锐发现，贫困大学生群体与没文化或受教育程度低的弱势群体有着明显的差异，那就是他们特别自尊、敏感，对待贫困的态度非常复杂，对社会外界关怀他们、关注他们的行为与目光也有难以言喻的复杂感受。

　　中国农业大学女学生李颖说："开始有人给我们资助，让我们介绍自己的贫困情况还挺觉得是那么回事的。后来一次又一次后就感觉自己像是动物园的猩猩给人家展览一样，那种心理感觉特不好。现在我就不大愿意接受别人的捐助，宁可自己苦一点，倒也落个心里清静。"[①]

　　李颖的这种感受许多同学都有，因此贫困大学生的心理负担与精神压力不容忽视，如果得不到理解与疏导，积累久了必然导致精神扭曲，甚至产生精神危机。作者指出："许多貌似在贫困面前不屑一顾的学生，其内心深处隐积着的那种恨不得重新分割这个世界甚至毁灭人类的如火山岩浆般的强烈意识与潜能比别的人高出几倍，只是他们为了求得最终能改变自我命运而暂且放弃或者自我克制罢了。"[②] 这一剖析有些残酷但是很深刻，发人深省。

（二）付出与回报之间的沟壑

　　中国几千年的传统文化深深植根于民族心理，"万般皆下品，唯有

---

① 何建明：《落泪是金》，新世纪出版社 2009 年版，第 265—266 页。
② 同上书，第 56—57 页。

读书高"至今依然影响着国人的价值观和人生选择。每年高考是中国最神圣、最隆重的"盛会"，也是最残酷、最血腥的"战场"，考场里千万学子竭力拼杀，考场外家长如潮，他们牵肠挂肚地守候着、虔诚地祈祷着……

中国的家长为子女能考上大学，倾家荡产、赴汤蹈火都心甘情愿。无论富贵还是贫穷，望子成龙、盼女成凤是每个中国家庭的共同祈盼，而对于底层社会的寒门子弟而言，考上大学才是改变命运的唯一途径。所以，在上学贵、上学难的现实境况下，每一个大学生的成才之路都洒满父母一辈子的心血和汗水，而那些原本贫困的家庭，为子女求学付出的沉重代价，更是难以估量的。

但是当今令人困惑的问题是："唯有读书高"高在何处？

从形而上的高度看，达到"独立之人格，自由之精神"的境界，拥有"先天下之忧而忧，后天下之乐而乐"的胸怀——这是读书人的理想主义高峰。然而现实社会中理想主义常常被功利主义取代，"学而优则仕"、"书中自有黄金屋"成为追求功名利禄者的信念。当然，无论是怎样的理想或信念，都离不开形而下的生存基础。

从现实视角看，那些在大学中出类拔萃、脱颖而出的人才，毕业后可能获得高职高薪，或者经过多年奋斗谋取高官高禄，但他们毕竟是登上金字塔顶部的少数幸运者。更多的依然浮沉于社会结构的底部，那些被称为"蚁族"的，是低薪大学毕业生和无业、失业大学生，他们形成新的贫困人群，不但不能回报父母，偿还过去的教育负债，甚至难以养活自己。比"蚁族"状况好一些的大学毕业生可能工作、收入尚且稳定，然而他们很快随着结婚生子而面临新的生活压力，他们可能成为"房奴"要还几十年的贷款，可能继续"啃老"，可能为孩子的教育投入而生活拮据……

因此，当我们从教育部官方发布的信息得知我国每年有16万大学生退学；当我们看到媒体曝光一些靠贷款读完大学的贫困生毕业后销声匿迹拒不还贷的丑闻；当我们听到社会上关于被救助的学生缺乏应有的感恩心的负面舆论……心情总是那么郁闷沉痛，却不知该指责谁，是教育之弊？是道德沦丧？还是整个社会出了问题？

不能否认的严酷事实是，在父母的付出与子女的回报之间有着深深的沟壑。这道沟壑是现实困境，也是人伦困境、人性困境。

陕西合阳人党宪宗，身份是县城招待所经理，也是一位致力于诗词创作的业余作家，他没有想到自己60岁以后竟然以报告文学写作震动文坛，感动了无数读者，引起各方媒体的热切关注。他的写作动机完全不是来自某一机关或某个上级的"授意"，也不可能来自某一文学思潮的驱动。是生活中的发现与感受让他"实在憋不住了"。在他的招待所，每年的高考、中考期间，都会住进乡下来的考生和家长，他一次次亲眼目睹农民们为儿女上学所受的熬煎，感到锥心的疼痛，他决定去农村了解更多的真实情况，农民们供养孩子读书到底有多艰难？是什么力量让他们能够在不可想象的艰难中拼命地撑下去？

这位民间独立调查者在长达5年的时间里走访过400多户人家，有的家庭他跟踪采访过七八次，看到的都是惨不忍睹的穷困生活，听到的都是撕心裂肺的血泪故事。在他采访的农户当中，"11个人因高额学费而累死、自杀或病逝，供有两个或三个大学生的农家，往往欠债四五万元，有的甚至高达十几万元"[1]。

在一个"家当一个公鸡能驮起"的贫寒之家，张永年、曹会贤夫妇为供养三个儿女上大学，一年到头累死累活地劳作，往返40多里路往县城拉砖、到建筑工地打工、挖苹果树……啥活都干，"一元钱一元钱地给儿女积攒学费"，欠下6万多元的债，就这样在孩子开学前还差14000元凑不上，父亲急出了病躺在炕上起不来，三个娃不忍心看父母如此受罪，跪在他们面前要求退学，结果母亲"扑通"一声给儿女跪下了，她抹干眼泪斩钉截铁地说："妈就是死一百回，也要供我娃上学！"

王大庆老汉一家只有小儿子一个人上了大学，但这个大学生的求学之路，几乎是用全家人的生命铺垫的——他年迈的老父老母、患疯傻病的哥哥嫂子为了他的学业付出了惨重的代价。王老汉瘦得皮包骨头还偷偷卖过两次血，王大妈患糖尿病熬到晚期才去医院看病，可300多元的药费把她吓住了，药没拿又回去照常起早贪黑地拉车送煤球，没隔几天就死在煤球车旁。王老汉和大儿子要种地、要拉煤球，还要照顾家里的

---

[1]　凤凰网专稿：《党宪宗：从商人到民间调查者　奇书感动中国》，2008年3月15日。

病人和小孩，生活更加困苦，大儿子不堪生活重负喝农药自杀，他的媳妇久病不得医也死了。王老汉说自己不能倒下，因为还要供孙女上学。①

以上是党宪宗在报告文学中讲述的两个农民家庭的悲凄故事，其实写进这部作品的40户农民家庭供养大学生调查案例无一不是催人泪下的悲剧。那些被儿女的高学费压弯了腰背、榨干了血汗的父母们沉重地喊出："学费再重，累死我们，也要供儿女上大学！"② 这是怎样的信念？是"万般皆下品，唯有读书高"的传统观念根深蒂固？还是"教育是民族振兴的基石"这一现代理念也已经在落后的农村成为精神灯塔？然而，作者说，他在调查中听道："所有的父母亲都是一个答复，我是穷怕了，苦怕了，我再不能叫我的儿子女儿，像我这样，在这种艰苦的环境中去当农民，去受累受苦。"③

作者用笔蘸着泪水写出《沉重的母爱——对四十户农民家庭供养大学生的调查报告》后，更加沉重的感受还压在心头——他看到好多供养儿女上了大学的家庭，儿女毕业多年了，父母仍然在贫穷的最底层挣扎，这种付出与回报的天壤之别，不能不使他再次开始了艰巨辛苦的调查与采访，他把镜头聚焦在苦涩痛楚的"回报"——

儿子大学毕业十几年了，女儿大学毕业五年了，兄妹俩收入不薄，各自都成了家，为了买房子，毕业后几乎没给过家里钱。父母仍然住在祖上留下已有上百年历史的旧窑洞里，生活异常凄苦，父亲患有肺气肿，母亲是高血压，两个人每天还是日出而作，日落亦不歇地干着活，遇到星期天，母亲还得拖着病身子到教堂给儿女祈福……④

……

父亲给儿子挣学费，晚上捉蝎子摔到六十多米深的天井窟窿，几乎丧了命。父亲躺在病床上还希望儿子考研究生。儿子却说：

---

① 党宪宗：《沉重的母爱——对四十户农民家庭供养大学生的调查报告》，中国文联出版社2007年版，第64—69、160—166页。

② 同上书（前言），第4页。

③ 凤凰网专稿：《党宪宗：从商人到民间调查者　奇书感动中国》2008年3月15日。

④ 党宪宗：《沉重的回报·前言》，中国文联出版社2011年版，第1页。

"我买房子结婚要 30 万元，你能给我 30 万元我就考研究生。"父亲
哭着说："你把我背到西安让汽车轧死，车主赔上 30 万元的命价就
好了。"最后儿子拿着母亲借来的一万多元学费走了。四年多了，
儿子再没有回过这个穷山沟沟的家……①

　　像这样令人伤痛的事例太多太多，但是党宪宗发现那些心中酸楚凄
苦的父母却常常挤着笑脸夸儿女孝顺，有时他们不小心说漏了嘴就像犯
了多大过失似的惴惴不安，这尤其令人感到悲哀，也促使我们反思。作
者语重心长地说："父母亲为了儿女的成长，为了儿女的幸福，从不谈
什么条件和理由，……做儿女的一旦孝敬父母之举和自己的利益发生冲
突时，做儿女的宁可放弃父母，亦不能损害自己的利益，这种孝敬是虚
伪的，这种爱是狭隘的、表层的。"他呼吁"我们要找到生命最内在的
东西"②，生命最内在的东西是什么呢？我们已经失落了很多，还能够
找回来吗？

　　一个人、一个民族如果仅仅把荣华富贵视为文明的高度，那将是万
分不幸的，一个灵魂没有脱贫的民族注定是孱弱的！

---

① 党宪宗：《沉重的回报》，中国文联出版社 2011 年版，第 52 页。
② 党宪宗：《沉重的回报·前言》，中国文联出版社 2011 年版，第 6—7 页。

第四章　看病难：医疗症结的深度透视

"福寿康宁，固人之所同欲；死亡疾病，亦人所不能无。"① 自古以来，幸福、长寿、健康、安宁，就是人们共同的美好祈愿，但生老病死又是伴随人类始终的严酷现实。人不可能长寿无疆，也不可能永远健康无恙，死亡与疾病是不可避免的。因此，在人类文明史漫长曲折的发展进程中，对抗各种疾病侵害、抵御各种瘟疫蔓延，成为没有终结的"残酷战争"；探索战胜病魔的"医疗武器"、寻求延长寿命和提高生命质量的"健康法宝"，成为全世界科学家、医学家们奉献毕生智慧和心血的崇高事业；积极创建、完善医疗保障制度，不断改进医疗卫生环境与条件，成为先进国家的政府必须担当的责任。国民身心健康、精神焕发，体现出一个优秀民族的整体素质和创造能量，也体现出一个强国的根本实力与发展动力。

新中国成立之初，国家贫穷落后、百废待兴，医疗卫生条件差、水平低，缺医少药是普遍的状况。"1949 年，中国的人均寿命只 35 岁，婴儿死亡率高达 200‰，产妇死亡率为 15‰，多种烈性传染病广泛流行，夺去上千万人的生命，其他疾病也严重危害着人民的健康。"针对中国的实际情况和困难，中央政府提出了四大方针："面向工农兵、预防为主、中西医结合、卫生工作与群众运动相结合。这四大方针在之后的医疗卫生事业建设中得到有效贯彻，取得了显著成效。"在 20 世纪五六十年代已经基本控制了霍乱、疟疾、伤寒、鼠疫等传染病，消灭了天花、血吸虫病、性病等；到 70 年代，"人均寿命已提高到将近 70 岁，

---

① （明）程登吉：《幼学琼林·卷三　疾病死丧》，中州古籍出版社 2006 年版，第 200 页。

婴儿死亡率降至 34.7‰，产妇死亡率也大幅度降低"①。在计划经济时代，对国家干部和职工实行公费医疗制，其家属和未成年子女享受半公费医疗；农村逐步推广合作医疗，筹办乡村医疗所、卫生院，培训赤脚医生等，医疗保障体系基本覆盖了城乡大多数人。

新中国在医疗卫生事业上的进步，"曾被世界卫生组织（WHO）、世界银行等机构誉为发展中国家的典范，赞誉中国只用了世界上 1% 的卫生资源，解决了占世界人口 22% 的卫生保健问题。遗憾的是，时隔 20 年后，中国的医药卫生总体水平被 WHO 排在第 144 位，而卫生公平性竟排在第 188 位，全世界倒数第 4 位"②。看病难、看病贵成为最突出的民生问题之一，20 多年的医疗改革模式与改革结果遭到全社会的质疑和抨击。

20 世纪 80 年代中后期，伴随经济体制改革的持续深入，原有的医疗卫生体系失去了计划经济制度的依靠，在对经济体制转变的被动适应中启动机构转型的初步改革，政府的财政投入逐年递减。1992 年开始构建市场经济环境下的医疗卫生体制，实施"给政策不给钱"的市场化改革。医疗机构在"创收"压力和经济利益诱导下，"逐渐脱离公益性质转变为以利润为导向的市场主体。廉价而有效的技术和药物不再受到青睐，医院和医生越来越热衷于使用昂贵的技术、设备和药物，为患者提供超过需要的大检查、大处方，医疗费用因而快速上涨"③。

医疗服务行业既存在明目张胆的暴利索求行为和日趋严重的腐败现象，还隐藏着许多恶劣的，甚至是违法的医疗行为与交易，这一切不仅过度加重老百姓看病的经济负担，也加重了看病风险，为此引发越来越多的医患矛盾和冲突。一些报告文学作家通过深入广泛的调查，揭露了医疗行业更深层的问题。在他们记录的活生生的人间悲剧中，我们更真

---

① 《团结》杂志编辑部课题组（张栋执笔）：《新中国以来医疗卫生事业的发展轨迹》，《团结》2011 年第 2 期。

② 全国政协十届五次会议第三次全体会议上，巴德年委员的发言：《加快覆盖城乡居民医疗保健制度建设》，人民网、中国政协新闻网，2007 年 3 月 11 日。

③ 《团结》杂志编辑部课题组（张栋执笔）：《新中国以来医疗卫生事业的发展轨迹》，《团结》2011 年第 2 期。

切地听到千千万万被疾病折磨的患者发出的痛苦呻吟，我们触目惊心地看到死亡线上无数生命受难毁灭的残忍场景……

一 "病不得医"的现实

晚唐翰林学士刘允章曾给唐懿宗上《直谏书》痛陈时弊，他用"八苦"概括民不聊生的现实悲境，"病不得医，死不得葬"为其中一苦，陷于疾苦忧患中的苍生百姓"哀号于道路，逃窜于山泽。夫妻不相活，父子不相救"[1]。这样的悲惨情景在21世纪的现代中国还会重现吗？提出这个问题似乎很荒谬，但是遗憾的是，我们在《关乎生老病死——中国医疗卫生透视》、《中国之痛——医疗行业内幕大揭秘》、《中国农民生死报告》等作品中，还是令人难以置信地看到一幕幕人间悲剧。

（一）贫穷与疾病是一对连体恶魔

因贫穷看不起病或因看病倾家荡产成为贫困户，这在农村以及城市底层都是普遍现象，尤其在贫困地区，这种恶性循环就不曾停止过。

据中国官方文件披露，"全国每年大约有一千余万的农村人口因病致贫或返贫。"[2] 2012年7月20日，在国务院深化医药卫生体制改革领导小组第十一次全体会议上，李克强指出："目前群众大病医疗费用负担仍然较重，因病致贫、因病返贫的问题和风险还比较突出，往往一个人得大病，全家陷入困境。"[3] 由此可见问题的严重性与严峻性。

贫穷与疾病这对连体恶魔死死攫住弱势群体的命运不放，使多少含辛茹苦一辈子的劳动者血汗白流，生若蝼蚁，死如草芥；使多少克勤克俭巴望奔小康的人家遭到家破人亡的劫难；使多少年轻的甚至年幼的生

---

① （唐）刘允章：《直谏书》，《全唐文》卷804，中华书局1983年版，第8450页。

② 见于晶波采写的报道《中国每年约有一千余万农村人口因病致贫或返贫》，人民网，2006年9月5日。

③ 引自刘乐采写的报道《李克强主持召开国务院深化医改领导小组全会》，中国广播网，2012年7月20日。

命求生不能，卧床等死……

蒋泽先是一位从医近 40 年的医生，他亲历过太多发生在身边的生离死别，尤其是底层农民的生死挣扎，常常刺痛着他的心。为了替这些失语的弱者代言，他放下手术刀的间隙拿起笔写作。他利用外出巡诊的机会观察、了解基层医疗现状；利用节假日的休息时间，自费下乡调查农民的医疗困境。在采访过程中，亲眼目睹、亲耳闻听了更多的悲惨故事。

江西永丰县沙溪镇不塘口村有一对勤劳能干的夫妻，省吃俭用盖了新房。厄运在他们人到中年时降临，丈夫得了癌症，治病 3 年花费 5 万元，最后还是撇下孤儿寡母撒手走了。女主人叶元香为了让三个孩子上得起学，忍痛卖掉血汗砌起的新房，自己去县城打工，一个原本和美的家就这样垮了。

南城县新丰镇新丰村农民符小俊生病住院，男人是家里的顶梁柱，不能倒下，家里为了给他治病，所有能抵能卖的都抵了卖了才筹到 4000 元，而手术费要 5000 元。当确诊是"恶性肿瘤"后，符小俊坚决不治了。他给妻子算了一笔账，恶性肿瘤手术后也只能活三四年，不如省下治病的钱让老婆活命和孩子读书。妻子邱春兰"在出院处点着退款，她的手在颤抖。她点的不是一张张人民币，是丈夫一天又一天的生命，越来越少，越来越少。"①

类似叶元香、符小俊家的悲剧，也在藤田镇老圩村的宁家、罗家镇慈母村的邹家、万家、双桥乡的赖家、有源村的周家……重复上演着。作者仅在江西、湖北的调查范围中就发现："60% 以上的农民在患病之初都因无法承担或害怕承担医疗费用而拒绝治疗或选择最简单的治疗。当明确诊断后，若是'绝症'基本上是终止治疗，在家坐以待毙。"在农村，重病患者的自杀率也非常高，"更多的是农村妇女，她们不愿意拖累丈夫、子女，毫不犹豫地走出这一步"②。那些留守农村的老人本来就处在"老无所养"的困苦中，若是得了大病更是雪上加霜，他们极少能够在有空调、有鲜花、有医生护士精心呵护的病房里安详过世，

① 蒋泽先：《中国农民生死报告》，江西人民出版社 2005 年版，第 39、46 页。

② 同上书，第 36、69 页。

生命的最后时刻也极少享受到人间温暖与亲情，很多老人都是在贫病交加、孤苦无助的凄凉中无声无息死去。在农村，独居老人死在屋里多日没人发现的情况时有发生。

死者的结局命不由己，生者的开端同样命不由己。在贫穷的山村，偏远的农村，孕妇生产至今还延续着请接生婆到家里来接生的古老方式，只不过现在的接生婆都叫接生员，背着装有纱布、药水的出诊箱。在家生子，这是传统习俗还是因为贫困不得已而为之？作者走访了老农陈述贵家，这个贫寒之家的三代人都是出生在自家床上，大儿子告诉作者："在家里生孩子便宜，接生费只要30元—40元……到县医院我们吃得消吗？一年累到头的收入刚够生一个孩子。"[①] 他们村里的孕妇基本都是在家生产。可是农村孕产妇的死亡率是城市的3倍，这个数字背后有多少血淋淋的惨剧？由于接生条件差，难产的孕妇要遭受难以想象的生命摧残和身心痛苦，而且新生儿也存在更大的死亡、患病风险。

（二）"贫病"斩断骨肉情

人们常说"久病床前无孝子"，那是因为伺候病人很累很辛苦，时间久了儿女们被拖累得没了耐心和孝心。对于贫病交加的家庭，人伦亲情更为脆弱，不堪一击。在曾德强、蒋泽先的报告文学中，我们看到令人揪心的"夫妻不相活，父子不相救"的残酷情景。

曾德强在《中国之痛——医疗行业内幕大揭秘》里记述的真实事件"活人送进火葬场"，就活生生应验了老百姓说的"医改给你提前送终"那句牢骚话。

2005年10月的一天，在台州打工的46岁四川内江县农妇尤国英，因为突发脑溢血送进医院抢救，在老乡的帮助下凑齐了2万元押金，经过几天救治，押金所剩无几，而她的病情却未见明显好转。而继续治疗的费用却愁煞家人，实在无法再筹集到医疗费了，万般无奈下只好放弃治疗。亲属们将病危中的尤国英抬上了120救护车，准备把她送到租房里，然后再想办法运回老家，但房东拒绝让一个将死的人进门。在无处

---

① 蒋泽先：《中国农民生死报告》，江西人民出版社2005年版，第41页。

可去的绝境中，一家人抱头痛哭一场，决定把一息尚存的病人直接送去火葬场。殡仪馆工作人员震惊了！"一个活人被送到火葬场火化已经够离奇的了，更离奇的是，尤国英是被丈夫、女儿和女婿送来的，而他们都知道尤国英还活着！"① 最后在殡仪馆的多方努力和社会捐助下，尤国英总算从死神手中捡回一条命。虽然这个事件的结局给人些许安慰，可是留给社会的问号是巨大而沉重的。谁该被问罪？是无情的丈夫还是不孝的女儿？谁该担责任？是家庭、医院还是社会？对于那些在城市没有户口、没有医保、没有稳定收入、没有栖身之地的农民工来说，谁对他们的生死负责？这是难以回答的问题。面对这个经济高速发展的时代不该发生的悲剧，整个社会应当为此蒙羞。作者悲愤地指出："在广大农村，因为经济原因放弃治疗而在家里等死、'提前送终'的人，何止千万！"②

陕西省安康市汉滨区五里镇李家湾村的农妇徐金翠，2004 年夏天喊肚子疼，没钱治一天天拖延到过年，最后她全身浮肿，在"疼……疼……啊……"的无力呻吟中死去。为什么她的丈夫、儿子不送她去医院，忍心看着她活活"疼死"？他的大儿子说："不是不愿看，而是没钱看啊"，父亲治胃病花了 6000 多块钱，老二的媳妇也为了治乙肝花去1 万多块钱。"一年之间接连病倒了 3 个人，哥俩打工挣的、四处借的、能变卖的，早就花光了。"

"高额的医疗费、贫困的家境，煎熬折磨着至亲至爱的人伦情感！"③

蒋泽先曾在医院遇到丈夫抛下患病妻子偷跑的事件，这对夫妻来自江西贫困县武宁船滩乡，有个 1 岁的孩子，本来一家人恩恩爱爱的，不想妻子得了重病，在医院确知看病要花一大笔钱后，丈夫以回去筹钱为由带着孩子走了，从此不见踪影。他们是没打结婚证的夫妻，不幸的女人只有独吞苦果。

作者记述了两起更揪心的"弃儿"事件。

---

① 曾德强编著：《中国之痛——医疗行业内幕大揭秘》，中国国际广播音像出版社 2007年版，第 21 页。

② 同上书，第 33 页。

③ 同上书，第 28 页。

1999 年深秋，北京儿童医院的几位医生驱车几百里去河北定兴县，把一个被父母丢弃在医院的孩子送回家，孩子只有两个月大，患的是脑病，这对父母因为第二次接到医院欠费通知，拿不出钱只好狠心扔下孩子逃之夭夭。所幸的是医院查到了地址把孩子送回去了。还有不少弃儿却致死再也见不到亲娘一面。

4 岁的小女孩萃萃患的是血液病，已经花费几万元，把打工种田的父母都拖垮了。家里已无物可卖，村里已无人肯再借钱给他们，都知道治这个病是无底洞。"不知他们夫妇是怎样下的决心，就在一个细雨霏霏的清晨，趁孩子熟睡后，他们走了。"这个可怜的小女孩最后是在疾病折磨与思念父母的双重痛苦煎熬中死去的。

当社会指责这些抛弃病儿的父母无爱、无人性的时候，是否能够真正了解他们的无奈和痛苦？只有真正深入这个群体，对他们的悲哀才会有感同身受的体验——"患病是无奈的，对于贫困的农民，治病是无力的。无力与无情之间该画一个怎样的符号，该怎样选择，他们是痛苦的，也是清楚的"[1]；"在巨大的悲情面前，任何道义指责都显得如此的软弱无力。只要设身处地站在当事人的立场上，我们就会惊讶地发现：他们的选择，或许也就是我们的选择！"[2]

二　透视医疗"病灶"

卫生部卫生发展研究中心赵郁馨等人每年所做的"中国卫生总费用测算结果与分析"显示，自 20 世纪 90 年代全面实施医疗卫生体制改革以来，我国的卫生总费用逐年快速上涨。1993 年全国卫生总费用为 1131.38 亿元（比上一年增长 25.05%），其中政府、社会、个人卫生支出比重分别占 22.38%、42.83%、34.78%；2001 年全国卫生总费用为 5150.28 亿元（比上一年增长 11.32%），政府、社会、个人支出比重分别占 15.55%、24%、60.5%；2012 年

---

① 蒋泽先：《中国农民生死报告》，江西人民出版社 2005 年版，第 59、61 页。

② 曾德强编著：《中国之痛——医疗行业内幕大揭秘》，中国国际广播音像出版社 2007 年版，第 33 页。

全国卫生总费用为 28119 亿元（比上一年增长 13.24%），政府、社会、个人卫生支出比重分别占 29.99%、35.67%、34.34%。[①] 由这些数据可以看出，政府与社会卫生支出比重没有随着卫生总费用的快速上升而大幅度提高，反而出现过连续下降的情况，个人卫生支出比重一直较高。与发达国家和不发达国家相比，我国政府对卫生费用的负担都是偏低的。城乡居民看病就医经济负担过重问题始终没有得到合理解决。

为什么在计划经济时期我国整个经济发展水平相当低的情况下，医疗卫生事业能够取得显著成绩，大体上满足了几乎所有社会成员的基本医疗卫生服务需求？为什么在改革开放 30 多年 GDP 平均增速高达 9.4% 的经济繁盛时期，老百姓反而看不起病，甚至因病致贫、因病返贫？根源究竟在哪里？医改为什么越改越糟？这是让国家领导焦虑、让全国人民不满的突出难题。

（一）针砭"医改"弊病

2003 年"非典"突然暴发，中国毫无准备地陷入疫情重灾，医疗卫生体制改革中存在的问题与弊病彻底暴露出来，民众及社会各界人士对医改的不满和质疑越发激烈。2005 年，卫生部部长高强就中国的卫生形势作专题报告时，斥责"某些医疗机构见利忘义"，他强调："看病贵是造成群众看病难的一个主要原因。一些医疗机构管理不善，医药费用快速增长。医院追求经济利益的倾向不仅加重了群众就诊的难度，也严重影响了医务人员和卫生行业的社会形象。"[②] 同年，国务院发展研究中心课题组的一份研究报告《对中国医疗卫生体制改革的评价与建议（概要与重点）》引起较大反响，报告明确指出："改革开放以来，中国的医疗卫生体制发生了很大变化，在某些方面也取得了进展，但暴露的问题更为严重。从总体上讲，改革是不

---

① 参见赵郁馨、张毓辉等《1993 年全国卫生总费用调查分析报告》、《2001 年全国卫生总费用测算与分析》、《2012 年中国卫生总费用核算结果与分析》，《中国卫生经济》1995 年第 7 期、2003 年第 3 期、2014 年第 2 期。

② 引自魏武采写的报道《卫生部部长高强斥责某些医疗机构见利忘义》，新华网，2005 年 8 月 4 日。

成功的。"① 高强的表态与国务院发展研究中心的结论，在某种意义上代表官方对医疗卫生体制改革失败的"发声"检讨。官方既然对医疗卫生存在的弊端已经不讳疾忌医，足见问题的严重程度。

国务院发展研究中心课题组认为，"问题的根源在于商业化、市场化的走向违背了医疗卫生事业发展的基本规律"，具体体现在四个方面：

> 问题之一是医疗卫生服务的公共品性质与商业化、市场化服务方式之间的矛盾。……具有公共品性质的服务是营利性市场主体干不了、干不好或不愿干的。同时，也是个人力量所无法左右的。……SARS 所暴露的公共卫生危机以及其他诸多问题的出现已经充分显示出问题的严重性。
>
> 问题之二是医疗卫生服务可及性与商业化、市场化服务方式之间的矛盾。医疗卫生的普遍服务性质，决定了它必须能够及时满足每一位患者的需要。……商业化、市场化的服务方式不仅无法自发地实现这一目标，而且必然导致医疗服务资源在层次布局上向高端服务集中……广大农村地区则重新回到了缺医少药的状态。
>
> 问题之三是医疗卫生服务的宏观目标与商业化、市场化服务方式之间的矛盾。从全社会角度来讲，医疗卫生事业发展的合理目标应当是以尽可能低的医疗卫生投入实现尽可能好的全民健康结果。……在商业化、市场化的服务体制下，医疗卫生服务机构及医务人员出于对营利目标和自身经济效益的追求，其行为必然与上述目标发生矛盾。……更为严重的是，一些医疗卫生服务机构基于牟利动机提供大量过度服务，甚至不惜损害患者的健康……
>
> 问题之四是疾病风险与个人经济能力之间的矛盾。不同社会成员可能遇到的疾病风险以及相关的医疗服务需求是不同的，个人及家庭之间的经济能力也是不同的。如果将医疗服务需求视为私人消费品，主要依靠个人和家庭的经济能力来抵御疾病风险，则必然有相当一部分社会成员的医疗服务需求无法得到最低限度的满足，他

---

① 国务院发展研究中心课题组（葛延风等）：《对中国医疗卫生体制改革的评价与建议（概要与重点）》，《中国发展评论》（中文版）2005 年第 7 卷增刊 1 期。

们的基本健康权利无法得到保障。①

当然，上述观点是站在改革的高层宏观看问题，对医疗卫生体制改革与商业化、市场化运作方式的矛盾关系进行理论层面的分析。那么其中更内在的、更具体的"病灶"，还需要逐一解剖和验证。

（二）揭开高价医药黑幕

在高昂的医疗费用中，药品费占50%以上，因此药品经销的利润空间极大。曾德强在调查中发现："药品从生产厂家到患者手中，无论是经过医院还是零售药店，一般都逃不脱9大流通环节中或明或暗，或直接或间接的层层加价：生产企业——买断总经销权的大型批发企业——全国各大片区或省级代理——地市级代理——医药批发公司销售商——医院药事委员会认定科室上报的采购计划（或向零售药店支付进场费）——医药药剂科科长（或零售药店配送中心）——医生（或零售药店店长）——统计药方的统计员（或零售药店店员）。药品是块肥肉，除了要养药厂，还要养医院、药店和各级销售代理，最后到了老百姓手里价格自然就高得离谱。"②

1. 药品生产与定价存在许多"玄机"

从药品生产方面来说，由于专业性很强，物价部门难以估算药品的实际成本，药品零售价往往由药厂确定和左右，价格中还包含占很大份额的新药开发费、市场推广费、广告费等。特别是为了满足市场推广的"公关"费用，药品生产企业一般都会把药品零售价定得很高。

一些药厂为了追求更大的利润，或者为了对付政府出台的药品降价政策，将一些降价药、"老药"或成本很低的廉价药改头换面，按"新药"重新申报定价。曾德强披露，这些所谓的新药"有的在不改变药品成分及含量的情况下，仅通过改变药品包装或者名称来提高价格；有的在药理作用及临床适应证没有任何改变的情况下，通过改变剂型、规

---

① 国务院发展研究中心课题组（葛延风等）：《对中国医疗卫生体制改革的评价与建议（概要与重点）》，《中国发展评论》（中文版）2005年第7卷增刊1期。

② 曾德强：《关乎生老病死——中国医疗卫生透视》，《报告文学》2005年第12期。

格等达到提高药价的目的。"① 从事医疗工作 30 多年的全国政协委员高春芳也曾在"两会"上愤怒抨击这种怪现象——"只要换一个名字，一些厂商就敢把药卖出比成本价高几十倍甚至几百倍的虚高价格。一种核心成分为青霉素的感冒药针剂，成本价仅 6 毛钱，加入一点无关紧要的成分后，价格狂升到 150 元到 600 元一支；几元钱的氟哌酸成分不变，换个包装就变成了 100 多元一盒的新药……像这样的'变脸药'还有很多。""以阿奇霉素为例，有商品名 97 个，共有 10 种剂型，4 个规格，每个规格有 3—6 种包装。名称多，规格不一样，目的是变相提高价格。"② 这种做法的恶劣后果已不仅仅是损害患者的经济利益，而且"会给患者带来吃错药的危险。全国每年因吃错药而住院的病人达 200 多万，其中一些死于非命"③。

2. 药品流通的"公关"环节存在严重的腐败现象

随着媒体和业内人士揭开药品黑幕，使人震惊地发现药价的 50% 是公关费！其实，药品批发企业和各类"药贩子"通过种种手段以及巨额"公关费"打通各个环节，腐蚀卫生、医药主管部门负责人和医院医护人员早已不是秘密；而"以药养医"——靠药品的高利润拉动医院的经济效益，以此增加医院和医生的收入，也已是医疗卫生机构多年的积弊。所以，医疗购销领域普遍存在的腐败现象和医疗机构"暴吃回扣"现象似乎都已经常态化，而且还在不断扩大化。

　　过去，药厂、药商"公关"的对象只是医院的院长、药房主任、临床医生、药剂科科长等。现在实行药品招标，政府的本意是增强招标采购的公开透明，但由于大量管理机构的介入，导致环节增加，招标办、卫生局等相关人员都可能会列入"公关"对象。

　　……药品要想进医院，就要用金钱开路，首先要取得院长的同意和药房主任的支持，还要经过药事委员会的通过。……不用钱打

① 曾德强：《关乎生老病死——中国医疗卫生透视》，《报告文学》2005 年第 12 期。

② 分别见全国"两会"专题报道：《政协委员直面药价："虚高"的不仅仅是价格》，东方新闻网，2005 年 3 月 8 日。赵敬菡的采访报道：《全国政协委员高春芳：取消药品购销中间环节》，人民网，2014 年 3 月 10 日。

③ 曾德强：《关乎生老病死——中国医疗卫生透视》，《报告文学》2005 年第 12 期。

通这些关节，药品疗效再好、价格再低都难以进门。这叫"门槛费"。……一种药进了医院，医药代表还不能高枕无忧。没有医生开药方，药就会一直压在药房里，跟没进门差不多，因此还得到医生那儿去打点。圈内称为"临床费"……其进项往往比工资收入还多。……对医生开处方的情况要获得确切数字，还需要药房帮忙……这叫"统方费"。

　　如此"公关"下来，据业内人士说，"三甲以上医院没有二三十万元不行，一般三乙医院也得花 20 来万元，县级医院和一般的小医院得花几万元，至少也得要几千元。"① 由此可见，一种药品从出厂到医院、药店再到患者那里，价格必然翻 10 倍不止，药厂、药品批发公司、各级医药代理们也要多赚利润，那么一切费用最终都是消费者来"买单"，越来越重的负担全部压在患者身上，至于医药账单上的天文数字怎样让患者倾家荡产负债累累甚至走投无路在家等死，与医药"价格链"上任何一个冷冰冰的环节都无关！

　　由于公开招标采购流程中药品公司之间竞争激烈，导致医院和医生吃回扣的胃口也是越来越大，很多药的价格悬殊、但药效完全一样，医院一般都是选贵弃贱，就是因为便宜药赚头不大。医生开处方时也都喜欢用那些定价很高的"新特药"。对于患者而言，只要进了医院，对药品的选择权就被剥夺了，更别说像消费其他商品那样可以讨价还价。当被疾病折磨得痛苦不堪的患者拿到"大处方"，看着上面一堆从未听说过的药名，也只有诚惶诚恐地赶紧付钱拿药。而贫困阶层的患者们面对沉重的医疗账单，大多数只能像他们说的顺口溜那样："小病拖，大病挨，要死才往医院抬。"这种严酷的现实能不让人民群众对医疗卫生行业的公益性质产生彻底的怀疑与失望吗？

（三）"过度医疗"之灾

　　"过度医疗"是指患者在接受治疗过程中，医生脱离病人病情实际而进行过度检查、过度治疗（包括药物治疗、手术治疗等），超过疾病

---

① 曾德强：《关乎生老病死——中国医疗卫生透视》，《报告文学》2005 年第 12 期。

实际需求。"过度医疗"是不规范、不道德的医疗行为。

"过度医疗"，也是医院成为"暴利行业"的标志之一，是医疗费用过高的根源之一。

被"过度治疗"，恐怕是很多人都曾经经历过的。

> 你经某医院检查后转院治疗，哪怕是刚刚做过检测，在新医院也必须再做一遍；有点拉肚子，给你开出好几种药；患了普通的感冒，给你开几种最好最贵的抗生素；碰破一点头皮，给你来个CT、核磁共振检查；孕妇本可以顺产，却建议你进行剖腹产；门诊可以解决的问题，却说必须入院治疗；对已经失去治疗时机的晚期癌症患者，坚持进行没有意义而费用昂贵的手术、化疗……这类事例太多了。
>
> ……
>
> 家住福州的患者李某，因患急性阑尾炎2005年4月住入医院，住院19天，花费1.3万元，其中抗生素费用就达8344元。福建省卫生厅曾做过调查，住院患者抗生素药物使用率高达70%……抗生素药物使用率过高，既导致医药费用急剧上升，又给临床治疗带来严重后果。据卫生部统计，我国每年有8万人直接或间接死于滥用抗生素。①

得了小病都避免不了如此过度的检查与治疗，遇到大病、重病来袭，随同而来的必然还有张着血盆大口吞钱的"大鳄"和"猛狮"，不想被过度治疗也身不由己了。人们都知道尿毒症患者必须要接受费用惊人的"血透"治疗，一年的治疗费用就得七八万元，拖上几年一般的家庭就会被拖垮。但是人们不知道的是"血透"黑幕下所掩藏的暴利与罪恶，多少患者倾尽所有血汗钱为治病求生，然而却被不负责、不科学、不道德的过度治疗、虚假治疗延误病情、损害健康甚至夺去生命。在《吸血的血透》这篇报告文学中，我们跟随打假医生陈晓兰的调查，拨开重重迷雾，看到医院各种欺瞒病人的恶劣手段和令人震惊万分的诸

---

① 曾德强：《关乎生老病死——中国医疗卫生透视》，《报告文学》2005年第12期。

多事实真相。

一位换过多家医院做透析的患者张先生向陈晓兰披露："一些血透室的黑心医护故意让血透病人回血不充分，造成缺血性贫血，就可逼迫病人多开促红素。""还有，黑心医护会故意在透析液浓度和流速流量上使坏，让病人难受得求医生开贵药。有病人吃四五种很贵的降压药都不管用。还有肝素被滥用，造成病人毛发脱落，身上瘀斑不消，经常起包。……血滤比普通透析价多一倍，灌流是普通透析价的三倍，他们就用各种办法逼病人去做。"张先生的说法得到了一位从事血透30年的老专家周光达的证实，他说："有些害群之马手法很隐蔽，比如说，通常透析液流量是每分钟500毫升，血流量每分钟起码200毫升以上，如果血流量低于每分钟150毫升，那就是无效透析。……有些黑心医护就把这个血流量控制在每分钟180毫升左右，采用表面上正常的办法来让病人透析不充分。"这样做的目的显然是为了让病人增加透析次数而达到更多创收获利的目的。他还告诉陈晓兰和记者们："过度治疗是对病人的雪上加霜……明明可以不用血透的，却故意让病人去做血透。还有一些情况是病人很难判断识破的。"他列举说："有些病人的情况明明普通血透就可以解决的，但是黑心医护却偏偏忽悠着让你上 CRRT 疗法"，这个疗法一次费用要 8000 元。①

许多医院为了垄断利益，吸引更多的病人，给有医保的血透病人一次 60 元或 100 元不等的"返利"，从医保资金中侵吞丰厚的利润，这一现象普遍存在。那么，"就在一部分医保血透病人享受'返利'待遇的同时，百多万不能充分享有医保的尿毒症患者，特别是农村患者，正被高昂的透析费用挡在医院之外"②。这是何等扭曲的医疗行为，何等不公平的医疗现状。

三　谁来拯救"医道"

在中华民族古老的传统文化中，"道"是一个具有核心价值的概

---

① 张敏宴：《吸血的血透》，《北京文学》2014 年第 6 期。
② 同上。

念，代表放之四海而皆准的"终极真理"，集"理"、"德"、"义"于一体。治国求"大道"，为人讲"人道"，教育重"师道"，行医尊"医道"。

"从医入道，道以医显"，中国古代所奉行的医道，植根于中国传统文化，深刻蕴含着儒学与道学等文化精髓。仁、义、礼、智、信是"道"之本源，"阴阳五行"、"天人合一"、"精、气、神"等学说形成"道"之体系。深入这一本源和体系认识传统医道，可以将其理解为道德与人格的修炼与完善。因此，"治病救人"不仅体现了对生命本体与存在的仁慈道义态度，还体现了生命哲学的最高境界。

现代医学科技在不断追求先进"医术"的过程中逐渐消解"仁医仁术"的价值意义，逐渐放弃"医道"的德行建构与人文精神追寻。特别是在市场经济迅速全面发展的近20年，传统的道德伦理早已土崩瓦解，整个社会世风日下，诚信沦丧，物欲横流，腐败成灾……在这样的环境下，"医道"必不可免地被污染、被践踏。医院把盈利放在首位，漠视救死扶伤、施仁布德的神圣职责，反而宰割病人；医生不讲医德，缺乏责任心与同情心，贪拿回扣和红包；医药暴利惊人、造假猖獗，坑害病人；医患矛盾与冲突日趋严重……这些现象已经不是个别的局部的，而是比较普遍存在的，成为当今社会的一大祸患。

（一）苍白无力的规约

2012年7月18日，卫生部、国家食药监局和国家中医药管理局组织制定的《医疗机构从业人员行为规范》公开发布，内容共有10章60条，摘录几条重要规则如下：

> 第四条　以人为本，践行宗旨。坚持救死扶伤、防病治病的宗旨，发扬大医精诚理念和人道主义精神，以病人为中心，全心全意为人民健康服务。
> 第五条　遵纪守法，依法执业。……
> 第六条　尊重患者，关爱生命。遵守医学伦理道德……维护患者合法权益；尊重患者被救治的权利，不因种族、宗教、地域、贫

富、地位、残疾、疾病等歧视患者。

……

第八条　廉洁自律，恪守医德。……不索取和非法收受患者财物，不利用执业之便谋取不正当利益；不收受医疗器械、药品、试剂等生产、经营企业或人员以各种名义、形式给予的回扣、提成，不参加其安排、组织或支付费用的营业性娱乐活动；……，不违规参与医疗广告宣传和药品医疗器械促销，不倒卖号源。

……

第十六条　……遵守国家采购政策，不违反规定干预和插手药品、医疗器械采购和基本建设等工作。

……

第二十一条　规范行医，严格遵循临床诊疗和技术规范，使用适宜诊疗技术和药物……不过度医疗。①

2014 年 6 月 26 日，中国医师协会也颁布了《中国医师道德准则》（以下简称《准则》），多达 40 条，主要从医师与患者、同行、社会及企业的关系层面提出要求。但是医师个人应该坚守的基本道德准则和道德底线是什么却不明确。坦率地说，这份《准则》的拟定水平不高，流于形式主义，根本没有抓住要害。

问题的关键是，规则、准则再多再好，谁来监管落实？靠国家相关职能部门？靠医疗机构各级管理部门？靠医院领导？众所周知的事实是，国家药监局一再成为腐败重灾区，2007 年，国家药监局原局长郑筱萸被判处死刑，药品注册司原司长曹文庄被判处死缓，医疗器械司原司长郝和平被判处有期徒刑 15 年，一同落马的还有药品注册司化学药品处处长卢爱英、国家药典委员会常务副秘书长王国荣；2010 年，国家药监局药品注册司生物制品处正处级干部万良、药品认证管理中心孔繁忠，中国药品生物制品检定所病毒二室原副主任祁自柏、血液制品室原副主任白坚石、血液制品室检验人员陈继廷等，先后被双规、批捕；

---

① 《医疗机构从业人员行为规范》，《健康报》2012 年 7 月 19 日。

2012 年，国家药监局原副局长张敬礼被判处有期徒刑 17 年。① 倒下的一批批腐败官员几乎无一例外都涉及受贿罪、玩忽职守罪，还将有多少人"前腐后继"？这样一支庞大的"硕鼠"队伍，连自己的贪欲都管束不住，怎能靠他们监管、治理医疗领域腐败乱象？他们怎么会以庄严的职业道德与责任心管理好人民群众生死攸关的大事？在公共权力不透明、社会监督缺失的体制弊端下，制度、规则往往就是一纸空文，根本无法有效落实。

医院和医疗行政管理部门与医药医疗器械生产厂商、代理商们早已形成紧密勾结的特殊利益集团，他们正是医疗行业一切不正之风的源头，是不顾道德底线甚至无视法律底线大行权力寻租的主谋，让这些"既当裁判员又当运动员"的管理者们负责种种规则的实施，监督医务工作者职业道德的践行，岂不是非常荒谬可笑！他们若能够以身作则遵守医德规范，也就不至于出现如此令人失望的现状了。

有些医生委屈无奈地说："如今各行各业都失去了底线，互相投毒，互相陷害，我们又怎么守得住呢？为什么偏偏苛责我们医疗行业呢？我们多么希望中国医生和世界上所有医生一样，受社会尊敬，生活无忧，尽心尽责为病人服务啊！可是有这样的环境吗？"② 报告文学作家朱晓军采访时也听到医生抱怨："现有的医疗体制就这样，我们不宰病人，医院就要宰我们，不仅让我们拿不到工资和奖金，甚至要'炒'我们。"③

陈晓兰在了解某医院的血透治疗情况时亲眼看见："关系到透析病人生命安全的桶装透析浓缩液，一排排随意堆放在医院走道角落里。……令人难以置信的是，这一桶桶尚未启用的浓缩液，却有很多盖子早已破损断开。她仔细查看，发现这是因盖子材质过于单薄而造成的，有些出厂之前或运输途中就已破损了。"当她踏进传说中消毒非常

---

① 分别参见《药监局原局长郑筱萸一审被判死刑》，人民网，2007 年 5 月 29 日；《国家药监局 5 人被批捕再曝腐败窝案》，人民网，2010 年 4 月 17 日；《为升官诬告上司　药监局原副局长受贿等罪判 17 年》，中国新闻网，2012 年 7 月 26 日。

② 张敏宴：《吸血的血透》，《北京文学》2014 年第 6 期。

③ 朱晓军：《天使在作战》，人民文学出版社编辑部编选《21 世纪年度报告文学选 2006 报告文学》，人民文学出版社 2007 年版，第 352 页。

严格的无菌血透室，更是惊愕不已，只见"满地陈年污垢，垃圾桶紧靠着盖子敞开的正在使用的透析浓缩液桶……各级部门制定的《医疗机构血液透析室基本标准（试行）》等 N 多血透室制度以及考核标准，全都见鬼去了"！有医生私下对她说："我们对这种质量没保证的浓缩液也很无奈，用吧，透析质量没法保证，甚至病人生命安全也没法保证。但不用就是对抗医院，还想不想在医院拿工资啊？……毕竟我们要养家糊口啊！你当年不就是容不下医院里的假医械而受到打击报复嘛！要知道，不是所有人都受得了这种打击报复的。"① 这就是铁一般冷酷坚硬的潜规则。面对无处不在的潜规则，道德规范"是那么孱弱无力，既不能对医德低下的医生进行惩罚，也不能对医德高尚的医生予以保护。在许多医院坚守医德的好医生承受着拿不到奖金、工资，甚至下岗的压力；医德差的医生如鱼得水，每月可拿到丰厚的奖金"②。

然而，当邪恶企图泯灭正义与良知，终究会有无畏的斗士挺身而出。

（二）一个医生的救赎

陈晓兰，一个普通的名字，一个退休多年的普通医生。这位普通的女医生为何感动了中国？

2008 年 2 月 17 日，中央电视台演播大厅"2007 年度感动中国人物"颁奖典礼现场，在经久不息的热烈掌声中，陈晓兰向观众深深鞠躬，她荣获的不是鲜花和奖杯，而是人民群众对她 10 多年冒着生命危险反腐打假的有力支持。

1996 年一个寻常的日子，一位病人死于心梗，这在上海市虹口区广中地段医院不是什么特别的新闻，而且与理疗科的陈晓兰医生毫无关联，可是她没有想到自己因此开始承担起一个特殊的使命，而且从此改写了自己的人生与命运。

事情缘于病故者的亲属拿给陈晓兰看的一瓶"小阿司匹林"，这是一瓶过期失效药，而且六元二角钱的药在医院卖二十四元八角钱，她到

---

① 张敏宴：《吸血的血透》，《北京文学》2014 年第 6 期。

② 朱晓军：《一个医生的救赎》（引言），人民文学出版社 2009 年版，第 4 页。

药房一了解，发现一箱箱杂七杂八的药都不是正规渠道进来的。这不是谋财害命吗？她向上海市卫生局实名举报，后来药剂科主任被司法机关抓起来了，但是陈晓兰却在医院成了"水土不服"的另类。

一年后，医院再出奇闻，内科医生强行给病人们开一种"激光针"，有患者向陈晓兰抱怨说，打了后浑身发抖，痛苦不堪，因为不止一个病人诉说不良反应，医生的职业敏感使她觉得有必要弄清楚是什么原因。她亲眼见识了所谓的"激光针"，正式名称叫"光量子氧透射液体治疗仪"，仪器上印的"ZWG－B2"型号标识说明这是紫外光中波，而不是激光。"医院怎么能欺骗病人，医生怎么能说谎？"陈晓兰的心又揪紧了，"药物可以用紫外光照射吗？"

她四处求教，亲自试验，结果发现经过"光量子"处理过的药液不仅变得混浊了，而且里边还悬浮着絮状物。她带着满腹担忧找院长理论，却被院长辱骂："光量子是专家发现的，你算什么东西！"是的，陈晓兰要毁医院的财路，院长能不气急败坏吗？

> "光量子"在广中地段医院已成为主打疗法，不论大病、小病，医生都要病人接受"光量子"治疗；"光量子"成为一种医疗的高消费，治疗费加药费平均 150 元/人次。
>
> "光量子"这是一座金矿，它使得医院的收入直线上升，渐渐占到整个医院收益的65%—70%，医生的奖金如遇牛市，一个劲儿地往上蹿，连小护士的奖金都飙升为每月 1200 元了。这么好的东西，院长怎么会放弃，医生怎么会放弃？哪怕它是假的，可是用它赚来的钱却是地地道道的真金白银。这些钱能使医院富足，让院长、医生和护士的腰包变得鼓鼓的。病人有不良反应又怎么样？在市场经济下，做任何事都需要成本，"光量子"治疗的成本是病人付出的，医院只管弯腰捡钱就是了。出了事故怕什么？既不会有人丢官，也不会有人坐牢。[①]

---

① 朱晓军：《天使在作战》，人民文学出版社编辑部编选《21世纪年度报告文学选 2006 报告文学》，人民文学出版社 2007 年版，第 364、367 页。

更让陈晓兰感到恐怖的是，她去上海医科大学寻找那位光量子治疗理论的发明专家陆应石教授，结果人事处经过查询根本没有这个人。"治疗理论发明人是假的，那么'光量子'会是真的吗？如果是假的，这是一件多么恐怖的事情？仅广中地段医院，一年将有四万多人次接受'光量子'治疗；那么全上海呢，起码有百万人次；那么全国呢，将是数千万人次！这是多么触目惊心的数字，在这个数字的背后，将是震惊人寰的灾难！"① 陈晓兰义无反顾地挺身而出，她要调查，她要举报！

　　　　"光量子"的不良后果出现了，一些接受过 10 次"光量子"治疗的病人出现了重度感染，用一般的抗菌素无效，只有用"新型"的三线抗菌素。一位叫施洪兴的病人因咽痛咳嗽而接受"光量子"加先锋 6 号治疗，第一天不仅出现了输液反应，而且牙龈和鼻腔出血。由于医院不予退款，他选择了继续接受"光量子"治疗……连续治疗两天，病人出现了血尿和昏迷。送进海军 411 医院抢救，人救过来了，病情转为慢性尿毒症。他能够活下来还算幸运，在陈晓兰调查的 23 位接受过"光量子"治疗的病人中，有 9 位死于肾功能衰竭和肺栓塞。②

陈晓兰为了维护病人的权益，为了维护医道尊严，在长达两年的时间里精疲力竭地进行艰难的"作战"，但是这场不见硝烟的战争，注定是没有终结的，注定让她一次次惨败、一次次付出惨重代价。她的理疗科室被砸，有人企图派打手将她打昏后送精神病院，医院使用计谋迫使她下岗，为了以患者身份获得举报权，她冒着身体被戕害的危险去医院接受了 4 次"光量子治疗"，在上海有关部门上访 70 多次……

1999 年 4 月 15 日，上海市卫生局、医疗保险局、医药管理局终于作出了在全市医院禁止使用"光量子"的决定。但是国内其他地区还

---

　　① 朱晓军：《天使在作战》，人民文学出版社编辑部编选《21 世纪年度报告文学选 2006 报告文学》，人民文学出版社 2007 年版，第 365 页。

　　② 同上书，第 371 页。

在使用，直到 2005 年卫生部下文取缔"光量子"。"六年，它骗去全国百姓多少钱，有多少人被它害得家破人亡？"①

陈晓兰经过长达 19 个月的艰难上访之后，总算重返医疗岗位，她调到闸北区彭浦地段医院理疗科当医生。"她告诫自己：反腐，那是党组织的事；打假，是政府的职责，自己别再管了。"然而，不久她发现医院新引进的鼻激光治疗仪是一种类似"光量子"的器械，骗人的医疗器械又出笼了。看到病人受骗受害，"陈晓兰感到块垒在心，觉睡不稳，饭吃不下，无论如何也说服不了自己不再去管伪劣器械"②。她的举报使鼻激光治疗仪被取缔了，可是输液的"光纤针"又冒了出来。陈晓兰只好把自己一次次推到风口浪尖上……

2002 年，医院按"工人编制"让 50 岁的陈晓兰退休了。

但是她打假却似乎永远没有了"退休日"。

2006 年，陈晓兰的打假主战场转移到福建莆田人开办的民营医院。

20 世纪 90 年代，一穷二白的莆田秀屿区东庄村有个"土医生"陈德良最早去广东等地当"游医"发了财，他发现随着社会上卖淫现象日渐泛滥，性病市场越来越大，于是东庄人在这位游医"鼻祖"的带领和影响下，纷纷离开家乡四处"行医"，有了资金积累就开始到处投资办民营医院。到 90 年代末，这些民营医院的诈骗造假、坑害患者等不法行为开始频频曝光，国内一些知名媒体如《瞭望东方周刊》、《南方周末》、央视《生活》栏目等进行暗访调查，揭露黑幕；国家卫生部纠风办也专门为莆田"游医"现象下发过文件。然而，莆田人在全国拥有的医疗机构上万家，势力越来越大，更向集团化迈进，中国的民营医院 80% 掌控在东庄人手中。③

在上海这样拥有一流医疗条件的大城市，竟然成为没多少文化更不懂医学的莆田农民大办医院的"根据地"，实在令人匪夷所思。但是他们的医院就能够办得"火"，广告铺天盖地，各种荣誉招牌光耀夺

① 朱晓军：《天使在作战》，人民文学出版社编辑部编选《21 世纪年度报告文学选 2006 报告文学》，人民文学出版社 2007 年版，第 378 页。

② 同上书，第 379、382 页。

③ 见朱国栋、李蔚采写的报道《福建莆田游医黑幕：掌控 80% 中国民营医院》，《瞭望东方周刊》2006 年 11 月 14 日。

目——"上海市卫生协会医疗诚信单位"、"精神文明建设标兵单位"……很多外地患者都千里迢迢慕名而来。

曾经以"送子医院"美名远扬的上海长江医院，吸引过多少求子心切的患者挤破门槛来求医，他们多数是农民、民工，结果掏空钱口袋、负上重债，哪里知道接受的是假治疗，血汗钱不听响声都白扔了。有两个分别来自四川和安徽的民工唐利梅、叶雨林本来已经怀孕，可是被这家医院诊断为不孕症接受"恒频磁共振"等治疗，两个家庭都在短短几天内花去数万元。陈晓兰因为这两个受害者参与对长江医院的暗访，并前往郑州天元医电科技有限公司调查"恒频磁共振"的生产情况，看到在"生产车间"内，只有3名女工和一把电烙铁、几把剪刀。她气愤地告诉《瞭望东方周刊》的记者："这个所谓的医疗器械，实际上就是一个有注册号的废铁，但却被长江医院用来制造送子神话。"① 假医疗器械的暴利内幕虽然被揭开，但是让人愤怒的是，面对如此恶劣和明显的医疗诈骗行为，行政管理部门竟然以"无法可依"的理由不予严厉处罚。

法制的缺失，使更牛的上海协和医院依然有恃无恐地进行医疗诈骗、牟取暴利。这家医院的金字招牌是"宫—腹腔镜联合术"，无论什么情况的就诊者，都会被告知得了"不孕症"、"输卵管炎"、"盆腔粘连"等严重妇科病，在几个小时之内被医生连骗带吓地拉上手术台，手术治疗费高达三四万元，有的掉进"连环套"治疗骗局的病人甚至花费七八万、十六七万元。在接到受害人王洪艳的举报电话后，已经做了外婆的陈晓兰又卷入一场新的打假恶战。

这次的暗访调查虽然有《南方周末》上海记者站的柴会群、新华社上海分社的记者刘丹、上海人民广播电台的记者臧明华加盟，还有一些患者支持，但是他们面对的是财大气粗、背景复杂、可以用金钱摆平一切的民营医院的旗舰——上海协和医院，叫板这只庞然大虎绝非易事，莆田游医的流氓手段和嚣张气焰记者们早就领略过，他们曾跟踪抢劫过

---

① 见朱国栋、李蔚采写的报道《福建莆田游医黑幕：掌控80%中国民营医院》，《瞭望东方周刊》2006年11月14日。

记者，"还扬言要花三十万元买记者的头，要炸毁报社的大楼"①！在以弱斗强的整个过程中，陈晓兰、刘丹、受害人王洪艳等都曾被监视、监听、跟踪、恐吓过，王洪艳被折磨得一度精神濒临崩溃，她与世隔绝，拒绝出面做证，陈晓兰也心灰意冷过，刘丹在发表了相关报道后，竟然有29家媒体质疑新华社，有的公开指责报道失实，她承受着各方面的压力，人一下子消瘦憔悴了……然而正义是不会被邪恶吓倒的，她们共同的秉性是疾恶如仇，是正气浩然，是良知未泯，所以能在这场生死决战中咬牙坚持下来。

总算查清了，他们根本没有"宫—腹腔镜"。这一虚拟的器械侵吞了多少病人的血汗，害得多少人倾家荡产，债台高筑？据上海协和医院医务处的介绍："一个月要一千多人，一天三四十人……"

……

"宫—腹腔镜"的谎言终于被揭穿了。②

经陈晓兰举报，上海药监局在对上海协和医院进行稽查过程中，还发现他们涉嫌贵稀药材的诈骗，还有"OKW微波中药离子导入治疗"等虚假治疗和过度治疗，等等。

上海市闸北区卫生局宣布：上海协和医院在医疗执业活动中违反了医疗诊疗常规、规范，并存在违反国家相关消毒管理、医疗废物管理、医疗广告管理规定等违法违规行为。根据相关卫生法律法规的规定，上海市、区卫生行政部门对上海协和医院给予警告、罚款、吊销《医疗机构执业许可证》的行政处罚，对医院有严重违法违规行为的医师给予暂停执业活动6个月的行政处罚。

这样的处罚实在让人失望。陈晓兰气愤地说："执照吊销了，医院关门了，那一伙人也散掉了，物价、药监等部门还怎么查？医疗诈骗当

---

① 朱晓军：《一个医生的救赎》，人民文学出版社2009年版，第174页。
② 同上书，第314页。

事人如何处置？谁来为那些受害的病人负责，他们的人身伤害和经济赔偿谁来承担？上海协和医院涉嫌医疗服务诈骗，应该把案子移交公安部门处理！"她认为对有严重违法违规行为的医师给予暂停执业活动 6 个月的行政处罚也太轻了。"他们靠诈骗病人每月获数万元非法收入，只停业 6 个月？违法的成本也太低了，应该让他们终生不得行医。"①

受害者们的心情是悲愤绝望的，打假斗士们的心情是沉重的，人民群众的心情是焦虑的。

正因为现实的一切距离我们的愿望还那么遥远，使得如今已过花甲之年的陈晓兰还走在风尘仆仆、艰险曲折的维权路上……

连续 18 年调查全国医疗利益集团的腐败黑幕。陈晓兰谢绝个人和企业赞助，不含个人私利，自费暗访全国许多地方，历经艰险，揭露出 20 多个假医疗器材、假药、假治疗、假手术、假医生、假医院。她曾数百次进京。为此国家有关部门出台、修正了十几条法规文件。②

这就是一个普通医生的救赎之路。不由得想起毛泽东的诗句：

雄关漫道真如铁，而今迈步从头越。从头越，苍山如海，残阳如血。

这悲壮的诗句多么适合送给令人肃然起敬的陈晓兰医生。

---

① 朱晓军：《一个医生的救赎》，人民文学出版社 2009 年版，第 390—391 页。
② 张敏宴：《吸血的血透》，《北京文学》2014 年第 6 期。

第五章　安居难："房地产经济"的理性批判

　　安居乐业——自古以来就是人民大众最基本的生存需求，却千百年来求之不易，千辛万难。"安得广厦千万间，大庇天下寒士俱欢颜"，这是伟大诗人杜甫在饱经丧乱、穷愁潦倒的绝境中，为天下不得安居的庶民百姓发出的呼求，至今感动人心，使人产生强烈共鸣。

　　1981 年 4 月在伦敦召开的"国际住宅和城市问题研究会议"上通过的《住宅人权宣言》指出："我们确认居住在良好环境中适宜于人类的处所，是所有市民的基本人权。批评一切不公平合理地对待土地和住宅的反社会行为。衷心期望把供应关心人类尊严的良好住宅作为国家的责任。"[1]"基本人权"、"人类尊严"、"国家的责任"是这一宣言最醒目的关键词，由此可见住房问题不仅仅是一般性的民生问题、经济问题，而是承载着社会理想、人类尊严和政治文明的世界性的深远问题。

　　中国自 20 世纪 90 年代开始实施住房商品化改革以来，房价开始进入逐年攀升到失控疯涨的周期，虽然从 2003 年至 2013 年国务院及相关部门出台的宏观调控政策和措施多达五六十项，但是对一路飙升的房价并未起到明显的遏制作用。为此老百姓对高房价怨声载道，对开发商和"炒房客"进行妖魔化贬损，对政府调控不力也满腹牢骚。经济学家、社会学家、房地产研究专家们和一些经济自由评论人竞相对中国房价"高烧不退"进行诊断，他们得出种种结论，不同观点针锋相对，甚至为预言房价的涨跌出语惊人地"打赌"……

---

　　① 见陈江摘译《日本一教授参加伦敦国际会议后谈一些国家的住宅问题》（原文为日本神户大学教授早川和男参加"国际住宅和城市问题研究会议"后写的一篇文章），《经济学动态》1981 年第 11 期。

　　中国老百姓在住房这座"大山"重压下窘困的生活现状，以及他们艰难打拼却常常挫败失意的无奈情绪，已经在当下一些小说或影视剧中有所反映，也出现受读者热捧的作品，比如女作家六六的小说《蜗居》，改编后的同名电视连续剧曾在全国各大电视台同时热播，剧中的"房奴"形象以及生活压力下的情感悲剧引起广大观众的共鸣。

　　然而，小说与影视作品虽然能真实生动地再现现实生活与矛盾，但却不能像报告文学那样突出问题意识与批判精神，也不像报告文学写作那样必须进行深入的社会调查、现场采访，依据事实揭示真相，凭借敏锐的观察与思考赋予作品强烈的现实冲击力。面对中国房地产畸形发展导致的市场混乱和经济发展隐患，面对一系列现实矛盾与冲突，报告文学立足民本立场，贴近老百姓的实际生存，从民生大视野观照经济改革的成败得失，探究高房价背后的腐败祸根、道德沦丧以及人性巨灾。

一　住房商品化改革的轨迹

（一）"房改"躁动

　　在 20 世纪 80 年代社会问题报告文学兴盛时期，已有不少作家开始关注中国住房难题，他们切实感受着中国人的"居不易"，也敏感地觉察到来自中央与社会对住房制度改革的迫切意向。于是一些作家行动起来，及时追踪最初的住房改革尝试，写出《一九八七：生存的空间——关于我国住宅商品化的可行性文学报告》（陈祖芬）、《巢歌》（陈晓轩）、《住房！住房——深圳的住房体制改革》（李建国）、《居者有其屋——中国住房制度改革闻见录》（许晨）等报告文学作品。这些作品真实披露自新中国成立以来，城市居民长期存在的住房难、住房挤、住房差等难以解决的现实困难，反思计划经济体制下住房制度存在的种种弊端和矛盾，通过大量事实材料，揭示中国住房制度改革势在必行的大趋向，对改革前景寄予热情的希望。

　　曾连续 5 届获得全国优秀报告文学奖的著名女作家陈祖芬，有着关注改革动向和社会焦点问题的饱满热情与敏锐眼光，她从中国 1982 年人均住房面积仅有 4.89 平方米（新中国成立初期人均 4.5 平方米）这一低得惊人的数据，从全国上下各个机关单位因为分房问题暴露出来的矛盾纠葛和不正之风，敏感地断定：住宅问题"是一个爆炸性问题"。于是在1987"世界住房年"，她风尘仆仆地考察了上海、常州、蛇口，写出反映中国"房改"的长篇报告文学。

上海——这个中国最大、人口最拥挤的城市，住房拥挤也是全国之最。作者用一个个"特写镜头"曝光上海人的住房窘况——

41号楼上这家，4口人住6平米。床下是马桶，门口是煤炉。两个儿子一个四岁，一个两岁。怕他们撞上煤炉，怕他们跌下楼梯，也怕他们蹬脚——因为地板已经酥软如豆腐干了。没地方搁大盆，不能洗澡……

42号。房子倾斜30度了。所以窗口不能装玻璃了，只好钉上一块板——随时可以根据倾斜度的增长不断地锯这块板。墙板是糊了不知多少层的纸才能权充作壁的。我捏了一把墙，果然如秫秸一般粉碎了。

106号。拱出的板壁，坑洼的沼地。房主是位61岁的大婶……在这坑洼的地上摔倒几次，现在起不来了……

26号。2.2平方米的屋——这能叫屋吗？没有窗，人也站不直。只有门口的水泥地上挖了一个坑，人站在这个坑里方能直起腰背，……偏偏住这儿的74岁的孤身老人，身高一米八。他穿长裤便每每走到屋外来穿，否则脚伸不直。

这是上海南市区复兴东路464弄的民居实况，"那里住着钢铁工人、纺织工人、化工厂工人、纸厂工人、饮食店工人……"作者感慨道："被我们称之为国家主人的人就住在这样的房子里么？住在这种房子里的人是主人么？"① 那个时候，在这些国家主人们的观念里，分配住房是国家的福利政策，他们还丝毫没有自己购房改变困境的意识，所以只想等政府来解决难题，盼作者代他们多向市领导反映问题。

---

① 陈祖芬：《一九八七：生存的空间——关于我国住宅商品化的可行性文学报告》，《花城》1987年第6期。

　　青年作家陈晓轩也在 1987 年写出了亦忧亦喜、亦尖锐亦沉重的《巢歌》，他无情击碎国人长期期待改善住房的梦想。残酷的现实是，有多少像沈阳老工人黄师傅那样，等白了头却最终万般无奈地从实在挤不下的家里搬去工厂集体宿舍；有多少像上海外滩一对紧挨一对的青年恋人那样，从没地方谈恋爱等到没地方置放一张婚床，再等到孩子都上学了，还挤在父母家里或者四处借住"打游击"。作者为我们展示了这样一个家庭奇观：

　　　　一间 15.3 平米的房间内，住着一对父母、三对儿子儿媳、一个待嫁女儿、三个孙儿孙女。这户人家如何进行日常生活，我不想过多描述，反正他们睡觉是这样的，房间中层搭起一块结实（非常非常结实）的长板，女性一律在上，男性一律在下，媳妇随着婆婆，孩子跟着妈妈。一块隔板隔开这个家庭内部的所有夫妻。当然有一个问题弄得我也困惑：那三个活蹦乱跳的小家伙是通过什么途径来到我们这个人世间的？①

　　这不是天方夜谭的智慧故事，也不是作家所能想象的黑色幽默，而是 20 世纪 80 年代中国人生存状态的一个画面定格。

　　千千万万相信"面包会有的"的家庭都眼巴巴盼着单位分房，然而，"分一次房闹一回地震"！这是曾任城建部住宅研究所所长顾云昌的感叹。"好端端的某企业，分完房就四分五裂；生气勃发的某研究所，分完房立马元气大伤；一团和气的某机关分完房人们已形同陌路；就连素来被我们景而仰之的作家协会，分房之际照样鸡飞狗跳墙。"② 当然，分房"地震"的震源是"腐败"——手中握有权力的领导干部在分房工作中搞特权、批条子、开后门、受贿……不正之风惹怒群众、激化矛盾。由于房改前中国住房实行国家包建、无偿调拨、按级别分配的政策，就必会产生"以权谋房"、分配不公等弊端。一些掌权者多贪多

————————

　　① 陈晓轩：《巢歌》，周明、刘茵编《中国当代社会问题纪实》，光明日报出版社 1989 年版，第 403 页。

　　② 同上书，第 410 页。

占，不仅坐享"高干楼"、"书记院"，还为子女与亲戚谋取多套住房，这种现象在 20 世纪七八十年代非常普遍。无权无势的普通百姓却常常为一间几平方米的栖身之地求爷爷告奶奶几十年而不得，有的磕头送礼，有的死磨硬缠，有的铤而走险，为分到房子付出了各种惨痛代价。

中国住房的"潘多拉盒"一经打开，飞出的都是祸患，那么希望在哪里？

1988 年 1 月 16 日，正在解放军艺术学院学习的许晨，从中央人民广播电台听到"全国住房制度改革工作会议"的新闻报道，敏感的神经一下子被触动了。他说：

> 我结婚已经 6 年了，独生儿子也早满地跑了，可至今仍住在当初做"洞房"的那个 13 平方米的房间里。这里原是办公楼，后来人多没处住，改作单身集体宿舍；再后来单身汉们成双结对了，又演变成家属区。我就是这样成家的：那年我办理结婚登记手续 4 个月了，还满世界找不到房子，多亏同屋的"哥儿们"义气，到别处挤了个铺位，我才有了这个"寒舍"。真是地地道道的寒舍：走廊北面，不朝阳；又没有暖气；水管、厕所都在外边，寒冬腊月也得往外跑。最让人惊心动魄的是家家门前摆满了煤气罐、煤球炉，一个个圆滚滚的跟重磅炸弹似的。①

许晨描述的"蜗居"，对于 20 世纪 80 年代过来人，是再熟悉不过的了，他能得到这样一间房子已算万幸，让多少苦苦等不到房子的年轻人煞是羡慕嫉妒。因此，这则加快住房改革步伐的消息，也一定触动了亿万城镇居民的心弦。许晨立刻感觉到"房改"是一个迫切需要关注的新领域，他决定利用寒假去已经开始进行房改的试点城市烟台采访。

"房改"是一项艰巨的系统工程，不仅要改革沿袭已久的住房制度，还要从根本上改变人们的旧有观念，因此被喻为"一块难啃的硬骨头"。但是改革势在必行，不能再犹疑等待，这就需要第一批冲进风口

---

① 许晨：《居者有其屋——中国住房制度改革闻见录·引言》，华夏出版社 1989 年版，第 2 页。

浪尖的探险者。时任烟台市委副书记的俞正声顶着各方压力接受了中央部署的房改试点工作重任，他向市委、市政府各级领导班子宣称："风险再大，总要有人去冒。烟台的房改，就是以后爬着出去，我们也下决心干定了！"① 许晨在采访过程中听到、看到无数令他感动、振奋的事迹，但他没有用更多的笔墨去颂扬领导干部们的功绩，而是忠实记录了烟台房改艰难推进的每一步骤，或许呈现给读者的一串串枯燥的数据比音符更能打动人心。

> 房改工作开始后，市委常委召开了 8 次研究房改的专题会议……市主要领导人主持论证方案会近 40 次。
>
> 为使广大居民对改革的认识不断深化，市五大班子的领导同志先后到机关、企事业、大专院校作宣传报告 13 场次，发表电视讲话 5 次，分别召开座谈会近 200 场次，编印了 5 万册《宣传提纲》下发。市房改办搞了 4000 户家庭基本情况调查和 600 个单位的抽样调查；运用 10 台电子计算机进行了 4 个多月、50 多次不同方案的分析，产生了 17250 个分析结果……②

经过反复研讨论证，烟台推出"提租发券，空转起步"的房改方案，这种提高房租但同时补贴住房券的做法是向住房全面商品化改革的过渡，尽管不是尽善尽美的方案，但却具有"破冰"的历史意义。当看到烟台经验影响了全国，房改已经轰轰烈烈展开，作者激情昂扬地感慨："在我们社会主义初级阶段的今天，商品经济的观念一旦被全民接受，将会激发出巨大的能量和引起突破性的变化，给物质文明和精神文明建设带来旺盛的活动力。"③ 然而，随着改革的加速，"住房难"却成为国民不堪承受的一座大山，这也许是当年为房改推波助澜的作家们所始料不及的。

---

① 许晨：《居者有其屋——中国住房制度改革闻见录》，华夏出版社 1989 年版，第 31 页。

② 同上书，第 39 页。

③ 同上书，第 139 页。

（二）房地产"大跃进"

在烟台等地的房改试点工作运行之前，"住房商品化"的新命题已纳入《政府工作报告》，1984 年 5 月召开的第六届全国人民代表大会第二次会议上，赵紫阳指出："城市住宅建设，要进一步推行商品化试点，开展房地产经营业务，通过多种途径，增加资金来源，逐步缓和城市住房的紧张状况。"①

1998 年 3 月 29 日，新任国务院总理朱镕基在中外记者招待会上宣布："我们准备今年下半年出台新的政策，停止福利分房，住房分配一律改为商品化。"② 这一年，成为中国房改进入实质性阶段的开始。而事实上，从 1992 年的春天开始，"中国大陆卷起了开发房地产的狂潮！"著名作家叶永烈用统计数据说明中国房地产发展的"大跃进"速度——"1988 年，全国的房地产公司为 3124 家"，"到了 1993 年底，猛增至 3 万家"，当然，"随着商品房成为中国经济热点，商品房的价格也就'腾飞'了！在 1992 年，中国大陆的商品房房价，普遍比 1991 年涨了 50% 以上！"③

曾以科普和科幻文学创作享誉文坛的叶永烈，穷尽想象力也"科幻"不出中国房地产业的"跃进"神话。90 年代他曾因为帮国外的亲友买房而开始关注商品房，发现商品房的涨跌不仅牵动千家万户的神经，而且联系着种种复杂矛盾和尖锐问题，它们深层搅动着中国的经济改革与社会情绪，这是亟待作家介入考察和如实展现的新空间。为此他以普通购房者"杨先生"的身份穿梭于无数楼盘，跑了许多城市走访商品房建筑工地、房地产公司，还专程拜访建设部部长和中国房地产开发集团总裁，本着"用事实说话"的写作原则，写出 10 多万字的报告文学《商品房大战》（1997 年），5 年后飞速发展变化的房地产行情、

---

① 赵紫阳：1984 年 5 月 15 日在第六届全国人民代表大会第二次会议上所作《政府工作报告》，《中华人民共和国第六届全国人民代表大会第二次会议文件汇编》，人民出版社 1984 年版，第 13 页。

② 《九届全国人大一次会议举行记者招待会　朱镕基总理等答中外记者问》，《人民日报》1998 年 3 月 20 日。

③ 叶永烈：《商品房白皮书》，作家出版社 2003 年版，第 92、96 页。

更复杂、更强烈的现实触动使他义不容辞地继续探勘房地产"密码"，又推出50余万字的《商品房白皮书》。在这部作品中，他以调查的第一手材料披露地产热引发的疯狂"圈地运动"，而畸形的"盛况"与虚假的"繁荣"下，是国家利益的严重流失与损害。为此他忧心忡忡地指出："从此，中国的商品房就在贵得离谱的轨道上远行，远离了中国普通老百姓，也使商品房这一住房改革的'新生儿'，逐渐失去了生命力。"① 事实证明这个诊断是非常准确并且是有预见性的。

综观中国住房商品化改革轨迹，过速、过热、过乱是已经暴露无遗的三大弊端。在10多年前叶永烈采访中国房地产司司长谢家瑾时，她就承认："中国的房地产业以高于100%的速度发展，这就很不正常。"② 在房地产业过速发展和失控热涨的情况下，三百六十行几乎都一哄而上卷入房地产业，造成投资结构不合理、市场行为不规范、开发规模过大等不良后果。与此相应的是土地批租和土地供应市场无法可依，出现"炒地皮"、行贿批地、隐形交易、大量囤地投机等混乱现象。尽管中央采取一系列调控措施，以期给房地产业降温退热，但是，以"全国工商联住宅产业商会"与"中国城市房地产开发商策略联盟"为核心，已经形成庞大强势的利益联盟，他们与地方政府也结成心照不宣的"同盟"，因此在与中央调控的大博弈中，他们似乎总能立于不败之地。可以说，中国房地产既是中国经济发展的支柱，也是经济改革深水区的堡垒。

二　高房价背后的"黑洞"

据中国指数研究院对全国100个城市新建住宅的全样本调查数据，2014年5月，这100个城市的住宅平均价格为10978元/平方米，北京平均房价37841元/平方米，像西城、东城、宣武、崇文、海淀等区的平均房价每平方米都已经在五六万元以上了。这些刺痛百姓眼球的"天文数字"不能不使人将中国的房价与暴利画等号。那么，人们不禁要

---

① 叶永烈：《商品房白皮书》，作家出版社2003年版，第105页。
② 同上书，第107页。

问，如此暴利行业为什么堂而皇之地成为中国经济的支柱？是什么力量将房地产市场推向疯狂的不归路？房改将近 30 年，给中国民众带来的究竟是福是祸？

（一）　谁在推高房价

中国房价一年飞涨 50% 已成常态，一线城市的一些"黄金地段"甚至出现高达 300% 的涨幅，是什么魔力在推涨？"刚需推高房价"，"温州炒房客是祸首"，"丈母娘逼的"，"二奶经济现象"，"老百姓太有钱"，"救楼市是为了救经济、救银行、救百姓"……发出上述奇谈怪论的竟都是政府官员、著名专家、经济学家、地产界大佬们，让中国的老百姓真正无话可说了！

显然，"房价飞涨不是某个原因、某个力量单方面作用的结果，而是多重因素、不同利益主体相互影响、纠合，共同推动了房价上涨"，陈芳在报告文学《疯狂的房子——揭开中国房地产暴利黑幕》中，对房地产利益链中不同角色和因素在推高房价中发挥的作用进行了多维透视。

——开发商结成利益联盟，在利益极大化的共同追求中默契配合，共谋"定价策略"或联手抬价。

——地方政府"经营城市"长期依赖土地财政，将房地产业定位为支柱产业来发展，以期实现 GDP 的快速增长，因此用各种"托市"手段放纵高房价。

——御用专家和媒体联手制造舆论，抢占话语制高点，垄断、扩张有利于房市的信息，只唱房价看涨"同一首歌"，形成行业性的话语链"房托"。

——在"谁买房谁赚钱"的诱惑下，不仅专业"炒房团"越来越多，就是手上稍有闲钱的人甚至是普通人家也加入投资商品房的行列。他们"追涨杀跌"，哄抬房价。[①]

为什么有这么多的力量共同推高房价？除了贪婪、追逐利润，高房

---

① 陈芳：《疯狂的房子——揭开中国房地产暴利黑幕》，人民文学出版社编辑部编选《21 世纪年度报告文学选　2006 报告文学》，人民文学出版社 2007 年版，第 264—266 页。

价背后还有多少不可告人的企图？隐藏着多少难以估量的罪恶？

（二）"地王"与"腐败黑洞"

"房价上涨就像黑洞一样，吸金无数，再多的钱投入进去都看不到一丝动静。"① 这是全国工商联房地产商会房地产经理人联盟副主席朱大鸣对中国高房价作出的恰当比喻。

这个吸金无数的黑洞也是腐败的黑洞，是"地王"蜂起遮天盖地的黑洞。

在房地产业开始大跃进的 1992 年，全国土地"大批租"的时代来临了。叶永烈如实记录了当年深圳地产热"盛况"。

> 涌往深圳宝安看地皮的人，最多的一天竟达 5000 多人！
>
> 仿佛在深圳宝安，一下子发现了大金矿！
>
> 这么多人涌向深圳宝安，是因为中国大陆爆发了"圈地运动"——土地"大批租"。②

这股热浪很快席卷全国各地，1986 年 11 月上海市成立了土地批租领导小组，90 年代后广泛推进土地批租，"到 2000 年，土地批租为上海带来了 1000 多亿元的基础设施投资"。

在杭州，"市政府意识到作为国有资产的土地可以大赚其钱"，于是"土地拍卖、上市公司借高地价在资本市场融资、托市，房价与地价齐舞，1999 年的杭州已经发育出未来土地出让市场的基本玩法"。到"2001 年 11 月，全国 30 个省市区（除西藏外）已建土地储备机构 1002 家"③。全国土地出让价款从 2001 年的 1296 亿元，到 2013 年超过 4 万亿元，"13 年间增长超 30 倍，总额累计达 19.4 万多亿元"④，土地财政

---

① 朱大鸣：《央行突然降息宣布房价暴涨模式开启？》，凤凰财经网，2014 年 11 月 25 日。

② 叶永烈：《商品房白皮书》，作家出版社 2003 年版，第 98 页。

③ 苏岭：《中国高房价调查——中国房价，到底谁说了算》，南方日报出版社 2010 年版，第 16、18 页。

④ 新华社：《土地出让金存四大乱象　20 万亿去哪儿了引关注》，《京华时报》2014 年 8 月 28 日。

有愈演愈烈之势。

地方政府垄断土地资源，给腐败创造了温床。

上海"炒房区长"康慧军在浦东新区任副区长期间，掌握着浦东商务中心陆家嘴地区的土地交易，权倾一时，贪腐牟利，拥有20多套房子转手出卖或出租，经法院查明其家底3856万余元；上海市房地产局原副局长殷国元、土地利用处原处长朱文锦等都是因土地腐败落马。"相同的一幕幕，在其他城市反复上演，变换的只是人名和数字。"①

行贿受贿是一些房地产商与政府官员很难避免的"合作关系"，也是他们谋取私利的主要途径。据不完全统计，"自2000年以来到2013年9月，14年中，共有53名落马省部级官员涉及房地产"；近两年根据中央巡视组的反馈通报，在被巡视的21个省份中，已发现的房地产腐败高达95%，又有近20名省部级高官因土地出让、房地产开发、工程项目等方面的腐败问题落马。②

这些落马官员或许并不都是为腐败而腐败，他们在位期间为什么热衷与房地产开发商"亲密接触"？为什么乐见"地王"频出？为什么总是对中央出台的调控政策消极应付而对"救市"积极尽力？原因只有一个——土地财政是他们的命根子，不管他们出于城市建设与经济增速的"公心"，还是为了求政绩保仕途升官发财的私欲，"卖地"总是最快捷的途径。

苏岭在她的报告文学中客观剖析了杭州、青岛、天津、邳州等大小城市运作"土地财政"的所谓政绩与经验。

具备浙商头脑的杭州市政府"高管团队"为推介土地在香港首发《读地手册》，这一图文并茂、制作精良的"土地产品"广告影响甚广，2009年杭州以1200亿元的土地出让金夺得全国"头奖"。被网民视为高房价捍卫者的杭州市委书记王国平，在他任职期间，动用政府行政手段之极限促进房地产发展，即使在2009年之后中央密集出台了一系列楼市调控政策，杭州市政府依然千方百计维护高房价，公然出台救市政

---

① 苏岭：《中国高房价调查——中国房价，到底谁说了算》，南方日报出版社2010年版，第20—22页。

② 分别参见记者刘炳德的两篇报道《落马高官的"房事"》《中央巡视组：地产腐败是重灾区》，《中国经济周刊》2013年第38期、2014年第30期。

策。在政策"阳谋"背后，还有许多不为外人所知的内幕，比如推地无规律、无规划，土地款与土地开发时间可以申请延期六个月至一年，而且地产商拿地还有一些返还性"奖励"，如果没有办法和能力开发，还可以退还给政府，只被收保证金，得回土地款。如此利好政策，使"地王"们可以随心所欲囤地或退地，在倒腾的过程中地价、房价必然越抬越高。而杭州市政府获得雄厚的土地出让金就可以大手笔地"经营城市"，城市规模迅速扩张，新建经济开发区蒸蒸日上，市委领导的政绩赫然在目，这一切让其他地市领导们眼红心热，摩拳擦掌急迫效仿。

杭州的经验很快移植到青岛，青岛的主要城市建设项目几乎都采用以土地换投资模式，市政府轰轰烈烈举办的"经营城市促进周"被百姓戏称为"卖地周"。以卖地换政绩的青岛原市委书记杜世成最终因受贿罪被判处无期徒刑。

江苏邳州这样一个小小县级市在"经营城市"的大开发中狂言"五年再造一个邳州城"，为此盲目扩张城市，违法侵占耕田，上演暴力征地，酿出人命悲剧。令人匪夷所思的是，因为邳州经济指标在江苏省的排位连年攀升，"综合实力"跃入苏北最前列，其经营城市、卖地生财的模式竟然引致全国20多个省的300多个县市前来取经，跟风效仿。作者以嘲讽的语气评说道："在中国版的经营城市里，躲在市民的福祉背后的地方官员政绩才是主角。而地方官员短期出政绩之路只有一条快车道：城市建设，增加财政收入。地方官员们在这条快车道只懂驾驶'卖土地'这辆车。"①

正因为经济发展捆绑在了"卖土地"这辆车上，不仅使腐败落马的官员前赴后继，也让无数"地王"竞折腰，真不知在土地卖光后的未来，我们的子孙后代如何理解汉语词典中的"地王"概念？

在作品中，苏岭详尽记述了中国"地王"产生的特殊历史契机，以及他们身不由己被潮流裹挟着经历了"青铜时代"、"白银时代"、"黄金时代"，同时她记录下一个个土地拍卖、"地王"诞生的现场实景——那生死存亡的最后拼杀，智勇双全搅和着阴谋诡计的较量，猛砸

① 苏岭：《中国高房价调查——中国房价，到底谁说了算》，南方日报出版社2010年版，第66—67、65页。

钞票的疯狂"死磕"……惊心动魄地展现在我们眼前，比瞎编乱造的谍战剧还要离奇！

2003 年年底，自称"小蚂蚁"的天津顺驰地产打入北京地产圈，在"京城世纪第一拍"中，它拿下北京"地王"，之后的一年中，靠着豪赌的胆量在全国攻城吞地，夺下 12 个城市的"地王"王冠。"小蚂蚁"的狂妄刺激了房地产江湖中老大们，使土地竞拍会上的"地王"抢夺战愈演愈烈，完全背离了市场价值规律。从 2007 年年初开始，圈地狂飙已席卷全国，"地王"频出的白银时代已经到来，在上海等一线大城市更是巨头云集，来势凶猛。2009 年北京的一次拍卖会前，领取举牌号的人们竟然排起了长队，类似抢购紧俏商品，"300 人为北京市广渠路 10 号地块拍卖而挤作一团"，这一哄抢闹剧算是"地王"黄金时代的序幕，一些参加竞拍的地产商都觉得过于疯狂了，强烈呼吁同行们在竞争时"多一点理性"①。

但是理性已经被贪婪和野心吞噬殆尽。"地王"的诞生是一部怎样曲折荒诞的"英雄史诗"？现实已经远远超出文学家的想象力。

当 SOHO 中国董事长潘石屹准备去竞拍北京广渠路 15 号地块时，华远总裁任志强劝他别去，去了也拿不着。

广渠路 15 号地，被地产业内人士视为北京 CBD 区域的"绝版黄金宝地"，规划有住宅和商业建筑。潘石屹极欲拿下。中午，他在公司开会研究竞标方案时，把原来测算的极限接受楼面地价 1.4 万元/平方米，总价为 35.4 亿元左右，上调了 1000 元/平方米，即 1.5 万元/平方米，总价约 38 亿元。……他们一边吃饭，一边开会。潘石屹很紧张，两次咬破了嘴唇。

……

潘石屹没听劝阻，和老婆张欣到了竞拍现场。

11 家地产公司开始"厮战"。他们以金钱为兵力，各自将数千万元甚至亿元派出去，进行杀伐。中信、方兴、SOHO 的报价速度

① 苏岭：《中国高房价调查——中国房价，到底谁说了算》，南方日报出版社 2010 年版，第 36—37 页。

极快，保利、安联等亦不甘示弱。远洋每次都是整数报价，30亿，31亿，32亿。不到10分钟，价格已经抬到34亿……

　　价格升至36亿元，现场只剩"小公司"、保利与SOHO中国三家缠斗。

　　……

　　5点15分，"小公司"叫价40亿。一旁观战的知名地产人士毛大庆（即将赴任万科北京总经理）不停摇头，连称"疯了"……潘石屹站起来，对"小公司"喊："你牛！"保利也不退让，马上叫价40.5亿。现场响起一阵掌声。5点20分，"小公司"再度紧跟，举出40.6亿牌子。经历97轮竞标、一个小时的鏖战，主持人最终落槌，"小公司"拿下此地块，楼面地价1.6万元/平方米。北京单价"地王"易主，"小公司"中化方兴一战成名。①

　　读上面文字，真是如同置身于短兵相接的战场，杀声震天，刀光剑影，一个个倒下去，一个个冲上来，杀红了眼，拼上了命。这是一个不见底的欲望黑洞。

（三）　宽松信贷政策与"风险黑洞"

　　房地产业的生存与发展离不开土地资源和融资渠道，因此政府慷慨出让土地只是成就房地产业的先决条件，而激励其扩张壮大的重要支持力来自银行宽松的信贷政策。中国社科院研究员杨重光在2009年就曾表示过担忧："眼下的天价地、地王热表面上是土地问题，其背后深层问题是信贷问题，如果蔓延开来，会引出新的经济泡沫。"② 2008年在博鳌亚洲论坛上，当讨论涉及宏观调控是否会让许多房地产企业死亡的话题，著名的"房地产大炮"、华远集团总裁任志强咄咄逼人地宣称："要死也是银行先死，房地产商后死。"③ 这句话赤裸裸地暴露出房地产

---

　　① 苏岭：《中国高房价调查——中国房价，到底谁说了算》，南方日报出版社2010年版，第38—40页。

　　② 引自余美英采写的报道《专家给天价地开"药方"》，《中国青年报》2009年7月14日。

　　③ 凤凰财经网：《任志强：要死也是银行先死　房地产商后死》，2008年4月11日。

业绑架银行的嚣张气焰，但是也揭示了现实真相。通过一些数据，就可以证明任志强不是在放空炮。

> 2004 年房地产企业自筹资金中仅有 16% 左右是房地产企业的自有资金，80% 以上资金来自国内银行贷款。从资产负债率来看，1997 年以来房地产开发企业的资产负债率一直高达 75%，北京房地产开发商的平均资产负债率甚至高达 80% 以上。[①]

那些财力薄弱或四证不全（土地证、建设用地规划许可证、建设工程规划许可证、开工许可证）的地产商也往往通过国资经营公司帮忙，以"过桥贷款"、"参股回购"、"注资参股"等模式实现向银行贷款，一旦取得贷款，项目的风险必然就转到银行身上。房地产商们并不会去顾忌银行的安全，"只想把银行当成他们的私家提款机"。苏岭还是以"小蚂蚁"顺驰为个案，分析他们如何依附于银行从而迅速崛起的"神话"。

> 为了尽早连通银行的提款机，顺驰干脆铤而走险，伪造"四证"，连找国资经营公司"过桥"的费用都省了。据媒体报道，顺驰用此招获得大量银行贷款：中行约 3 亿元，农行约 3 亿元，工行约 4.3 亿元，建行约 10 亿元，中信实业银行 1.2 亿元，招行 5000 万元。
> 这些贷款都是以土地为抵押，而土地出让金，顺驰也没付清。……顺驰 2003 年时公司的自有资金不足 10 亿元。而仅顺驰 2003 年年底前应该缴纳的土地出让金就已经超过 70 亿元。[②]

顺驰大量的项目都是在未付清土地出让金或未办理"四证"、甚至连销售许可证都没有的情况下就开始销售，他们不仅以"卖楼花"的

---

① 苏岭：《中国高房价调查——中国房价，到底谁说了算》，南方日报出版社 2010 年版，第 97 页。

② 同上书，第 98 页。

营销手段实现资金回笼，还指使、胁迫旗下员工"购买"自己公司的房产，凭虚假购房合同向银行套取房贷，这种不法"套贷"行为发生过上百起，套取资金上亿元。除了套贷，顺驰还搞"工抵"，就是"卖房"给工程队，让其拿着合同去银行贷款，拿到现金后结算工程款。

"顺驰从头到尾都在花银行的钱，等钱在不同的账户划来划去后，巨额财富就到了顺驰手里。"①

从顺驰这一个案暴露的问题，可以看到房地产业高负债背后的严重信贷风险，一旦房地产泡沫破裂，银行被拖垮，最终将嫁祸于老百姓——这也是当今中国经济和民生问题中的一大隐患。

三　"拆迁"撕裂的灵魂

"暴力拆迁"、"野蛮拆迁"、"血腥拆迁"，已被人们定义为"中国式拆迁"。这几乎成为近 10 年中国经济开发与建设过程中随时随地上演着的"战斗剧"和悲剧。那些合谋导演"拆迁悲剧"的人打着冠冕堂皇的理由，有恃无恐、无视王法、打砸烧抢、草菅人命，但他们又害怕承担责任、害怕媒体曝光，总是千方百计掩盖罪证。一些新闻记者在拆迁现场被暴打、摄像设备被夺走被毁坏，有的记者甚至反被刑拘。最早报道拆迁征地事件的报告文学作家杨豪就曾经因为曝光湖北省某地的野蛮拆迁而得罪当地政府，被报社开除。阮梅、吴素梅两位女性作者不畏艰险，以令人敬佩的胆略和勇气踏进"雷区"，她们历时一年多，跑了湖南、湖北、四川、北京等省市，对拆迁征地情况进行了多方位、多层面的调查，写出长篇报告文学，无情揭露了一起起"血拆"案件真相，讨伐开发商和利益集团贪婪无耻的逐利本性和暴力拆迁的强盗行径，冷峻客观地反映了政府干部们面对拆迁征地难题的窘迫、无奈和不落好评的辛苦付出。与一般的新闻报道不同，透过"中国式拆迁"案例，作者更关注"施害"与"受害"双方道德良心的撕裂以及"人性的巨灾"。

---

① 苏岭：《中国高房价调查——中国房价，到底谁说了算》，南方日报出版社 2010 年版，第 100 页。

（一）"血拆"悲剧何时休

近几年，我们常常在媒体看到野蛮强拆的报道——所谓的"钉子户"被强硬铲除，房屋夷为平地，物产变成废墟，抗争的人们被暴力打伤、打残、打死，绝望的维权者自焚跳楼，以死相拼……这些报道还只是揭开血腥拆迁的"冰山一角"，每年全国各地因违法拆迁酿造的恶性事件有多少起？在强拆中家破人亡的受害者有多少人？失去家园而走上风雨上访路的无数草民颠沛流离了多少年？他们遭受的损失、付出的代价究竟有多大？这些都是无法确切统计出来的。

当报告文学作家将我们带到那些血淋淋的强拆现场，真是如同身临"黑社会"，目睹"恐怖片"。

　　位于朝阳区与通州交界的常营乡60岁的黄洪虎只因未签协议，被突袭而来的数人殴打，左肘关节骨折，左耳鼓膜穿孔。儿子脖子后部被砖沿剜下一块肉，女儿被多人按倒在地，左腿被人用棍子猛击且遭捆绑，头部和嘴也被胶带粘住。事后，她被诊断为左腿膝盖后十字交叉韧带撕裂。黄洪虎老伴被这场黑夜中的暴行吓得浑身颤抖，直至如今，一听到嘈杂的声音，她就会失禁。①

这是最常见的拆迁场景，似乎就发生在我们的身边。而有的却比虚构的小说还让人难以置信。

　　"不搬走就放火烧死他们"，这样的话竟然不是停留在嘴上的威胁。2005年1月8日晚上，居住在上海乌鲁木齐中路麦其里62号的朱水康一家安然入睡……凌晨1点30分，二楼的木楼梯起了火，70岁的朱水康醒了，敲响儿子朱建强和儿媳周莉的门："好像有烟味啊。"……周莉迷迷糊糊地拉电灯，灯不亮。出于本能，她冲去开门。火立即扑进屋……她慌了神，冲到床边，拉起丈夫朱建强，再叫醒女儿朱婷。同一时间，只听"咣啷"一声，烧着的门倒下

① 阮梅、吴素梅：《中国式拆迁》，《北京文学》2010年第8期。

去，楼梯和走道一片火海，周莉已经听不到公公和71岁的婆婆李杏芝的呼救。接着，冰箱"噼啪"炸响，炸裂的滚烫铁屑飞溅到周莉、朱建强、朱停的背上。他们只能往窗口逃生……他们顺着窗下边沿来到隔壁三楼的平台，大呼救命。……刚好工地上停着一辆翻斗车，看守叫醒翻斗车司机，将翻斗车靠近三楼平台，升起翻斗将朱家三口救下。通往三楼的木质楼梯已经完全烧毁，三楼两间房屋的屋顶也被烧塌，无法靠近。一家人只能眼望着大火哭泣，无法去救两位老人。……40分钟后，消防人员将困在房内的两名老人救出。然而，他们已经停止呼吸。①

这起纵火案是上海城开（集团）有限公司的下属拆迁公司负责人授意员工干的。开发商在徐汇区的黄金地段拿到旧城改造项目，如同拿到黄金宝库，他们拿地心切，眼睛都急红了，千方百计动用地方政府可以行使的权力对拆迁户施加压力。为了尽快拔除"钉子户"，公司纠集社会上的无赖和地痞流氓组成暴力强拆队，对"钉子户"断水断电、砸窗撬门、揭瓦毁墙、泄放煤气、围殴居民。"还有更恶劣的黑社会手段：泼大粪，扔黑砖。一到夜里，就有人躲在暗处向出门的居民扔砖，或潜入居民家的厨房，向饭碗和面盆里倒大便，甚至将满满一桶大便扔进居民家的窗子里。"居民向作者如此描述他们的处境——"走进麦其里，就像穿行在空袭下的战争年代，几乎没有一家的窗玻璃是完整的。居民们在恐惧中度日如年，报警没用、上访没用，任何权利救济手段都归于'零'，麦其里完全成了一个无政府社会！"②

当一个个活生生的生命被视为"钉子"拔除，当一个个无家可归的上访者被当作社会不安定分子处置，当一个个死去的弱者仅换来有限的经济赔偿，这样的社会还有道德底线吗？这样的经济发展还有文明意义吗？

---

① 苏岭：《中国高房价调查——中国房价，到底谁说了算》，南方日报出版社2010年版，第76页。

② 同上书，第78—79页。

（二）"为民造福"岂能牺牲民众的根本利益

拓路铺桥、旧城改造本是为民造福的公益事业，更多更快地建商品房本来也是解决中国民众住房难题的必然选择。但是，在拆迁征地过程中日趋对立和恶化的干群关系与矛盾冲突，利益受惠与受损者之间失去公平的巨大落差，强势集团对弱势群体的过分剥夺和欺凌，激起民众的怨怼情绪和抗争本能，使"拆迁"演变为"劫难"，这样的结果何谈"为民造福"？事实上"为民造福"这面旗帜已成为一些领导捞政绩保官帽的幌子，也成为一些开发商违法牟取暴利的遮羞布。

阮梅和吴素梅在考察走访中发现，某省城的繁华地段，"有两处多达百亩的建筑物已拆除多年，但一直没有开发，有一块地皮上已长出二人多高的树木和野草，周边垃圾成堆，污水遍地。当地政府解释为土地储备"。但她们在同一城市的边缘，"又发现了政府在大肆圈用农田从事开发建设。城市一边在周边大肆掠夺农田，一边在繁华地带久拆而不建，这样一种现象已不鲜见"。① 由此可见各地政府大搞拆迁、土地储备，最终是为了卖高价，以此支撑、发展地方经济，这是他们抓政绩的"核心事业"。因此，尽管一些地方政府为落实旧城改造规划、为建设经济开发新区等项目付出巨大的财力和人力，有些地方干部在拆迁工作中任劳任怨，牺牲节假日去居民中做劝拆工作，可是老百姓却根本不领情，反而以敌对情绪强烈抵触、对抗，是中国人普遍自私狭隘吗？还是我们的政府在经济建设目的与管理职能方面出了问题？这是需要冷静反思的。

从百姓的立场看，几十年的经济改革越来越拉大了贫富差距，加剧了劳资矛盾。广大的中下层民众没有分享到预期的改革成果，反而利益受损，甚至一次次地沦为牺牲品，下岗、失业、失地、看不起病、上不起学、买不起房……几乎所有的民生难题都集中压在这个庞大的群体身上。《中国式拆迁》中记述湖南某县城的贫困区"北街"在旧城改造拆迁中，面对的正是这样一个极具典型意义的底层群体。

① 阮梅、吴素梅：《中国式拆迁》，《北京文学》2010年第8期。

　　　　反应最激烈的一个群体是这个区域的下岗工人。听说房子要拆
迁，粮食系统50多个下岗工人正好找到了积怨的爆发口。……他
们激烈对抗拆迁。拆迁成了引爆改制遗留问题的导火索。面对分户
上门做工作的一个个领导，他们终于有了发泄的对象："你们端了
我的饭碗，现在又要拆我的窝，你们还让人活不活？"……300多
个日夜的煎熬，他们最终还是明白了阻止拆迁绝不可能，便转向要
求政府解决自己合理与不合理的遗留问题和种种困难。

　　可见，新旧矛盾的叠加、复杂问题的纠结，使政府在拆迁中"面对
的便不再是一栋房子，而是这栋房子自身所承载不了的各种诉求，是社
会暂时还无法消除的贫富矛盾，是几十年改革开放过程中这些城市贫民
的所有积怨"①。

　　因此，经济发展、城市化进程绝不能一味追求速度、效率和政绩。
忽略民本、损害民利、侵犯民权在本质上是开历史倒车，是违背社会进
步理念，是毁坏安定和谐的愚昧之举。

（三）拆迁下的"人性巨灾"

　　在无数"血拆"案件中，最极端的是抗拆者当众自焚、跳楼，他们
以死抗争的惨烈行为刺痛人心、震撼社会。也许，这些付出生命代价的
反抗者在媒体报道和大众舆论中成了壮烈的"英雄"，他们的"一把
火"也确实点燃了社会正义，唤醒公众的维权意识，在一定程度上推动
了法制进步。但是透过这些惨案，我们也看到毁灭生命尊严的愚昧，看
到巨灾背后人性的扭曲与黑暗。

　　阮梅她们在看过太多的抗拆案例并跟踪了解了几起抗拆自杀案件的
法院审理详情后，产生了复杂的感受与深入的思考，对震惊全国的"唐
福珍自焚案"，她们追问："她的儿女，她的亲人，她的邻居，都在做
些什么？是谁催生了这把焚烧生命的火？是谁撕碎了一位母亲生命的尊
严？是谁在助推这幕悲剧的产生？"作者相信这类事件发生前"潜意识
里期望悲惨情景发生的不只是一个人。甚至可以近乎残忍地说，死者的

---

① 阮梅、吴素梅：《中国式拆迁》，《北京文学》2010年第8期。

亲人、死者的邻居甚至包括大多数在等待观望中的拆迁户,他们在不知不觉中,无不在期待着类似的极端事件发生。"①

在湖北采访时,作者亲闻一起"儿子逼老爹跳楼"的恶性事件,虽然最后儿子获得一笔不菲的赔偿金而"获胜",可是那死去的老爹可以瞑目吗?活着的亲人可以心安理得地花这笔用命换来的钱吗?

在作品中,作者还无情披露了一个个为获取最大利益补偿而上演的荒唐剧——争母尽"孝"、兄弟换妻、母"子"闪婚、拉"郎"配……人性在大拆迁中撕裂、变形,在贪欲中沦陷,真正堕入万劫不复的巨灾深渊。这部长篇报告文学的价值意义不仅在于大胆揭露了现实矛盾,更在于对现实矛盾的深度反思与干预。

四 高房价绑架下的"房奴"众生相

"房奴"一词,是教育部2007年8月公布的171个汉语新词之一。"房奴"意思为房屋的奴隶,是指城镇居民抵押贷款购房,在长达20—30年的时间内,每年用占可支配收入的40%—50%甚至更高的比例偿还贷款本息,从而造成家庭生活的长期压力,影响正常消费,也影响到教育支出、医药费支出和赡养老人等,使得家庭生活质量下降,甚至感到精神压抑。

"房奴"不仅作为汉语新词收进词典,也作为新出现的一个特殊人群写进了文学作品,成为文学人物画廊中新的典型形象,未来还将载入史册,为人类学研究提供了新课题。

(一)"房奴"的压抑人生

按照国际通行的看法,月收入的1/3是房贷按揭的一条警戒线,越过此警戒线,将出现较大的还贷风险,并会影响正常的生活。"根据可锐置业顾问公司对京沪穗等地所做的调查,月收入在5000元至1.5万元的购房者中,76%表示购房后压力很大。"②

---

① 阮梅、吴素梅:《中国式拆迁》,《北京文学》2010年第8期。

② 涂名:《房奴:中国房改真相》,中山大学出版社2007年版,第12页。

凡是背上沉重贷款的人群，都承受着生活与精神双重的压力，时时处于各种焦虑与担忧之中，为物价上涨焦虑，为工作不稳定焦虑，为赡养父母和养育孩子焦虑，担心失业，担心生病，担心银行涨息……他们节假日自觉放弃一切娱乐，从不外出旅游，尽量回避人情往来和应酬，日常生活省吃俭用，将开支降到最低限度，几乎彻底丧失了享受生活的权利。

复旦大学毕业的安为民刚工作时月收入 1200 元，每月给父母寄 500 元，涨了工资后寄 1000 元，父母都是下岗工人，供他上大学欠了不少债。2005 年女友家催他买房，支援了 17 万元，可是首付还差 18 万，安为民拿出所有积蓄又东借西凑总算解决了首付难题，然后从银行贷款 75 万多，从此开始了"房奴"生涯。他在日记里写道：

> 我现在的原则是：
>
> 能坐地铁绝不打的，能坐公交绝不坐地铁，能坐非空调车绝不坐空调车，能步行绝不坐车，能不出门绝不出门；
>
> 早上绝不起床，省掉一顿早饭，争取用一顿饺子和一顿方便面打发一天的伙食，其间以饮水充饥，晚上洗澡的时候顺便刷牙，避免自己吃夜宵，顺便减肥；
>
> 如果外出只吃 6 元以下盒饭，不接受饭局邀请也不邀请饭局，不参加单次 10 元以上的自费娱乐活动；
>
> 所有灯泡更换为小功率，不泡茶绝不烧饮水机，停止一切咖啡奶茶供应；
>
> 笔记本屏幕调节到最低亮度，"嘘嘘"两次以上冲一次马桶；
>
> ……
>
> 在今后的 29 年里我决定不生病、不失业、不旷工，每个月像牲口一样地干活。
>
> ……
>
> 休假结束后，我变本加厉地陷入了深深的工作焦虑症中。
>
> ……近半年来，如果超过 3 天手上没有题目做就会抑郁，如果手上同时有超过两个题目等着做就会焦躁。只不过我表现得比较温柔，从来不乱掐人，顶多只是想咬人。后来发现，这种症状

和银行房贷是同时开始的。长此以往，估计房贷还没还清我就要人格分裂了。①

像安为民这样30岁上下的年轻人是城市"房奴"主体，他们正当立业、创业和事业发展的黄金时期，这群本该朝气蓬勃、活力四射、追求理想和幸福的年轻人，却成天为一套房子绞尽脑汁，疲于奔命，活在精打细算、患得患失的狭隘空间里，对社会漠不关心，对亲情麻木不仁，心态灰暗，精神枯萎，未老先衰……这是怎样的悲哀？多少年房价始终坚挺，而多少人的幸福却早已"崩盘"。

杨明新、刘晓艳这对在广州打工的夫妻经过几年的打拼逐步改变了命运，成了一家大公司的白领。他们梦寐以求的是有一个真正属于自己的小巢，于是倾其所有付了9万多元的首付，贷款在番禺大石镇买下一套60多平方米的房子，终于搬出了昏暗狭小的出租房。尽管20年的还贷压力非常沉重，但是他们买房获得广州户口，将来孩子的上学难题就解决了，觉得多年的辛苦付出很值，感到蛮欣慰。然而祸从天降，新房还未暖热，杨新明被病魔打倒，患上脑垂体肿瘤，一年内两次住院手术花费9万元，全是跟亲戚朋友借的。为了节省家庭开支，刘晓艳让母亲把幼小的女儿带回湖南乡下养，结果路上横遭车祸，孩子摔伤，脑积水并轻度脑萎缩。一家人被逼到了绝境，只好卖房子治病、还债，重新回到出租屋。这家人的不幸看似偶然，但潜藏着必然——这就是越过还贷能力警戒线必然存在的风险，谁都不能保证不生病、不失业、不出意外，所以他们遭遇的生活压力和最后的悲剧是很有代表性的。

"房奴"们的压力是相似的，但他们的烦恼人生却各有不同。有的厚着脸皮"啃老"，向父母借的款"能拖就拖着吧"，雯说，想到父母"到老了还要把多年积蓄的养老金拿出来资助我们，真的觉得很对不起他们，但我们却别无他法"；有的买房后就像得了"自闭症"，不再外出交际，过着节衣缩食的封闭生活；有的上有老下有小，为父母养老和孩子教育发愁，成天陷在莫名的忧虑中；有的"每天一睁眼就觉得自己

---

① 雷尔冬编著：《"房奴"实录：一个群体的生存故事》，广东经济出版社2006年版，第9、13、16页。

像杨白劳似的，欠了人家一屁股债"，三十好几了不敢要孩子，成了"丁克族"。这些形形色色的"房奴"发出了共同的心声——"'房奴'真苦！'房奴'真穷！'房奴'真危险！"①

（二）"房奴"折射出扭曲的社会心理

我们身处一个非理性的却也是别无选择的"房奴"时代。

朋友见面、同事聊天离不开买房话题；节假日活动少不了看楼盘计划；我们一边抱怨"炒房客"抬高了房价，一边也蠢蠢欲动、盘算着买进一套房子"投资"；我们一边指责现在的年轻人胸无大志为房奋斗，一边又掏尽积蓄操心着为儿女买房……攀比心、投机心在不知不觉中传染，对社会心理产生不良影响。

1. 攀比心理

看到同学买房了，自己还是无房族，就感觉郁闷憋屈；看到邻居换大房了，自己还住小套，就开始着急跟进；看到同事买得起别墅，就心里不平衡暗生妒忌。房子像一把尺子，衡量着人们的经济水平、社会地位和节节高攀的"上进心"。

在雷尔冬笔下众多的"房奴"中，有这样一位刚毕业的女硕士，她大学7年、出国游学，几乎耗干父母所有的积蓄，因此工作后不好意思提出买房，可是看到同学已经拥有房子和车子，就郁闷得不行，于是拼命攒钱，吃住在父母家，一年后终于"过上了有房有车的生活了，尽管成了'负婆'"，她不无得意地说，"这其中还是要感谢我亲爱的爸爸妈妈，在这期间，他们直接给了我经济上近10万元的帮助（包含买车的钱），但是更重要的，是他们培养了我学习和工作的能力（所谓'渔'的本领，我不怕我以后打不上'鱼'）"。读到这段话，真为这位硕士感到羞愧，为她的父母感到悲哀，也为我们的大学教育感到失败！她"啃老"满足了自己的虚荣心和攀比心，却不以为耻反而自鸣得意，压根没有关心父母的生活困境，对父母不存孝心，对社会也不见得会有责任心和奉献精神，因为她最后总结说："希望我接下来的人生会更精彩，其

---

① 雷尔冬编著：《"房奴"实录：一个群体的生存故事》，广东经济出版社2006年版，第72页。

直接表现就体现在，房和车要更新换代了。”① 这就是一位硕士的人生理想和追求的精彩人生吗？她的父母培养了一个学习成绩优秀的女儿，她的大学培养了一位专业能力达标的硕士，但是社会却多了一个做人不合格的“次品”。

攀比心理会导致年轻人急功近利，私欲膨胀，拜金拜物，人格异化。20世纪80年代有一篇报告文学曾如警钟轰鸣，那就是严峻提出中国独生子女教育问题的《中国的“小皇帝”》，作者深深担忧的是被父母、爷爷奶奶、外公外婆过分溺爱的“小皇帝”们，如何担当民族的未来？而那些包办一切、代替一切、不让孩子吃一点苦、受一点委屈的家长们，对“独一代”的性格、心理、品德、能力等成长所造成的贻害更是不可低估的。因此“独一代”的教育问题关系到“我们应该怎样缔造历史”的深远问题。②

如今，“小皇帝”已长成青年，他们中的许多人又戴上“啃老族”的新“桂冠”，这就是对30年前那声警钟的一个回应。在“房奴”人群中，“6·1模式”非常普遍，所谓“6·1模式”，是指年轻夫妇主要靠双方父母资助，6人供1套房子的情况，“小皇帝”时代“6·1模式”的溺爱（6个大人围着1个孩子转），如今变成“啃老族”们“6·1模式”的供房，如此中国式家庭环境，怎能有益于下一代的健全成长？他们唯我独尊、自私骄横、享乐至上、想要什么就必须有什么的贪欲任性，又怎能有益于我们民族的健全发展？

2. 投机心理

20世纪90年代，中国曾出现过千军万马投入“炒股”热潮的疯狂，折射出国民渴望一夜暴富、喜欢一窝蜂抢占投资领域的非理性心态。新世纪之初，全国商品房开始猛涨，生意头脑最精明的温州人已经嗅出商机，捷足先登，大规模进驻上海等一线大城市占领市场，展开轰轰烈烈的炒楼运动，他们走到哪里哪里的房产商都欢迎欢喜，但是那些要买房的人们既恨透了这些蝗虫一样的“炒房客”，又羡慕他们轻轻松

① 雷尔冬编著：《“房奴”实录：一个群体的生存故事》，广东经济出版社2006年版，第126页。

② 涵逸：《中国的“小皇帝”》，周明、刘茵、龚玉编选《1986年报告文学选》，人民文学出版社1988年版，第143页。

松赚得钵满盆满，于是那些资金雄厚或宽裕的人买了自住房又想多买几套投资，而资金薄弱、经济头脑灵活的人则算出银行贷款的"划算"账，也纷纷加入"炒房大军"，不管是拿出全部财力人力专事"炒房"的一族，还是利用闲暇时间偶尔小倒腾一两回的投机者，已营造出"全民炒房"的时代氛围。虽然专家们纷纷抨击这种不正常的投资行为，可是如此不用出大力、吃大苦的快速致富途径，充满无法阻挡的诱惑。

人到中年的刘伟，本应该是求工作稳定、家庭稳定的人生阶段，但他果断冲进上海房地产市场，小试牛刀就晋级"百万富翁"，颇为自得的他说起"炒房经"来总是津津乐道，《中国新时代》记者采访时曾问他对中国房产"是怎样一个感觉"，他直言："就是玩。……这两年炒房浪潮中，不懂财务的人很多，而且做得很好，是因为整个房市都在往上走。"事实正如刘伟所感悟的那样，懂不懂经济、有没有钱并不重要，重要的是"眼光和行动"，"只要买房子都能赚钱"[①]。这样的房市情形，犹如一股巨大的疯狂向上的旋风，形成不可抗拒的裹挟力，把人人卷进了"炒房游戏"。

"炒房客"们抱着"银子装进口袋，风险留给银行"的投机心理"赌一把"、"玩一把"，是非常危险有害的非理性行为，这样的"投资热"也是导致房地产市场混乱、畸形发展的因素之一。

因此，房地产业过度开发与高房价破坏了市场规律和消费结构，加剧恶化社会分配，透支有限资源，已经不单单是阻碍经济改革和民生发展的堡垒，也已经成为剥夺国民幸福、损害时代精神的祸根。

---

① 雷尔冬编著：《"房奴"实录：一个群体的生存故事》，广东经济出版社2006年版，第147—148页。

第六章 就业难："蚁族"的苦涩况味

21 世纪的第一个 10 年已经过去，历史积累下来的"三农"老问题尚未得到全面彻底的解决，随着社会转型加速又暴露出更多的新矛盾与新问题，"教育、医疗、住房"成为最突出的"新三座大山"，严重困扰着现实社会与民生；当社会公认的三大弱势群体——农民、农民工、下岗职工尚未改变处境与命运，新的弱势群体——"蚁族"又在形成、扩大。这一切构成当代中国无法"屏蔽"的社会图景。

"蚁族"是青年学者廉思和他组建的调研团队对"大学毕业生低收入聚居群体"的形象化命名，这是一个数量庞大却长期被忽略的群体，"他们既没有被纳入政府、社会组织的管理体制，也很少出现在学者、新闻记者的视野之中。在某种程度上，这是一个被漠视和淡忘的群体！"① 相对于"三农"、"新三座大山"、"三大弱势群体"等民生问题的严峻程度，当代大学生的就业问题和他们"蚁族"式的生存状态或许显得微小。然而，无论对于社会发展的长远未来，还是对于当前社会的和谐稳定，"蚁族"群体及其不断扩大的趋势必然产生不可低估的负面影响。他们作为新一代受过高等教育的知识青年，对社会与人生有着较高的期待和价值追求，但是对现实社会的种种不合理、不公平，他们又有着非常敏感的触觉和痛切的体验，很容易产生与社会对立的情绪；他们承受生活与心理的双重压力和危机，如果长期得不到社会关怀，极有可能导致极端的抗争行为；他们蕴藏着巨大的潜在能量，如果没有"未来的出路"和"创造的实现"，也极有可能转变为势不可当的"毁灭与破坏"。

---

① 廉思主编：《蚁族——大学毕业生聚居村实录·自序》，广西师范大学出版社 2009 年版，第 11 页。

"蚁族"——一个亟待社会关注的青年群体，一个联系着民生与民权、公平与保障、发展与进步的重大社会课题。

一　揭秘"蚁族"生存真相

（一）严谨的社会调查，鲜活的文学纪实

2007年，《中国新闻周刊》第28期刊登了何忠洲采写的一篇报道《向下的青春——"高知"贫民村调查》，作者披露：

> 自从1998年中国高校开始扩招，到2002年左右，大学毕业生就业难就一年胜过一年。
>
> 根据2006年12月份中国社科院发布的"蓝皮书"《2007年：中国社会形势分析与预测》：2007年，中国城镇需要就业的人口将超过2500万人，而新增加的就业岗位加上自然减员一共只有1000万个。而据劳动和社会保障部对全国114个城市劳动力市场供求状况调查表明，对大学毕业生的需求仅占新增就业岗位总量的22%，但在2007年，有495万大学毕业生等待就业。此外，还有为数不少的职业技术学校毕业生。①

在如此严峻的形势下，"新失业群体""开始越来越庞大，并且在北京周边地区，逐渐形成一个个群落"。作者以位于北京海淀区最边缘的一个村子——唐家岭作为调查地点，着重记述了中国农业大学毕业生李竞在求职谋生过程中经历的挫折和困顿。在唐家岭，与李竞的境况相似甚至比他更困窘的大学生比比皆是，他们并不怕生活的艰难和压力，恶劣的居住环境也能忍受，但是唯独面对前途，感到特别心灰意冷。

刚刚获得中国人民大学法学博士学位的廉思读到这篇报道后震惊万分，他"怎么也想不到在北京还有自己的同龄人过着这样的生活"，李竞们"令人担忧的现状、年轻脆弱的心灵以及无处寄托的青春和梦想"

---

① 何忠洲：《向下的青春——"高知"贫民村调查》，《中国新闻周刊》2007年第28期。

尤其让他难以释怀。他敏感地意识到这个庞大的青年群体必须去关注，其中遮蔽的重大社会问题亟须深入探究。

从那时起，廉思开始全力投入对"大学毕业生低收入聚居群体"调查研究。在 2008 年春节前后，他招募了一些在校研究生进行了第一次社会调查，这一群体的基本面貌显现出来。

> 他们有的毕业于名牌高校，更多的来自地方院校和民办高校；有的完全处于失业状态，更多的从事保险推销、餐饮服务、广告营销、电子器材销售等低收入工作。他们生活条件差，缺乏社会保障，民主权利缺失，普遍对社会公平存有疑虑，思想情绪波动较大，挫折感、焦虑感等心理问题较为严重，且普遍不愿意与家人说明真实境况，与外界的交往主要靠互联网并以此宣泄情绪。

显然，要深入研究这一群体，仅仅基于北京地区的调研并不够，廉思决定将考察范围扩大到上海、广州、武汉、西安等大城市，并且自筹经费组建了由心理学、社会学、统计学、经济学等学科研究生参与的课题组。第二次调研比第一次的目的更明确，调研内容与方法更周全、更科学。在进一步考察"大学毕业生低收入聚居群体"生存状态的基础上，着重探究这一群体的"身份认同、关系网络、文化体验、社会适应以及他们的社会支持、救助保障和呼声意见等"，调研方式以田野调查与个案访谈为主，课题组成员进驻"聚居村"亲历体验这一群体的生活情形与工作环境，为了深入了解他们的内心世界和情感世界，与他们同吃同住打成一片，在朋友式的谈心聊天中"倾听他们的声音"。① 正是有了切身体验和感受，他们赋予这个群体一个形象生动的命名："蚁族"——"高智、弱小、群居"，蚂蚁的特点习性成了"大学毕业生低收入聚居群体"生存状态的真实写照；也正是因为在亲历性的调查中身心常常受到强烈的触动和感动，使他们在完成社会学、政治学、人类学

---

① 廉思主编：《蚁族——大学毕业生聚居村实录》，广西师范大学出版社 2009 年版，第 18、21、24 页。

等意义上的调研任务，写出严谨的科研报告之后，依然感到心潮难平，有一种表达不尽的思绪和情感驱动他们以文学纪实的方式进行写作。

廉思在《蚁族——大学毕业生聚居村实录》的"自序"中如是说：

> 这本书并不是有关"蚁族"的研究报告（课题组研究报告另行出版），而是在研究过程中形成的深访故事、调研手记等汇集起来的感性文字。这些文字记录着"蚁族"的人生感悟和成长足迹，凝聚着"80后"的真挚情感和真实思考。相比于纯"学术化"的研究报告，这本书更丰富、更纯粹、更鲜活、更真实！①

由此可以肯定，这部一经出版立即在读者中产生广泛而热烈影响的书就是一部优秀的报告文学作品。

（二）"蚁族"生存状态全景扫描

根据廉思和课题组的调研显示，"蚁族"年龄集中在22—29岁，绝大多数人是"80后"，以毕业5年内的大学生为主。北京地区的调查对象主要来自河北、山东、河南、黑龙江、山西、内蒙古、湖南等地，他们的家庭大多数在农村或者县级市，仅有15%的被访者是本地城镇或农村户口，其余都是外地户口。调研者从"蚁族"的居住、职业、收入、教育、婚姻、社会交往等方面呈现他们的生存状态。下面选择几个主要方面简要介绍。

1. 脏乱差的"聚居村"

"蚁族"主要聚居于城乡结合部或近郊农村，人均居住面积不足10平方米的占69.6%、月租金人均377元，而实际上多数人是"租铺"而非"租房"，一间出租屋常常是六七个人甚至更多的人合租，每个人除了有一张睡觉的床铺，几乎就没有活动的空间，越是狭小拥挤、设施简陋的租房，铺位越便宜。受访者郑章军说：有的出租房"就像'贫民窟'一样，没有地砖，墙也没有好好地粉刷过，水泥地，摇摇晃晃地

---

① 廉思主编：《蚁族——大学毕业生聚居村实录·自序》，广西师范大学出版社2009年版，第12页。

上下铺，一个床位也就 100 多一个月。"

　　这位 2002 年考上北京科技大学的内蒙古小伙郑章军，成了穷乡僻壤飞出的"金凤凰"，怀揣远大志向的他或许并没有想到，自己 4 年后走出"神圣殿堂"却又"再进村"——来到二里庄小月河，在 6 个人合租的陋室中寻得一个铺位，与无数蟑螂"同居"，开始像蚂蚁一样谋生。整整 3 个月不停地四处奔波找工作，好在他有专业技术，幸运地找到一家国有企业做软件工程师，每月 5000 元的工资在"蚁族"中算是很有钱的人了，可是他依然住在自己"不能忍受"的小月河，因为生活的压力随着年龄的增长在增长，于是这位年轻的人才常常利用周末休息时间牺牲一切娱乐，把自己困在蜗居里通宵达旦编程，挣一点外快。①

　　"聚居村"的环境、治安、卫生状况等普遍较差。东北林业大学毕业生洪建修来到唐家岭的那一刻简直不敢相信自己的眼睛，"那哪里是北京啊，真是脏乱差！"

　　　　他看到狭小的街道上，车辆来回穿梭，裹起一团团的尘土，笼罩着一旁各种各样的小店，有的店招牌已经挂了很久，来一阵风便摇摇欲坠。租房的小广告贴满了电线杆和目力所及的墙壁；抬起头，还是大大的广告牌，写着"招租"二字。没走几步，不知从哪儿飘来的一个白色塑料袋缠在了脚底。

　　洪建修租住的房子里没有卫生间，每天不得不去公共厕所——"熏死人不偿命"，他说："没想到北京，也有这么垃圾的地方。"

　　许多出租房不仅没有厕所和洗澡的地方，上一趟公共厕所还得跑到小巷尽头，住在这种地方的人说，冬天要上厕所，得出去受冻，于是就"憋着"，夏天要上厕所，受不了臭气熏天，就只好"忍着"②。

　　课题组的潘登科在"聚居村"调查时，更为细致地描述了他目睹的"蚁族"居住环境：

---

　　① 廉思主编：《蚁族——大学毕业生聚居村实录》，广西师范大学出版社 2009 年版，第137—140 页。

　　② 同上书，第 145、155 页。

　　我第一次走进他们的走廊，几乎窒息。走廊里散发着臭味，黄色的污水左一摊右一摊地在地面上流淌。每个门口都放着鞋，鞋臭与垃圾桶的味道互相渲染，整个楼道就像一个过期的罐头，令人喘不过气来。

　　……

　　这是一个六个人住的合租宿舍。小小的房间里有三张上下铺，两张桌子。桌子像个百货商场，堆满了各种东西：一个落满灰尘的饭盒，一罐豆腐乳，杯子，书……

　　潘登科感叹："这群已经毕业的大学生，聚居于这片繁华城市的贫困角落，站在现实的废墟里，眺望着遥远的梦想。他们在满是臭味的宿舍里落脚，在睡袋里安身，浑不知天之骄子为何物。"①

　　2. 不稳定、低收入的职业

　　根据"蚁族"课题组第二次调查时统计的数据，81.4% 的受访者在从事各种类型的工作，月平均收入低于 2000 元。剩下的 18.6% 的人暂时处于失业状态。当然这个统计数据不具备实际意义，因为"蚁族"的就业与失业处于不断变化的状态中，特别是他们中的多数人都在私民营企业做着临时性的工作，必然存在极不稳定的因素。

　　"蚁族"中的大部分人都换过多次工作，这既有"求职难"的客观原因，也有求职者对工作条件和收入等要求方面的主观原因。

　　陈华的求职经历颇有代表性。这位来自安徽农村的"80 后"，在北京中央党校读了工商管理专业本科，2004 年考研失利后成为北京"蚁族"，4 年之中换过 5 次工作。在工作没着落的时候吃饭就成了大问题，"主要就是吃馒头"，生活很苦。他找到的第一份工作是推销一家私人教育培训机构的课程，底薪 800 元，无"三险"。每天要打 100 多个电话，发几十份传真，从他栖身的骚子营到公司所在地劲松，得 3 个多小时、倒三四趟车。由于推销业绩不好，这份来之不易的工作很快丢了。"为了维持生计，陈华去发过传单，去给朋友所在的婚庆公司帮忙。中

―――――――――

①　廉思主编：《蚁族——大学毕业生聚居村实录》，广西师范大学出版社 2009 年版，第 241—242 页。

式婚礼上会需要舞狮子，陈华也硬着头皮上去舞……"之后陈华为另一家教育培训机构做推销、拍摄课程，跟老乡去金融街做过销售等。2008年他搬到马连洼，租了一间只有五六平方米的住处，还没谈过恋爱，继续着一个人的奋斗。①

北京有上百所高校，每年的毕业生有二十几万人，就业竞争激烈，那么外地涌入北京的大学毕业生与北京本地的毕业生相比，在就业竞争中显然没有优势，特别是毕业于地方普通高校、民办高校的学生和自考生们，更是处于竞争劣势。

杨珊珊从湖南老家来到北京参加人民大学的自考，两年后拿到文凭，可是在找工作时屡屡碰壁，一看她的自考文凭就一棒子打回去，让她感到特别憋屈。最后找到一家规模很小的私营企业，每月工资1200元，刚工作的头半年，她几次给家里打电话时失声痛哭，不想在北京苦熬了，可是爸爸严厉责备她，要她坚持下去。

从北京一所民办高校毕业的婷婷，也是在一家私营公司打工，她对采访者如此概括自己的工作："跑腿！打杂！搬东西！"工作不如意，工作的环境更糟，老板喜欢对她动手动脚，她只能忍着，"没有办法，现在能找到一份工作就不容易了"②，婷婷无奈地说。像婷婷这样的处境，恐怕也是许多女性"蚁族"都经历过的。职场性骚扰，给女性求职就业难雪上加霜。

3. 错位的婚恋与性

对于"蚁族"群体而言，工作与生活的不稳定必然影响他们正常的恋爱与婚姻。

"蚁族"中未婚人数占调查对象的93%，在未婚者中，有49%没有恋人。与异性同居的人占到被调查对象的23%，但最近一个月内有性生活的人占到被调查对象的33%。③

---

① 廉思主编：《蚁族——大学毕业生聚居村实录》，广西师范大学出版社2009年版，第113—119页。

② 同上书，第261页。

③ 同上书，第41页。

从上面的调查数据可以看出，"蚁族"存在婚恋与性生活的错位和困境。

首先，结婚成家的经济条件远远达不到。"蚁族"中的绝大部分有着基本一样的情况：就业状况普遍不理想、不稳定，拿着 1000 元左右的低收入，还有不少人处于完全失业或半失业状态，只能在"聚居村"的集体宿舍租个低廉的床位，每天只吃一两顿饭，养活自己都比较困难，如何成家养家？所以他们的结婚比例非常低，只有 7% 的人完成了"终身大事"。

其次，已经大学毕业的"蚁族"本应该处在恋爱高峰期，但是他们中有一半的人没有恋人，这依然是客观原因造成的不正常现象。"蚁族"们每天去上班要坐两小时以上的公交车，早出晚归，虽然青年男女共住"聚居村"，甚至混住在同一栋楼里，可他们却没有彼此深入了解的机会和时间，除了工作单位和栖身之地，他们的社交圈子也很狭窄，恋爱对象选择的范围极有限。

这些处于恋爱婚姻困境中的年轻人，正当青春旺盛期，他们渴望与异性建立亲密关系，需要感情与生理的慰藉，在现实条件限制下，只有少部分人通过与异性同居的方式获得情感与性生活，而更多的"蚁族"则被遗忘在爱与性的荒漠，于是有些人可能通过性交易满足需要。

课题组在小月河调研过程中，潘登科在一间 5 个小伙子合租的宿舍里，惊诧地听到从布帘子遮掩的床上传出女性的声音，之后她很自然地拉开帘子起床，看他的男朋友做问卷。和恋人在男生宿舍同居，这该是多么窘迫、尴尬的处境！但是像这样无可奈何的同居方式，在"聚居村"并不是个别现象。

"蚁族"婚恋与性的现状加重了他们的"压抑感"，影响着他们的身心健康，使他们对生活的热情和对幸福的期待都大为下降。

二　探微"蚁族"精神状态

中国高校开始扩招后的第一届大学生毕业于 2002 年，如今他们都早已经过了"而立之年"，开始向"不惑之年"过渡。但是他们是否已经在事业和生活上"而立"、是否已经在精神与心理上"不惑"？2012

年年底，廉思的课题组对"蚁族"的后续调研又诞生了新成果——《蚁族Ⅱ——谁的时代》，新的调查是在北京、上海、广州、武汉、西安、重庆、南京等"蚁族"大规模聚居的城市同时展开，调研结果显示，"蚁族"的生存状态并未得到明显改善，某些方面甚至呈现恶化趋势。"30岁以上的受访者比例由2009年的3.1%上升到5.5%，说明该群体年龄有向上延伸的趋势，这也从一个侧面反映出'蚁族'摆脱'聚居'的困境需要更长时间，从'蚁族'到精英的蜕变变得越发艰难。"[①] 许多大学毕业生当了若干年的"蚁族"却仍然无法在城市站稳脚跟，只好弃"三十而立"之志——放弃梦想回到现实，选择"三十而离"——离开大城市回到家乡听从命运的安排。当然也有奋斗者改变了"蚁族"的物质生存逆境，实现了在大城市过正常生活的梦想，然而，如果说"非聚居"状态的正常生活就代表了青年人的梦想，那么这些青年人并未脱离"蚁族"的精神困境，因此也难以走向真正的"不惑"。

"蚁族"群体或许因为他们在生存困窘中的坚持与忍耐，展示出他们追求梦想的坚韧、乐观、奋进、淡定等精神风貌，但是只有深入他们的人生，才能够真切看到他们面对现实的脆弱、迷惘、懈怠、焦虑等另一种状态，他们的内心一直充满了矛盾与困惑。

（一） 未来的梦想，现实的苦闷

毫无疑问，"蚁族"都是为了追求自己的人生梦想而从偏远地区、贫困地区涌入北京、上海、广州等经济发展与综合条件占有绝对优势的大城市，那么他们的梦想是什么？

"知识改变命运"——这应该是受过高等教育的天之骄子的共同梦想。作为21世纪的青年学子，他们的视野、思维、知识储备等是确立于一个全新的"知识经济"时代，且是在全球化的大背景下。虽然他们就读的大学多是国内普通高校，教育资源和水平远远达不到世界一流的先进地位，但是互联网的信息覆盖与渗透，使他们无时不在感受世界

---

① 廉思主编：《蚁族Ⅱ——谁的时代》，中信出版集团股份有限公司2010年版，第248页。

潮流的强力冲击。比尔·盖茨的创业神话，李嘉诚的人生传奇，马云、李开复、俞敏洪等的励志故事，都具有现身说法的积极影响力。但是，需要特别注意的是，在 20 世纪 90 年代经历成长的青少年们，他们最初的理想教育是来自父母的现身说法——那些通过上大学改变了命运的成功者，自然要求子女青出于蓝而胜于蓝，普遍都有望子成龙的高期待和严要求；而那些处在底层的农民和城镇弱势群体，则更是常常严厉训诫子女：不读书绝没有出路，只能像父母一样生活在底层。如此这般的"理想教育"实质上已经变异为"现实教育"，特别是 90 年代以来浮躁、趋利、拜金、媚俗等风气成为主导和中心的社会文化环境已经形成，社会价值观与价值取向随之发生根本性的变化，这一切都直接影响着"80 后"这代人对理想与梦想的理解和追求。事实是，与社会理想密切联系的崇高理想已失去神圣光环，甚至遭到嘲弄；与人类梦想息息相关的光荣梦想已被打破，甚至变得荒谬；而个人的功成名就、发财致富成为大众化的理想与梦想。对于那些无根无基在大城市漂流的"蚁族"而言，具有远大志向和奋斗目标的只是极少数，大部分人怀抱的梦想不过是在城市扎下根落上户、过有房有车的体面生活。

　　然而，严酷的现实让他们的梦想愈来愈遥远、愈虚幻，他们不得不日复一日、年复一年地出没于城市边缘的聚居村，找工作、换工作，奔波着，忙碌着，以微薄的收入解决温饱、维持生存——"先养活自己"，当然时时都有养不活自己的危机，现实的苦闷如影相随……

　　山东农村出来的刘柏为了"建设社会主义新农村"的理想，立志当一名大学生村官，他曾豪迈地说："什么时候我成功了，我一定要找人给我写传记，我非常希望自己某一天能够像马云和刘永好那样。"刘柏大学尚未毕业时先到北京打拼，目的是为回乡创业进行必要的准备，他原以为北京满是机遇，但是投了上千份儿简历找到的工作并不顺心，7 个月里换了 3 次工作，多次受挫后感悟到在北京"即使是金子也可能发不了光"，他"觉得生活很压抑"，每次"从小月河走出来都感觉自己很丢人"，"在他看来，小月河就是一个标签，没能力的人才会去住那边"①。好在刘柏

---

① 廉思主编：《蚁族——大学毕业生聚居村实录》，广西师范大学出版社 2009 年版，第127、121、126 页。

的梦想不在北京，但愿他的失望与苦恼都是短暂的。

郑章军高中时给自己规划的前途是"上大学——考研——工作两三年——出国继续学习——回国工作——从政——开自己的公司……"现在作为"蚁族"中的一员，他的目标是开个小饭店，5 年之内创建自己的软件公司。或许郑章军很快可以自己创业，打出一片天地，可女朋友对他说："如果你今天买了房，我今天就嫁给你！"① 很实际的恋爱，也算是现实苦闷的一种吧？

虽是北京人却持农村户口的孙菲，不得不与那些背井离乡的外地学生一样做"蚁族"，在小月河已经住了 3 年。这个温婉善良的女孩有着令人感动的奋斗梦想："第一，让父母有富足的晚年生活；第二，为了自己的孩子以后拥有更好的生活；第三，她才想到了自己。"② 她对未来是满怀信心的，所以她不觉得自己的处境不能忍受，挺知足的。不过，无论她怎样热爱北京，有归属感，却从小到大一直得不到市区"北京人"才能够得到的优越条件。身份的现实就是这么无情，出身的差异影响一个人一生的轨迹。面对这样的不公平，不知孙菲年轻乐观的心会不会有时也被阴霾笼罩。

很多农村出来的大学生知道父母供自己上出大学已经掏空了家底，甚至还负债累累，他们毕业后如果没有工作或者混得不好，对父母就是最残忍的打击。所以，他们情愿在外面漂着、苦着也不愿意回去，还不能让家里知道他们真实的处境。他们的要求并不高，挣到的钱除了养活自己可以给家里寄上一点，或者梦想着节俭几年能攒够首付买一套房子，接父母来城市安享晚年，让他们不再困守农村受穷受罪。但在现实境况下，这样的梦想还是显得太奢侈了。毕业于北京某大学的小遥说："其实有时候我心虚得厉害，我需要一些美好的梦想支撑着我努力下去。可是我不太敢想那些具体的细节。一想起诸如定居、工资这些实实在在的东西，忧虑和不安就会一股脑儿地涌上来。我只有脚踏实地，过好当下。"③

---

① 廉思主编：《蚁族——大学毕业生聚居村实录》，广西师范大学出版社 2009 年版，第 142、140 页。

② 同上书，第 300 页。

③ 同上书，第 302 页。

在《蚁族Ⅱ——谁的时代》里，调研者们跟踪采访了第一部《蚁族》中的几位"主角"——邓锟、狄群、李鑫平、洪建修、柳辰宪……随着《蚁族》的出版和热销，他们曾一度成为媒体和舆论的关注焦点，廉思和那些采访过他们的媒体编导也曾以为，让他们受到社会的广泛关注，"一些机会会随之而来"。但是，一阵舆论热潮过后，他们的生活又归于平淡，"社会竞争依然激烈，生活该怎么样还是怎么样，不能说你是个什么'蚁族'，人家就会怜悯你"①。事实确如火君（狄群）所说的，一年多的时间过去了，他们中有的离开北京去了别的城市，有的换了工作或换了住地，可他们仍然还是"蚁族"，还在原来的轨迹上爬行着。

来自"蚁族"的网友 stand by me 说："大学的扩张和病态的发展给更多的人造就了一个梦想——受过高等教育，自诩这可以得到更高的待遇。可是当面对社会，面对就业的残酷现实的时候，才发现那个梦很遥远，特别遥远。但是我们不会放弃！"② 他的话道出了所有"蚁族"的心声。

（二）浮沉于精神的波峰与波谷

邓锟为《蚁族》写的序言中有这样一句话："我并不认为我是失败者，只是我尚未成功！"③ 这句话后来被当作"蚁族式的宣言"而广为流传。从这一宣言中，折射出"蚁族"坚韧自信、乐观奋进的精神光彩。其实在两部《蚁族》的采访实录中，可以听到很多这样震人心魄的励志名言。

> 人活着，就要不停地往上走，做好手边的每件事，不能浪费时间。
>
> ——郑章军

---

① 廉思主编：《蚁族Ⅱ——谁的时代》，中信出版集团股份有限公司 2010 年版，第 83—84 页。

② 同上书，第 101 页。

③ 邓锟：《聚居村民序》，《蚁族——大学毕业生聚居村实录》，广西师范大学出版社 2009 年版，第 14 页。

　　幸福是一种态度，我现在的一切都是我自己奋斗出来的，苦是苦了点儿，但一切都会慢慢好起来的。

——婷婷

　　上帝在关掉你一扇门的同时，会为你打开一扇窗。这是一个心态问题。……委屈是没有用的，重要的是怎样在委屈中寻找动力，找出自己的不足。别人可以做到的，我一样可以做到。

——李阳①

　　调查者发现，"蚁族"中有许多人确实是以积极向上的心态看人生，他们为实现自己的远大梦想或近期目标不懈努力，或复习考研，或考各种职业资格证书，或上夜校学新技术，白天辛苦奔波工作，晚上读书学习熬到深夜。他们坚信在大城市一定能够找到更好的发展机会，只要坚持下去，一定能够改变自己目前的困顿现状，因此他们总是强调吃些苦受些累不算什么，年轻人本来就应该经过艰苦的磨砺过程让自己成长。当然，他们多是刚出校门的大学生，热情与锐气尚未严重受挫，青春的资本尚雄厚，为此可以潇洒地漂几年。

　　但是不能否定，有些人的坚韧乐观逐渐被一种安于现状的麻木取代，他们对恶劣环境的适应渐强，对生活质量的要求渐弱。他们大多从农村出来，知道自己的出身已经在某种程度上决定了自己的社会阶层，再怎么折腾也不可能出人头地，但是因为背负着父母的希望，也背负着"山沟飞出的金凤凰"的"荣耀"，他们只能默默忍受在大城市漂泊的所有艰辛和困苦，只能在无奈的状态中得过且过、随波逐流，精神上变得懈怠甚至麻木，从根本上看，还多少有点"阿Q精神"。

　　那些对现状强烈不满却又一直无法改变命运的"蚁族"们，在岁月蹉跎中，青春与理想的光彩一点点被销蚀，乐观向上的热情和激情逐渐冷却，面对迷茫的未来，自信淡定的心态被莫名的焦虑或烦躁取代。那个代表"蚁族"喊出豪言的邓锟怀着落寞的心境离开北京去云南闯荡，他不甘地说："在北京这一年多怎么就连个像样的工作都没找着"，承

---

　　①　廉思主编：《蚁族——大学毕业生聚居村实录》，广西师范大学出版社2009年版，第142、262、270页。

认自己"在北京蛮失败的"。邓锟曾向廉思说过，自己日子过得再苦从未掉过泪，可是有一天早上起床，"同住的狄群吃惊地问他，昨天夜里为什么哭得那么伤心？"邓锟完全没有印象，"回头看到湿漉漉的枕头，才相信自己是在梦里号啕"，"可见真正的悲伤不是哭，而是哭都不知道！"①"梦里号啕"，暴露了"蚁族"普遍存在的内心脆弱，这脆弱平时被坚强的外表包裹着，被自觉的意志力压制着，不仅旁观者看不到，而且自己也有意忽略或者不敢面对，但是不堪一击的脆弱依然不以人的意志为转移地存在着、积蓄着，达到极限就会崩溃。

三　观照"蚁族"：一代人与一个时代的镜像

巴尔扎克于 1835—1843 年花费 8 年时间创作的长篇巨著《幻灭》，是他自己列于创作成就首位的著作。他通过两个"外省青年"的遭遇，揭露了"巴黎那种不祥的魅力"和"这个世纪的巨大创伤"——19 世纪的巴黎"就像一座蛊惑人的碉堡，所有的外省青年都准备向它进攻……在这些才能、意志和成就的较量中，有着三十年来一代青年的惨史"。在巴尔扎克看来，"这已不仅是个人生活的写照，而是本世纪最奇特的一种现象的反映。"巴黎所代表的生活法则对整整一代青年的精神状态产生着不可抵御的影响与冲击，而每年从外省大量流入巴黎的青年们的命运，也密切联系着整个社会生活，从不同侧面深刻反映出了历史的大背景和社会的主要本质特征。因此巴尔扎克自认为他的《幻灭》三部曲"充分地表现了我们的时代"②。

这里提及《幻灭》，不是刻意要把廉思笔下的"蚁族"与巴尔扎克笔下 19 世纪的"外省青年"做牵强附会的联系，乃是因为这部不朽的经典在今天依然有着渗透到灵魂的思想启迪——无论之于文学还是之于社会。"巴尔扎克的哲学深度也正表现在：他不仅意识到时代给个人的

---

① 廉思主编：《蚁族Ⅱ——谁的时代》，中信出版集团股份有限公司 2010 年版，第 77、147—148 页。

② 分别见巴尔扎克《幻灭》第一部初版序言、第三部初版序言、巴尔扎克《致韩斯卡夫人》（1842 年 12 月 21 日）。转引自艾珉《译本序》，《巴尔扎克选集　幻灭》，傅雷译，人民文学出版社 1989 年版，第 6—8 页。

发展提供了可能，刺激了青年一代的美妙幻想；同时看到了社会还包含着那么多阻碍个人发展的因素，看到了物的统治使多少人才遭受摧残，多少理想归于幻灭。"① 这一悲剧内涵具有永恒的认识价值和撼人心魄的感染力。每个历史时期、每种社会形态，都存在理想与现实的尖锐冲突，都不能避免现实条件与环境的不利因素对个人发展需求的阻遏。正因为如此，关注青年的动向就是关注时代的动向，关注青年的问题就是关注社会的问题。这业已成为中外文学中古老而又历久弥新的母题。

（一） 聚焦"蚁族"引发的社会舆论

当《蚁族——大学毕业生聚居村实录》于 2007 年 9 月出版后，迅速成为社会关注焦点。

> "蚁族"一词入选由国内语言文字专家评选出的"2009 年十大流行语"。在"凤凰·百度时事沸点事件"评选中，"蚁族现象"以在百度搜索中 20008252 次的搜索量，当选"影响时代社会类"事件。在 2010 年 3 月举行的全国"两会"上，"蚁族"更是让人大代表和政协委员们掬了一把同情之泪，并引发了一番论战……"蚁族"这个词享受到了被人们跨年度持续关注的殊荣，其在社会上掀起的热度从 2009 年一直延烧到今，一个庞大的、难以统计的城市沉默群体，也由此浮出水面。②

人们对"蚁族"卑微困窘的社会处境与生存状态普遍感到震惊、同情、担忧，呼吁社会给予这一青年群体更多的关心和帮助。但"蚁族"现象也引发争议，是这些青年人的梦想太多，还是社会给他们的希望太少？大学毕业后成为"蚁族"是由于他们的能力不足吗？社会上确实有这样一种说法："'蚁族'大都拥有不切实际的梦想，但是却又懒惰、无能，他们高不成低不就，徘徊于大城市的周边。"中国人民大学政治

---

① 艾珉：《译本序》，《巴尔扎克选集 幻灭》，傅雷译，人民文学出版社 1989 年版，第 9—10 页。

② 廉思主编：《蚁族Ⅱ——谁的时代·自序 时代的追问》，中信出版集团股份有限公司 2010 年版，第Ⅶ页。

学系教授张鸣反驳说："大学生就业难的问题已经持续将近十年了。目前，根本就不存在大学生就业梦想过高的问题。大学毕业生只是想成为企业白领，能够有尊严地生活。"他认为："现在的大学毕业生能有理想、梦想，是难能可贵的。但是，这种梦想老是实现不了就产生了问题。现在社会给大学生创造的机会和希望太少了。我们的大学盲目扩招，把成千上万的孩子忽悠进大学校园，再毫不负责地把他们赶向社会。'蚁族'其实已经很可怜了，不要再指责他们了。"另一种比较客观的看法是："梦想是可以有的，但是不切实际的梦想迟早会被现实'磨平'。""蚁族"中虽然有人最终脱颖而出，取得成功，"然而，大多数'蚁族'还是十分盲目，总是不断地调整，不断地换工作，最终一直漂下去，一事无成"。企业界人士则强调："企业需要的是人才而不是大学生，大学生只是有机会成为人才而已。……人才所具有的能力，不是高等数学、不是外语证书，而是首先是为人处事的能力和学习知识的能力。"[①]

那么，"蚁族"们自己如何看"蚁族"？他们大部分认同自己像蚂蚁一样的生存状态：弱小平凡、处境窘迫、不被关注；但也具有"蚂蚁精神"：勤奋、执着、永不言弃。他们中有人感叹："我们早已被社会遗忘，但我们还在努力做着自己的梦！"有人达观地认为："物竞天择，适者生存，这么多人，不比你差，大家都是奔着这目标来的，你只有硬着头皮上，顶着压力上，在自己更强之前，先蜗居着，做个蚁族吧。"有人阐发哲理性的思考："蚂蚁即使很小，在天平上也可以改变平衡。作用总是在需要体现的时候表现得淋漓尽致。不是没有用，只是时间未到。整个世界的改变也可以是一个蚂蚁造就的。"[②] 但是也有人抗议说："我们不需要谁的怜悯，不需要谁的施舍。""我们招谁惹谁了？我们不偷不抢，靠自己的双手打拼有错吗？……请正视我们，我们不是弱者也

① 见于小龙采写的报道《"蚁族"：梦想太多还是希望太少》，东方财富网，2010 年 4 月 22 日。

② 网友议论摘编，见廉思主编《蚁族 Ⅱ——谁的时代》，中信出版集团股份有限公司 2010 年版，第 71、116、175 页。

不是贫穷者,现在只是我们人生的一个过程而已!"① 还有人反问社会:"同情能解决问题吗?我们还是要生活,还是要工作,还是要辛苦的呀!我们努力工作,很光荣!"②

确实,社会的舆论不仅没有使"蚁族"的命运得到改变,反而使他们的生活与心态受到一定的影响。既然舆论关注与社会关怀并不能从根本上解决问题,那么研究、书写"蚁族"的意义究竟何在?

(二) 为一代人的青春做证

> 黑夜给了我黑色的眼睛,
> 我却用它寻找光明。

顾城写于十年动乱终结之后的这首短诗《一代人》,发表于《星星》诗刊 1980 年第 3 期。他以"黑夜"、"黑色眼睛"为意象,高度凝练地揭示了成长于"文革"时期的"50 后"这代人,在经历了被"真理"欺骗、被"光明"蒙蔽的扭曲错乱后,重新探索真理追求光明的主体精神。

但是紧随其后,没有经历过"红卫兵运动"和"知识青年上山下乡运动"的"60 后"登上改革开放的新时代舞台。

> 年轻的朋友们,今天来相会,
> 荡起小船儿,暖风轻轻吹,
> 花儿香,鸟儿鸣,春光惹人醉,
> 欢歌笑语绕着彩云飞。
> 啊,亲爱的朋友们,美妙的春光属于谁?
> 属于我,属于你,属于我们八十年代的新一辈!
>
> 再过二十年,我们重相会,

---

① 唐家岭蚁族:《我们招谁惹谁了?》(原创自互联网),收入廉思主编《蚁族Ⅱ——谁的时代》,中信出版社 2012 年版,第 161—162 页。

② 林艳:《社会舆论请莫把蚁族群体特殊化》,中国江西网,2010 年 7 月 19 日。

伟大的祖国该有多么美！

天也新，地也新，春光更明媚，

城市乡村处处增光辉。

啊，亲爱的朋友们，创造这奇迹要靠谁？

要靠我，要靠你，要靠我们八十年代的新一辈！

但愿到那时，我们再相会，

举杯赞英雄，光荣属于谁？

为祖国，为四化，流过多少汗？

回首往事心中可有愧？

啊，亲爱的朋友们，愿我们自豪地举起杯，

挺胸膛，笑扬眉，光荣属于八十年代的新一辈！

　　这首张枚同作词、谷建芬谱曲的《年轻的朋友来相会》，在 1980 年唱红了大江南北，尤其深受 80 年代大学生的喜爱，时代赋予他们振兴中华的光荣梦想与使命，他们成为真正的天之骄子。这首歌唱出了那一代青年的理想与抱负，充分展示了他们意气风发、开创未来的青春风采。

　　然而，在同一年，《中国青年》第 5 期刊发了署名潘晓的读者来信《人生的路呵，怎么越走越窄》，潘晓在信里说：从小接受的革命教育"形成了自己最初的、也是最美好的对人生的看法：人活着，就是为了使别人生活得更美好；人活着，就应该有一个崇高信念……"但是"眼睛所看到的事实总是和头脑里所接受的教育形成尖锐的矛盾"，她回顾"文革"时期目睹的种种丑恶现象，诉说自己在理想与生活上遭受的种种挫折、探寻人生真谛的迷惘和苦恼，悲叹："已经很累了呀，仿佛只要松出一口气，就意味着彻底灭亡。"① 潘晓的悲观与困惑引起无数青年读者的共鸣，也激发了不同观点的争鸣，数千万人参与了这场在全国范围内展开的关于人生观的大讨论。

　　1980 年的一首诗、一首歌和一封信非常有代表性地反映了"50

---

① 潘晓：《人生的路呵，怎么越走越窄》，《中国青年》1980 年第 5 期。

后"、"60后"青年人精神状态的"正"、"负"两极，那么哪一端更真实？哪一方是主导？这个问题今天回头去看似乎不成问题，因为看似"正负相反"的倾向，却有"殊途同归"的本质——那就是对人生价值共有的形而上探求，只不过"伤痕诗人"与"新一辈"们是站在历史的高度、时代的高度思索、宣告、抒怀，其理想与抱负自然与时代进步、国家兴旺、民族强盛合为一体；潘晓所代表的"迷惘青年"是从现实的人生处境探讨自我存在价值，而意识深处回响着不愿沉沦、不甘平庸的呼声。从这层意义上说，向上的时代精神对80年代青年有着强烈的影响力。

　　1977年高考恢复后，人们普遍把考大学视为通往理想彼岸的唯一金桥，毫无疑问，"读书改变命运"激励着每一位胸怀理想的有志青年，无数农民子弟正是靠着这样的信念与刻苦精神拼搏出来了。但是，1977年大学本科录取率只有4.8%左右，到1980年才达到8.4%左右，高考其实是一座挤着千军万马的独木桥，所以有幸考上大学的可谓凤毛麟角，而大量的失败者纷纷摔落下来。高考落榜的失意忧愁导致80年代一些青年对人生的未来感到迷惘、悲观。

　　需要指出的是，虽然在80年代就业难题已经十分突出，返城知青与高考落榜青年等形成庞大的"待业群体"，在一定程度上影响到社会稳定，但是国家千方百计广开就业门路，除了通过招工、招干解决部分人的就业，同时打破"统包统配"模式，大力发展集体经济与个体经济，以此扩大就业渠道。在80年代，绝大多数青年并没有陷入被社会遗忘、漠视、自生自灭的生存困境，他们感受到国家的关怀，感受到社会改革发展的希望，因此对"再过二十年"也同样充满憧憬。

　　然而，青春的岁月在改革的大浪潮中或奔涌或沉沦，30年已经过去，再相会的80年代青年们会有怎样不同的感慨？可以肯定的是，他们无论是功成名就还是遭遇下岗，无论做企业家还是当农民工，地位悬殊的社会阶层分化使他们绝不可能再唱"同一首歌"。只有少数的顶尖精英可以自豪地举起杯，而众多的底层平民却默默咽下苦涩的泪。他们出生于"80后"的下一代，也已经泾渭分明地分化到"官二代"、"富二代"、"穷二代"的所属领地，有权有势的富贵人家的孩子可以拥有最好的教育资源，可以进入大机关、优势行业发展，而普通百姓的子女却遭遇了"上学难"之后接着又面对"就业难。"

　　流行于"蚁族"中的《蚁族之歌》，成了那些漂泊在城市边缘的"80后"一代人的青春之歌。

> 什么地方是我们的天堂，
> 什么地方是我们的梦想，
> 什么地方是我们的希望，
> 什么地方让我们飞翔；
> 什么地方有我们的家乡，
> 什么地方有我们的梦想，
> 什么地方有我们的希望，
> 什么地方让我们去疯狂。
> 我们虽然没有什么，
> 可是我们依然有坚强，
> 我们虽然没有什么，
> 可是我们依然还在幻想，
> 我们虽然没有什么，
> 可是我们依然有力量，
> 我们虽然没有什么，
> 可是我们依然不怕冷落。①

　　这首歌的创作者李立国毕业于辽宁一所科技院校，为了自己的音乐梦想在北京已经漂了10多年，与另一位草根歌手白万龙曾蜗居在唐家岭一间只有5平方米的租房里，他们是不折不扣的"蚁族"，最理解这个群体在大时代下苍白的形象表征和炽烈的内心诉求。不过，以这首直白的歌作为"蚁族"的精神写照，显然是不完整、不深入的。只有全方位地介入其中，全方位的考察纪实，才有可能展现这一代人的特殊面貌和特殊心路。

　　廉思在回顾自己跟踪调查研究"蚁族"的经历时意识到，自己作为

---

① 酷我音乐网：http://www.kuwo.cn/yinyue/687832/。

"80后"的一员，之所以急迫地想去了解"蚁族"，倾听他们的声音，探究他们的心灵，其实是有一个潜在的强烈需要，那就是"通过他们，探究我自己的心灵"，"捕捉并传达我们这一代人那种精髓、韵味与感觉"。他动情地说：

> 我其实一直都在找寻这样的人——他们是普通人，身上体现着我们这一代人最宝贵的文化价值，同时在彷徨中寻找着未来的路。他们身上有深深的历史烙印，同时在创造历史。当我发现"蚁族"后，我知道，他们就是我要找寻的那些人。他们的生活环境、人生经历和价值取向尽管各不相同，但是他们却同样体验着这个时代共有的怀疑惶惑和苦恼迷惘。①

在《蚁族——大学毕业生聚居村实录》出版后，青年读者的强烈反响使廉思当初的感觉和认识很快得到印证，无数"蚁族"、准"蚁族"、曾经的"蚁族"和精神上的"蚁族"们，纷纷借助网络平台发表议论、抒发感慨、探讨人生，特别是他们一度麻木僵冷的思想被深深触动、被有力激活，许多人给廉思写信交流看法，阐述自己的思考……

> 虽然我远离唐家岭，远离基本的生存压力，但是，我远离了蚁族的命运吗？
> ……
> 我的工资在涨，但相比北京坐了火箭的房价，那不过是杯水车薪；我的职位在升，但是相比有门路的人，那不过是在用时间熬资历；我的年龄在长，但马上到了三十而立的年龄，我却看不到一点成家立业的可能。
> ……
> 与其说我在北京得不到的是一所房，不如说我得不到的是在这座城市的归属感。就算我将来有了房子车子，但是如果没有具备尊

① 廉思主编：《蚁族Ⅱ——谁的时代·自序　时代的追问》，中信出版集团股份有限公司2010年版，第Ⅸ、Ⅷ页。

严、权利和公平环境的生活，我依然会觉得，这座城市不属于我，这里的生活不是我想要的。①

这位给廉思写信的何鸣，是毕业于"985 工程院校"的"80后"，作为中国教育体制下的"胜利者"，他在北京有一份还算满意的工作，与住在聚居村的"蚁族"相比，应当是幸运的。但是，他越来越觉得自己不过是北京的"一个过客和流民"，从本质上看他和多数"蚁族"一样是"三无"人员——没房子、没恋人、没前途。当然这一切不是悲观痛苦的主要根源，因为这一切理所当然不会是天上掉下的馅饼，任何人都需要通过自身的努力与奋斗获得事业成功和生活美满。痛苦的根源在于，缺乏保障与公平的社会环境没有为所有的青年人敞开通往奋斗之路的大门，而对于年轻人来说，"无论剥夺什么都不会比剥夺他的希望更可怕"！当知识不仅无法给他们的梦想插上翅膀，甚至不能给他们在现实中立足的力量；当他们终日庸庸碌碌，无奈而卑微地活着，看不到一丝曙光；当这一代青年找不到自己的方向，"除了穷凶极恶地赚钱填补自己的危机感之外，别无他求"……难道这些仅仅是"蚁族"所代表的"80后"一代人自己的问题与悲哀吗？这个时代究竟是"谁的时代"？何鸣的深刻思考与尖锐追问很有震撼力，也很有代表性。

有的"蚁族"在网上发帖说：

为了业绩的蚂蚁们自觉地加班、熬夜，在这个完全能吃饱饭的时代里活生生地把胃给饿坏了，精神面貌倦怠了，为了更加感动老板把眼睛熬黑了，把血丝熬成一道道犀利的闪电，可是谁的闪电能劈开茫然看到自己真正向往的人生方向？（水稻花开）

我是 1983 年出生的人，文章中的事情我也经历过……我们这代人最宝贵的年华在浮躁的社会中流淌，谁之错？……与其说我们

---

① 何鸣致廉思的信，廉思主编：《蚁族Ⅱ——谁的时代》，中信出版社 2012 年版，第41—49 页。

"80 后"是"垮掉的一代"，更不如说我们是"被垮掉的一代"。
（百年孤独）

　　其实，我们没有经历过硝烟弥漫的战争年代，没有经历过动乱
的"文化大革命"，所以命中注定我们一定要经历一些东西，才能
成长。不要怨天尤人……现在重要的是，要让自己先强大起来。
（北冶茗朱）①

这些"蚁论"如同打开的一扇扇窗，千姿百态却真实感人的"80
后"们扑面而来，让这个时代看到了他们祈盼的眼神，听到了他们急促
的足音和脉动。

20 世纪 80 年代中期开始青少年文学创作的女作家陈丹燕曾感慨万
千地说："中国的独生子女社会到来了……在这个时候，整个社会对孩
子这一代人非常困惑，不知道这一代人到底是什么样子的人，他们会怎
么样，他们心里到底想的是什么，因为没有人的童年经验可以帮助成年
人来正确地判断在独生子女社会中成长起来的一代新人。"② 这一代新
人正因为多数是"独生子女"而使他们的生命格外珍贵，成为每个家
庭的无价之宝。"80 后"作为"独生子女"第一代，他们大部分经历了
"小皇帝"的童年时代，在"6·1"家庭模式中成长（六位家长呵护一
个孩子），备受宠爱的同时，也背负着全家长辈寄予的过高期望。我们
在涵逸的报告文学《中国的"小皇帝"》中，通过大量活生生的事例看
到：许许多多独生子女家庭对孩子的溺爱，到了无原则、无条件的地
步。然而，不幸的是，娇生惯养的"小皇帝"们偏偏赶上中国"高考
指挥棒"下应试教育制度登峰造极的时代，望子成龙的父母们，因为所
有的希望和教育成败系于唯一的孩子身上，往往在生活上骄纵孩子，但
在学业上却严酷苛刻地要求孩子拔尖、超凡。于是"独一代"们常常
在家长、老师的要求和逼迫下应对繁重的学习任务，他们在残酷竞争的

---

① 廉思主编：《蚁族Ⅱ——谁的时代》，中信出版集团股份有限公司 2010 年版，第 61、
81、109 页。

② 陈丹燕：《变化中的中国儿童和青少年文学》，《文艺报》2006 年 2 月 16 日。

考场上、在没完没了的题海战役中厮杀搏斗，被煎熬折磨得死去活来、焦躁不安。"独一代"实质上是在溺爱与摧残的分裂式生态中成长，因此他们的性格精神呈现矛盾复杂的特征。他们独立性差、依赖性强，却又任性叛逆，崇尚自由，不愿受任何束缚；他们生活能力与意志品格较弱，但不乏挑战精神和开创人生的勇气；他们脆弱敏感、自私狭隘、缺乏责任感，然而良好的教育赋予他们较强的社会参与意识和追求新事物的热情、视野、活力。

通过"蚁族"群体的观察，对于"80后"这一代人，我们已经不能单纯地从某个侧面对他们做判断，尽管他们给人们留下各种负面印象，尽管他们还深陷在迷茫悲观的困境中无力超越，但是不容置疑的是，这一代人已经真正介入社会，开始他们对个人命运与国家前途的思考和担当，这个时代已经无法忽视这一代青年的存在。

（三）为转型时代立此存照

历史将如何记录我们这个时代？毫无疑问，在各类权威性的"年鉴"中，确凿的统计数据已经全面记载了中国经济发展的速度和成就；在浩如烟海的"新闻报道"中，那些曾经震撼我们心魄或牵动我们思绪的大小事件、天灾人祸也将封存于历史深处；在无数畅销的"传记"中，这个时代的政治英杰、企业巨头、文化精英、演艺明星们功勋不朽、魅力永存……然而，一个时代的"社会图景"如果只呈现光荣与成就，而遮蔽阴霾与代价；只塑造英杰和明星，而空缺草民与百姓，那绝不能真实地反映出一个特定历史时期的完整风貌，也绝不可能深刻地传达出一个时代的精神内涵。

廉思申明，唯其如此，他们所关注的"蚁族"，作为名不见经传的小人物，"在传统的意义上，他们只不过是时代的旁观者。他们没有个人历史，他们虽也在剧场内，却毫无戏份儿，甚至连跑龙套和坐在台下欣赏的资格都没有，他们或许只能站在舞台的侧面或幕后去窥视剧情的发展"。但是"他们是从不同的角度看，并反复思考着——他们的思索，不是像镜子般的反射，而是一种三棱镜似的折射"。基于这种认识，廉思试图以非虚构的实录叙事，立体展现"三棱镜"所折射出的多维空间，引导读者全方位地深入观照、探索"当今之时代和当代之青年"①。

1. 贫富二代的人生分化折射转型时代的结构性问题

两个同为 1983 年 2 月出生的年轻人宋永亮和辛胜通，他们的生日只差一天，但是他们一个出生在黑龙江绥化偏僻农村的贫穷家庭，一个出生在北京市的富裕家庭，从他们的人生起点，就注定了他们天差地别的身份与未来。辛胜通 2007 年中国人民大学经济学专业硕士毕业，"有人推荐"进了一家"几乎不对外招人"的大国企，一年后就拥有了一套 90 多平方米的房产，27 岁结婚，事业家庭皆美满，一切都顺理成章、水到渠成；宋永亮 2008 年才从黑龙江黑河学院本科毕业，两年中他辗转于 5 个城市换过 7 份工作，最后漂在北京，租住在潮湿的防空洞地下室，在龙文学校谋到一份工作，为了绩效周末也不休息，成天加班加点拼命干，快 30 岁了，还不能给女朋友一个结婚的承诺。

显然，相比于那些资产千万或身价过亿的富豪阶层的二代们，辛胜通还够不上"富二代"的标准，他只能算是一线大城市家庭经济比较好的"城二代"；宋永亮相比于那些根本上不起学甚至吃不饱饭的极端"穷二代"，也还没到那样的绝境，他不过是千千万万出身卑微、经济窘困的"村二代"的典型代表。即使如此，我们还是为他们之间的天壤之别而震惊。他们之间的差别不仅仅反映出教育、就业、住房等民生根本性问题存在的弊端与缺陷，也折射出社会结构与贫富阶层失衡状况下各种资源分配不公、保障制度缺失、政权公信力衰弱、社会应有的价值共识破裂等现实危机。

"蚁族"所代表的青年群体作为中国经济改革与社会转型时期的新一代，他们身不由己地成为改革与转型代价中的一部分。

2. "凤凰"变"蚁族"暴露教育产业化的不良后果

"山窝里飞出的金凤凰"——曾经是人们对那些从落后、偏僻、贫穷地区奋斗出来的有志青年的褒扬赞誉，"金凤凰"也曾经是农村青少年羡慕、钦佩、学习的榜样。但是自 20 世纪 90 年代末推进教育产业化后，上学贵、上学难将无数贫困家庭的孩子挡在了学府门外，许多本来

---

① 廉思主编：《蚁族Ⅱ——谁的时代·自序　时代的追问》，中信出版集团股份有限公司 2010 年版，第Ⅸ—Ⅹ页。

很有希望成龙成凤的农村娃甚至连小学都没法读完就失学了，贫穷让他们命中注定地输在了起跑线上；那些千辛万苦读到高中、考上大学的贫困生，面对倾家荡产也难以担负的高额学费，又不得不含泪放弃求学，像父辈一样去做农民工；对于还在寄希望于"读书改变命运"的农家子弟，他们万万没有料到举家负债供自己上了大学，毕业之后却成了无颜见江东父老的"蚁族"。

教育产业化的最初目的是把教育作为拉升经济的一种手段，但是事实上几乎所有的大专院校都把教育当作了谋利赚钱的手段，竞相开始"扩建—扩招—提高收费"的所谓"跨越式发展"。如今教育产业化的不良后果已经全面暴露。

首先，扩招后学生人数激增，使高校原有的办学规模、设施等都很难应对，于是又开始了疯狂无序的扩建、新建，全国各地形成"大学城"建造热潮，无数"新校区"拔地而起，"大学城"、"新校区"建设与运作的高成本几乎使所有高校背负着数额惊人的巨债。

其次，随着高校办学规模扩张，10多年间学科和专业设置也持续盲目大跃进，新专业数量在经过爆炸式的增长后至今还没有遏制的迹象。据《人民日报》2014年10月15日刊登的一篇报道披露，"共有61所高校在一年内申报设立7个以上新专业，更令人瞠目结舌的是，黑龙江科技大学竟然一下子申报在2015年新设立56个本科专业"[①]！问题的根本在于，一是新增专业不顾及就业压力大、社会需求不足的现实情况，比如旅游管理、电子商务、广播电视编导、动画等专业在大中城市就业率都很低，到二三线城市根本就没有需求，但是许多地方院校却也热衷申报这类专业；二是一些传统院校罔顾自身办学特点和师资条件局限，跟风新增专业，比如许多师范类院校看到新闻专业热、艺考热、动漫热就争先恐后地新增新闻学、广告学、播音与主持艺术、动画等专业，只要能吸引生源，把大量的学生吸引进来，增加学费收入，就达到了目的，至于能否保证教学质量，毕业生出去是否能找到工作似乎都无关紧要。

---

① 见赵婀娜采写的报道《审批权下放后，一些高校为吸引生源增加收入，盲目增设专业——高校计划新开56个专业》，《人民日报》2014年10月15日。

总之，恶性膨胀的教育产业化使一个新的既得利益集团迅速形成，他们在把"蛋糕"越做越大的同时，一方面将越来越大的"成本"转嫁到教育支付者身上，导致"读书致贫、读书返贫"现象大量出现；另一方面无节制的扩招也让每年几百万的大学毕业生涌向本来就形势严峻的就业市场，使很多负债读书的学生进入社会后处于失业或半失业的困境，"蚁族"群体也随之不断扩大。

3."蚁族"式的自救行为反照社会关怀与政府职能缺失

2010 年全国"两会"期间，"蚁族"作为正在引起社会广泛关注和热议的民生新问题，也成为记者们采访"两会"代表委员时频频聚焦的敏感话题。全国政协委员、复旦大学图书馆馆长、历史地理研究所博导葛剑雄认为："如果在城市化变革中，'蚁族'现象只是短时间的、局部的，就不值得大惊小怪。"他抛出这个观点的依据是"现在我们讨论这些问题的基本信息都来自一些报道，并没有建立在量化的基础上，有些甚至只是网上的一些说法。"按照这样的推断，"蚁族"现象是"媒体缺乏基本的社会学分析"的"大惊小怪"，所以他不以为然地揣测，"如果是短期的，也许两年以后就改变了"①。从这些言论可以肯定葛剑雄馆长还不知道廉思和他的课题组对"蚁族"已经进行了将近 3 年的田野调查和社会学研究，没有看到触目惊心的量化分析报告。他的说法遭到大量网友情绪激烈的炮轰。

在"两会"上，部分代表提出解决"蚁族"问题应该从转变大学生就业观念做起，大学生不应该"都执着于非在北京不可"，可以回到二三线城市去发展。张鸣教授却不客气地批评"那些劝诫'蚁族'回到二三线城市的人，就是没有做过一点调查研究，拍着脑门胡说八道"。他尖锐指出："二三线城市其实同样有大量'蚁族'存在"，"对于'蚁族'，我们的政府不要老是作秀，应该拿出诚意来帮助他们。"②

关于大学生就业难问题，政府目前在增加社会就业机会方面固然存在可以体谅的种种实际困难，但是在促进人才合理流动、合理配置方

---

① 引自记者崔玉娟采写的报道《"蚁族现象不值得大惊小怪"——一些政协委员：政府要有效引导，"蚁族"要转变观念》，中青在线网，2010 年 3 月 9 日。

② 引自于小龙采写的报道《"蚁族"：梦想太多还是希望太少》，东方财富网，2010 年 4 月 22 日。

面，在切实有效地引导大学生就业、鼓励大学生创业方面，政府的职能投入远远不足，甚至可以说不作为，特别是对失业群体和低收入群体的社会保障改革许多都停留在文件上，而不能落实于执行层面。张鸣认为政府要从根本上解决"蚁族"问题，一方面，"要加快产业结构调整"；另一方面，应该对"毕业后难于就业的大学生进行培训，教给他们一些职业技能"。他指责我们的政府"对此几乎处于不作为状态，天天忽悠大学生去创业、去当蓝领工人、去'上山下乡'，而没有切中实际需求对大学生进行培训"。如果大学生就业情况没有从根本上改变，"那么，对于大多数'蚁族'来讲，即使通过个人奋斗也是很难改变目前的命运"①。

全国人大代表、上海交通大学党委书记马德秀承认"'蚁族'现象也一定程度上反映出当前我国大学生就业难和就业结构失衡问题"，但是她强调"'蚁族'是一种客观现象，没必要被过度渲染。年轻人有一个艰苦奋斗的过程，经历各种艰难和辛酸，是一个必然的过程。"② 当然，这样的说教作为大学领导对青年人进行励志教育是正确的，但是如果作为一种堂而皇之的理由为政府开脱责任，那就反而会让青年人对社会、对国家产生失望情绪。事实上经历各种艰难和辛酸对于来自底层的青年并不可怕，艰苦奋斗也是"蚁族"们早已选择的自救之路，然而可怕的是如果这个"过程"是在不公平的社会机制下长期不变的定律，今天的"蚁族"还要将这个定律沿袭到他们的下一代身上，那么就意味着弱势与普通阶层向上的发展途径被无理阻断，他们的被剥夺感、阶级仇恨或将由此而生，对社会发展方向的质疑和对国家前景的悲观态度也会趋向严重。对此廉思表明了自己的担忧："'蚁族'现象所引发的后续问题，不在当下，而在未来。一个人在年轻时的经历会影响他今后一生的心态和价值观。试想：一个人在年轻时被社会冷落、认为社会是不公平的，那么当他成功后，他会怎么来看待这个社会？他会如何来回报这个社会？他又会如何来教育自己的下一代？这是涉及中国社会可持

---

① 引自于小龙采写的报道《"蚁族"：梦想太多还是希望太少》，东方财富网，2010 年 4 月 22 日。

② 引自崔玉娟采写的报道《"蚁族现象不值得大惊小怪"——一些政协委员：政府要有效引导，"蚁族"要转变观念》，中青在线网，2010 年 3 月 9 日。

续发展的重大问题。"① 相信真正了解"蚁族"群体的人都会认同这段话的警示意义。

　　面对"蚁族"背后的系列社会问题和隐患,社会与政府都必须有危机意识,应该从制度上、从文化生态上为青年创造一个有公平保障、有人格尊严、有价值实现可能的成长与发展环境,让"蚁族"有梦想的权力,才会有中国梦的时代。

---

① 廉思:《由地壳运动引发的时代联想——读"城二代、村二代"有感》,《蚁族Ⅱ——谁的时代》,中信出版集团股份有限公司 2010 年版,第 37 页。

第七章　食品安全："舌尖上"的问责

　　2600 多年前的春秋时期，政治家管仲说过："王者以民为天，民以食为天，能知天之天者，斯可矣。"① 这句话反映出管仲治国理政的英明之见，蕴含着他的民生思想与情怀。"民以食为天"由此成为千古流传的至理名言。当然管仲所说的"食"，主要是指庶民赖以生存的粮食以及与国计民生息息相关的农业生产与发展。

　　而今，对于已经解决了温饱问题的国民来说，"食"的需求层次与消费水平在不断提高，质量要求更是与日俱增。人们不仅要求一日三餐吃得饱，还要吃得好、吃得健康、吃得安全。但现实情况是，尚不能完全满足温饱之需的贫困人群依然存在，"粮荒"隐忧依然存在，而"毒食品之灾"却又成为难以对付的新挑战。1989 年霍达写了报告文学《民以食为天》，将国人几乎已经淡忘的一个词——"粮荒"推到焦点上，通过作者的全景扫描与特写镜头，人们不安地看到，"饥饿的狂潮"，在"现代化仿佛就在眼前"的大好形势下突然悄悄袭来了！有的省已经不得已"辰吃巳粮"；有的市动用外汇从泰国进口粮食；而在农村，缺粮户激增，政府暴力"催粮"、"扒粮"现象频现，流血冲突、人命官司时有发生……②15 年后的 2004 年，周勍的报告文学《民以何食为天》，再次让国人震惊恐慌，他所揭露的不是粮荒、不是饥饿狂潮，而是毒食品的泛滥，但其灾难性质与程度却绝不亚于前者。"人为的'食品污染'是一场对人类健康和道德底线的无声挑战，它正在气势汹

---

　　① 司马迁：《史记》，《二十五史》本，上海古籍出版社、上海书店出版社 1986 年版，第 301 页。

　　② 霍达：《民以食为天》，《中国作家》1989 年第 4 期。

汹地向我们走来！"①

一　站出来揭黑幕的担当者

自改革开放 30 多年来，随着市场经济的快速发展，中国食品生产与销售行业也随之迅猛发展起来，其交易范围之广、交易量之大都达到前所未有的程度，人民的物质生活因为食品业的繁荣而更加丰富、更加便利。但是与此同时，食品质量、食品安全也暴露出越来越多的严重问题。一方面，粮食等农作物生产源头的生态污染问题日趋严重，加上过量使用农药或化肥，使食品生产加工原料本身就存在诸多不安全因素；另一方面，食品生产与加工企业、流通与销售企业以及营销个体等为了降低成本、增大利润、扩张经营市场，不择手段地掺假造假，滥用各种有毒化学添加剂和防腐保鲜剂——如激素类的催熟剂、苏丹红等染色剂、瘦肉精、甜蜜素、香精、工业盐、吊白块、明矾、滑石粉、石蜡、硼砂、尿素、氨水、增白剂、双氧水、福尔马林……甚至敌敌畏、3911等剧毒农药。镉大米、瘦肉精猪肉、激素鸡、红心蛋、三聚氰胺牛奶、地沟油、头发酱油等五花八门的毒食品源源不绝地流入正规商场、农贸集市、个体小摊，堂而皇之地出现在学校、机关、企业的食堂和老百姓的餐桌上。因毒食品引发的重大安全事故时有发生，毒食品危害健康的诸多隐患使人们惶惶不安，"我们还能吃什么？"成了天大的难事。中国出口食品由于不断被检测出有害添加剂问题，已经在国外引发了多次抗议风波，2002 年欧盟全面禁止进口中国动物源性食品，日本一些大型连锁超市停止售卖中国进口的所有蔬菜……

一个有着几千年文明史的泱泱大国，却因为食品安全危机在世界面前失去信誉，这是多么屈辱的遭际！在科技领先、经济腾飞的昌盛时代，老百姓却为吃不上"放心食物"发愁烦恼，在屡屡成为问题食品的受害者后都成了"老不信"，这是多么悲哀的现象！如此突出的现实忧患和民生问题，拷问着社会良知，必须有人站出来呐喊，让"盛世危

---

① 杨炼：《当我们大口吞咽污染食品的时候……（代序言）》，周勍《民以何食为天——中国食品安全现状调查》，中国工人出版社 2007 年版，第 2 页。

言"震痛那些麻木的神经。

2003 年，周勍原本想做一个中国人精神消费现状的调查，有人对他说："还精神呢，吃的问题远比精神问题大得多。"① 这句话深深触动了他。他自己曾经在南昌吃过一次极为便宜的肉包子，一打听，肉馅是猪脖子肉做的。"即使在饥荒年代，屠宰猪时，猪脖子肉都是要扔掉的。因为猪的淋巴就在脖子的位置，淋巴是动物过滤细菌病毒的，吃了这部分的肉很容易得病。"② 可是在当时人们没有意识到这种廉价包子裹藏的危害。不过在多媒体时代，毒食品问题早已是"包不住的火"，"只要随便打开一家中文网站的搜索引擎，搜索'食品'或'吃'等字词，结果与之最多的关联词便是'安全'和'中毒'，这对素以美食大国自负的国人不能不说是一种反讽"③。然而，媒体的曝光虽令人惊恐，却也使人容易遗忘，简短的报道不可能对食品问题的祸根进行全面深刻的解剖。于是周勍决定做第一个"扒粪"的作家，开始进行长达两年的艰辛调查。

调查不只艰辛，还充满了危险，用他自己的话说，"所遇到的真实、骇人的事儿，其惊险的情节和复杂的程度超过了贩毒大片中的情节……"

　　　　笔者通过"线人"联系到一个专卖"瘦肉精"的老板，讲明笔者家里老人得了一种慢性病，需要"瘦肉精"做药引子，想买一点。对方开始非常警惕，在线人的一再解说和央求下才勉强答应了这样一种不亚于贩卖毒品似的交易方式……一切谈好后，笔者还是不甘心，想尽快拿到"瘦肉精"的样品，就趁他们不注意时悄悄拿了一把"瘦肉精"放进自己的口袋里。可待笔者和线人坐上公共汽车暗自欢喜地往省城赶了快一个小时的时候，险情发生了：只见三

---

① 见夏榆采写的报道《"本想打动头脑，最后打到胃上"——从一份文学报告看食品安全》，《南方周末》2008 年 9 月 18 日。

② 见蒋庆采写的报道《作家出书揭露食品黑幕 读过全书几乎无食品可吃》，《成都商报》2008 年 9 月 19 日。

③ 周勍：《民以何食为天——中国食品安全现状调查》，中国工人出版社 2007 年版，第16 页。

四辆摩托车发疯似的拦在了我们的公交车前，他们一个个挥刀舞棒，不由分说地几乎是把笔者颠倒着拖下了汽车。幸亏笔者也算见过一些所谓的江湖世面，一口咬定就是为家里的老人治病心切，才偷偷拿了一把"瘦肉精"，这样方才得以从刀棒之中脱身。①

周勍以打入"黑洞"的胆略和勇气深入调查食品行业乱象之下的罪恶根源，以第一手事实材料揭示真相，写出中国第一部干预食品安全问题的长篇报告文学《民以何食为天——中国食品安全现状调查》，在这部作品中，我们触目惊心地看到食品生产与加工中大量存在的毒性污染，看到毒奶粉、瘦肉精等引发的一桩桩食品中毒事件给受害者带来的致命摧残和健康危害，看到农民工吃的是已经变质的极度低劣的陈化粮，而这一切都是不法经营者为牟取暴利刻意为之的结果。这部作品于2004 年在《报告文学》杂志发表后，在海内外产生了巨大的震撼力，中共中央政策研究室《书报文摘》进行选摘，作品的英、德、意、韩、日译本相继出版，2006 年入围德国"尤利西斯国际报告文学奖"，2008年，日文版获日本《产经生活新闻》"期待畅销书"银奖。

青年作家曹永胜创作的长篇报告文学《舌尖上的毒——酷农解密食品安全》，如实记述了一个普通农民为揭露食品黑幕、宣传食品安全走过的不平凡的道路。

> 孙焕平，是江苏淮安楚州淮城镇闸口村的一个农民，自称"老土"，初中毕业后，进城当了卖菜小贩，卖过豆腐，发过豆芽，做过水发产品，开过饭店，也曾经办过饮料厂。因长期与食品行业打交道，他了解其中不少黑幕。
>
> 但是，年过不惑的孙焕平觉得不能在这样的营生里混饭吃。他想到了要向全国人民揭发这些黑幕。②

---

① 周勍：《民以何食为天——中国食品安全现状调查》，中国工人出版社 2007 年版，第 86 页。

② 曹永胜：《舌尖上的毒——酷农解密食品安全》，中国人民大学出版社 2012 年版，第 3 页。

　　曾经，这位农家后生被村里的人冠上"老改行"的绰号，他经营过多种食品行业，之所以每一种营生干不长，主要原因是他规规矩矩地按照传统方法制作的豆腐、豆芽等总是不好卖，当他四处拜师学习"新技艺"时，看到的竟然都是缺德违法的勾当，那些行业能人们传授给他的无一不是"害人经"。比如，要使豆芽高产、美观，最关键的诀窍是添加"保险粉"——连二亚硫酸钠，他试着泡了一缸豆芽，果然又水灵又好看，拿到市场卖生意特别好。但是他一点也高兴不起来，觉得自己做了亏心事。怎么能靠这个赚黑心钱呢？只能收摊不干了。

　　"我应该站出来，把这种做黑心菜、赚昧心钱的勾当公之于众。"孙焕平作出人生重大决定。他开始全力以赴进行食品安全调查与探访，经常像一个私人侦探那样，或佯装谈生意直接闯入现场观察了解，或冒着各种危险蹲点暗访黑作坊。有一次他接到沈阳网友"血豆腐黑窝点"的报料后，不辞辛苦地赶到那里，租了一辆车从晚上 10 点开始，"用10 多个小时的时间昼夜跟踪，并目睹了这个黑窝点加工生产血豆腐的全过程，以及其送货给各大市场、各大饭店的过程"①。

　　　　从 2009 年 4 月 7 日起，孙焕平开着自己购买的一辆箱式小卡车，和志愿者一起走遍全国 28 个省、市、自治区，行程 5 万里，自费义务宣传《食品安全法》，倡导设立法定食品安全日，得到沿途各界人士和群众的支持。因为这事，他耗资 10 多万元，有人说他是"神经病"，妻子跟他离婚，但他并不放弃。②

　　2009 年 11 月，孙焕平走完"食品安全宣传中华行"全程，他的事迹引起国内多家媒体的关注，《人民日报》、中央电视台、《新华日报》等 150 余家媒体进行过报道。孙焕平入围中央电视台 2011 年"感动中国"候选人。

---

　　① 曹永胜：《舌尖上的毒——酷农解密食品安全》，中国人民大学出版社 2012 年版，第 4、20 页。

　　② 同上书，第 3 页。

二　毒食品泛滥成灾法理何在

（一）毒食品是怎样炮制出来的

周勍在广东、浙江、江西、陕西等不同地区调查时，亲眼见到这样骇人的景况：

> 每到年底，农民们清理整治鱼塘塘底的时候，除了要清理淤泥土之外，还会在塘底铺上一层厚厚的"环丙沙星"（ciprofloxacin）或避孕药。他们之所以给鱼塘的底层铺这些避孕药并在鱼虾的饲料中加大量的激素，是因为这些药品除了可以起到防治鱼类的传染病外，还可以加速鱼类的生长，也是一种促长剂。因而，那些不同地区的养殖农民，都用几乎相同的话对我讲：我们自己养的这种鱼类，我们当地人自己都不吃。我还不止一次在广州的几个不同的饲养鱼类的池塘，碰到农民正放干水清塘时，塘底还有厚厚的一层没有化开的避孕药片！这还有一个原因，就是这些避孕药片是当地政府为了计划生育而免费发放的，故养殖户使用起来就没有成本。①

看到这样的养鱼塘，谁还敢吃鱼？道德良心与责任伦理都荡然无存的食品生产者和经营者们，眼睛只盯着钱，哪里顾得上关心消费者的生命安危？

多数中国人爱吃四川泡菜，但是谁能想到，成都的一些厂家都是用"工业盐"泡制泡菜，尽管包装袋上面写着醒目的大字——"不得食用"！为了防虫子，泡菜在出厂前每隔几天就要打一次浓度在99%以上的敌敌畏，也就是说，泡菜也是敌敌畏泡出来的！一些泡菜厂的老板竟然心安理得地说："我们根本不吃自己做的泡菜，只给外地人吃。"歹毒的企业主们，难道他们的心肺也都是敌敌畏浸泡过的吗？

---

① 周勍：《民以何食为天——中国食品安全现状调查》，中国工人出版社2007年版，第19页。

　　火爆全国的"水煮鱼"餐馆，藏着令人恶心之极的秘密——水煮鱼油反复使用，他们把顾客吃剩的水煮鱼油汤倒在一个装有过滤网的桶里，晚上再把整桶的辣椒油进行油水分离，第二天重新使用这样的辣椒油，水煮鱼如此便变成了"口水鱼"。"一位经营者说：这样反反复复煮的'老汤红油'才香呢。"① 这真是流氓逻辑！

　　豆腐、豆芽，是历史悠久的中国传统食品，无论城市乡村、不分富贵贫贱，它们都是餐桌上实惠且美味的家常菜，也是最有益于健康的营养菜。可是，说不清从哪一天开始，人们踏破铁鞋也买不来一斤放心豆芽，吃遍中国也找不回儿时吃豆腐的味道了。近几十年里，生产环境肮脏、加工原料劣质、添加吊白块、双氧水、工业碱、尿素、硫酸钠等制作豆腐、发豆芽的黑作坊遍及全国各地，至今依然"繁荣兴旺"。老百姓并不能了解全部实情，虽然新闻媒体经常报道诸如此类的消息：某市执法人员突袭查处藏匿在某社区的黑作坊……看这样的新闻总让人义愤填膺，总让人疑惑为何这类事情屡查屡犯，相关职能部门是怎么监管的？为何不能彻底整治？但是老百姓生气有什么用？只能心存一点侥幸——曝光的不是"我市"，但愿"我市"情况没那么糟！是否事如人愿？只有身在食品行业中的人，才最清楚黑幕下惊人的真相。

　　孙焕平在山东一个远近闻名的"豆腐村"拜师学习时，已经知道那里的每家作坊都是用同样的工序和"技术"做出了外观美、质感好的脆豆腐，其玄机就是加入双氧水和工业烧碱。在他开始有目的地对黑作坊进行暗访调查的过程中，发现由于制作豆腐、豆芽所用空间小、设备简单、原料低廉，因此许多人在城中村棚户区或市郊租用简陋的房子开办豆腐、豆芽作坊，他们几乎全部无牌无证。孙焕平在广东佛山探访了多家豆腐黑作坊，无一例外，作坊周围环境肮脏、臭气扑鼻，作坊里面污水横流、蟑螂乱窜。他看到脏兮兮的大桶里装满劣质黄豆，部分已经发黑霉变，有人告诉他，为了做出雪白的豆腐，这些劣质黄豆必须放在加了双氧水的水里长时间浸泡，当然，制作时也要添加工业烧碱等。油炸豆腐泡儿使用的油都是潲水油、烧腊油、棕榈油、鸡油（宰杀鸡鸭作

---

① 周勍：《民以何食为天——中国食品安全现状调查》，中国工人出版社 2007 年版，第91、92 页。

坊里炼制的廉价油），而且这样劣质的油也是反复使用。一位工人对他说："自从来这里后，我再也没吃过豆腐。打我进工厂起，那台打浆机就没洗过。"① 可怕的是，工人们都不敢吃的黑豆腐，天天都是产销两旺。孙焕平通过跟踪黑作坊的送货渠道，发现每天成千上万斤的问题豆腐、豆腐干、豆腐皮、豆腐泡儿畅通无阻地流入大型超市、批发市场、菜市场、餐馆、学校等，不了解真相的广大消费者或许根本不相信他们从正规超市、菜市场买回来的营养豆腐竟然是出自黑作坊的毒食品。

早在 1998 年，孙焕平曾经办过饮料厂，看到当时大企业、小作坊都在生产一种新型时尚的含乳饮料——果乳，非常畅销，他也开始学习制作果乳，但是很快发现问题，果乳里要添加"蛋白精"才会好喝、好卖，而所谓的"蛋白精"其实就是后来臭名昭著的三聚氰胺。孙焕平不愿意加"蛋白精"，所以他的果乳竞争不过别人，只好又停产改行。可是三聚氰胺却不会被那些无良奸商们放弃，2008 年河北石家庄三鹿集团生产的婴幼儿奶粉引发严重的食品安全事件曝光后，老百姓才被普及了化学知识，认识了"三聚氰胺"这个词和它的危害。然而，三聚氰胺只揭开了中国乳业问题的冰山一角。"奶茶"是当今青少年追捧的饮料，孙焕平在调查了它的制作机密后，心情更为沉重了！用这个行业"业内人"的说法，"大多数香甜爽口的奶茶其实就是一堆食品添加剂加上色素做成的"，"奶"是一种奶精，含有反式脂肪酸，长期摄入会导致患上冠心病、肿瘤等疾病。奶茶中常放的"珍珠"与"椰果"其隐患更可怕，"珍珠"里添加高分子材料（即塑料）以增加"嚼劲"，"椰果"是使用双氧水浸泡漂白保鲜的。② 这样的毒饮料对青少年的身体会有多大损害啊！

"头发酱油"——这是一个让人难以理解的概念，头发和酱油是让人做梦也想不到可以联系在一起的两个风马牛不相及的东西，偏偏中国人就创造了这一"奇迹"——头发制成酱油，不用联想已经令人作呕了，可是谁能保证自己没有将这种令人作呕的酱油吃下肚去？就算我们

---

① 曹永胜：《舌尖上的毒——酷农解密食品安全》，中国人民大学出版社 2012 年版，第 22—23 页。

② 同上书，第 139 页。

平时注重大品牌侥幸没有买到过头发酱油，可我们真不敢肯定在餐饮店吃下的美味佳肴不是用头发酱油烹制的。孙焕平为了弄清楚头发酱油到底是怎么出笼的，到底有多大的销售市场，他假扮成做酱菜的生意人去东北、河北、山东等地探访内幕。在沈阳，他结识了一个头发加工厂的陈老板，此人在酒桌上自鸣得意地告诉孙焕平"已经在东北干了二十来年的头发生意了，手底下给他收头发的就有上百人"。在河北，另一个周姓老板又告诉孙焕平："他们村一共有20多家搞头发批发生意的。这些头发来自全国各地，到村里经过分拣和包装后再送到厂家用来生产氨基酸。每天从这个村子往外发的头发就有上百吨。"经周老板介绍，孙焕平来到石家庄一家生产氨基酸母液的化工厂，接待他的业务经理对他说："国家明令禁止用这种母液来做酱油，不过不少人都是从我这儿进货制作酱油，东北也有两家，一般不会有问题。但是丑话说在前面，如果你们被抓到了，可不许说原料是从我们这儿进的……"厂区里弥漫着一股难闻的味道，孙焕平看到大型水泥贮存池里的氨基酸二次母液（含氨基酸氮16%，180元/吨），上面漂着塑料袋和树叶等杂物，业务经理告诉他："这样的母液你回去先过滤一下，再加点焦糖色和盐就行了……做出的酱油一定不错。"孙焕平又来到潍坊一家化工厂，这里的生意一样兴隆，"需要的头发量特别大"。他又返回沈阳专门造访了用毛发水配置酱油的所谓的"酱油厂"，而这种只有几间民房、无牌无证的酱油厂竟然不计其数，酱油产量也大得惊人。孙焕平从有关部门了解到，头发酱油有不可低估的危害，其氨基酸是经盐酸水解和化学试剂萃取的，用毛发水配制的酱油中，含有可诱发癫痫症的4-甲基咪唑，毛发中可能含有多种病毒和细菌、多种重金属，食用头发酱油必然损害健康，甚至有可能致癌。[①]

"一个以悠久'美食'传统著称的古老文明，堕落到这种程度，不能不令人感到恐怖！"[②]

---

① 曹永胜：《舌尖上的毒——酷农解密食品安全》，中国人民大学出版社2012年版，第188—192页。

② 杨炼：《当我们大口吞咽污染食品的时候……（代序言）》，周勍《民以何食为天——中国食品安全现状调查》，中国工人出版社2007年版，第2页。

（二）　毒食品祸患大于天

名目繁多的化学添加剂在食品生产和加工中的滥用，会造成什么严重后果？对人体健康有哪些损害？许多消费者并不是特别清楚，而政府的一些部门为了安定、为了和谐、为了保护某些企业集团的利益和声誉，又常常掩盖已经发生的食品安全事故真相，剥夺公民的知情权，甚至动辄用国外的例子或所谓专家的观点来证明某某添加剂是安全的，以消除、淡化人们对毒食品的恐惧感和对政府监管部门失职、不作为的愤慨情绪。

1998 年中国内地首次发生"瘦肉精"中毒事件，从外地回广州探亲的王小姐一家六口进食了猪肝后发生手脚发抖、头痛、气促等不适症状。之后不断有"瘦肉精"中毒事件被曝光，周勍在作品中对发生在广东（信宜市北界镇、佛山市杏坛镇、河源市、湛江市等多地）、上海、苏州、杭州、北京、河南等地的多起特大盐酸克伦特罗（瘦肉精）集体中毒案件进行了披露，中毒人数动辄上百、数百，让人看了心惊胆战。《解放军预防医学杂志》2003 年第 2 期上刊登了一篇题为"一起盐酸克伦特罗引起食物中毒的调查"的文章，翔实记述了 2002 年 7 月 2 日某部队发生的集体食物中毒事件，该部队有 80 人在食堂午餐时食用了猪肝，餐后陆续有 20 人不同程度地出现中毒症状——肌肉震颤、头晕、头痛、心悸，少数患者感觉恶心，但无呕吐。该食堂的主、副食是从上级有关部门统一调拨购买渠道采购的，这就让人十分惊诧，"这起'瘦肉精'中毒事件不是发生在山乡僻壤，也不是发生在街头小店，而是发生在管理严格且戒备森严的军营，发生在我们从小便从教科书中定义了的'钢铁长城'的身上"！[①] 由此可见毒食品之患无处不在，老百姓又怎么能够吃上放心肉、放心菜？！

食品添加剂、色素、激素等严重损害着少年儿童的身心健康和生理发育，周勍从医院调查中得知，性早熟儿童越来越多，前来医院就诊的小患者中有 7 岁就来了"例假"的女孩，有 6 岁就长出胡须的小男孩。

[①]　周勍：《民以何食为天——中国食品安全现状调查》，中国工人出版社 2007 年版，第 27 页。

那些所谓大补的甲鱼、蟹、虾、鱼等，由于多是用了激素和避孕药养殖的，不但对儿童危害大，而且已经严重影响了成年人的生育能力，患不育症的人越来越多。钟南山先生曾预言："食品安全日趋严重，50年后广东的大多数人将丧失生育能力。"①

如果说有无数下一代因为毒食品被剥夺了出生权利，是我们民族的不幸，那么已经来到这个世界上的婴幼儿却因为劣质奶粉变成畸形的"大头娃"，乃是我们这个民族的羞耻。这些"大头娃"还没有学会说话、还不能对这个丑恶的人世发出一声抗议，有的就夭折了，有的成为智力低下、身体残疾的终身病人。2003年安徽阜阳劣质奶粉最为猖獗的时候，曾导致上百名婴儿受害，数十名死亡。"2003年8月7日，一名叫荣荣的婴儿被送进医院，13日，出世仅130天的荣荣死去，肝肾功能已经呈现重度衰竭，并伴发肠源性皮炎，出现了局部溃烂。"②继安徽阜阳市发现45种劣质奶粉后，在山东曹县发现大量劣质奶粉，在广东汕头发现致癌奶粉，在兰州市场发现有毒奶粉……此外包括广东、海南、湖北、浙江、四川、广西、河南、甘肃等省，皆发现劣质奶粉。这意味着，还有多少受害娃的悲剧正在不为人知地上演着，还有多少可怜的幼小生命在忍受痛苦的煎熬。

食盐，是我们日常饮食中不能缺少的必需品，可是祸害身体的"毒盐"——工业用盐（亚硝酸盐）也在市场上屡禁不绝并且酿出一起起中毒事故。"据卫生部报告显示：山西晋中市万家灯火大酒店非法使用亚硝酸盐，造成168人中毒；陕西省乾县春锋堂非法使用亚硝酸盐，造成115人中毒；吉林省长春市因不法分子用亚硝酸盐投毒，造成117人中毒；湖北省咸宁市一家庭因误食亚硝酸盐，造成3人中毒、其中2人死亡……"而"私贩食盐的犯罪活动在全国各地却愈演愈烈……根据调查，从2005年12月底至2006年4月初，短短三个多月里共有1800余吨涉嫌私盐从湖北等地流入四川"③。这些毒盐消费者是无法鉴别的，这尤其让人感到恐怖！

---

① 引自周勍《民以何食为天——中国食品安全现状调查》，中国工人出版社2007年版，第22页。

② 同上书，第110页。

③ 同上书，第99—100页。

在周勍的报告文学中有一份长长的食品中毒恶性事件"备忘录"，这里摘录几起。

★2001 年，广西陆川县 20 人食用河豚鱼干中毒，2 人死亡。

★2001 年 11 月 1 日到 11 月 7 日，广东省河源市"瘦肉精"484 人中毒。

★2001 年 9 月 4 日，吉林市学生豆奶中毒，中毒人数 6000 多名。

★2002 年，湖南郴州市桂阳县团结村 100 余人食用毒蘑菇中毒，先后有 5 人死亡。

★2002 年，长春 3000 多名学生食用变质豆奶中毒。

★2002 年 5 月，湖南省陵水县文罗镇中心小学 37 名学生（8—14 岁），因误食含有剧毒的有机磷农药甲基 1605 和灭无磷的香瓜集体中毒，经及时抢救转危为安。

★2002 年 6 月 13 日，在广东省中山市 78 人因食用有机磷农药残留的通心菜而中毒。

★2003 年 3 月 19 日，辽宁海城学生豆奶中毒，毒倒 3000 多名，3 人死亡。

★2003 年 6 月 6 日，广西玉林市师范学校、环西学校、育英高中、新民小学发生食物中毒，中毒人数 87 人，此事故由非法添加"吊白块"的粉丝所引起。

　　……①

在摘录的这几起中毒事故中，学生喝豆奶中毒竟然就有 3 起，而且都是发生在东北（根据笔者网上搜索新闻的结果，"长春事件"可能有误，应该是 2002 年 9 月 24 日发生在辽宁朝阳市凌源的中小学集体豆奶中毒事件，去医院就诊的学生 1600 多名），实在让人震惊！为什么已经发生了中毒事故，毒豆奶还能销往学校？难道无一人知底细？在人民的

---

① 周勍：《民以何食为天——中国食品安全现状调查》，中国工人出版社 2007 年版，第 116 页。

生命安危面前，真的是天聋地哑呢还是有些人总是装聋作哑？

我们庆幸自己没有在中毒事故中"中枪"，但是我们无法抵挡舌尖上的百毒来袭，一日三餐不能吃空气吧？况且空气中还有雾霾之毒。我们该怎么办？人人别无选择，只能刻不容缓地全民总动员，打响"舌尖上的保卫战"！

还应该特别感谢周勍在其书中奉献给我们的《食品安全知识链接》，这是他通过走访食品领域诸多专家学者、广泛收集整理的"宝典"，其中《十种常见的食品"杀手"》对普通老百姓了解食品常用添加剂的性质与危害有非常实际的帮助，故在此照录如下：

十种常见的食品"杀手"

硫黄：刺激人的胃黏膜，造成胃肠功能紊乱，影响人体对钙的吸收；造成慢性中毒甚至致癌。常见于辣椒、竹笋、腐竹、黄花菜、银耳、粉条；中药材等干货；瓜子、花生等干果；蜜饯等腌渍食品；馒头、包子、年糕等蒸制食品。

甲醛：引起慢性呼吸道疾病；导致头痛、头晕、乏力、两侧不对称等感觉障碍；造成贫血，降低免疫功能；导致鼻咽癌、骨髓瘤、淋巴瘤等恶性疾病。常见于用甲醛泡发的水产品有鱿鱼、海参、虾仁，此外还有牛百叶、血豆腐等；还有用于卤肉、香肠等肉制品，豆制品、挂面、西瓜等。

雕白块：又称吊白块，损坏人体的皮肤黏膜、肾脏、肝脏及中枢神经系统，严重的会导致癌症和畸形病变。摄入10克即可致人死亡。常见于米粉、米面食加工，豆腐、豆皮、鱼翅、糍粑等。

双氧水和片碱：具有强烈腐蚀性，轻者造成口腔、食道灼伤，重者造成胃肠穿孔；引起肝、肾疾病，存在致癌、致畸和引发基因突变的潜在危害。常见于竹笋、猪油、开心果等干货；鱼翅等海产品；鸭掌、鸡爪、猪舌等卤制品。

防腐剂：超标使用会烧伤肠胃，造成中毒甚至死亡。对儿童、孕妇等特殊人群危害更大。常见于酱油、食醋、果脯、果冻、腊肉、腌菜、饮料类。

色素：过多食用会影响神经系统的冲动传导，尤其容易导致儿童好动、情绪不稳定、注意力不集中、自制力差、行为怪癖、食欲降低。常见于蜜饯、烧鸡、葡萄酒、糕点及各种儿童食品。

抗生素：抗生素会滞留在动物体内，人若长期食用含抗生素的畜产品，可引起消化道原有的菌群失调，同时还可使致病菌产生耐药性；而对抗生素过敏的人，还会诱发过敏反应。常见于水产品、家禽、家畜肉制品、鲜奶、奶粉等。

激素：长期使用会使儿童出现性早熟，男性特征不明显。常见于水果蔬菜中，如番茄、苹果、葡萄、西瓜、水蜜桃等。

瘦肉精：人在吃了含有大量"瘦肉精"的猪肉后，会出现心跳过快、手颤等神经中枢中毒失控的现象，尤其对高血压、心脏病、糖尿病、甲亢、前列腺肥大患者危险性更大。

毛发水：食用后会导致包括癌症等各种致命疾病的发生。常见于被造假的酱油等食品调料中。①

看了这份资料，虽然大长见识，但也感觉到脊椎发麻，我们几乎处在毒食品的"十面埋伏"中。周勍愤然感慨道："我脑际间驱之不去地一直回旋着一个问题：在我们的日常生活中为了维系生命所必需的吃喝问题，如果都成为一件高风险的事情的话，那么我们这个社会还有什么希望呢？"② 这个问题问得非常尖锐，但是谁可以给我们一个毫不含糊的回答？

三　食品安全的道德追问

《民以何食为天》写于 2004 年，从文学作品的价值判断角度，我们希望这部作品生命力强盛，可以流芳百世、永垂青史。但对于这部作品所揭示的问题与丑恶，我们希望它们"速朽"并且"彻底灭亡"。然而，在周勍这部报告文学问世 10 年后，也就是刚过去的 2014 年，"上

---

① 周勍：《民以何食为天——中国食品安全现状调查》，中国工人出版社 2007 年版，第165 页。

② 同上书，第 123 页。

海福喜事件"又"轰雷掣电从天降",再次让芸芸众生惊心裂胆!它残酷打碎了我们对中国食品安全的希望,打碎了我们对食品安全监管的公信力。

早在2013年年初,就有疑似上海福喜员工在微博上持续爆料,称该公司向中国市场提供的原材料是过期变质的臭肉,还有带淋巴结的猪肉,当时并未引起人们太多的关注。2014年上海电视台新闻记者在福喜公司卧底多月,发现该公司将大量过期劣质肉作为原料有组织地供给麦当劳、必胜客、汉堡王、棒约翰、德克士、7—11等国际知名的快餐连锁店,此外还有多家食品销售有限公司也使用福喜公司的产品。2014年7月20日晚上海电视台将此事件曝光后,上海市药监局和市公安局等部门成立了"7·20"联合办案指挥部,对该事件进行彻底调查,查实了5批次问题产品,涉及麦乐鸡、迷你小牛排、烟熏风味肉饼、猪肉饼,共5108箱,对22家下游食品流通和快餐连锁企业进行紧急约谈,封存福喜公司产品约100吨。上海市警方依法对6名涉案人员予以刑事拘留。不能不说,上海市职能部门对"福喜事件"的处理雷厉风行,重拳出击。但是这个事件依然留给公众许多疑虑,也促使人们反思。1995年《中华人民共和国食品卫生法》颁布,2009年2月28日,十一届全国人大常委会第七次会议通过了《中华人民共和国食品安全法》,2010年2月国务院设立"国务院食品安全委员会",2011年10月"国家食品安全风险评估中心"正式挂牌成立。从这一系列举措可以看出国家治理食品安全问题的空前决心和强大力度,可是为什么食品安全事故还是层出不穷?为什么许多重大安全问题都是在企业内部员工"泄密"后才能暴露出来?为什么监管部门总是在问题曝光后"滞后监管"?为什么一些历史悠久、在世界上享有很高声誉的国际化企业,到了中国就大打折扣甚至频出丑闻?

正如生态环境污染的祸根首先是人心污染一样,食品浸毒乃是人心浸毒。当人的道德彻底沦丧、良知彻底泯灭,就会恶胆包天、僭越法理,靠歪门邪道攫取不义之财。

(一) 食品生产经营者道德底线的丧失

马克思在《资本论》中引用托·约·登宁《工联和罢工》一书中

的一段话揭示资本的逐利本质："一旦有适当的利润，资本就胆大起来。如果有10％的利润，它就保证到处被使用；有20％的利润，它就活跃起来；有50％的利润，它就会铤而走险；为了100％的利润，它就敢践踏一切人间法律；有300％的利润，它就敢犯任何罪行，甚至冒绞首的危险。"① 这段话可以说是对当今中国食品行业出现的种种疯狂逐利行为和犯罪现象的准确诠释。但是，必须向企业巨头抑或小商贩们提出警告：不要把"资本"的贪婪表现当作自然规律从而为人性的贪婪本质找到"合理性"；不要把"利润最大化"视为企业组织的普遍法则，从而在这一法则庇护下为所欲为地践踏社会道德和责任伦理。

"上海福喜事件"在电视台曝光的当晚，执法人员拿着执法证上门突袭检查时，被公司保安阻拦在门外1个多小时，福喜公司不仅不以认错的态度配合调查，反而迅速销毁犯罪证据试图抵赖；几日后《钱江晚报》记者赶赴公司现场采访时，"八九个保安向记者冲了过来，气势汹汹，不由分说把记者架出了公司"②。据说该公司在出事后增强了保安力量，如临大敌般提防媒体介入。这些行为表现反映出该企业社会责任意识和道德准则的极度缺失。

在《民以何食为天》的最后一部分，周勍选择了几宗食品安全案例进行对比。

2004年3月8日，日本京都府下辖的丹波町浅田农产船井农场的浅田肇和妻子自杀身亡。浅田肇生前为浅田农产公司会长，因隐瞒禽流感疫情造成严重后果，《朝日新闻》3月4日对此事件进行了报道，老夫妇留下道歉的遗书双双自缢谢罪，时年67岁。

就在浅田肇隐瞒疫情事件曝光的同一天——2004年3月4日，广西检验检疫局与南宁海关销毁了一批重量达113.013吨的冻鸡爪，原因是进口地美国特拉华州肯特区一处农场发生禽流感疫情，农业部、国家质检总局发文要求将此批食品全部销毁。货主雇请一台挖掘机，在高峰岭挖掘了一个深达10米的大坑，将这批美国进口冻鸡爪全部投入大坑里

---

①　马克思：《资本论》（注释250），《马克思恩格斯全集》第23卷，人民出版社1972年版，第829页。

②　见王曦煜采写的报道《三问上海福喜原料门事件》，《钱江晚报》2004年7月25日。

并撒上生石灰粉消毒后深埋。谁知当天媒体报道的这则消息还未过夜，已经埋葬的上百吨"问题鸡爪"被南宁市新兴科农贸食品有限公司当晚以2万元人民币雇请他人盗挖出来，并偷运回公司冷库藏匿。广西检验检疫局闻讯立即赶往新兴公司冷库，查封了这批鸡爪。事已至此，新兴公司的老板非但没有悔意，反倒百般抵赖，叫两名公司员工"顶下来"，谎称是两个打工仔看着这么多鸡爪埋了可惜，便在深夜里私自开着掘土机把鸡爪挖出来运回公司。编造出如此谎言，真是让人啼笑皆非。

2004年6月13日傍晚，韩国景象食品公司35岁的总经理因公司用极不卫生的下脚料制作劣质饺子馅丑闻曝光，从汉城龙山区盘浦大桥投江自杀谢罪。警方从现场找到长达4页的遗书，自杀总经理在遗书中规劝同行要走正道。

2006年9月初，德国警方接到举报信后在慕尼黑一家肉品批发公司的冷藏库内搜出120吨过期腐肉，涉嫌贩卖腐肉的食品公司老板、74岁的乔治·卡尔·布鲁纳于9月6日在家中上吊自杀。

显然，周勍不是要以外国自杀的老板为榜样，让中国出问题的企业负责人群起效仿，而是通过"'以死谢罪'的道德底线与'好死不如赖活着'的混世逻辑的无言比照"①，让那些早已没有痛感、没有羞耻感、没有罪恶感的死灵魂多少受到一点触动。

在广大人民群众对各类毒食品防不胜防、对伤天害理的商家痛恨讨伐的同时，却有另一类不义之徒在社会上大办"造假培训班"，神圣的教育竟然也助纣为虐？曹永胜在报告文学中通过讲述孙焕平的亲身经历，揭开缺德"培训班"内幕。

2008年，孙焕平听说山东某地有一个办得很红火的"食品加工培训班"，他想学点新技术就大老远地赶去报名培训，3天下来，他真是学到不少神乎其神的"秘方"。

比如"死鱼回生法"，有些鱼半死不活，有些鱼不能游动，就

---

① 周勍：《民以何食为天——中国食品安全现状调查》，中国工人出版社2007年版，第137—141页。

往鱼的身上或水里滴一些柴油。鱼一沾到柴油就会活蹦乱跳起来，这样的鱼更好卖。

比如"豆腐生成法"，使用大豆分离蛋白、变性淀粉、白色素等合成豆腐。

还有，"3911韭菜法"，为了让韭菜看上去叶宽、色深、肥厚，防止虫咬，可用农药3911灌溉其根部。

原来，"培训班"都是在教人如何造假犯罪！孙焕平看到"培训班"里挤满来自全国各地的"学生"，如饥似渴地学着"新知识"，他的心揪紧了，难以想象，在全国还有多少这样的培训班，有多少这样的学生？"这些学生走向社会、占据菜市场里的一个又一个摊位后，老百姓的菜篮子里还会有干净的菜吗？"①

孙焕平的担忧不是多余的。

2011年9月16日，《新京报》报道，北京丰台区食品办会同工商、公安、教委等多部门，日前查处了金辉环宇科技发展有限公司，发现这家从事知名小吃技术培训的公司，涉嫌商标侵权和虚假宣传。

该报道还指出，这类"学校"光在北京就有四五家。黑心食品速成班标榜"随到随学，一至两天包教包会"。这类黑心食品培训学校通过网络招生，有的一年可培训两万人，来自全国各地的学生到此"取经"后，再回家开店。②

众所周知的"人造假鸡蛋"，就是因为全国各地都有"培训基地"而迅速被"推广"。孙焕平再次以学技术的名义做掩护，去南京一家专门从事人造鸡蛋技术培训的机构卧底调查。他交了980元的技术培训费后，一位姓马的经理就让他看资料先熟悉一下"理论知识"，孙焕平看

---

① 曹永胜：《舌尖上的毒——酷农解密食品安全》，中国人民大学出版社2012年版，第80页。

② 同上书，第81页。

到，用来制作蛋黄和蛋清的原料有：海藻酸钠、氯化钙等；用来制作蛋壳的原料有：石蜡、石膏、氢粉等。接着马经理亲自动手演示造蛋。

马经理已经用电炉把小铁盆中的水烧开了，他取了一些海藻酸钠放到沸水中，把配兑的比例告诉孙焕平……

接着，他拿一根筷子在盆中搅拌起来。……不到一会儿工夫，这盆清水竟变成了黏稠、半透明的"鸡蛋清"，用筷子一捞黏糊糊的，用手一摸滑溜溜的。

"如果想提高工艺，可以放入少量明胶……"

……为了让"鸡蛋"更加逼真，可以在"蛋清"中放入少许食盐，因为真鸡蛋的蛋清有些咸；"蛋黄"中放入一些橘黄色素，再放入一些奶粉，这样"蛋黄"看起来就会有些黄中带白。

……

马经理在一大盆水中按照一定比例放入了一些氯化钙……拿出了一个石膏做的模具。……他一边说一边做，用圆形的凹槽做"蛋黄"，将氯化钙水溶液倒入模具之后，再将"蛋黄"放入其中，前后摇晃，很快，"蛋黄"表面就有了一层薄膜。

说着说着，只见他手腕轻轻一抖，凹槽中的"蛋黄"顺着他的手腕倏地漂浮在了水里。

……

只见他开始把"蛋清"倒入椭圆形凹槽中，开始倒一半，然后用手在盆里小心地拿起一个做好的"蛋黄"放进去，又倒一半"蛋清"盖住"蛋黄"。用同样的手法在氯化钙溶液中摇晃，"蛋清"外侧很快就出现了凝固的薄膜，然后手腕娴熟地一抖，一个没有蛋壳的"鸡蛋"就"孵化"出来了。

……

马经理取了一些石蜡，加入了适当比例的硬质酸、氢粉等三四种物质之后，又放入了少许色素，他把这些东西放到小锅里加热。

"我们今天做的是红皮鸡蛋，要放入橘红色素。如果以后你做白皮鸡蛋，放点奶粉进去。如果做鸭蛋，还要放一些翠绿进去。这些色素都能在各地化学用品店买到。"

……

马经理在桌上铺了一块湿布，上面放了一层干净的塑料薄膜，用铁勺在盆中捞起一个无壳蛋，完全浸入冷却好的石蜡溶液中。

一上一下，一上一下……随着一进一出，"鸡蛋"慢慢地就裹上了一层壳，四五下之后，他轻轻取出"鸡蛋"，放到塑料薄膜上，一个裹了"蛋壳"的"鸡蛋"就成型了。

经过冷却风干 24 个小时之后，从外表上看，人造鸡蛋就和真鸡蛋一模一样了。

当我们耐心看完这不到两个钟头的假蛋制造过程，一定都会惊得目瞪口呆！

这位马经理还向孙焕平传授了销售假鸡蛋的经验："你和养鸡场、饭店、小吃摊说好，这些需要大量鸡蛋的地方，让他们把假鸡蛋掺到真鸡蛋里，谁会发现呢?"[1] 人心之险恶，莫过于此。就是这家培训机构的墙上、马经理的名片上，赫然写着一句醒目的名言——科学技术是第一生产力　　这真是天大的嘲讽！

古罗马著名的思想家西塞罗在谈论《义与利的冲突》时说过，那些希求大量财富的人，其欲望"最可怕、最令人厌恶"，"因为他们为貌似之利所迷惑，只看到物质上的回报，而看不到惩罚——我并不是指他们常常逃避的那种法律上的惩罚，而是指一切惩罚中最严厉的惩罚，即他们自身道德的沦丧[2]"。西塞罗为什么认为道德的沦丧是高于法律惩罚的最严厉的惩罚呢? 相信他是从一个民族甚至全人类兴亡荣辱的大视野看问题的。如果一个社会从个人到公众、从企业到国家都丧失了诚信与道德，为了自己无限扩张的利欲和权力侵占地球上的资源、掠夺人类共有的财富，甚至不择手段以损害他人的利益、牺牲社会的安全、灭杀人类的生命为代价满足无底深渊一般的贪欲，那么，个人、民族、人类不仅会日趋堕落，也将会在残酷的敌对竞争和武力拼杀中共同走向衰败

---

① 曹永胜：《舌尖上的毒——酷农解密食品安全》，中国人民大学出版社 2012 年版，第 85—87 页。

② ［古罗马］西塞罗：《西塞罗三论；老年·友谊·责任》，徐奕春译，商务印书馆 1998 年版，第 226 页。

和灭亡。

（二）食品监管部门的道德责任缺失

在食品安全问题上，政府监管不力甚至存在失职渎职的行为，这是无须遮掩的事实。而这些国家干部和公务员们之所以无惭无愧地"在其位不谋其政"，根源就在于道德责任的缺失。

道德责任是社会伦理制约下的责任，一般是指有责任能力的人在社会关系（特别是在社会利益关系）中，自觉履行遵守、维护符合社会道德准则的责任。伦理学家给出的简要定义是："人们对自己行为的善或恶、是或非所应承担的责任。"① 人们如果不能对所选择的意志行为履行道德责任，就应该承担一切不良后果。在行政机关、企事业单位供职的管理者，尤其要把履职尽责置于道德的高度自律，在各种利益关系中明辨是非善恶、秉持正确的人生观与价值观，对社会、对国家、对人民负责。

透过周勃的记述，让我们再次回顾"阜阳劣质奶粉事件"曝光前后发生的事。

2003 年上半年，安徽阜阳劣质奶粉已经使上百名婴幼儿受害，有的已经死亡。7 月，工商部门多次接到投诉，到次年元月有关部门才开始着手调查，查出 33 种不合格奶粉。但由于整治不到位，清查不彻底，劣质奶粉依然充斥市场，事件在恶性发酵、蔓延。受害婴儿韩奥强的舅舅高政向消费者协会投诉，要求经济赔偿无果，转向媒体求援。2004 年 4 月，上海、北京等地的记者介入调查，调查结果经过多家媒体、特别是中央电视台报道后，民情激愤，舆论鼎沸。

国务院总理温家宝多次召开相关会议并指示职能部门在做好善后的同时严惩涉案人员，调查组根据工作需要，成立了市场调查组、劣质奶粉源头追踪组、受害婴儿情况调查组、专项整顿调研组、案件查处组和综合组 6 个工作小组。人们满以为这下可要对这一震惊世界的毒婴儿奶粉案有一个彻底的交代了！

---

① 宋希仁、陈劳志、赵仁光主编：《伦理学大词典》，吉林人民出版社 1989 年版，第 1048 页。

然而，荒诞的闹剧却紧接着上演了。

4 月 23 日下午，国务院调查组抵达阜阳，开始对奶粉事件展开全面调查。也就是这天晚上，在太和县工商局下设的公平交易局大楼里，副局长户晓霞带领几十名工作人员通宵达旦地"赶制"148 起查处劣质奶粉案件的卷宗。这是为蒙骗国务院调查组进行的突击造假。

在国务院调查组第二次到阜阳并且还能在现场查获劣质奶粉的时候，工商部门才做出对相关渎职干部撤销职务或辞退的处理决定。但是事后记者发现：处理决定仅上报、不执行，该开的没开，该撤的没撤，是典型的阳奉阴违、蒙骗国务院调查组、糊弄舆论的恶劣行径。

接下来发生的事情，更是令人愤怒！

调查组一走，受害患儿的免费治疗就停了。有的家庭没有多少经济来源，无奈之下，只好带着患儿回家，被迫中断治疗。在阜阳市太和县、阜南县等地农村，还有一些食用了被列入了黑名单的劣质奶粉的患儿，因为无法得到鉴定的机会，依然在家中治疗，依然得不到政府的免费救治。

另一则消息则是，调查组走后两个月，劣质奶粉商贩仍未到案。"据知情人透露，实际上被告一直躲在太和县的家中，但有关部门却称其已逃脱，一时无法追捕……"①

看到阜阳当地这些官员的所作所为，相信每个有点是非观的人都会忍不住发问——这便是人民用税款养着的、满口"为人民服务"的所谓"公仆"？这些父母官，面对一个个弱小的受害者，怎能那样漠然、那样不负责任？

（三）社会大众道德意识的淡漠

社会大众是食品消费主体，必然也是毒食品的直接受害者，但是他们却又常常不自觉地成为毒食品产生和泛滥的"包容者"和"支撑者"。比如，风靡全国的路边烧烤摊，把周边环境搞得乌烟瘴气、油污满地，人们都知道路边烧烤多数都是极不安全、极不卫生的，"串串

---

① 周勍：《民以何食为天——中国食品安全现状调查》，中国工人出版社 2007 年版，第112—115 页。

香"上的肉可能是病死变质的猪肉、鸡鸭肉，甚至是死猫死狗老鼠肉，烧烤用的调料也多是像"羊肉精"、"肉宝王"、"一滴香"之类的化学香精，这些问题已经在一些大媒体上多次曝光。几年之前，新华网等媒体就报道过像《患者吃烧烤后鼠药中毒 商贩疑用死鼠死猫做肉串》这样骇人的新闻，2015 年 9 月 18 日《现代快报》又爆出类似新闻："9 月 14 日，常州媒体报道：经常食用羊肉串的 23 岁常州女孩小刘，出现凝血功能障碍、牙龈出血、全身紫癜，当时医生怀疑她食用了毒肉串。昨天记者了解到，由上海一家司法鉴定中心出具的检验报告显示，在小刘血液中检测出了鼠药成分。"① 即使已经暴露的问题不是普遍存在的现象，也足让人"闻烧烤而丧胆"吧？可是匪夷所思的是，我们无论走到北方还是南方，无论在大城市还是在小城镇，只要看到冒着烟的烧烤摊，就一定会看到拥挤在摊前吃得热火朝天的食客们，生意火爆的场景随处可见。也许是因为中国老百姓常以"不干不净，吃了没病"这句民间俗语来宽慰自己，对吃什么没有太多的讲究和顾忌，食品安全意识比较淡薄；也许是打工仔等低收入群体为了图便宜不得不选择街头小吃；也许有些嘴馋的"美食家"觉得自己的胃已经"百炼成钢"，抗毒力超强，所以为满足一时的口腹之欲也就不管它安全不安全了。令人担忧的是，这些烧烤摊大多数在晚上摆出来，有关部门在监管方面几乎是空白。遇到什么"城市文明建设"之类的检查评比活动，监管就立竿见影，小摊小贩消失得无影无踪，检查组一走，立刻恢复原形。既然监管部门不能根治它们，为什么消费者不能自觉抵制呢？试想，如果人人能够抵挡住"舌尖上的诱惑"，拒绝去烧烤摊当"吃货"，这些污染空气、破坏环境、危害健康的烧烤摊还能存活下去吗？

黑心食品之所以屡禁不止，除了企业、商贩无良无德、监管部门失职不作为等原因外，消费者本身也有一定的责任。孙焕平曾直言不讳地说："消费者的漠然也在一定程度上造成了对'黑心食品'的纵容。"他在做食品安全宣传的过程中注意到：

---

① 见陆文杰采写的报道《常州羊肉串中毒疑云进展：女孩血液中检出鼠药成分》，《现代快报》，2015 年 9 月 18 日。

　　一些群众对捣毁"黑心食品"加工窝点不以为然。有的群众称自己经常在那种地下加工作坊点购买食品，但从来没有吃坏肚子，可见其是卫生的。还有的群众认为，那些搞地下加工的人也不容易，为赚个钱，起早贪黑的，能否对他们宽大处理。

　　居民王大妈听孙焕平说自己常买烧肉的那家店是个黑作坊时，颇不以为然地说："我都买他的烧肉好几年了，从来就没吃出什么问题。"①由此可见，许多消费者没有维护食品安全的责任意识。

　　中国有历史悠久且举世闻名的"食文化"，但这并不意味着中国人拥有文明的、健康的饮食观念和习惯，有些观念和习惯甚至是愚昧丑陋的。中国人"吃的劣迹"——生食猴脑、熟食熊掌、油炸蝎子、煮毛鸡蛋、烤狗肉等让西方人闻之毛骨悚然，他们为此诟病中国人"四条腿的除了板凳桌椅之外啥都吃"！这原是国内对广东人啥都敢吃的调侃，竟然也"蜚声国外"了。

　　在中国的传统饮食文化中信奉"吃什么补什么"，比如吃"鞭"补"鞭"——就是说吃动物的生殖器可以壮阳，于是遍布中国各地的大小饭馆的招牌上，常见烤羊鞭、炖牛鞭、煲狗鞭等张扬喧嚣的广告。周勍在作品中对国人如此种种荒唐的进补观念和饮食嗜好予以尖刻的抨击，他披露了哈尔滨市曾经曝光的一则新闻：

　　　　哈尔滨市一家饭店将民间传说为具有"神奇大补功效"的胎盘〔placenta〕引上餐桌，并且打出醒目广告。当地市民众说纷纭：质疑者责问并斥责——这不是吃人肉吗？简直也太变态了。而这些胎盘都是从当地一家医院买来的……

　　周勍叹道："为进补竟至于打人体胎盘的主意，某些国人变态到极致的'进补观'由此而活现。"②

―――――――――――

　　①　曹永胜：《舌尖上的毒——酷农解密食品安全》，中国人民大学出版社 2012 年版，第43 页。

　　②　周勍：《民以何食为天——中国食品安全现状调查》，中国工人出版社 2007 年版，第14 页。

　　2004 年 1 月 5 日，广东省疾控中心举行新闻发布会宣布：广东疾病防控中心把检出的 SARS 疑似病例样本的 S 基因序列与香港大学发现果子狸携带的 SARS 样冠状病毒的 S 基因序列比较，结果显示两者高度同源，提示人类的 SARS 冠状病毒可能来源于果子狸。① 那么，是否因为广东人爱吃果子狸，导致 SARS 病毒首先在广东境内爆发？虽然没有科学定论，但是屠杀、嗜食果子狸、獾、貉等野生动物，毕竟是不文明的陋习，既违反自然生态法则，也有悖人伦常理。

　　"被西方发达国家称作垃圾食品的方便面，中国人吃起来也毫不含糊，有关方面透露，2003 年全世界估计消费方便面 652.5 亿份，其中有 277 亿份是被中国消费掉的。因而中国的方便面消费量位居世界第一。"② 近几年"地球人都知道"的品牌方便面也因为种种有害添加剂问题被多次曝光了，但还是有那么多的人照吃不误。当然，谁都知道不能"因噎废食"这个道理，这就更加迫切地需要政府职能部门加大监管力度、健全监管机制，以更为强硬的法律手段制裁有害食品生产与经营的犯罪行为。

　　在食品安全问题上，无论是生产经营者、销售者，还是监管机构、执法机构，以及社会大众，都应该有共同遵守并维护社会道德责任的起码良知。如果人人都以公民的自觉性参与监督食品安全，勇敢干预不良现象，受到侵害坚持维权，毒食品的滋生环境和流通空间才会缩小并逐渐消亡。

---

　　① 参见杨霞、王攀采写的报道《专家确认果子狸为 SARS 冠状病毒的主要载体》，新华网，2004 年 1 月 5 日。

　　② 周勃：《民以何食为天——中国食品安全现状调查》，中国工人出版社 2007 年版，第 31 页。

第八章 生态文明:危机忧患与绿色救赎

20世纪40年代,美国心理学家亚伯拉罕·马斯洛提出了著名的"需求层次理论",他将人的需求由低到高划分为五个层次——生理需求,安全需求,爱和归属感,尊重、自我实现与自我超越。毫无疑问,生理需求是人类生存最低的本能需求,呼吸、水、食物、睡眠、性等,是满足生命的必要条件。而人身安全、健康保障等也是人类最基本的要求。只有当人满足了这些最低的、最基本的生理需要和安全需要,才可能追求更高境界的爱、归属感、社会尊重等,才有可能实现自我价值、追求精神的超越。由此可见,关系着人类呼吸的空气和环境、关系着人类饮食的水源和生态等,既与人的生理需求密不可分,也与人的安全需要息息相关,甚至从根本上制约着、影响着人类的健全发展。然而,人类在不断认识自然、征服自然的社会活动中逐渐形成以人类的利益为中心的倾向,从而不再敬畏自然,甚至违背自然规律,轻视人与自然和谐相处的根本意义,向自然无节制地攫取资源。特别是进入近代社会以来,在工业化、现代化发展进程中,自然资源遭到过度开发,生态环境遭到野蛮破坏,这已是20世纪全球性的危机。而在近20年,中国生态环境恶化与资源危机的现状尤其突出严峻,令人痛心和担忧。

空气、水源、土壤的严重污染,正在肆无忌惮地威胁我们的生命健康与人身安全,因此,生态环境问题也是民生问题的重要构成。报告文学作家带着急迫的现实干预意识,冒着极大的危险,去进行异常艰巨的调查,大胆暴露问题、揭示真相、追问法理,将"生存与毁灭"这一根本性的不容人类回避的抉择问题推到舆论中心,引起社会巨大反响。

一　以文学担负"环保"使命

从新中国成立到 20 世纪 70 年代，我国没有环境保护机构，在经济建设中也缺乏明确的环保意识，工业污染和毁林开荒已经使生态环境遭到较严重的破坏。1972 年 6 月，中央派代表团出席了联合国人类环境会议，次年召开了第一次全国环境保护会议，从此环境保护工作才开始起步。1983 年在第二次全国环境保护会议上，确定将环境保护作为我国的一项基本国策，制定并颁布了一批规章制度。但是改革开放之后，经济开发热潮日益高涨、城市建设步骤飞速加快，农村脱贫致富动力强烈释放，与此相伴，毁灭性的资源攫取和生态破坏也更为严重，产生的恶果日益突出。这一切并未引起社会舆论的深度关注和广大民众的觉悟，是系列忧思沉重的报告文学作品"向社会公众作出抢救环境的最初呐喊"①。

1986 年沙青的报告文学《北京失去平衡》发表，揭开北京水资源危机的严酷实情，城区膨胀、人口激增、工业扩张等都在过度开采、消耗有限的地下水资源，而可怕的环境污染正加剧水质的恶化，天灾人祸导致北京缺水甚至断水。1988—1989 年，系列反映环境问题的报告文学如集束炸弹震响文坛，除了徐刚的《伐木者，醒来!》、《沉沦的国土》、《江河并非万古流》之外，还有沙青的《依稀大地湾》，麦天枢的《挽汾河》，岳非丘的《只有一条长江——代母亲河长江写一份"万言书"》，刘贵贤的《中国的水污染》等。这些作品震醒了国人麻木的环境意识，并在一定程度上影响了国家决策，1992 年中央 9 号文发布"环境与发展十大对策"，将环境保护纳入经济发展中统筹考虑，进一步完善了环境保护措施。

然而，90 年代之后，在全面加快发展经济的思想指导下，追求经济增长速度成为各级政府的中心目标，忽略科学发展宗旨，忽略协调与平衡，为此不惜牺牲环境、透支资源，致使中国的生态恶化不仅没有得到有效遏制，反而变本加厉，"范围在扩大，程度在加剧，危害在加

---

① 张韧：《环境文学与思维的变革》，《天津文学》1994 年第 4 期。

重"，时任国家环境保护总局自然生态保护司司长杨朝飞指出："生态环境建设中边治理边破坏、点上治理面上破坏、治理赶不上破坏的问题仍很突出；生态环境整体功能在下降，抵御各种自然灾害的能力在减弱。总体来说，我国生态环境形势依然严峻。"① 面对这样的现状，忧患意识强烈的报告文学作家们对生态环境问题的关注与调查更为急切和投入，创作出大量的、厚重的"生态报告"——有徐刚的《中国风沙线》、《中国，另一种危机》、《守望家园》、《拯救大地》、《长江传》、《森林九章》等，哲夫的"江河生态三部曲"（《长江生态报告》、《黄河生态报告》、《淮河生态报告》）、《世纪之痒——中国生态报告》等，李林樱的《生存与毁灭——长江上游及三江源地区生态环境考察纪实》、《啊，黄河——万里生态灾难大调查》等，李青松的《遥远的虎啸》、《共和国退耕还林》等，王治安的"人类生存三部曲"（《国土的忧思》、《靠谁养活中国》、《悲壮的森林》）等，金辉的《大江源》、《千秋万代话资源》等，此外影响较大的报告文学还有马役军的《黄土地，黑土地》，陈桂棣的《淮河的警告》，何建明的《共和国告急》，冷梦的《黄河大移民——三门峡移民始末》，马军的《中国水危机》，董汉河、吴晓军的《哭泣的内陆河》，郭同旭的《长江悲鸣曲》，梅洁的《中国：一个人口大国的水困境》，刘贵贤的《水魂》，李显福的《土地的呻吟》，朱鸿召的《东北森林状态报告》，赵瑜的《第二国策》等。近两年，随着空气污染情况全国性的爆发和日趋严重，出现了陈延一的《2013：雾霾挑战中国》、柴静的《穹顶之下》（视频报告文学）等反响强烈的新作。

在 20 世纪 90 年代，文学界开始自觉倡导"环境文学"，1992 年"环境文学研究会"成立，《绿叶》杂志创刊，文坛一些著名的作家和评论家如王蒙、黎先耀、黄宗英、雷加、袁鹰、章仲锷、赵大年、徐刚、张抗抗、刘茵、张韧等都曾为环境文学鼓与呼。之后欧美生态文学思潮传入中国，于是学界有人提出了"生态报告文学"概念并做了初

---

① 引自秦杰、邹声文采写的报道《环保总局：我国生态环境形势依然严峻》，新华网，2003 年 10 月 23 日。

步的研究。①

二　生态危机的大忧患

　　报告文学作家通过亲历性考察和广泛深入的研究，全面揭露我国近30年生态环境遭受的重创和面临的危机，严酷的事实骇人听闻，继续扩大加剧的困境令人焦虑，如果把生态环境破坏比作一场欲罢不能的"自己侵略自己"的战争，可以不夸张地说："中华民族又到了最危险的时候！"

（一）灾难深重的江河污染与破坏

　　水是生命之源，我们本应该格外珍惜、爱护为人类奉献生命之水的江河湖泊和地下水源，然而在经济利益趋导下，我们却长期任意妄为地改造、破坏、污染它们，甚至正在亲手毁灭它们。所以，水危机带来的水忧患最为沉重，从上面列举的报告文学中，可以看到为江河哭泣、呐喊的最多。

　　《只有一条长江》的作者岳非丘，出生在长江江中小岛平西坝，作为母亲河的赤子，他的血液里流淌着浓稠的"长江情结"，苦恋着诗情画意的梦中长江，却痛心疾首地天天地面对着现实中惨不忍睹的画面。

---

　　① 从环境文学视域关注报告文学的研究成果除了张韧的《环境文学与思维的变革》，还有刘茵的《激越而沉重的呐喊——谈环保题材的报告文学》（《妇女·环境·使命——'97 妇女与环境研讨会文集》，中国知网会议数据库，1998 年），杜书瀛的《人道和"天"道——环境文学中的道德问题》（《世纪评论》1998 年第 1 期），龙娟的《环境文学研究》（湖南师范大学出版社 2005 年版）等。以生态文艺学为主要研究范畴的一些学者在相关的论著中将中国的生态报告文学创作现象作为探讨对象加以评述，如鲁枢元的《"自然"主题的现代衰变——兼及"生态文艺潮"的崛起》（《文艺理论研究》2000 年第 5 期）、曾永成的《文艺的绿色之思——文艺生态学引论》（人民文学出版社 2000 年版）等。生态报告文学的专题研究有罗宗宇的《生态危机的艺术报告——新时期以来的生态报告文学简论》（《文艺理论与批评》2002 年第 6 期）、龚举善的《生态主义运动的兴起与生态报告文学的价值诉求》（《社会科学》2004 年第 7 期）、雷鸣的《当代生态报告文学创作几个问题的省思》（《文艺评论》2007 年第 6 期）、章罗生的《中国报告文学新论——从新时期到新世纪》（第十六章，湖南大学出版社 2012 年版）等。

　　两岸堆积如山的垃圾。疥疤般裸露的荒滩。喷射般奔涌的污水。鸭群船泛滥的泡沫。混浊浓腻的溪流。触目惊心的污染。死人、死狗、死猪、死鱼，在江面随浪逐流，那鼓胀的、变型的，开始腐烂的浮尸上面，常常聚集着一群群黑糊糊的蝇蚊……①

　　他在调查中发现，"从重庆到上海的主干流上，在江中取水为生的数百个城镇的亿万居民，都是饮用掺和着有害化学元素的污染之水！""沿江的工农业城镇乡村，每时每刻都在宣泄着各类工业废水和生活污水，都把长江当作不要任何代价的'天然下水道'。"一位地方环保局的干部告诉他，在重庆綦江一段76公里的河段，发生过十来天中死掉5万多斤鱼的事件，因为在这"河段上就有16家大企业，每年排泄下河的工业废水达5462万吨，污水中含有氟水物、硫化物、氰化物、废硫酸、镉、铜、锌、镍、铬、汞、铅、铁、砷等有害元素达1500多吨……"② 这样的毒水怎能不让江河中的鱼类灭绝？又怎能继续成为人类的生命之源？

　　在徐刚的报告文学中，也有确凿的调查数据显示："长江流域有各类工矿企业10万多个……挖矿的、烧石灰的、小煤窑、小砖窑可谓星罗棋布，每年排放污水120亿吨，也就是每天都有3.4亿吨污水倾泻在长江之中……已监测出的污染物质达40余种"，它们还经过水与土壤"渗透到农作物和水产品内——我们每天或常常食用的粮食、蔬菜及各种鱼鲜。在长江流域污染严重的某地的测试表明：大米中汞的检出率高达95%，蔬菜中铬的检出率是100%！"③ 深受其害的不仅仅是江河两岸的广大农民，也包括那些工业化、现代化大城市的芸芸众生。上海作为中国首屈一指的国际化大都市，人们怎能相信其真实的生态环境竟然如此可怕：

---

　　① 岳非丘：《只有一条长江——代母亲河长江写一份"万言书"》，国家环境保护局宣传教育司编《江河并非万古流——环境问题报告文学选萃》，中国环境科学出版社1989年版，第44页。

　　② 同上书，第47、48页。

　　③ 徐刚：《江河并非万古流》，同上书，第11—12页。

> 上海每天排放废气 8.2 亿立方米，烟尘 800 吨，市区十字路口氮氧化合物超标率 35%—80%，二氧化碳超标率 60%—65%。在上海的 350 多平方公里的市区，每天产生 6180 余吨的生活垃圾，3000 多吨建筑垃圾……
>
> ……
>
> 上海每天产生粪便 7300 吨，每天排放的工业和生活污水 537 万吨，极大部分未经处理直接排入黄浦江。又每天从江里取走 200 多吨成为市民饮用的自来水，再排放，再取水，这难道不是人类生命史上最肮脏、最可怕、最罪恶的循环吗？①

上述作品所揭示的是 20 世纪 80 年代中国江河的污染状况，我们再来看看 90 年代之后，中国水污染更为惊人的恶化程度。

1995 年从春到夏，陈桂棣抱病奔走在淮河流域的广袤土地，西起河南桐柏山，东抵江苏黄海之滨，南自安徽大别山腹地，北到山东蒙山沂水……无论走到哪一条支流的岸边，面对的都是污浊不堪、臭气熏天的淮河，这位喝淮河水长大的汉子，为母亲河感到一次次揪心的疼痛。在淮河源头的桐柏县，1993 年全县的"工业产值仅有一亿六千五百万，却排放了二百三十多万吨工业废水"，仅一个造纸厂，"每获得万元产值，就要排放七千四百吨造纸黑液"；在淮河入海口，小小的滨海县"工业废水排放量却排在全流域的第二十九位"，淮河真正是从头污到尾！"豫皖苏鲁四省每年的工业废水和生活废水就是二十三亿五千二百万吨"，"全流域一百九十一条较大的支流中，百分之八十的河水已经变黑变臭；三分之二的河段完全丧失了使用价值。"② 养育着 1 亿 5000 多万人口的古老淮河，再拿什么奉献给她的儿女？她的不肖子孙们，何时才能够羞愧地收回疯狂的魔爪？

徐刚曾在 90 年代中期就忧心忡忡地发出预警："渴望富裕的穷国在还没有真正富起来的时候，便又陷入了污染的困境中，这便是新一轮恶

---

① 徐刚：《江河并非万古流》，国家环境保护局宣传教育司编《江河并非万古流——环境问题报告文学选萃》，中国环境科学出版社 1989 年版，第 13 页。

② 陈桂棣：《淮河的警告》，陈桂棣、春桃《调查背后》，武汉出版社 2010 年版，第 197、199、198 页。

性循环的开始，或者说是较之于原先的贫穷更具有本质意义的贫穷的开始！"① 如今，当我们看到生态环境依然险象丛生，脱贫任务依然万分艰巨而返贫现象却大量出现等现实，更加感慨作家们的判断是多么敏锐而深刻！

同时与"污染"这一恶魔合伙肆虐的是人为的"破坏"，江河流域的生态破坏已造成祸患无穷的水危机。

现任"公众与环境研究中心"主任的马军先生，在20世纪90年代因为一部反响巨大的著作《中国水危机》被誉为"环保斗士"，2006年美国《时代周刊》将其选入"100位影响世界人物"名单。马军1992年毕业于国际关系学院国际新闻系，之后在香港《南华早报》任记者、研究员，在媒体工作的那些年使他有机会走遍中国的江河山川，当时自然生态的破坏状况特别是水资源所面临的危机让他震惊不已，促使他对黄河、长江、西北、东北、华北、东南、西南七大水域进行深入的考察，1999年写出长篇报告文学《中国水危机》（国内一些研究成果将此作作者误作马役军，这里特作纠正），这部厚重之作对中国东、西、南、北、中各个区域的水危机做了全景式的深度报告。在第一章"黄河篇"里，作者回溯了自古以来黄河生态在刀斧与战火中遭受的一次次大破坏和大劫难，而人们在与自然的抗争中又不断施以错误的方法治理黄河并为此付出了惨痛代价，使这条孕育华夏文明的母亲河反而成为"中华之忧患"。新中国成立后，党和国家对根治黄河付出了前所未有的力量，但在"综合利用规划"策略下，大规模建造水利工程成为主导方向，以三门峡为首的一大批大型水利枢纽轰轰烈烈开建。"放眼黄河，几乎是无峡不坝了。然而，在我们认为已驯服了黄河，正可尽收防汛、发电、灌溉、航运、养殖诸方之利的时候，它却和我们开起了一个可怕的玩笑。"黄河出现断流现象，而且断流的时间不断延长，1997年"黄河无滴水入海的时间长达330天"！断流带来的严重危害是"不仅会造成河道淤积，也会造成下游地区的荒漠化"，甚至让以黄河为直接饮用水源的广大城乡人民在水荒中难以活命。处于黄河下游的河南、山东是我国农业大省，也是人口大省，"断流已对农业造成巨大损失，每年豫、

---

① 徐刚：《中国：另一种危机》，春风文艺出版社1995年版，第39页。

鲁两省因断流无法灌溉而减产粮食 10 亿公斤以上。1995 年断流造成的直接经济损失即高达 42 亿元。而断流时间最长的 1997 年，黄河下游有 13.33 万公顷粮食绝收，减产粮食 27.5 亿公斤，棉花 5000 万公斤，胜利油田 200 口油井被迫关闭，直接经济损失超过 135 亿元。"1997 年空前严重的断流，造成 130 多万人口吃水困境。"黄河的安危，关系到黄河下游河南、山东两省人民的生死存亡！"①

　　长江与黄河作为炎黄子孙的母亲河、作为中华民族骄傲自豪的文化摇篮都已经遭受如此深重的劫难，那么其他的江河湖泊又怎能够幸免呢？展现在作者笔下的西北、东北、华北、东南、西南等地区的水域系统，无不遍体鳞伤、病入膏肓。

　　李林樱 2002 年创作《生存与毁灭》时到青海"三江源"（长江、黄河、澜沧江发源地）考察，当她到达素有"江河源头第一县"之称的曲麻莱县时，看到的第一个镜头竟然是——"街上拥挤地排列着长长的等待着取水的队伍，人们用水桶、汽油桶和人力小车等待着拉水，黝黑的面庞上充满了焦急和无奈"，作者打听到，"每小桶水最低价格是 5 毛钱，一个家庭每天的水钱是四五元"。在江河的发源地，河水、湖泊干涸，水井也几乎全部干枯，连人喝的水都没有了，这是多么让人惊骇却又难以置信的现实！而在历史上，三江源地区曾是河流纵横交错、湖泊星罗棋布、森林草木丰美茂盛、野生动物种群繁多的"生态之源"。近半个世纪以来，气候变化与雪山萎缩等自然因素影响高原湖泊和湿地的水源补给，众多的湖泊、湿地面积缩小甚至干涸，生态环境已十分脆弱。随着人口的快速增长和农牧业生产发展，毁林开荒、过度放牧等人为因素导致草地大规模退化与沙化，猖獗的鼠害也构成巨大的破坏力。近 20 年经济开发又大大加速了该地区生态环境恶化的进度，尤其是各路寻求发财之道的人四面八方涌进来，他们乱开矿场、疯狂采金、滥挖药材，不仅使生态遭到更严重的破坏，还加剧了环境污染，一些厂矿企业将污水排放到河里，铅矿污染使牲畜的死亡率惊人上升，也威胁着居住民的健康和生命。曲麻莱县的干部对李林樱说："再过 20 年后，县城

---

① 马军：《中国水危机》，中国环境科学出版社 1999 年版，第 16、17、19、23 页。

将不得不被迫搬家！"① 5 年之后的 2007 年，李林樱写作《沙漠密语》再次来到青海，她牵挂着"三江源"的生态变化和县城搬迁问题，接待她的工作人员苦笑着摇摇头说："不是县城要搬迁的问题，而是这个县城是不是还会继续存在的问题……"作者大吃一惊，"仅仅过去了 5 年啊，难道曲麻莱就将续写楼兰、尼雅等地的历史，也会在风沙中消失？"② 家园被毁、生命之源被毁，这难道不是一场"自己侵略自己"的野蛮战争吗？

（二）万劫不复的资源侵占与掠夺

> 无论在阳光下还是月光下，只要屏息静听，就会听见从四面八方传来中国的滥伐之声。③

诗人徐刚用最文学的语言传达出最严酷的现实。这是 1987 年，他敏感的神经所难以承受的痛。时隔 29 年，今天读这行文字，依然有神经战栗的恐惧感、心脏痉挛的痛感。

改革开放之初，穷疯了的中国人举起一把把斧头，以最原始最野蛮的方式和损公肥己的贪占欲望向自然索取财富。曾是"古木参天、浓荫铺地"的武夷山大王峰，被砍得仅剩两棵古木，武夷山上直径 80 厘米以上的大树已被砍光因而绝迹；在风景保护区的狮子峰后的老虎巢，擅自闯进的职工毁林开荒，造成大火烧山，破坏植被 375 亩，毁树 6000多棵；崇安县红星大队的党支部书记叶广昌每天雇民工 150 人上山砍树，在九曲溪的发源地三宝山实行烧光、砍光、卖光的"三光"政策，先砍大树、再砍小树、然后放火烧山，伐木 5000 多立方米，这位书记伐木有功，当上县劳动模范；一个月拿着 40 元护林费的所谓护林员们（多是乡长书记的七姑八姨小舅子）却带头乱砍滥伐……这么砍下去，终有一天武夷山会变成"无衣山"，作者悲哀且愤怒地斥责滥伐行为

---

① 李林樱：《生存与毁灭——长江上游及三江源地区生态环境考察纪实》，四川人民出版社 2004 年版，第 74 页。

② 李林樱：《沙漠密语》，四川文艺出版社 2011 年版，第 121—122 页。

③ 徐刚：《伐木者，醒来！》，吉林人民出版社 1997 年版，第 42 页。

"是近乎自杀性的无知"！①

在广西南丹县，国营林场多次被乡民哄抢、盗伐，他们甚至哄抢已由国家按计划砍伐好的成堆木材，19 万亩的浩瀚森林已经变得"一片荒芜连着一片萧条"；在贵州黎平县林场附近的公路两旁、在附近许多村寨的农户门前，堆放着成千上万立方米的木材，"这些数字可观的从国有林中砍伐的木材转眼之间已经不是属于国家的了，而属于那些已经富起来和将要富起来的万元户们。"如此无法无天的盗伐、掠夺、侵占行为已经不是局部地区的个别现象，南至海南岛、北至内蒙古，凡是有森林的地方就有强盗式的贪官和愚民，就有伸向国家资源的一双双黑手。徐刚沉痛地指出：中国人"不择手段的发财致富已经从缺斤短两、假、冒、劣、次地坑害人发展成了对自然资源的严重破坏，不惜损害国家利益、掠夺子孙后代！""今天的一部分人富了，明天面对的却是一片荒野秃岭，从长远来说其实比过去更穷了！"② 这不是危言耸听，也不是杞人忧天。10 多年后，徐刚在另一部报告文学中披露，内蒙古大杨树地区大面积毁林开荒，使 20 多万亩森林资源被毁；福建宁德洪口乡将全乡的阔叶林划片供给多家活性炭厂作为生产原料，仅一个小小的金山活性炭厂在两年半的时间里无证采伐森林 993.5 亩、立木蓄积 10189.9 立方米；海南通什市政府越权批准开发"海南毛阳仙果庄园"，毁林 990……作者气愤却无奈地叹道："中国的砍伐至今从未停止过！"③

徐刚义无反顾地将自己的创作生命投入生态环境领域，近 30 年的岁月里，他远离世俗繁华和文坛热闹，奔波在山河大地、沙漠荒滩，日沐风霜不辞劳苦，夜秉孤灯奋笔疾书，如今虽然年过花甲，且已著作等身，却依然为环保问题忧思满怀，依然在不知疲倦地著书立言、宣讲呼吁。在《中国：另一种危机》里，他以翔实的资料和数据揭示我国耕地、森林、水、石油、煤矿、贵金属等重要资源所面临的种种危机，经济发展的速度越快，这些资源减少的速度和生态破坏的速度就越快，特

① 徐刚：《伐木者，醒来！》，吉林人民出版社 1997 年版，第 6、9、8、14、16、79 页。

② 同上书，第 42—43、45 页。

③ 徐刚：《谁在谋害大地母亲》，《拯救大地》，中国文联出版社 2000 年版，第 77—78 页。

别是愚昧和贪婪使人们丧失了理性与道德底线，稀有资源被过度开发、疯狂掠夺的同时，还被任意毁坏、浪费。在青海有不止 10 万的人在淘金，他们几乎要把祁连山挖穿，而且用水冲泥土的淘金法把大量的黄金矿石扔掉浪费了，同时也把成片的草原毁掉；云南金顶铅锌矿被附近众多的机关、工厂和个人挖了 600 多个矿洞，他们为采得 1 吨可以出售的商品矿石便扔掉 7—10 吨的工业矿石，仅 5 年间，便消耗、浪费了宝贵的工业储量矿石 800 万吨！那些丢弃的数以百万吨计的矿石，在雨季到来时被冲入河流，严重污染了金顶镇以下 80 多公里长的河段；新疆铁厂沟井田储煤量 11.28 亿吨，附近的县、乡、村、个体纷纷赤膊上阵盲目乱挖，所挖大小矿井多达 156 个，造成大面积的坍塌，引起煤炭自燃，熊熊大火夜以继日地烧着，几千万吨的煤就这样被糟践掉了，而这并非是个案，"据估计，西部煤田已有 21 亿吨煤在自燃中化为灰烬"①。

何建明曾用"共和国告急"这样触目惊心的警示语作为报告文学的标题，反映国家资源危机重重的严峻现实，发出焦灼万分的呼告——"资源攸关着民族的存亡！"然而，令人震惊愤怒的是，"正当中国面临资源危机的时刻，一股巨大而野蛮的抢矿窃宝风，则如龙卷风一般席卷神州大地，从 80 年代中期开始一直延续到今天，而且大有越刮越猛、燎原 960 万平方公里的每寸土地之势"……

　　　　最初是那些零星、边角的小矿，有人用锄头与铁铲，这儿刨一块，那儿挖一勺，像轻风细雨，矿山无关痛痒；

　　　　后来是举足越过矿界线，有人开始肩驮担挑，出现了买卖交易，矿山开始不安，在它的脚边和四周，已是嘈杂的生意场；

　　　　再后来，是成千上万的队伍，开着汽车，打着显赫的招牌，漫山遍野地扑来，矿山陷入混乱和被动的退让，直至最后的失控。

　　　　开凿、采伐、抽吸！永无满足永无止境地开凿、采伐、抽吸！煤田、钨矿、铜山、汞窑……无数国家重点或非重点的矿产资源基地，都在承受着空前的蹂躏，处于存亡续绝的紧急关头！

　　　　于是，久负盛名的开滦惊呼：由于成百成千的小煤井与国家矿

---

① 徐刚：《中国：另一种危机》，春风文艺出版社 1995 年版，第 59—62 页。

井争抢挖煤，大片有生煤田惨遭破坏，无法拾遗；

于是，号称"世界锡都"的个旧告急：十几个省的民采队进入国营矿区，矿山已呈无政府状态，每天竟有价值数十万元的精锡砂被窃；

于是，素有"中国北极"的漠河泣诉：当年慈禧派来的清兵和东洋鬼子都没有这么狠，用不了几年，富饶的金矿区将变成一堆废墟……

于是，多少年来雄赳赳、气昂昂地鼎立在神州大地之上，支持着社会主义建设宏伟大厦，启动着共和国历史车轮前进的成百成千的国营矿山，似乎在一夜之间出现了全面的崩溃。一份份停产的报告、告急的电文，如同雪片般飞向地矿部、冶金部、煤炭部、石油部、民政部、国务院、人大常委会、中共中央……

"据国家矿产管理部门统计：我国七千余座国营矿山中，处在被窃、被抢、被占领而造成停产、瘫痪或半瘫痪状态的达半数以上！其中，陷入'水深火热'的热点矿就有一百多个！"① 作者亲自去枯井沟、龙山、香花岭等地采访的案例，每一宗都比"天方夜谭"更离奇更荒谬，其中最让人难以置信的大闹剧、大悲剧是"香花岭锡矿解体记"。

湖南香花岭锡矿山，曾以锡的矿量之富、产量之高、质量之优而饮誉全球。

——它的锡产品，销路畅通国内外，取得同类矿产中为数不多的免检信誉；

——它的锡矿标本，陈列于许多国家和地区博物馆。

——它出产的香花岭石，世上独一无二，堪称"东方绝宝"。②

香花岭锡矿雄居全国可数的几个国营大矿山之列，它直属中央、省委领导。在社会主义财产神圣不可侵犯的年代里，矿山四周矗立着高

---

① 何建明：《共和国告急》，时代文艺出版社2006年版，第49—50页。

② 同上书，第61页。

墙、拦着铁网，是一个固若金汤的独立王国。20 世纪 80 年代，渴望致富的农民开始觊觎这座宝山，胆大的先下手在周边偷挖矿石发了财，成为"万元户"的农民们受到乡政府的表彰、宣传，激励了更多的人竞相效仿。

　　　"采矿致富"——成了家喻户晓人人皆知的事。第二年春播刚刚结束，临武、郴县、宜章、桂阳等地农民，丢掉锄头，换上铁锹，扛起铺盖，不约而同地潮水般地拥向香花岭矿区，而且比潮水来得更凶猛和迅速。

　　面对地方百姓如此嚣张的抢劫行为，矿山的主人们毫无抵制防御的力量，只能将一份份告急书、求助信送到省政府、冶金部、国务院。上级很快下达批示，部署公安局、派出所将近千名个体采矿者驱逐出国营矿区。但是为了不得罪地方、照顾关系，得留给地方一些利益，所以一些集体的依然保留着。锡矿山只好作出了让步，然而……

　　　好，你让我进。国营和集体，同属国家所有，我们采矿不犯法。上！某县天南公社成为香花岭上第一个"吃螃蟹"的和敢于同国营矿山挑战的先锋。一夜间，他们成立了 10 个采矿队，凿了 10 条隧道，并且个个采矿队都是清一色的"基干民兵连"，条条隧道都像一把尖刀伸向国营富矿区。[①]

　　在几年的时间里，国营矿山与地方大批集体和个体采矿者发生着大大小小的摩擦与冲突，彼此不断对抗着、较量着……地方势力以断水断电要挟国营矿山，迫使他们"将南吉岭、癞子岭、铁砂坪、甘溪大桥北等地段划给县办、乡办小矿。至此，其划出的范围共计 38 平方公里，等于该矿自己的生产区的 1.7 倍"！

　　　……1984 年至 1985 年，香花岭矿山之一的香花岭矿区已有民

---

① 何建明：《共和国告急》，时代文艺出版社 2006 年版，第 63 页。

采人员 3000 余人，在矿山标高 480 米以上的部位，有 30 多个坑道是村、乡、县办矿占领着；在矿山标高 385 米以下的位置，也被麦市等乡镇小矿拦腰截断，国营大矿被制约在 385—480 米标高之间，形成一个上有小矿盖顶，中有大矿采矿，下又有小矿掏底的立体采矿局面。富矿区萝卜冲地段，在不到 1 平方公里内总共有 600 多个窿口，上千农民挤在那儿争抢矿石。

……

自 1984 年底开始，香花岭锡矿山完全失去了国营生产的独立形式。农民的采矿队伍也不再是单一的乡办、县办矿了，他们大部分都是以有钱有权有势的"矿主"作承包。这些"矿主"有的是原来的大队支书、村长，或者是与区县某某头头儿有直接亲属关系的角色。①

蛮横无理的强盗们以种种残忍的手段对付那些履职尽责、保护矿山财产的矿山职工和干部们，棍打刀捅、扔炸药包、放毒烟雾……似乎天下王法都被他们踩在了脚下！他们竟然恬不知耻地叫嚣"这叫山地游击战！哈哈哈！百战而百胜！"让人听了感到毛骨悚然！

还有湖南、江西、广东三省交界处约 13 万平方公里面积的钨族三角洲、湖北大冶县铜录山的孔雀石宝地、黑龙江七台河、山西潞安等地区的乌金王国……无一不是在流血械斗、厮杀纷争中沦陷、崩溃的。读完这部报告文学，彻心彻骨地感受到"共和国告急"五个字的沉重，国有资源长期遭疯抢，国家也就必然走向万劫不复的深渊！

马役军写于 20 世纪 90 年代初的《黄土地　黑土地》是较早反映"人吃地"问题的力作。中国作为世界上第一人口大国，人均耕地占有量却是世界倒数第三位，而工业化、城市化的高速发展，乡镇企业的崛起与扩张，土地批租拍卖、圈地运动的盛行，各类违法侵占土地盖私宅、造坟墓等现象的热兴，都在蚕食鲸吞稀有的耕地，沙漠化等自然灾害也在以惊人的速度加快土地流失，耕地资源危机已经十分突出。

美国著名农业科学家、思想家莱斯特·R.布朗博士在《世界观察》

---

① 何建明：《共和国告急》，时代文艺出版社 2006 年版，第 65—66 页。

1994 年第 5 期上发表了震动全世界的研究报告《谁来养活中国?》，他预言：中国到 2030 年"如果人均粮食消费增加至 400 公斤……则总的消费将增加到惊人的 6.41 亿吨，则进口的缺粮将达到 3.78 亿吨"，那么"最困难的问题是，谁能够提供这种规模的粮食"?"事实是没有一个国家或者没有一组国家可增加其出口潜力去更多地填补中国潜在粮食短缺的一小部分。"① 这是不是所谓的"中国威胁论"? 尽管我们可以拿出一万条理由驳倒布朗先生，但是"饥饿会不会重新叩响中国的大门"却是我们不能回避的忧患之问。在陈延一的《生死系于土地》中，作者披露：

> "六五"期间，我国平均每年净减少耕地 700 万亩；
> "七五"期间，我国平均每年净减少耕地 400 万亩；
> 进入"八五"后，由于"开发区热"、"房地产热"一度兴起，农业结构高速盲目行事，滥占耕地的浪潮汹汹复来，我国耕地又连年锐减近 600 万亩。
> 与耕地减少反方向发展的是，我国人口以大约每年 1500 万的速度递增。②

更加令人担忧的是，面对如此突出的土地资源危机，那些腐败的官员和贪婪的商人们却无动于衷，他们不顾国家和人民的利益受损，无视中央的三令五申，合伙扑向"土地"这块"唐僧肉"，将土地市场变成了腐败的"重灾区"。全国政协委员陈万志曾这样描述土地征用的乱象：

> 一是"跑马圈地"。一些地方打着加快城镇化进程的堂皇旗号……大面积乱批乱占土地。二是"瞒天过海"圈占耕地。一些地方在将耕地转为建设用地时，普遍采用瞒报手段，将耕地以"荒

---

① ［美］莱斯特·R. 布朗：《谁来养活中国?——中国未来的粮食危机》，贡光禹摘译，《未来与发展》1995 年第 2 期。

② 陈延一：《生死系于土地——百万"国土人"的一场耕地保卫战》，《时代报告·中国报告文学》2011 年第 10 期。

地"、"非耕地"等形式报批，违规占用大片良田。三是"横行霸道"征用土地。一些地方打着国家建设的旗号，说征就征，虽然向农民公示了，但农民没有多少说话的余地。一些地方在圈占耕地时，还采取预征手段，多数未办手续，先用再说。农民土地承包权说是 30 年不变，征地时马上就变了。①

楚良、木施合写的报告文学《失去土地的人们》，就是以 2003 年发生在浙江省西部穷乡僻壤的强征耕地恶性事件为"一斑"，让我们窥见凶残蛮横的"全豹"真相。

庆元县左溪，本是一个重峦叠嶂、树木繁茂、溪水潺潺的宁静乡野，点缀着 10 多个古老的村庄，村民们不富足，但靠山林养菇挖笋、山下农田种稻种豆，日子也还过得去。然而谁也料想不到的是，随着左溪开始搞经济开发、建水电站，山上炮声震天，山下轰隆隆地开来推土机、挖掘机，他们"赖以为生，承包 30 年的土地，一转眼，被巨型铁铲铲得皮毛不剩"，他们拿在手上的《土地承包合同》已经变成废纸，村干部在镇政府的指导下背着村民与水电开发公司签了《协议》，村民的土地就这样被廉价征用了。建水电站已经侵害了村民的直接利益，但是村民们在抗争过程中发生的一切，用作者的话说："写起来、读起来很像胡编滥造的电视剧。真是不敢叫人相信，天下哪有这种事呢?"②

最先阻挡施工的胡勤英被公安局民警强行从山坡上拖下来抬上车拉到县公安局审讯、拘留，最后她家的土地被强征，她和丈夫反而成了被告，水电开发公司要与他们夫妇对簿公堂，要他们承担阻挠施工造成的经济损失 2 万多元，这真是荒谬之极！随着事态的发展，左溪村的村民们眼看着祖宗留下来的良田都要被侵占，他们即将被逐出家园，痛心疾首的村民们开始联名上诉。但是在法院受理之前，镇政府采取各种手段促成一份《补充协议书》出笼，最后以 17 万补偿让村民们永远失去了他们几百年数代人繁衍生息的"中央淤"宝地。

---

① 引自张晏采写的报道《对"圈地热"说"不"——政协委员谈城镇化中的土地问题》，中华人民共和国国土资源部网站，2004 年 6 月 25 日。

② 楚良、木施：《失去土地的人们》，《报告文学》2004 年第 11 期。

强征土地多是在政府官员和公安警察、协警的护航下野蛮进行的，农民们在上访、打官司无果的情况下，忍无可忍，只能用最原始的反抗方式阻挠施工，但在一次次的冲突较量中，弱势群体又如何能够战胜强势？作者翔实记录的"4·22"事件，让我们身临其境看到县国土局、公安局、治安大队、镇政府、镇派出所的干部和警察们，是如何在印浆村横行霸道强征土地的，他们欺瞒村民、连个招呼都不打就闯进农田丈量土地，当蒙在鼓里的村妇范金香上前抗议时，左溪镇镇长态度蛮横地威胁道："政府跟你商量？让开！不要妨碍公务。不然，我就把你抓起来。"警察们果然一拥而上，先给带头吵闹的胡喜兰戴上手铐，要把她拖上警车。后来众多的村民赶到现场，冲突加剧，县里闻讯后出动十几部警车、大巴和90多名全副武装的警察、协警镇压闹事村民，村民们被抓、被打，反抗也更强烈，事态继续恶化着……次日天刚蒙蒙亮，县治安大队队长带领上百名武装警察端着枪、提着警棍反扑而来，挨家搜寻、抓人打人，暴力审讯、逼供……作者愤慨地写道："人民警察，人民公安，向来是保护人民的。怎么与投资商和官员联合起来，围困一个小村庄呢？说他们为开发保驾护航吧，把老百姓当什么人？"整整28天，逃进山里的100多名村民东躲西藏，风餐露宿，孩子生病不能医，农活过季被耽搁。最终，"兵临城下"逼迫部分村民代表签下了征地补偿协议，"武装斗争"才暂时平息。[①]

然而灾难并没有终结。由于左溪水电站建设破坏了自然生态，不仅给农民造成巨大的经济损失，还给他们带来"灭顶之灾"——2004年8月，台风"云娜"突然来袭的那天，印浆村的生态恶化隐患彻底爆发，受灾严重的农民们在失去土地之后又失去了家园，他们将怎样生存下去？作者留给我们一个没有答案的疑问和不知所终的结局。

（三）凶猛加剧的空气恶变与侵害

从滚滚袭来的沙尘暴到绵绵不绝的毒性酸雨再到遮天蔽日的黑暗雾霾，中国的天空在20年间不断发生着令人始料不及的恐怖变化！沙尘暴能在瞬间让天地闭合，让万物毁灭，它吞没田园、扫荡城郭，火车被

---

① 楚良、木施：《失去土地的人们》，《报告文学》2004年第11期。

掀翻，树木被拔起，渺小的人何能抵御这头猛兽的袭击？连呼吸都不能！雾霾袭来时，一连数日甚至数月不见晴日，没有新鲜空气，人们无处可躲无处可逃，心肺遭受着折磨与摧残，还得照常为生计辛苦忙碌、疲于奔命……

当活命必需的空气都在恶变、都在侵害我们，我们还有什么赖以生存的环境与条件？

徐刚在他多部报告文学中，将我们一次次带到惊悚骇然的沙尘暴场景中。

1993 年 5 月 5 日下午，一场罕见的沙暴自西向东席卷新疆、甘肃、宁夏、内蒙古部分地区，黑风裹挟着沙石铺天盖地呼啸而来，瞬间天地昏黑如同末日降临……

> 仅仅 3 个小时沙暴的肆虐，死亡与悲惨便笼罩在陇西大地。死亡者、失踪者绝大部分是少年儿童，他们的抗灾能力最弱。总共死亡 67 人、重伤 100 人，损失羊只 32000 只，家禽 10 万头，倒塌房屋 4320 间，成灾耕地面积 96.6 万亩，被刮断的电线杆为 750 多根……①

1998 年 4 月 15—16 日，特大沙尘暴越过西北，长驱直入华北、华东地区，突发性的灾难几乎袭击了大半个中国——甘肃兰州、宁夏银川、山东济南、江苏徐州，无不沙尘蔽日、一派肃杀、人心恐慌，首都北京更是猝不及防地被黄沙和泥雨搅得天昏地暗！作者指出，这次沙尘暴刮过的路线大致上与中国土地荒漠化的趋势相一致。据有关部门的调查数据显示，"中国荒漠化土地面积为 262.2 万平方公里，占国土面积的 27.4%"，其中，"以大风造成的风蚀荒漠化面积最大，占了 160.7 万平方公里"②。"沙化土地目前仍以每年 2460 平方公里的速度扩展，相当于每年被沙漠吞噬了一个中等县的全部土地。"③

① 徐刚：《世纪末的忧思》，《人民文学》1994 年第 6 期。
② 中华人民共和国国土资源部网站：《中国土地沙漠化概况》，2011 年 6 月 13 日。
③ 徐刚：《谁在谋害大地母亲》，《拯救大地》，中国文联出版社 2000 年版，第 88 页。

沙尘暴在强悍剥夺我们的自由呼吸，而酸雨则点点滴滴地腐蚀着我们的脉搏。20 世纪 80 年代，我国酸雨主要集中在西南地区，到 90 年代中期，"酸雨面积扩大了一百多万平方公里。以长沙、赣州、南昌、怀化为代表的华中酸雨区后来居上，已成为全国酸雨污染最严重的地区。华东、华北均有酸雨纷纷，其扩展速度可谓惊心动魄"。徐刚大声疾呼："天空震怒了，因为我们污染了它。"①

是的，天空震怒了。2013 年，雾霾向中国发起史无前例的猖狂总攻。

　　新年伊始，先是北京，接着是中国中东部各地陆续出现大范围和长时间雾霾天气。从华北到中部乃至黄淮、江南地区，都出现了不同程度的污染和严重污染。

　　……

　　位于城北海淀区的中央气象局主楼大厅，实用面积 300 多平方米，四周摆满电脑。大厅的正面墙壁上，悬挂着庞大的电视屏幕，屏幕上显示着来自各省自治区的雾霾情报。

　　这里的气象官员，如今忧心忡忡地注视着电脑屏幕上令人不安的消息。

　　北京爆表！

　　上海爆表！

　　南京爆表！

　　郑州爆表！

　　武汉爆表！

　　……②

大雾霾侵袭了 25 个省份的 100 多座城市和 6 亿人！

陈延一在报告文学《2013：雾霾挑战中国》中，如实记录了四面"霾"伏下，长沙、哈尔滨、上海、西安等城市空气污染的严重程度以

---

① 徐刚：《谁在谋害大地母亲》，《拯救大地》，中国文联出版社 2000 年版，第 88 页。

② 陈延一：《2013：雾霾挑战中国》，《时代报告·中国报告文学》2014 年第 4 期。

及市民们工作、生活、健康受到的影响。长沙市在进入新年的第二个周末，PM2.5连续三天刷创新高，火车站监测点显示的最高值达到了371，超过国家安全标准（75）近5倍，市民们早上不敢出门散步，由于能见度低，环卫工也无法在早上清扫街道，雾霾刺激得流眼泪、嗓子痛，但是建筑工地的农民工依然在干活，他们对记者说，嗓子不舒服就喝些热茶，知道雾霾对身体有害，"但也管不了那么多"。重重雾霾下的哈尔滨不再美丽浪漫，公交车、长途客运全线停运，中小学紧急停课！国际大都市上海，真正是"十里洋场，十里迷雾"，人人都是"尘惯吸"，天天走路"似漂浮"，人们只能以黑色幽默彼此调侃。西安市作为文化古城和西北美食城，市民们自嘲雾霾"口感"历史厚重，"饱满的柴火味儿浓得化不开"，还"带着肉夹馍般的酥脆与绵柔"……另有雾霾诗广为传诵。

> 雾霾锁秦东，举目四朦胧。
> 百米不见人，十步看不通。
> 服雾无止境，霾头下苦功。
> 长安超京尘，厚德载雾中。
> ……①

在中国人的幽默里，常有不痛不痒的牢骚，有无奈认命的抱怨，有随遇而安的窃喜……人们在这样的幽默里秀一点小聪明小才华，日子照旧，山河照旧，雾霾照旧。但是也有新事物涌现——比如"雾霾经济"正方兴未艾，且有蒸蒸日上之势，卖口罩的网店生意火爆起来了，空气净化器、银耳雪梨化尘润肺汤、防毒面罩等都成了商家热卖的畅销产品，最出人意料的是，网上已经有人在销售或代购"日本富士山的新鲜空气罐头"、"加拿大落基山脉的新鲜空气瓶"等。不知这些新事物会不会写进几百年后的历史教科书里，让我们的子孙后代为之惊诧不已。

2015年2月28日上午，人民网发布了《柴静调查：穹顶之下》的专题和专访柴静的文章，之后柴静拍摄的雾霾深度调查《穹顶之下》

---

① 陈延一：《2013：雾霾挑战中国》，《时代报告·中国报告文学》2014年第4期。

上线腾讯视频、优酷网、乐视网等各大视频网站，当日播放量就超过3500万次，到次日播放量已破亿，由此引爆了公众对该纪录片和对雾霾的大讨论。柴静作为著名传媒人、央视前主持人，自费100多万元、投入巨大精力和劳力拍摄这部片子，绝不可能像有些议论所说的，是为了炒作、出名。她是以一位普通母亲的身份和责任开始调查雾霾并希望通过一己的声音影响公众。

　　柴静在纪录片一开始就用数据告诉我们，在北京，2013年1月有25天雾霾，而那个时候她怀孕了，后来她未出生的宝宝被检查出患有肿瘤，一出生就接受了手术治疗，她为此辞职专心照顾孩子。在孩子的成长过程中，柴静越来越感到不安全的环境在剥夺孩子的健康成长，她忧伤地诉说：2014年，"污染天数175天，这意味着一年当中有一半的时间，我不得不把她像囚徒一样，关在家里面"，"有的时候早上醒来我会看到女儿站在阳台前面用手拍着玻璃，用这个方式告诉我她想出去，她总有一天会问我，妈妈为什么你要把我关起来，外面到底是什么？它会伤害我吗？"① 如此令人心酸难过的问题会有千千万万的孩子不断向成人世界发问，我们如何回答？柴静所做的一切，难道不正是为了代表所有母亲给下一代一个回答吗？

　　请看柴静拍摄的这个片段：

　　　　这是我们家楼下，前两天雾霾严重的时候我拍的，当天AQI（空气质量指数）已经超过了五百爆表，严重污染，可是，我楼下这个小学孩子们还在打球、跑步、玩耍，在运动的时候，人们的呼吸量会增加五到十倍，然后我看着他们，我意识到，我不可能一直保护我的孩子，总有一天她要到社会当中去，呼吸是没有办法选择，也没有办法逃避的，你的每一口呼吸它都在。②

　　这样的情景，几乎天天发生在你我他的身边，孩子们关不住，他们要冲到户外活动玩耍，要自由呼吸！可是家长们却无不忧虑发愁，就怕

---

① 柴静：《穹顶之下》，网络视频，2015年3月1日。
② 同上。

孩子又生病，感冒咳嗽已经如同"家常便饭"，而肺炎、哮喘、过敏性鼻炎……也成了许多小朋友的常见病。每当人们在医院里看到一排排打点滴或做雾化治疗的小病号们，或许都会感慨，如今的孩子太脆弱，殊不知现在侵害他们的恶魔太强大！"每一口呼吸它都在"的雾霾是不是罪魁祸首？它对人们健康的危害到底有多大？虽然还没有科学的结论，但是北京大学、中国科学院等相关的科研人员通过实验和研究，已经初步揭开雾霾的一些"凶险本相"，他们借形象生动的动画形式，给雾霾曝光——

我是PM2.5，我的弟兄很多，多环芳烃、各类重金属，每一个都带着利器，在攻击人类的闯关游戏里，我很少失手。

第一关，鼻孔，鼻毛和鼻涕能挡住外来异物，90%直径大于10微米的颗粒物，都在这里阵亡，但挡不住我。

第二关，咽喉，上呼吸道的纤毛10微米，一秒钟煽动20次，但我身体轻盈，气管平滑肌受到刺激收缩，试图阻挡我，这是自取其辱。

第三关，下呼吸道，这里有像倒长的大树一样密布的支气管，是我们最好的滑雪道。我们一路跟白细胞、淋巴细胞等交手混战，人类因此引发各类炎症，我们的大部队最终到达树权尽头的肺泡，人类的肺泡有3亿多个，我们一旦挡住肺泡，人类就喘不过气，但这里有我们最可怕的敌人巨噬细胞，它们专门吞噬异物，号称体内清道夫，这是一场恶战。

但我们人多，而且有难以分解的内核，加上重金属的毒素，巨噬细胞很难消化，容易细胞器破裂而死，人类的免疫力就是这样下降的。

我们还有一组刀锋战士粒径小于0.5微米，可以穿过肺泡膜直接入血，沿途损伤血管内膜，让人血管变窄，血压升高，引发血栓，我们甚至可以通过肺循环来到人类的核心中枢，向你们的心脏发起总攻，造成心肌缺血、损伤、心律紊乱，引发心梗。①

---

① 柴静：《穹顶之下》，网络视频，2015年3月1日。

面对如此猖獗的天敌，易受伤害的岂止是孩子，在雾霾天里，大大小小的医院和诊所患呼吸道感染的病人爆发性增长，已经不是新闻。令人恐惧的新闻是："在过去 30 年里，肺癌死亡率上升了 465%，发病率每年增长 26.9%……如不及时采取有效控制措施，预计到 2025 年，我国肺癌患者将达到 100 万，成为世界第一肺癌大国"，"专家指出，吸烟与空气污染是导致肺癌的主要'元凶'。"①

警醒吧人们！不能再习以为常地、麻木不仁地、无可奈何地吸入有毒的空气，面对雾霾的挑战，每个人都不能再沉默。

三 生态文明的绿色救赎及其影响力

如果说 20 世纪 80 年代以徐刚为代表的报告文学作家们为环境问题发出呐喊是缘于敏感的现实忧患，也是社会问题报告文学热潮影响下的本能选择。那么 90 年代之后特别是新世纪以来，随着生态环境问题更加突出、更加严重，这一忧患在社会舆论和文化语境中引动更加广泛的共鸣，也促使报告文学作家们带着更为自觉的使命感与责任感，去深入探究生态文明与民生诉求、与改革的最终成败、与国家的科学发展和可持续发展战略、与公民意识和社会道德的提升、与当代文化建设等问题的密切关系。因此，生态报告文学以其锐利的批判锋芒和理性的烛照精神、以其震撼人心的冲击力和感染力，实现了文学的现实干预作用。

（一）"在场"书写与"事实"冲击力

报告文学作家们可以在自己的身边就感受到空气质量的优劣，但绝不可能坐在书斋里依据电脑里的数据资料和自己的想象力写出生态危机报告，他们必须进行长时间、大范围的实地考察，只有将"在场"目睹和感受到的事实与实情最全面最细致地呈现出来，才可能使作品产生强有力的冲击力并由此建构真实性价值。

像前文中已经论及的徐刚、李林樱等老作家，都是将半生的岁月贡

① 中国广播网：《我国肺癌死亡率 30 年上升 465%》，2012 年 11 月 26 日。

献给了山河大地，他们筚路蓝缕、历经艰险、锲而不舍地苦行在探究生态之患的路途上。因此，一切真相才能够通过他们的观察、采访和实录得到披露，打开他们的报告文学，总能感受到扑面而来的旷野气息，总是产生身临其境的强烈触动。

这是徐刚用他的镜头为我们展现的"生命水源"——

你看巢湖就知道了，什么叫藏污纳垢。

一百多种藻类疯长，目前已从西半湖发展到整个湖泊，从水面下0.5米处发展到1.5米处，到处是缠结的水藻，把一个巢湖弄得舟楫无路，水波不兴。最严重时，湖水为黏粥状，腐烂后的藻类臭气冲天，腥味逼人。但，就是这样的不用任何仪器测试，一看一闻就能判定的脏水、臭水，仍然是合肥水厂的主要水源。没有水的时候，脏水、臭水不还是水吗？①

这真是一个噩梦般的恐怖画面！如果不是作者将亲眼所见活生生地展现出来，我们怎能想象我国著名的第五大淡水湖，曾经风光秀丽、鱼虾成群的大湖已经变成了令人作呕的"臭水盆"；又怎敢想象，人们饮着如此严重污染的水，诅咒巢湖的水质越来越坏，然而却依旧向湖中排泄各种污水废水……

徐刚在《黄河回首》中写道：

我两次在黄土高原踏访时，从沟壑间跋涉到黄河边，看着几棵瘦小的枣树被连根卷入洪峰之中，满目形销骨立的黄土高坡，一条泥沙俱下的混沌大河，见过家徒四壁痛哭失声的陕北老乡，也见过习惯于"吃皇粮，喝黄汤，穿黄装"的救济生活的等待和麻木，失去家园以后的人格的矮化、尊严的扫地。黄河，我也一样曾经抱怨过你，你的几乎是愤怒的排空浊浪撞向峡谷时的粉身碎骨，已经是

---

① 徐刚：《长江的历程》，《守望家园》（上），湖南科学技术出版社1997年版，第452页。

在回答我了……①

　　即使没有去过黄土高原和黄河岸边的人，读到这样的"在场"书写，也一定会感同身受，悲从中来。如果不是作者一次次将自己的心怀贴近黄河的胸膛，是不可能写出如此深沉而痛苦的感受的。

　　著名的生态作家哲夫，在 1997 年让自己开始了一个"新变"，他放下势头正旺的小说创作，背上行囊去做田野调查，写出揭露淮河污染的报告文学《中国档案——新闻曝光的背后》。他说："只有人类彻底觉醒，才可能最大限度地减少或是消灭环境污染！直接干预社会，是我改弦更张的初衷。"② 之后他作为特邀作家连续 6 年参加全国人大环境资源委员会组办的"中华环保世纪行"活动，进行范围极广的生态考察与采访，足迹踏遍大半个中国，特别是对黄河、长江的考察，都历时百余日、行程数万里。可以说，他展现江河森林危难的系列报告文学，"不仅仅是一字字写出来的，也是一步步丈量踩踏出来的，作家的良知和敬业精神铸就了作品实事求是、言不虚发的品质"③。

　　显然，报告文学不是新闻报道，仅有田野调查和现场直击是远远不够的，为强化事实的可靠性与说服力，生态报告文学作家在进行艰苦的田野调查的同时，还要对历史文献、知识材料、各类媒体已经报道的有关消息或通讯进行广泛收集、筛选梳理、阅读分析；还必须深入了解、研究地理学、环境学、生态学、统计学以及与山脉土地、森林草原、江河湖泊等相关的自然科学和人文科学，研究国家出台的所有相关政策、法规等；他们必须最大范围地采访诸多学科领域的学者专家、环保工作者、各级领导干部以及广大民众。

　　因此，统计数据、政策文件、新闻报道、领导人的谈话或批示、被采访者的口述实录等都纳入报告文学文本，这一切构成了潮水般的信息量，产生了更加强大的事实冲击力。

―――――――――――

　　①　徐刚：《黄河回首》，《守望家园》（上），湖南科学技术出版社 1997 年版，第 399 页。
　　②　引自高桦采写的报道《哲夫：生态文学是人类的一种文学自救手段》，《三晋都市报》，2014 年 1 月 3 日。
　　③　陈建功：《铁肩辣手　盛世危言——序哲夫江河生态报告三种》，哲夫《长江生态报告》，花山文艺出版社 2004 年版，第 3 页。

　　哲夫为了从更客观、更全面的角度对个人考察、采访的结果进行补充或验证，增强事实依据，他在作品中多处穿插《新闻联播》、《新闻30分钟》等媒体的有关报道，《淮河生态报告》最后的"附录"部分，直接引用了《中国青年报》、《安徽日报》、新华网等多家媒体记者采写的报道，披露淮河污染现状和国家"治淮"以后的反弹情况，揭示治淮工程的艰难性、复杂性、长期性，等等。

　　在《黄河生态报告》中，一些重要人物的会议讲话实录、访谈实录等使作品的文献价值与真实性价值得以更充分的实现。比如全国人大环境与资源保护委员会原主任委员、国家环保局原局长曲格平先生，1972年作为中国政府代表团成员出席了在斯德哥尔摩召开的第一次人类环境会议，从此将自己的全部热情和精力投入环境保护事业并且做出了杰出的贡献，在世界享有较高声誉，但在国内很多人却不了解他的事迹。哲夫在作品中从多个方面展示曲格平的人格魅力，在全国人大召开的"中西部地区生态环境与资源保护工作座谈会"上，曲格平的发言观点鲜明、尖锐，问题意识突出，逻辑思维清晰严密，既有科学的、高屋建瓴的策略，又有针对性很强的、切合实际的建议；在私下与作者交心恳谈时，他却毫不掩饰自己对环境现状太悲观、太伤感、太忧郁的心情；作者还将曲格平1999年接受日本田口淳子的访谈对话和他去日本东京接受"蓝色星球"国际大奖的演讲（均未发表过）全文照录，使我们从曲格平朴素的自述与长篇演讲中进一步了解他的追求与梦想，了解中国环保走过的艰难之路和面对的挑战，也使我们更为全面地、深远地认识到环保的根本意义。[1]

　　有的信息引用可以从反面说明问题。2012年12月31日，山西长治天脊集团下属化工企业发生苯胺泄漏重大事故，造成漳河在山西、河北、河南流域的重度污染，危及数百万群众的饮水安全。事故发生后，由于天脊集团迟报、谎报实情，不仅广大群众都蒙在鼓里，山西省政府也是直到2013年1月5日才接到环保部门的报告，而山西省报《山西日报》也直到6日才刊登了某记者采撷的只有33字的短消息，郝斌生

---

[1]　详见哲夫《黄河生态报告》，花山文艺出版社2004年版，第313—337页。

在报告文学《漳河告急》中，全文抄录这则消息如下：

> 副省长第一时间赶到现场，事故没有造成人畜伤亡，经检测，浊漳河水质正在好转。

作者忍不住讥讽道：“凡是这类报忧的消息，记者都很节约笔墨。……让受众如何理解？好转到什么程度，是人能喝？还是牛能喝？是能浇灌？还是能洗衣？”[1] 与每个人的生命息息相关的严峻问题，牵动着全社会敏感神经的焦点问题，“人民的喉舌”却不能给人民一个明确的、负责任的说法。

受害地区邯郸市6日向市民发布公告后，立即引发全市抢购纯净水的风潮，水抢光了，连饮料啤酒也断货了，接下去怎么办？河水污染是否得到控制？到底泄漏了多少苯胺？当事企业开始说苯胺泄漏量仅为1吨—1.5吨，之后他们又改口说泄漏量为8.68吨。人人焦虑万分、惶惶不安，最该有知情权的受害民众却无法得知真相。作者再次引用1月6日、7日官方说法和媒体新闻——不管是山西环保厅某君慷慨激昂的宣称还是今晚网发布的白底黑字的报道，都是安抚民心的信息：“国家有关部门现场对岳城水库、库中、坝前、出库断面进行了全面采样……尚未发现苯胺类有机物污染。”作者紧接着戳穿道，“据我所知，1月6日，国家有关部门还蒙在鼓里，还没有接到通报”，7日，“驻邯郸200名官兵在岳城水库待命，此时的水面完全结冰，破冰采水的号令还没有下达”。作者又引用1月8日《新民晚报》和《华夏时报》刊登的两则消息，曝光“污染已经进入库区”、“洹河丁家沟断面超标严重”[2]，将这些信息一对比，毋须多言，人们心中自然豁亮，这种欺上瞒下、报喜不报忧的作风在中国早已司空见惯。正因为如此，有良知、有正义、有公道、有担当的社会舆论和新闻媒介行使其强大的监督力量尤为必要、尤为重要。“苯胺泄漏事故”也的确是在诸多新闻媒体与新闻记者穷追不舍的采访、调查、质疑下，

---

① 郝斌生：《漳河告急》，《时代报告·中国报告文学》2013年第6期。

② 同上。

真相才不断暴露出来。直到 2 月 20 日，"事故 50 天后，山西省政府通报调查结论：经调查测算苯胺泄漏总量为 319.87 吨"①。这个数量是天脊集团第一次报告的两三百倍，这是多大的悬殊！多角度多层面的真实信息披露不仅让读者更加深入地看清此次事故的前因后果，也促使人们反思经济发展中诸多矛盾与问题的根源。

（二）社会生态与人类困境的深入审视

恩格斯早在 19 世纪就告诫世人："我们不要过分陶醉于我们对自然界的胜利。对于每一次这样的胜利，自然界都报复了我们。"② 鲁迅也曾预言："林木伐尽，水泽湮枯，将来的一滴水，将和血液等价。"③ 这些警示性、预见性的言论震撼人心！那么，人们明知绝境就在前头，为何还要执迷不悟地走在自取灭亡的不归路上？历时长久的生态大灾难背后，"人祸"究竟有多大有多深？这是我们不能不深刻检讨和反省的根本问题。

1. 反思生态危机表征下的社会生态沉疴

1856 年，马克思曾指出："在我们这个时代，每一种事物好像都包含有自己的反面。……技术的胜利，似乎是以道德的败坏为代价换来的。随着人类愈益控制自然，个人却似乎愈益成为别人的奴隶或自身的卑劣行为的奴隶。甚至科学的纯洁光辉仿佛也只能在愚昧无知的黑暗背景上闪耀。我们的一切发现和进步，似乎结果是使物质力量成为有智慧的生命，而人的生命则化为愚钝的物质力量。"④ 这段话尖锐而深刻地揭露了人类在推动社会发展的过程中逐渐增多变强的卑劣欲望以及由此产生的异化。20 世纪 90 年代，美国著名的生态思想家唐纳德·沃斯特也作出这样的结论："我们今天所面临的全球性生态危机，起因不在生

---

① 郝斌生：《漳河告急》，《时代报告·中国报告文学》2013 年第 6 期。

② 恩格斯：《自然辩证法》，《马克思恩格斯全集》第 20 卷，人民出版社 1971 年版，第 519 页。

③ 鲁迅：《〈进化和退化〉小引》，《鲁迅文集 二心集》，吉林文史出版社 2006 年版，第 40 页。

④ 马克思：《在〈人民报〉创刊纪念会上的演说》，《马克思恩格斯选集》第 1 卷，人民出版社 1995 年版，第 775 页。

态系统自身，而在于我们的文化系统。"① 在人类漫长的发展历史过程中，为了人类自身利益而逐渐形成的自然观、价值观以及思想文化、科学技术、生产方式、社会发展模式等必然直接影响着人类与自然的整体关系。追根究底，西方生态思潮的核心观点认为"人类中心主义、唯发展主义和科技至上观是生态危机的主要思想根源"②。

现代工业社会的迅速发展，使加重生态危机的社会文化因素更加凸显出来。在许多西方学者的视野中，现代工业社会"主导范式"的特征是"人类支配自然；而经济增长比环境保护更重要"；"剥削其他物种以满足人类需求"；"财富最大化以及为这一点值得冒风险……对科学和高技术的信念是有利可图……"③ 这些特征从根本上反映出经济发展与物质利益已压倒一切，成为最高价值体系支配着现代人的所有活动。

20 世纪五六十年代，我国在"大跃进"、"乌托邦激进主义"的时代政治潮流中轰轰烈烈展开"与天斗、与地斗、与人斗"的运动，高呼"人定胜天"的口号向困难进军、向自然进军，人和自然的关系处处体现为征服与被征服的关系。但其结果是，国家的经济状况依然落后，人民的物质生活依然贫穷，生态环境却开始遭到越来越严重的破坏。到改革开放之后的 30 多年里，"让一部分人先富起来"、"发展才是硬道理"的策略导向将国人摆脱贫穷、追求物质文明、加快现代化进程的强烈愿望全面激发出来。然而，与美好愿望一起释放的还有恶性膨胀的逐利欲望与贪婪野心。由于社会体制存在弊端、法治建设较为滞后，使那些急功近利、投机钻营、贪污腐化、损公肥己、唯利是图的"大老虎"与"小苍蝇"得以为所欲为，他们的滋生繁衍又严重污染破坏了社会生态、文化生态。因此，生态报告文学揭露的是自然生态的多重危机，反思的是社会生态的多重沉疴。

----

① Donald Worster, Nature's Economy：*A History of Ecological Ideas（Second Edition）*. Cambridge UK：Cambridge University Press，1994，p. 27.

② 王诺：《生态危机的思想文化根源——当代西方生态思潮的核心问题》，《南京大学学报》（哲学人文社会科学版）2006 年第 4 期。

③ ［美］查尔斯·哈珀：《环境与社会：环境问题中的人文视野》，肖晨阳等译，天津人民出版社 1998 年版，第 60—61 页。

　　哲夫的《淮河生态报告》开篇写道："在这样一个功利实用的拜金主义的有病的年代里，地方政府每每着眼于短期行为，企业家又每每邀宠于上司，辜负于地方，为了自己的好活，不顾沿岸百姓的死活，一边是桑拿、按摩、酒池、肉林里浸泡着的肥白肉体和高贵的灵魂，一边是在污泥浊水中苦苦呻吟着的褴褛的肉体和卑微的生命。"① 尖锐的批判力透纸背，辛辣的讽刺入木三分。他强调指出："当今社会有两大污染：一个是社会污染，一个是环境污染。这是两个同等重要的有着内在联系的问题，指望着单纯解决一个问题，而有意忽略另一个问题的做法，都不能从根本上遏止它们的势头，只有双管齐下才是唯一正确的方法，舍此恐无他法。"② 环境治理现状为何让人失望？淮河变清了吗？黄河怎样了？他毫不留情地揭开"社会污染"的症结——"大谎言后面总会跟一堆小谎言……过程总是轰轰烈烈，结果总是平平常常，猛虎屁股上总是长着一条小猪尾巴。"③ 哲夫的忧思沉重而深远，显然，他对生态危机下的社会问题有着清醒的认识和深刻的反思。

　　几乎所有的生态报告文学中，都可以看到作者们对生态灾难根源的追究、诘问、剖析，比如违反自然规律、忽略科学发展的决策失误，环保行政机构在管理方面的失职或松懈，环保法规的不完善和执行乏力，国民环保意识与行为的欠缺，等等。

　　凡是报告江河生态危机的作品，无不对中国几十年兴盛不衰的水利建设进行了理性反思，新中国成立以来，为了治理水灾，为了充分利用水资源，修水库、筑高坝、建水电站的热潮可谓一浪高过一浪。改革开放之后，水利工程建设更是快马加鞭地往前冲，大库高坝作为中国现代化建设的卓著成就，不仅可以向世界展示"大国崛起"的雄姿，也可以成为一些人"名垂千古"的"丰碑"。但是，水利工程一方面造福于人类，给社会带来经济效益；另一方面也极大地破坏了生态环境，给人类带来灾难。

　　徐刚在报告文学中披露，"国家水利部的数据说，全国共有病险水

①　哲夫：《淮河生态报告》，花山文艺出版社 2004 年出版，第 2 页。

②　同上书，第 115 页。

③　哲夫：《长江生态报告·自序》，花山文艺出版社 2004 年版，第 2 页。

库 30413 座，占水库总数的 36%，也就是说中国水库的病险率已经超过 1/3"，"如果正视水土流失泥沙淤积之患，那么我们就可以说中国水库的病险率是百分之一百！"而"影响防洪安全的各种因素中，最为严重的是病险水库"。问题已经如此突出，难道还不该对"中国几十年不变的筑坝修水库的水利思路"进行检讨吗①？徐刚引用原水利部副部长李锐的讲话，发出质问：

　　　　新中国成立以来，我们的治水究竟做了哪些好事？哪些蠢事？哪些坏事？有关系统应该总结治水的经验教训。三峡工程要接受三门峡教训，水库建成后，可能出现哪些严重问题？怎样防范？②

　　"历史已经无情地证明：三门峡工程以充满浪漫主义的构思开端，致祸国殃民的恶果为终结。"徐水涛在《黄万里与三门峡工程的旷世悲歌》中揭示："三门峡工程失败的直接结果，是对黄河河流生态环境、特别是中下游流域生态环境的严重破坏：黄河三门峡至潼关的淤积泥沙至今没有解决；关中平原 50 多万亩农田的盐碱化；水库淹没了大量的农田；水库毁掉了文化发祥地的珍贵文化古迹；黄河航运中断；29 万多农民从渭河谷地被迫向宁夏缺水地区移民，其中 15 万人来回十几次迁移，给他们造成了人生中难以想象的惨剧。"③
　　当年唯一有理有据公开反对建三门峡大坝的水利专家黄万里先生被打成右派，含冤受屈 20 多年，1979 年平反复出后，他又全身心地投入治理江河的研究，先后 6 次上书中央领导和国家决策部门，坚持反对长江三峡工程上马，痛陈其后患无穷的弊端。然而，"他关于黄河、长江等关乎国计民生的重大工程的声音连同他本人长期被湮没"。
　　三峡工程在争议了半个多世纪后还是建成了，会不会重蹈三门峡覆辙成为灾难工程，需要以后的历史来验证。

---

　　① 徐刚：《国难》，《报告文学》2003 年第 9 期。
　　② 李锐在 1997 年中共十五大的发言，引自徐刚《国难》，《报告文学》2003 年第 9 期。
　　③ 许水涛：《黄万里与三门峡工程的旷世悲歌》，《炎黄春秋》2004 年第 8 期。

　　徐水涛将三门峡工程的失败和黄万里的悲剧联系起来作为惨痛的教训进行审视和反思，应该如何正确看待人的主观能动性与尊重自然界客观规律之间的关系，怎样防止决策思路和决策程序脱离理性的轨道，怎样避免压制反对意见和排斥"另类声音"，在政治权势和科学真理之间，知识分子应如何取舍等问题的提出与思考，给人以沉痛而深长的思想启示。下面这段警示性议论尤为精辟深刻。

　　　　决策，特别是关乎国计民生、投资巨大的公共工程的决策，从来都是一个复杂的过程，需要广泛听取各种意见，需要严谨的科学论证，需要决策者权衡利弊、排比得失、趋利避害，应对各种可能的挑战，需要断然摒弃一厢情愿、好高骛远和急功近利的思想。①

　　报告文学作家们用无数的事实揭露了生态危机表征下的社会生态痼疾，对其病理症状、毒害作用等进行无情解剖，开出猛药，以引起全社会疗救的注意。

　　2. 反省人性扭曲与精神危机的病根

　　人类在征服、掠夺、戕害大自然的行为中，暴露出自私、愚昧、贪婪、狂妄、野蛮等丑恶本性，也暴露出良知泯灭、是非不明、利令智昏、道德沦丧等精神危机。报告文学作家在揭露反思生态灾难和社会问题的同时，将批判锋芒指向人性扭曲与精神危机的病根，深化了作品的思想蕴含。

　　徐刚在调查中发现，"水污染的不断加剧，除了行政管理上执法不严、有法不依、环保资金奇缺等问题外，还有一个万万不可忽视的因素：人的素质。没有文化的人们，即使能借助现代科技或官倒私倒倒了个腰缠万贯，作为其人的本质却不改野蛮和愚昧，从某种意义上说，他们越富社会就越遭殃。"以旅游现象为例，"只要大车小车开得上去的风景点，哪里不是车水马龙？"当数万、数十万的游客拥挤在名胜景区的时候，"黄山松摇摇欲倒，长白山百泉呼救"，"大摇大摆的中国人一

---

　　① 许水涛：《黄万里与三门峡工程的旷世悲歌》，《炎黄春秋》2004 年第 8 期。

路吐痰、一路扔垃圾、一路攀花折草……"① 每当国庆长假结束，哪个海滩、湖畔、广场不是垃圾成堆？他还发现耕地面积惊人减少和土地荒漠化背后有一个众人忽略的现象——全国四面八方都在兴建高尔夫球场，侵占的多是环境优美、条件优良的耕地或自然生态区。"建一个高尔夫球场所需的土地，少则 20 公顷，多则上百公顷，为了维护高尔夫球场的绿茵草木每年还需施放的大量农药，同时又在污染尚未被蚕食的农民的耕地。"他痛批道：

　　一个高尔夫球场便占去了 240—1200 人的衣食之源。你看高尔夫球场上的那几个小洞洞，像不像一些贪官、公子哥儿、先富起来的大款们的填不满的熏心利欲？②

　　开发商与地方政府之所以无视耕地被破坏被污染、农民利益被侵害的后果，无视中央三令五申的有关政策，就是因为他们为了个人利益、为了本位与局部的利益，漠视国家与民众的利益，为了满足富豪阶层的奢侈生活而不惜牺牲底层百姓的基本生存条件，他们阳奉阴违地做着表面文章却干着权钱交易的勾当。他们的信念、良知、灵魂，在腐败的泥淖里污染、湮没。

　　土法炼磺——用硫铁矿生产土硫黄，再用土硫黄生产硫酸的原始生产方式，会排放大量极度有害的废水和气体，是形成酸雨酸雾的祸根，炼磺区周围数百平方公里的生态环境——江河、土地、庄稼、植物、生物等都会遭受毁灭性的灾难，因此这是一种人类自毁生机的破坏性生产，但在四川省，"国营、集体、乡、个体兴办的土法炼磺炉 1500 多座"，成为世界上绝无仅有的"奇迹"。岳非丘在采访时记录了一位名叫卢本祥的县环保干部和一位炼磺农民的对话：

　　卢：你们炼磺对庄稼、树林、河流的污染好大呀，影响那么多

① 徐刚：《江河并非万古流》，国家环境保护局宣传教育司编《江河并非万古流——环境问题报告文学选萃》，中国环境科学出版社 1989 年版，第 33 页。

② 徐刚：《守望家园　荒漠呼告——土地之卷》，湖南科学技术出版社 1997 年版，第 24 页。

土地，你们考虑过没有？

农民：影响归影响，但我们农民不搞钱啷个富得起来呢？上面不是传达文件，叫我们"富民升位"吗？

卢：你们这样搞下去，要影响子孙后代呀，土地全废了。不长粮食，儿子孙子下一代吃啥？

农民：你这同志才怪哩，你又不是不晓得，俗话说，一代不管一代事。下一代的事我们也管不了那么多了。如果我的儿子没饭吃了，就去偷、去抢、去逃荒要饭嘛。乌梢蛇无脚无爪还要找吃的哩。①

从这个农民的说法中，我们看到尚未摆脱贫穷的农民是无奈可怜的，但也是愚昧麻木的，不由使人想起鲁迅先生对中国农民传统劣根性的批判，可是将近一个世纪过去了，这些劣根性为何依然如厚厚的泥垢包裹住他们的灵魂？

我们在何建明的《共和国告急》里，看到那些为发财急红了眼的"强盗"们，像"鬼子扫荡"一样扑向国有矿山，疯狂地侵占抢夺钨、锡等稀有矿产资源，其野蛮程度令人难以置信。在李晓伟的《黄金场——西部采金狂潮启示录》里，我们却看到更为恐怖、更为血腥的采金大战与亡命厮杀，看到更为残暴、更为黑暗的人性之恶！

20世纪80年代末，十万之众的采金大军如铺天盖地的蝗虫涌进青海可可西里、玛多、曲麻莱、祁连山、大通河、海西雅沙图等地的采金场，这些地区本是我国最需要重点保护的生态圣地，可是猖獗的各路采金队伍将这里的山坡、河谷、草地翻掘得伤痕累累，面目全非。他们以暴力手段对付国家收购黄金的工作队，抢走现金，砸毁汽车，将工作人员"往死里打"……为了争夺金场和利益，"那些金掌柜们都为统辖的金农们配了小口径步枪、半自动步枪、冲锋枪"等武器，大规模的流血械斗经常爆发。红金台——藏有巨大金矿的宝地，成了枪林弹雨下的喋

---

① 岳非丘：《只有一条长江——代母亲河长江写一份"万言书"》，国家环境保护局宣传教育司编；《江河并非万古流——环境问题报告文学选萃》，中国环境科学出版社1989年版，第67页。

血战场，占领者在山上"挖了环形的战壕，修造了坚固的堡垒，堡垒里满是向外的炮眼。乌黑的枪口和饿鹰般的眼睛日日夜夜地向外窥视着"。在一次大规模的真枪实弹的恶战中，"究竟有几人死亡、几人伤残，恐怕永远成了难解的谜团"，但是最清楚不过的是，"一条最富有的金矿矿脉被彻底毁掉了"①。

黄金场是流血的战场，也是肮脏的交易场——走私、行贿、卖淫、赌博……一切寡廉鲜耻、丑恶之极的买卖都在光天化日之下进行着。"变态的享受，畸形的奢侈！这许是从赤贫过渡到暴富之后的一种特殊心态吧。"② 人心荒芜远比生态荒芜更可怕！自然生态的危机归根结底是社会生态的危机，是人性的危机。正是由于物欲横流不止、人心贪婪无度，大自然才遭受灭顶之灾。

（三）绿色救赎的感召力

生态报告文学不能仅止于揭露的呐喊，还应发出生态文明的绿色呼吁。在诸多作品里，作者们都是以两副笔墨书写——用黑色笔墨揭露、批判生态破坏的祸根，用绿色笔墨展开生态文明的建设画卷。

在《绿色宣言》、《中国风沙线》等作品里，徐刚动情讲述了一个个治沙种树的感人故事。

被毛乌素沙漠侵吞的榆林地区，曾有"七沙二山一分田"之称，生态环境极为恶劣。但是榆林人民几十年坚持不懈地造林治沙，"使沙区的林木面积由新中国成立初期的 60 万亩，扩大到沙区造林保存面积 1425 万亩；覆盖率由 1.9% 上升至33.9%。……600 万亩流沙在有了绿色植被后已经固定，140 万亩农田实现了林网化"③。这个数字背后，是榆林人种活一棵一棵树付出的无数血汗！

牛玉琴，"一个像牛一样负重的女人"，1984 年，她和丈夫张加旺承包治理 1 万亩荒沙，夫妻俩每天后半夜就起床出发，背着树苗大汗淋漓地走十几里路赶到荒沙滩，在沙窝里种下一棵棵树苗，再去背水来浇

---

① 李晓伟：《黄金场——西部采金狂潮启示录》，《当代》1991 年第 1 期。
② 同上书，第 107 页。
③ 徐刚：《绿色宣言》，时代文艺出版社 1997 年版，第 410 页。

灌，一天天的辛苦劳累换来 2000 多亩的绿色，但是还有 8000 亩荒沙需要治理，张加旺却得了骨癌，这个心怀绿色信念的顽强汉子，拖着病体，硬是一寸寸、一尺尺地在荒沙滩挖了一口水井，荒沙里的树苗滋润了，张加旺却永远倒下了，长眠在生他养他的大漠深处。牛玉琴把眼泪咽进肚子，把汗水洒到沙地，11027 亩荒沙全绿了，犹如"一个绿梦，一篇宣言"！

大自然给榆林人一个朴素的启示，榆林人却给人类一个意味深长的忠告——"哪有沙漠自己愿意荒秃秃的呢"？"大漠不是无情物"，"沙漠不是万恶之源，"荒芜是人类制造的，只能由人去"还债"！① 只有当人类不再为了眼前的一点利益去砍伐树木、破坏植被，只有当人类真正能够充满爱心地与大自然和谐相处，才能拥有绿色的、美好的家园。

如果说徐刚写于 20 世纪 90 年代的《绿色宣言》，是沙漠儿女筚路蓝缕开辟生路的悲壮宣言，是唤醒了中国人的生态良知与自然情怀的救赎之声，那么 2012 年肖亦农奉出的厚重之作《寻找毛乌素——绿色乌审启示录》，则是一位鄂尔多斯高原赤子以多年的梦想、渴望、深情、热泪谱写的"绿色史诗"，也是"10 万乌审儿女用生命、汗水、智慧以及丰富的想象力、卓越的创造力还有渴求现代美好生活的激情"，创造的震撼世界的"绿色传奇"。② 与陕北榆林地区相比，内蒙古鄂尔多斯高原的乌审旗因为处在毛乌素沙漠深处，其自然环境和生态条件更加恶劣，作者"从青年时期就生活在毛乌素大沙漠里，感到毛乌素沙漠就像一头头巨兽组成的偌大迷宫，不管你走出多远，只要抬头毛乌素沙漠就赫然屹立在你的眼前"。"生活在毛乌素沙漠中的鄂尔多斯人世代被沙所累，代代贫穷。一顶比毛乌素沙漠还重的穷帽子，鄂尔多斯人不知戴了几百年。"③ 20 世纪 70 年代，作者曾是生产建设兵团战士，为囤垦沙漠洒下过青春热血，在"山呼海啸，地覆天翻"的黑风暴中遭遇过九死一生的危险。因此，他以毛乌素人的耿耿情怀，渴望改变这片荒凉落后的土地，始终热切关注着乌审旗的现实命运和改革发展前景。

---

① 徐刚：《绿色宣言》，时代文艺出版社 1997 年版，第 415—421 页。

② 肖亦农：《寻找毛乌素——绿色乌审启示录》，《中国作家》2012 年第 12 期。

③ 同上。

肖亦农在这部长篇报告文学中，以恢宏的历史画卷展现了毛乌素沙漠的沧桑变迁和巨大的今昔差别，记录了半个世纪以来乌审旗人民为治理沙漠、创建绿色家园而进行的艰苦卓绝、百折不挠的奋斗历程。在那些可歌可泣的治沙事迹中，最感动人心的是宝日勒岱、殷玉珍、乌兰斯庆、浪腾花、徐秀芳等"治沙女杰"的故事。和牛玉琴一样，殷玉珍也是一个"像牛一样负重"的感天动地的女人，在苍茫的大沙漠里，她"就像一个弯曲运动的不知停顿的'小逗号'。25年了，多少个狂风呼啸的白天，多少个星斗满天的夜晚，她就是这样孤单单地在大沙漠上播种着生命的绿色……钢铁铸成的钎子，生生被她磨掉了一尺多"。美国自由民基金会的赛·考斯基先生听闻了她的事迹后，不远万里来到她的林地上种树并资助了5000美元，这个美国人拉着殷玉珍的手流着泪说："您是我见到过的最了不起的中国农民。"①

宝日勒岱1957年就开始了她不平凡的壮丽事业——带领乡亲们绿化毛乌素沙漠，那时她才18岁，是乌审召苏木乌兰图娅牧业初级合作社的副社长、共青团支部书记。

> 十几年来乌审召人在宝日勒岱的带领下，在沙漠中栽林20万余亩，种草4万余亩，禁牧封育12万余亩，改良草场8万余亩。实现了宝日勒岱提出的"向沙漠要草、要水、要料、要树"的誓言，更为可贵的是，他们还在治沙实践中，创造总结了"乔灌草结合"、"穿靴戴帽"、"前挡后拉"、"草库仑"等科学治沙方式，在全国的沙区得以推广，并且引起了世界防止荒漠化组织的重视。

这些曾经在贫困中承受苦难的沙漠女儿们，她们呕心沥血的奉献不仅创造了沙漠中的绿色奇迹，也创造了新时代的女性发展奇迹。宝日勒岱曾当选全国劳动模范、三届中央委员、两届全国人大常委，先后担任过乌审旗委书记、内蒙古自治区党委书记；殷玉珍也先后获得了全国劳动模范、全国三八红旗手、全国十大杰出女杰，还有一些殷玉珍听也没听说过的世界组织授予她的荣誉称号。平凡而伟大的女性们"用自己的

---

① 肖亦农：《寻找毛乌素——绿色乌审启示录》，《中国作家》2012年第12期。

生命、汗水和泪水滋润了毛乌素沙漠，才使今天的毛乌素沙漠，这般妩媚，这般苍翠，这般春光无限……"① 她们自己难道不就是一棵棵挺拔坚韧的绿化树吗！

女作家冷梦以"史"的客观纪实和"诗"的炽情描绘将高西沟的壮美图景呈现在我们面前，也呈现给探索科学发展道路的当代社会。陕西省米脂县，"丘陵沟壑区占全县总土地面积的 92.4%，这样一个数字已足以告诉人们，这个国家级贫困县自然环境的恶劣和人们生存的艰难"。然而，让人不胜惊奇的是，"在米脂全境两万多个土丘和 1.6 万多条沟壑中，属于高西沟的 40 架山、21 条沟，4 平方公里土地，全部被绿色所覆盖，远远近近，近山远水，但见林木茂盛，草地葱茏，果林滴翠，宛若一颗绿色明珠，镶嵌在陕北黄土高原的千沟万壑中"。早在20 世纪 50 年代，高西沟就开始以"水土保持"的生态理念改造荒山穷沟；自改革开放以来，高西沟人没有为了快速脱贫致富而掠夺自然资源，反而退耕还林还草，治沟打坝，利用坝地堰窝造田，坚持生态农村建设和生态农业发展的模式。

高西沟又是"一个绿色奇迹"。②

陈桂棣在《淮河的警告》中描述了一个竹林围舍、果园飘香、清风碧水、芳草萋萋的"世外桃源"，这就是位于淮河中段的安徽省颍上县谢桥镇的小张庄，这个有 3000 多人口的村庄建立起了良性的生态循环链，以绿色产业推动农业经济的迅速发展；全村 13 家乡镇企业没有一家有污染；他们将挖沟的泥土建成公园，种了上百种植物和花卉，既可观赏也可出售；增多的鸟群减少了虫害，也减少了农药使用……1991年联合国授予小张庄保护环境"全球 500 佳"荣誉称号。③

小张庄难道不也是一个绿色宣言、一个绿色传奇吗？

报告文学作家用绿色笔墨书写生态文明的绿色宣言，给读者展示出绿色希望——这希望是来自政府与民间、社会与个人的拯救生态、保护环境的呼声与行动。中共十七大报告中，将"经济增长的资源环境代价

---

① 肖亦农：《寻找毛乌素——绿色乌审启示录》，《中国作家》2012 年第 12 期。

② 冷梦：《高西沟调查——中国新农村启示录》，《北京文学》2006 年第 8 期。

③ 陈桂棣：《淮河的警告》，陈桂棣、春桃报告文学集《调查背后》，武汉出版社 2010 年版，第 257 页。

过大"作为一个突出的困难和问题提出来，强调"加强能源资源节约和生态环境保护，增强可持续发展能力"这一基本国策的重要意义①；十八大报告第八部分专题论述"大力推进生态文明建设"这一重要任务，提出了"建设美丽中国"的愿景，这也是最感动我们的"中国梦"！习近平告诫全党全民："生态兴则文明兴，生态衰则文明衰。"②此语意深旨远。由此可见，报告文学家的苦心、忧思和梦想同党中央息息相通，报告文学为生态文明的鼓与呼成为这个时代的强音。

---

① 胡锦涛：《高举中国特色社会主义伟大旗帜　为夺取全面建设小康社会新胜利而奋斗——在中国共产党第十七次全国代表大会上的报告》，《人民日报》2007 年 10 月 25 日。

② 引自王丹《生态兴则文明兴　生态衰则文明衰——生态文明建设系列谈之五》，《光明日报》2015 年 5 月 8 日。

第九章 "民生问题"报告文学的
价值维度

　　"民生问题"报告文学是在社会转型时期、在新的历史语境和时代氛围中产生的积极文学现象。中国社会转型过程中暴露出来的旧有体制弊端、利益调整产生的各类矛盾与冲突、伴随深化改革层出不穷的新问题、社会普遍存在的道德困境与精神困惑……不仅是国家上层建筑领域高度重视的形势大局，也是整个社会意识形态亟须深入关注探讨的关系到中国发展方向的重大新课题。"民生问题"报告文学是以自觉的文学使命意识参与这一新课题的探索，对深广复杂的现实生活进行清醒冷峻的洞察和判断，以社会调查者、现实目击者、民生体验者、真相揭示者、历史反思者等多重身份担当写作责任，以丰厚的题材容量和思情内涵、强大的真实性震撼力、鲜明独特的文体品格与审美精神，建构了报告文学在当代社会文化背景下重要的价值维度。

一　报告文学文体品格的彰显

　　报告文学既然已经成为独立的文学种类，就必然要具备自身鲜明独特的文体品格与审美理想。文体研究者们之所以提出"文体品格"这一概念，乃是因为相对于文体显在的体裁属性，"品格"所强调的是作为思想文化之载体的文体，其存在的价值判断依据和内在精神品质格调。因此，"文体品格"也体现出文学审美理想所期望达到的较高境界。

(一) 报告文学的文体品格确立

"产生报告文学的时代,就决定了报告文学的特质。"[1] 报告文学诞生于历史激变、社会动荡、现实严峻的时代,是那些富有正义感、社会意识和人道主义情怀的作家们,发现现实中的"丑恶"与"恐怖","面对着人类的悲哀,想要哭泣,想要叫喊"而自觉选择的写作方式——这是报告文学的奠基者、捷克作家基希深刻的创作体会,他道出了报告文学文体产生的根本原因。基希强调说:报告文学要"不加任何润饰地把这些事实传达出来","必须显示出真实性——完全是真实的东西这一点不可。"这就意味着,经得起检验的"真实"要求作者为深入的调查采访付出更为艰辛的劳动,同时要为探求真理承担更大的危险甚至付出巨大的代价,甚至甘愿承担"政治煽动家"的罪名,所以基希给"报告文学"的定义是:"一种危险的文学样式。"但作为文学,也不能失去艺术特质,因而他又特别指出:"必须把它作为是艺术文告——艺术地揭发罪恶的文告。"[2] 此外他在《地方通信员的实践》一文中,对报告文学作家提出三个必不可少的条件——"毫不歪曲报告的意志,强烈的社会的感情,以及企图和被压迫者紧密地联结的努力。"[3] 今天看,基希关于报告文学特质的真知灼见虽然没有形成完整的理论体系,也存在时代的局限,但其生命力与影响力非常强大,中国早期报告文学的理论建构,主要是以基希的观点为基石。胡风 1935 年撰文将"速写"与"杂文"相提并论,探究它们之所以"在新文学里面形成了一个重要的存在"的根本原因,他指出:"剧激的社会变动所掀起的瞬息万变的波纹,使作家除了在较大的规模上创造综合的典型外,还不能不时时用特殊的形式来表现他对于社会现象的解剖和态度,运用他底锐敏的锋芒和一切的麻木混浊相抗","批判地纪录各个角落里发生的社

---

[1] 李广田:《谈报告文学》,《文学枝叶》,益智出版社 1948 年版,第 138 页。

[2] [捷克] E. E. 基希:《一种危险的文学样式》,是作者 1935 年在巴黎举行的国际作家拥护文化大会上的演讲,引自基希著《论报告文学》,贾植芳译,泥土社 1953 年版,第 6—7 页。

[3] 参见日本"左"翼文艺理论批评家川口浩的《报告文学论》,沈端先译,《北斗》第 2 卷第 1 期,湖风书局 1932 年出版,第 242 页。

会现象，把具体的实在的样相（认识）传达给读者。……它底特征是能够把变动的日常事故更迅速地更直接地反映，批判。"① 茅盾肯定了这一看法，他重申："'报告'作家的主要任务是将刻刻在变化、刻刻在发生的社会的和政治的问题立即有正确尖锐的批评和反映。"②

自 20 世纪 30 年代以来，关于报告文学本质特性的探讨与论争已经持续了 80 多年，沿用多年的是传统的"三性"说——新闻性、文学性、政论性；新世纪之后王晖教授提出了新"三性"——非虚构性、文化批判性、跨文体性；章罗生教授又提出新"五性"——主体创作的庄严性、题材选择的开拓性、文体本质的非虚构性、文本内涵的学理性、文史兼容的复合性。③ 报告文学的文体属性及其阐释空间随着社会的发展变化而实现新的拓进，这是必然规律。但若阐释报告文学存在的根本理由，从理论渊源看，基希对报告文学最核心的、最本质的品格塑造，依然是不可动摇的基石。

20 世纪 90 年代，在多元文化共生的环境中，特别是大众文化强势占领中心地位、产业文化掀起趋利风气的境况下，当代文学面对价值选择的迷惘，一些流行艺术疏离现实，过度追求娱乐化，存在庸俗、低俗、媚俗现象。虽然报告文学坚守"庄严写作"阵地，但创作中也出

---

① 胡风：《关于速写及其他》，《文学》第 4 卷 2 号，生活书店 1935 年版，第 284—285 页。

② 茅盾：《关于"报告文学"》，《中流》第 1 卷第 11 期，上海杂志公司 1937 年出版，第 621 页。

③ 传统"三性"：是伴随报告文学的产生和发展而显示出的鲜明特性。因为报告文学脱胎于新闻文体，所以新闻性是其与生俱来的特性，故报告文学也被称为"通讯文学""速写"；文学性是早期报告文学作家与理论家从传统文学观念出发对报告文学的"艺术"手法和效果的强调，比如形象生动的描写、鲜明的语言风格等。基希、皮埃尔·梅林、胡风、茅盾、周钢鸣等在相关文章中都论及报告文学的新闻属性与文学艺术的要求。早期报告文学理论阐释比较一致地、特别突出地确立了这一文体最本质的品格——批判性。在 20 世纪 70 年代末，尹均生等学者提出"政论性"——主要指报告文学的政治性议论或评论，形成独特的审美价值。

新"三性"：王晖在专著《百年报告文学文体流变与批评态势》中指出传统"三性"的局限，真正从文体学语域对报告文学文体作出再阐释；对其本质内涵进行了较大的拓展，赋予文体新的张力空间（吉林人民出版社 2003 年版，第 13—20 页）。

新"五性"：详见章罗生著《中国报告文学新论——从新时期到新世纪》（第四章"新五性"：文体特性与价值规范），湖南大学出版社 2012 年版，第 137—190 页。

现一些令人担忧的不良倾向，其应有的文体品格和社会功能存在被瓦解的危机。面对这一危机，评论家周政保再次强调报告文学最核心、最本质的品格，他指出："那是一种敢于向邪恶宣战的前沿品格，或一种独立思考的既吻合潮流又体现公众利益的社会文化精神"，"其前沿性或现实针对性，特别是那种关注社会问题及国计民生的品格，那种绝不回避生存矛盾与致力于社会进步的精神，无疑是这一文体从它诞生之日起就被确定了的创作宗旨，也是它的'表情'或'性格'。"①

无论过去还是当下，报告文学与社会生活之间所形成的敏感、直接、密切的关系，是其他文学门类所不及的，正因为如此，任何历史时期，如果报告文学能够震撼社会、深入人心、传达民族精神，一定是充分彰显出了其根本性的品格力量和理想光芒。

（二）参与现实、担当道义的热情与良知

从报告文学产生与发展的历程，可以断定：报告文学的写作动因，不是来自历史积淀的宗教文化动力，也不是来自天才灵感的迸发和推动，而是完全来自时代的感召，来自正义、良知、责任的驱使。报告文学的写作立场，不是站在党派立场，也不是站在自由主义或个人主义立场，而是完全站在全人类公平正义的立场。报告文学的写作姿态，不是在悠久的文学遗产中接受洗礼和启迪，不是苦心孤诣地打造经典，而是完全置身于汹涌澎湃的现实洪流中，体验历史裂变的剧痛，把握时代的脉动，追踪社会前进的步履，传达出人民的呼声与诉求。

报告文学的主体品格首先表现在创作主体的现实参与精神。参与精神体现了现代社会人的主体意识的觉醒和强化，并用以指导人的社会实践和现实干预，是一种积极的现代性品格。所以，报告文学作家的现实参与不仅仅是身体力行的实践活动，更是一种精神存在方式。他们自觉地摒弃虚伪的、功利的姿态和企图，以诚实的态度、公正的立场和真切的情感置身于现实深层，观察、考察、发现，感受、体验、判断，那些灼热的、充满冲击力的现实波流激荡着他们的灵魂，从而感悟着、思索

---

① 周政保：《"非虚构"叙述形态：九十年代报告文学批评》，解放军文艺出版社1999年版，第1—2、28页。

着那些与事实真相密切关联的意义——不仅是现实的意义，还有历史的意义、精神的意义、审美的意义。

优秀的报告文学家必须站在时代前沿，必须具有深重的历史责任感，担当道义，伸张正义，揭露黑暗，批判丑恶。鲁迅先生说："真的知识阶级是不顾利害的……他们对社会永不会满意的，所感受的永远是痛苦，所看到的永远是缺点，他们预备着将来的牺牲。"[①] 报告文学作家就应该是这样一种真正的知识分子代表——具有不依附于任何权贵势力的独立人格，具有洞察社会的敏锐目光和剖析社会的深刻思想，他们对一切不公正、不平等的社会制度与野蛮文化永远保持着高度的警觉，永远进行着毫不妥协的干预与批判。

自 20 世纪以来，参与现实、担当道义的热情与良知促使一些有志之士跨越国界、克服文化隔阂，为世界正义而进行国际报告文学写作。约翰·里德、埃贡·爱尔文·基希、埃德加·斯诺、君特·瓦尔拉夫等著名记者和作家始终坚定地站在全人类的立场上激扬文字，鞭挞丑恶，歌颂光明，为后世留下了他们的不朽之作——《震撼世界的十天》、《秘密的中国》、《西行漫记》、《最底层》等，赢得了世界声誉。

中国报告文学从早期萌发阶段所洋溢的思想启蒙热情，到抗日战争时期所高涨的政治救亡义气，再到十年动乱终结后所迸发的文化批判激情……也无不高扬强烈的现实主义精神。

当形式主义、自由主义、时尚化、娱乐化写作既为抛弃了"文以载道"的传统枷锁而狂欢却又为价值取向的泛化而迷茫的时候，报告文学却赋予"文以载道"以新的内涵。显然，报告文学所载之道，绝不是"五四"时期新文化战士们猛烈抨击的封建道统，也绝不是任何政权强硬推行的思想道德。报告文学所要积极主动担当的，乃是正义之道，真理之道，人之道。

近 20 年，当社会体制弊端与结构缺陷产生的现实矛盾越来越剧烈，当不公平机制导致的贫富悬殊现象越来越突出，当不合理、不平衡、不和谐的发展模式下的民生问题越来越复杂，报告文学作家以敏锐的眼光

---

① 鲁迅：《关于知识阶级——十月二十五日在上海劳动大学讲》，《鲁迅全集》第 8 卷，人民文学出版社 1981 年版，第 190—191 页。

发现极为严峻的"三农"困境，无比沉重的新"三座大山"压迫，触目惊心的生态环境污染与破坏，悲哀无奈的"蚁族"命运，泛滥成灾的毒食品祸患……他们克服种种艰难险阻，进行历时长久的田野调查，介入矛盾、揭露真相、戳穿谎言、反思根源，为中国最庞大的弱势群体呼告，为人民的根本权利代言。黄传会之所以被称为"反贫困作家"，徐刚、李林樱、哲夫之所以得到"环保作家"的美誉，周勍之所以自诩为"扒粪作家"，都证明了一个共同的事实——他们把自己的创作生命完全投入与国计民生息息相关的现实领域，而且他们对现实的深度介入和精神参与，不是一两年、三五载，而是十几年甚至是大半生；他们如此执着、如此奉献不是为了让自己的文学成就举世瞩目，而是为了让良知和道义赢得全人类的支持！

担当道义的热情与良知使报告文学作家常常不顾个人的安危与得失介入现实矛盾或置身于危险境地。著名报告文学作家蒋巍在《你代表谁？——唐维君：决死农民的悲惨际遇》中，是以这样一段令人诧异、惊骇的文字开头的：

> 绝不是危言耸听。本文所述的案情能否引起公众和有关部门的重视，关系到本文主人公唐维君的生死存亡。他觉得他太苦太累了，没指望了。为求得生存的权利——也就是一个农民种地的权利，从黑龙江的边远县城到首都北京，他奔波在告状之路上整整5年而毫无结果。此刻，2003年的春绿已经悄然绽放枝头，谈到再过一个月就应该播种了，而他无钱无力做一个农民应该做的事情，枯瘦如柴的唐维君在我面前又一次哽咽难言。他的眼神充满绝望。现在，求助舆论的呼吁和支持，是他活下去的最后一线希望。如果他等来的依然是冷漠、推诿、谎言和毫无实效的成堆公文（目前已有半米高），他决定在2003年的某一天，把100份诉状撒出去之后，在地处哈尔滨市花园街的黑龙江省委大院门前剖腹自决。①

---

① 蒋巍：《你代表谁？——唐维君：决死农民的悲惨际遇》，《报告文学》2003年第7期。

蒋巍是在一次偶然的情况下"触碰"到唐维君的案情。2002 年 12 月的一天，被逼无奈的唐维君和律师蒋媞怀着最后的希望，千里迢迢来到北京农业部上访，他们站在寒风中与农业部种植业管理司种子处干部 L 同志通了快半个小时的电话，对方始终没让他们进入农业部的大门！次日他们再次给 L 同志打电话，依然被冷漠拒绝。本来与此事毫无干系的蒋巍在一旁实在听不下去，于是拿过电话，听得出 L 同志很烦，很恼火，他最后说了一句："你们纠缠我们有什么用？"一下子刺痛了蒋巍的神经，他愤怒地讥讽道：

> L 同志脱口而出的"纠缠"这个词，用得真是妙极了，恰到好处！它不仅揭示了某种作风的本质和极致，代表了某些政府机关公务员嫌老百姓拿些"鸡毛蒜皮"的事情来"找麻烦"的一种极不耐烦的情绪，同时也透露出人们对我国现行体制的弊端之一——县官不如现管——的无奈。如果堂皇而优雅的大机关里没这类"麻烦事"，只有阳光、茶水、晚报、聊天，只有笔挺的西服革履和端庄的会议和公务，再加一点遥远而刺激的来自本·拉登或美国佬准备攻打伊拉克的新闻调料，周末偶尔与三五好友聚聚餐，该是多么惬意和轻松。

蒋巍敏感地联想到，"此时党的十六大刚刚闭幕 10 天，全国上下正在热火朝天地学习贯彻'三个代表'重要思想"，于是很不客气地回敬 L 同志："冷漠的衙门，你究竟代表谁？!"[1] 他把这个不幸的农民请到自己家里住了许多天，在了解到因为乡政府卖给唐维君假冒伪劣种子导致他血本无归、倾家荡产的冤情后，他拍案而起，决定介入此案。[2] 这位决死农民已经无路可走，"谁来给唐维君一条生路？"作者内心充满焦虑和悲愤，想到一个无权无势的作家要以文学的方式去挽救决死农民和他的全家老小，他又深感沉重和沉痛，特别是唐维君案正处在复杂而

---

[1] 蒋巍：《你代表谁？——唐维君：决死农民的悲惨际遇》，《报告文学》2003 年第 7 期。

[2] 见李朝全《文学的光芒：思想、激情、文采——评蒋巍近作兼谈报告文学三要素》，《中国艺术报》2010 年 9 月 14 日。

敏感的关头，作者十分清楚自己面对的麻烦甚至危险。尽管如此，不能袖手旁观的责任感与为民请命的使命感还是成为强大的创作动力，《你代表谁?》经《报告文学》杂志发表后，在广大读者和社会各界引起强烈反响，中央电视台"新闻调查"组于9月奔赴黑龙江省，将唐维君的遭遇拍成专题片《无果的种子》播出，中共中央办公厅致电编辑部索要该文，国务院领导对《你代表谁?》一文作出重要批示，坑害农民唐维君的当地有关干部已经被停职检查，对唐维君的赔偿正在协调中。①

唐维君虽然得到经济赔偿，但是命运并没改变，而且还有无数的唐维君正步履艰难地走在看不到尽头的上访路上。因此，蒋巍虽然完成了一部报告文学的创作，却不能卸下关注民瘼的永久责任，他对记者说："群众利益无小事，人民利益不容侵害，他将对此案关注到底，追问到底。"② 2011年蒋巍在他的长篇报告文学《泣血的"草根声音"——北大荒垦区上访问题调查》（《中国大纪实》2011年第8期）中，继续披露唐维君"没有完结的悲剧和不见终结的逃亡"，并且对北大荒垦区和唐维君有着相似遭遇和相同命运的上访群体进行更为深入的调查，揭露了更为复杂严重的矛盾与问题。在《你代表谁?》中，作者已经洞见到："本案的严重性及其所具有的警醒意义，已经远远超出农民唐维君个人的悲剧性命运。"③ 显然，这部长篇作品再次验证了他的洞见。由此我们看到——报告文学的现实参与和道义担当与人民需要的密切关联，报告文学的良知写作与文学价值取向的根本关系。

（三）批判锋芒与理性精神

毫无疑问，当报告文学作家以干预现实的自觉和责任进行写作之时，他的文本必然充满了现实忧患意识和社会批判倾向。当然他写作的最终目的不是停留于忧患与批判，而是在理性精神的烛照下实现文学的思想审美价值与精神关怀意义。社会批判性与理性精神是报告文学作为独立的文学样式必有的品格，也是其价值选择与价值判断的重要依据。

---

① 见卓伟《报告文学〈你代表谁?〉引起强烈反响》，《报告文学》2004年第2期。

② 同上。

③ 蒋巍：《你代表谁? ——唐维君：决死农民的悲惨际遇》，《报告文学》2003年第7期。

　　中国当代文学曾在相当长的时期内将"暴露阴暗"视为"禁区"，将"批判"与"歌颂"对立起来并且上升到政治立场的高度进行规范，因此那些批判现实的文学创作反而常常成为政治批判的对象。新时期之后"禁区"消除了，"批判"的禁锢也打破了，但是它们依然是"敏感地带"和"危险方式"。危险不仅来自被暴露、被批判的势力，也来自意识形态领域的敏感戒备，担忧暴露对安定的不利、批判对和谐的破坏。对此，报告文学评论家李炳银指出："批判的态度并不一定就是消极的态度，更不能把批判性简单地视为破坏性。在许多时候，批判正是一种进取，是一种建设，是勇敢的探求。"①

　　《中国农民调查》、《失去土地的人们》、《根本利益》等作品，通过对农村发生的一系列令人发指的血腥案件的真相还原，揭露农村一些基层干部与黑恶势力勾结起来，他们侵占土地、横征暴敛、敲诈勒索、草菅人命，而被欺压的弱势农民求告无门、上访无果，稍有反抗就被抓被打、流血丧命！这些文本提出了振聋发聩的问题：为什么鱼肉百姓的恶霸村官们能够横行妄为？为什么农民的抗争要付出如此惨烈的代价？王法何在？正义何在？批判锋芒直指罪恶的渊源——"权大于法"、"人治僭越法制"现象背后的体制积弊与丑恶的封建宗法文化心理。

　　何建明的长篇报告文学《根本利益》本是"歌颂"之作——山西运城市纪委副书记梁雨润（后任山西省信访局副局长）是一位全心全意为人民服务的"百姓书记"，心里装着底层群众的疾苦，把人民的根本利益放在工作的第一位。他处理了多起骇人听闻、久拖不决的大案、难案，为民伸张正义、除害去弊。但是透过这些大案中受害百姓的悲剧，透过上访事件背后无数身心被摧残、尊严被践踏的弱者的泣诉，毫无疑问地可以断定，作者血热情炽书写的也是尖锐而深刻的批判文本。

　　在梁雨润处理的几个棘手大案中，最让人惊悚骇然的是畅春英一家的悲剧。畅春英是运城河津市小梁乡胡家堡村的农民，1989 年的一天，她的儿子姚成孝在村口的路上与村支部书记的两个儿子因小事发生冲突，竟然被他们活活捅死。死者悲痛欲绝的父母无法接受这从天而降的

---

　　① 李炳银：《生活与文学凝聚的大山——对报告文学创作的阅读与理解》，《文学评论》1992 年第 2 期。

灾祸，更不能接受法院的从轻判决（主犯只判 12 年，从犯 3 年）。为了使惨遭杀害的儿子能在九泉之下合上眼，畅春英和丈夫将儿子的棺材放在家里，老两口开始上县城、跑运城、奔太原上访申冤，光北京就去过 4 次。因为常年奔波在上访路上，使他们贫困潦倒，疾病缠身。1996 年，畅春英的丈夫在上访的回程路上猝死，从此，畅春英的家里又放进老伴的棺材。[①] 世人谁能想象，一个悲愤无告、凄苦无助的老妇陪伴亲人的尸体过活的惨状和感受，整整 13 年，如同在地狱中煎熬。试问，如果畅春英没有找到梁雨润这个好书记，她儿子、丈夫的棺材还会在家里停放多少年？会不会一直等到她自己也躺进棺材？为什么其他的领导干部不能设身处地体察畅春英已经陷于绝境的苦难，反而将她的一次次上访视为"不安定因素"而以敌视的态度提防甚至压制？可以说，在梁雨润这样一个爱民、亲民、维护弱者的权利与尊严的好官背后，有太多的欺民、伤民、剥夺弱者的权利和尊严的恶官、贪官、庸官。这正是批判矛头指向的问题根本。

如果说畅春英案比虚构的小说更离奇，也是罕见之事，那么前文所说的唐维君案却是非常普通却也非常普遍的"农民悲剧"。

穷困饥饿中长大的唐维君是黑龙江呼兰县莲花乡的本分农民，他的人生原本平常，没有什么传奇的故事，但是他的遭遇却是中国农民命运的一个缩影。得益于改革开放的好政策，唐维君一家人靠流血流汗的勤劳苦干实现了脱贫致富。1995 年他被黑龙江省北部高寒地区呼玛县政府的一份关于开发"五荒"优惠政策的红头文件所鼓舞，举家迁往呼玛县北疆乡铁帽山四队，在茫茫大草甸子里开始垦荒创业。难以想象的艰辛困苦换来的是收获的喜悦和美好的发展前景。然而，接踵而至的厄运却不费吹灰之力毁灭了唐维君的所有希望。先是政策说变就变，原来红头文件上写的是："承包、租赁或购买'五荒'资源，5 年内免收农业税、统筹费、草原管理费、水资源管理费，缓收土地管理费，从第 6 年开始按联产承包责任制履行各项义务。"北疆乡政府突然又出新文件决定对所有开荒户加收"承包费"，他们通过各种手段，将唐维君等开荒农民的"承包费"扣下，没给任何凭据。当农民们上访要个"说法"

---

① 见何建明《根本利益》，作家出版社 2008 年版，第 5—7 页。

时，主管农业的副县长臧士富竟然对他们口爆粗言："你说骗就骗了，不愿意干就走人！""你别鸡巴跟我瞎嘞嘞，愿意待就待，不愿意待就给我出去！就这么定了，你们乐意上哪儿告就告去。"当地某些官员和权力机关欺压百姓、坑害人民的丑剧就这样拉开了序幕。

北疆乡要求各农户大规模种植油菜，并通知他们到乡里买种子，乡长高继有忽悠说"亩产可达200多斤"。农民们买到手的是没有"三证"（即质量合格证、检疫证、经营许可证）和产品说明书的种子，唐维君发现种子有问题找到乡长要求退货被拒绝，只好用筛选后的近5000斤种子播种了1590亩油菜，结果基本上颗粒无收，其他农户的情况也一样。残酷的事实已经摆在眼前：政府卖给他们的是假冒伪劣种子。从此，唐维君倾家荡产、负债累累，开始了漫长痛苦却又看不到希望的维权历程。在这个过程中，"弄权贪利、文过饰非、官场人情、官僚主义、形式主义这类丑恶现象"暴露无遗；"正义与邪恶，良知与冷漠，人情与法律，事实与谎言，时时处处进行着激烈的对撞与搏击。"①

作者冷静客观地记述唐维君从受害到四处告状的始末，从乡政府、呼玛县工商局、县农业局、大兴安岭地区种子管理站、黑龙江省农委种子管理局、省人大常委会、省检察院……唐维君的案子被当成"皮球"踢来踢去，拖了5年不能妥善解决。这么一个原本简单的案子在政府职能部门推来推去的扯皮中变成"老大难"，矛盾越来越激化，干群关系越来越对立。

面对唐维君的巨大损失和生活惨状，那些满口"三个代表"的党员干部们却毫无内疚和自责。政府卖"三无"种子给农民"本来就是非法经营，又层层加价，卖的又是假冒伪劣种子，给农民造成灭顶之灾。这些主管农业的部门，作为知法者和执法者，公然干着如此恶劣的违法行径，在造成严重后果之后，又对农民遭受的灾难如此冷漠"。作者再次愤怒地质问："你们究竟代表谁？"他尖锐地指出："奇怪的是，某些被百姓视为'强力部门'的办案机关面对这样一个普通得不能再普通的案子，又软弱得出奇，低能得出奇。这究竟是为什么？归根结底，因

---

① 蒋巍：《你代表谁？——唐维君：决死农民的悲惨际遇》，《报告文学》2003年第7期。

为受害的不过是一个不起眼的'草民',为他得罪官场上的大小同道们,值吗!"作者进一步谴责道:"在唐维君的告状经历中,我们看到的是某些单位和部门是如何官官相护,如何顽固地维护部门既得利益,如何胆大包天地颠倒黑白、欺上瞒下、推诿责任、对抗上级、拒不纠错!"[1]

唐维君的悲剧就是底层弱势群体的共同悲剧。蒋巍不是站在"事后"的旁观者角度为完成一部作品而写作,而是作为介入者、担当者为唐维君申诉、呐喊!也为广大农民代言。

在医疗行业、教育行业、房地产行业、食品生产销售行业、生态环境领域,也存在一系列的触目惊心的罪恶事件,在这些"黑洞"里暴露出法制建设不健全、腐败重灾难遏制、道德堕落无底线等严峻现实。这一切构成社会不和谐的危险因素。报告文学以无畏的勇气和胆略毫不留情地揭露黑暗与丑恶,批判权贵,笔锋犀利,思辨强劲。同时,报告文学也以更具现代意识的理性精神审视、检讨社会发展中公平原则的缺失和科学理念的扭曲,吁求强化保障公民合法权益的法制观念与意识,呼唤以人为本,只有建构法理社会,才能拥有和谐社会。

(四) 真实性的强劲生命力

报告文学作为非虚构的叙事文学,向传统的虚构文学提出挑战的最大资本就在于丝毫不可动摇的真实性原则。

报告文学所强调的真实性,是贯穿于"写什么"和"怎么写"的全部创作活动——从题材发现、选择到叙事形态规范,从思想旨归确立到精神内涵、审美价值取向,以及文本的影响实现等,都必须以真实性为最高原则。

题材真实是报告文学的生命基石。报告文学观照的现实对象是客观真实的存在,当选定的现实对象转为叙事对象时,所有涉及的人与事都应该是确定无疑的实有之人和实有之事。所以,报告文学的创作题材完全来自作者现实参与的发现,在此基础上需要作者通过进一步的田野调

---

① 蒋巍:《你代表谁?——唐维君:决死农民的悲惨际遇》,《报告文学》2003年第7期。

查、现场采访或严谨科学的文献资料研究全面把握题材，而在搜寻、集合、整理、审度、判断有关资料时要秉持客观的态度，最大限度地去伪存真，使题材具备可靠的真实性。报告文学叙事形态的规范即是"非虚构"文体的写作伦理，作家在对事件人物进行叙事描述时，绝对排斥虚构手段。需要特别指出的是，客观存在的真实在经过主观判断认知和表现时，必然受到主观水平的限制、影响，甚至存在被扭曲的可能。人们对于客观的、发展变化中的事物的认识往往存在片面性、局限性、虚伪性。因此，为了克服片面性、局限性和杜绝虚伪性，报告文学创作从"题材真实"到"表现真实"需要作者付出更大的才智与劳动。

报告文学的文本思想旨归有别于虚构类文学，就小说而言，无论是持现实主义或现代主义创作方法，作为虚构文本，一般是通过形象的典型化艺术创造、通过叙事结构策略、通过象征、变形、魔幻等方法，含蓄、繁复、隐晦地寄托寓意，旨归形成多维的张力，精神内涵以及审美价值取向也具有多元空间。而报告文学的思想旨归及精神内涵、审美价值受到事实的真实性限定，因此创作主体对文本的思想抽象与寓意寄托必须恪守尊重事实的原则，还要力求抵达事实的本质，使自己的思想、认识、精神高度统一在探求真理的自觉中，唯有如此，才能够最大可能地实现其特有的、建立在真实品格之上的思想价值与审美意义。

报告文学的真实性决定了文本影响的信誉诉求，涉及叙事者对文本接受者的影响态度是否建立在"不虚美"、"不隐恶"、"不矫情"、"不煽动"的立场原则上，也涉及作品在社会上产生的效果不是以哗众取宠为目的的道德准则。因之于报告文学创作与现实社会的敏感联系，报告文学所传达的内容应该在更大的时空范围内经得起检验。

法国作家皮埃尔·梅林强调：报告文学的真实，"应该是达到现代社会科学知识的高度的，它应该由描写世界的人们用全部社会的及艺术的精确手段画了出来"①。"科学高度"、"精确手段"就是从根本上切中报告文学"材料真实"与"表现真实"这两个至关重要的支撑点。因此，这就要求报告文学作家既要做一个辛勤的勘探者、一个亲历体验

---

① ［法］皮埃尔·梅林：《报告文学论》，徐懋庸译，《文学界》创刊号，上海光明书局1936年出版，第220页。

者，还要做一个敏锐的判断者、一个严谨睿智的思想者。当作家深入现实考察、采访、调研、体验，获取了客观事实依据之后，并不是只需将事实材料忠实地写进文本就能够确立报告文学的真实性价值。"真实是一种判断"，"因为对世界的感知、认识和判断有无限的角度、侧面和方式，报告文学作家介入的自由和机会也是无限多样、纷繁复杂的，从而他们作为独立的个体也就可能获得不同的真实效果"①。那么，报告文学作家对报告对象的判断、理解、认识是否可以穿透现象接近本质，也就决定着他对真实性的把握，决定着他为读者提供什么层次的真实性价值。

2000年秋天，陈桂棣和春桃开始对中国农民的生存状况进行田野调查，"决心为中国这个最大的弱势群体做些事情"②。随着调查的深入，"三农"问题的严峻与复杂使他们震惊之余，也"不止一次地怀疑起自己的能力和勇气，怀疑如此重大而敏感的课题，作家能够胜任吗？"但是他们坚持了下来，因为多年的创作求索和经历使他们敏锐地意识到："文学对社会的责任不是被动的，它不应该是生活苍白的记忆，而是要和读者们一道，来寻找历史对今天的提示；因为中国的明天，只能取决于我们今天的认知和努力。"③ 这一高瞻远瞩的目标使他们坚定了信念。面对纷繁复杂的现实，最重要的是深度探寻、思考"三农"困境的根源，因此就绝不能以高高在上的作家身份、以旁观者的姿态做一些浅表的现象调查。他们是以农民后代的身份回到父老乡亲中间，目睹并感同身受地体验了农民在重负下生活的艰难、抗争的无望；他们以正义担当者的责任追究那些冤案、惨案的真相，谴责恶霸村官欺压百姓、残害无辜的罪行；同时以体制弊端的质疑者、批判者的鲜明立场针砭政策缺陷、揭露腐败祸患、讨伐不正之风；他们还以寻找农民出路的探索者的严谨态度与理性精神投入研究，阅读了大量的文献资料，走访了从

---

① 周政保、韩子勇：《真实是一种判断——现代报告文学的理论对话》，《文艺评论》1989年第4期。

② 陈桂棣：《携手为无声者发出声音（代序）》，陈桂棣、春桃《调查背后》，武汉出版社2010年版，第6页。

③ 陈桂棣、春桃：《中国农民调查·引言 在现实与目标的夹缝中》，人民文学出版社2004年版，第6页。

中央到地方的一大批从事"三农"工作研究和实践的专家及政府官员。在这样长达两年的调查、体验、探究的过程中，多重身份的换位感知与思考，多维视角的移动观察或聚焦观照，拓深拓广了现实认识的空间，因此他们面对大量的、错综复杂的事实材料才能够进行冷静而理性的判断、分析、抽象、综合。34万言的《中国农民调查》，按照"发现'三农'困境、呈现严峻事实——揭露惨案真相、提出尖锐问题——反思历史积弊、批判现实痼疾——探索税费改革、透视功过是非——忧患'三农'前景，呼唤改革深入"的逻辑结构展开，材料的翔实丰富、思想蕴含的深刻厚重以及语言的精确犀利形成这部作品强大的真实性生命力。

著名文学评论家何西来先生高度评价了陈桂棣、春桃"正视现实、直面人生"的写作态度和"秉笔直书"的胆略，称赞这"是一本把严酷的真实情况推向读者，推向公众的书，是一本无所隐讳地把'三农'问题的全部复杂性、迫切性、严峻性和危险性和盘托出的书"。他坦言自己"受到了巨大的冲击与震撼"①。

这部作品引发"社会各界读者良知上的认同和大家心灵深处的共鸣"，使作者愈加坚信："对国家命运的思考，不只是政治家的专利，也不应局限于官场，应该有来自民间的声音，应该有更多的人为中华民族担当一份责任。"②

二 现实主义精神的新向度

近几年，文学批评界对当前文学艺术中存在的"庸俗、恶俗、媚俗"现象不断发出讨伐之声。早在2004年，评论家李建军读了《中国农民调查》之后，深受震撼，他反观当代小说创作存在的问题，以咄咄逼人的语气质问："这些年来，为什么我们从中国作家的作品中，听不到农民的叹息，看不到农民脸上的泪水？我们的作家为什么离农民那么

---

① 何西来：《序》，陈桂棣、春桃《中国农民调查》，人民文学出版社2004年版，第1—7页。

② 陈桂棣：《携手为无声者发出声音》（代序），陈桂棣、春桃《调查背后》，武汉出版社2010年版，第6—7页。

远？为什么对他们的艰难处境缺乏最起码的了解和关注？"① 2006 年 5 月 12 日，《南都周刊》刊出《思想界炮轰文学界：当代中国文学脱离现实，缺乏思想》激起热烈争议；2011 年 7 月 15 日，《人民日报》发表李舫写的长篇评论《十大恶俗阻碍文艺健康发展》也在读者中产生强烈共鸣。批评者们指出："当下的中国作家已经失去了触摸有血有肉的现实生活的能力和勇气"；"对当下公共领域事务缺少关怀，很少有作家能够直面中国社会的突出矛盾"；"回避崇高"、"情感缺失"、"闭门造车"等已成为损害文艺创作健康活力的严重症结。那么，"在小说等虚构文学热衷于花样翻新、形式变幻、文体试验、'向内转'和'身体写作'之时"，报告文学"更多地承担了反映现实、干预生活、直面人生的任务"②。"我们找不到任何一种文体能像报告文学那样以最直接的方式面对现实。……报告文学是一种最能体现现实主义精神的创作：无法逃避，也无法掩饰，甚至只能自觉地接受现实的挑战。"③ 以《中国农民调查》为代表的报告文学之所以引起巨大的轰动和反响，正在于其高扬现实主义精神，关怀底层疾苦，传达民生诉求，直击社会矛盾，批判丑恶现象。新世纪"民生问题"报告文学的全面崛起，也是现实主义文学的再次异军突起，对于中国当代文学的发展产生了积极有力的推动和影响。

（一） 当代现实主义文学视域中的"民生关怀"

中国历史上经历了十分漫长的农耕社会时期，至今中国也是一个有着 9 亿农民的农业大国。自古以来，中国的民生问题可以说就是农民的生存问题。中国的现实主义文学，也一直是以反映农民的现实命运为主要传统。

在"五四"时期的启蒙主义文学思潮背景下，揭示农民的悲惨处境

---

① 李建军：《写作的责任与教养——从〈中国农民调查〉说开去》，《文艺争鸣》2004 年第 2 期。

② 章罗生、张莉：《在典型叙事中弘扬时代与民族精神——何建明报告文学创作的当代意义》，《湖南大学学报》（社会科学版）2011 年第 6 期。

③ 周政保：《"非虚构"叙述形态：九十年代报告文学批评》，解放军文艺出版社 1999 年版，第 251 页。

和农村的落后凋敝的批判现实之作出现前所未有的高峰——鲁迅的《故乡》、《祝福》、《阿Q正传》等，叶圣陶的《多收了三五斗》，茅盾的《春蚕》、《秋收》，柔石的《为奴隶的母亲》，叶紫的《丰收》，萧红的《生死场》等，这些作品在对农民的不幸与疾苦寄予同情悲悯的同时，也对他们麻木隐忍、封建愚昧、逆来顺受的国民劣根性进行了冷峻审视和批判。

20世纪40—70年代，反映农民争取翻身解放的革命，以农民、农村、农业生产为对象展现社会主义改造与社会主义建设的农村题材创作，不仅是文学必须积极担负的政治任务，也成为作家们的创作使命。在现当代文学史上占据了"半壁江山"的农村题材长篇小说就有丁玲的《太阳照在桑干河上》，周立波的《暴风骤雨》、《山乡巨变》，赵树理的《三里湾》，柳青的《创业史》，浩然的《艳阳天》等，这些作品努力追求"史诗"品格，叙事宏大、主题鲜明，时代气息浓厚，感情基调激昂。不可否认，新中国成立之初作家们对社会主义革命和建设充满理想主义激情，他们热切地希望看到社会主义新农村改天换地的发展，因此他们特别主动地深入农村体验生活，特别真诚地讴歌农村的新人新事新面貌。像赵树理、柳青这样优秀的人民作家，他们对"三农"的感情更深沉，书写历史的责任感更强烈。柳青举家迁出京城，落户陕西皇甫村，长达14年的岁月里与农民同甘共苦，这种精神令人感动和敬佩。遗憾的是，特定的历史语境和文化规范制约着作家们对农民的个人情感表达，因此他们的农村题材创作无法避免"政治责任"要求下的主题选择或者主题先行；他们不能全面真实地揭示农村的诸多现实矛盾和大多数农民在社会变革中并未摆脱贫穷生活的实际境况，而是必须紧紧围绕在农村进行的政治运动（土改、农业合作化、"大跃进"、人民公社等）展开"两个阶级、两条道路斗争"的革命叙事，在光明的底色上描绘农民走上社会主义康庄大道的胜利喜悦。"自上而下"的精神导引决定了作家"写什么"和"怎么写"。那么，即使在农村题材的经典之作中，依然程度不同地存在激进主义倾向，甚至存在虚假的、概念化的人物形象，严峻的"三农"问题被遮蔽，或者只能在一些"落后人物"形象中得到曲折表现——比如赵树理写于1958年的《锻炼锻炼》，"小腿疼"与"吃不饱"两个落后妇女的绰号就是对天灾人祸下农民真实生存状况的写照。

进入 80 年代后，农村题材也经历了"伤痕"、"反思"、"改革"、"寻根"等思潮涌进的过程，在古华的《芙蓉镇》、周克芹的《许茂和他的女儿们》、茹志鹃的《剪辑错了的故事》、高晓声的《陈奂生上城》、路遥的《平凡的世界》、贾平凹的《浮躁》、张炜的《古船》、李杭育的《最后一个渔佬儿》、郑义的《老井》等组成的小说图谱中，农民的悲剧根源从政治视域中的极"左"路线到文化传统观照下的民族性格，得到不同向度与深度的反思；在改革开放大潮冲击下，农民思想与价值观的裂变、农村新的发展机遇以及面对的改革阻力等，也成为作家们关注和描述的焦点。但是，在 80 年代中期之后文学探索多元化的进程中，现实主义写作似乎在各种先锋实验中相形见绌，"农村题材"已成为一个陈旧的概念，乡村小说亦在形式自觉中"去现实化"，缺少直面现实的冷峻和热情，更缺少穿透现实的锐力。

80 年代末兴盛一时的"新写实"小说通过卑微小人物庸碌琐碎的日常生活的本相还原，展示他们的人生烦恼，其中暴露了一些民生问题，比如方方的《风景》，极为逼真地呈现"河南棚子"底层社会不堪目睹的恶劣生存状态，狭小破陋的蜗居，困厄卑贱的日子令人透不过气来。在刘震云的《一地鸡毛》中，排队买豆腐，抢购大白菜，拉蜂窝煤，托关系解决孩子入托、老婆调动工作等鸡毛蒜皮的事困扰着小林。这些新写实的目的是赤裸裸地展现生活与生存的本来面目，回避主体情感介入，消解批判立场，放弃了现实主义的根本传统。

90 年代，迅速涌起的商品经济大潮将大众文化与消费机制滋生出来的"欲望写作"推向前台，商业化写作的"三俗"现象开始泛滥，有批评家惊叹："这是一个价值迷失的时代，生命价值的迷失、知识分子使命的迷失、文学价值的迷失使文学处于'空心人'的状态。"① 在这种大环境下，有一些作家自觉抵抗商业化对文学的侵蚀，于是以"纯文学"作为坚守的一种道德与精神。"虽然'纯文学'在抵制商业化对文学的侵蚀方面起到了一定作用"，但是，"它使得文学很难适应今天

---

① 李扬：《结局或开始：世纪之交的文学处境——论我们时代的价值迷失》，《文艺理论研究》1995 年第 2 期。

社会环境的巨大变化，不能建立文学和社会的新的关系，以致 90 年代的严肃文学（或非商业性文学）越来越不能被社会所关注，更不必说在有效地抵抗商业文化和大众文化的侵蚀同时，还能对社会发言，对百姓说话，以文学独有的方式对正在进行的巨大社会变革进行干预。"在80 年代曾经倡导"纯文学"的著名作家李陀先生也是最早对"纯文学"进行检讨的批评者，他进而诘问："面对这么复杂的社会现实，这么复杂的新的问题，面对这么多与老百姓的生命息息相关的事情，纯文学却把它们排除在视野之外，没有强有力的回响，没有表现出自己的抗议性和批判性，这到底有没有问题？"[1] 李陀的反思是有代表性的，当代文学在 20 世纪 90 年代的状况及其发展前景已让众人甚忧。

鉴于文学与社会现实的距离越来越远，《北京文学》编辑部于 1993年组织了一批活跃于当代文坛的中青年作家，联合发起"新体验小说"创作活动，其目的与动机是促使作家们"深入社会各个层面，躬身实践，通过自己的观察和深切的体验，以'新体验小说'的创作形式，迅速逼真地反映新时期社会生活的变幻，表现当代人的生存状态和思想感情[2]。袁一强的《"祥子"的后人》、王愈奇的《房主》、关仁山的《落魂天》、李功达的《枯坐街头》、刘庆邦的《泥沼》、王梓夫的《破译桃花冲》、母国政的《在小酒馆里》等作品，都是作家们在亲历体验了谋生者为求生存而遭遇的风风雨雨之后写出的"体验"之作，在一定的层面揭露了现实社会中的各种矛盾和丑恶现象。遗憾的是作家们的体验不是长久的、深入的，这一写作实践也就成为文坛昙花一现的风景。

此后，在少数作家的乡村叙事中，出现些许现实主义锋芒，关仁山的《九月还乡》、何申的《年前年后》、谭文峰的《走过乡村》等，对社会转型期商品经济冲击下乡村的混乱与无序进行了文化与道德层面的审视，揭示农民急于致富而又在大变革中不适、困惑、盲目、浮躁的复杂状态，尤其对金钱利益驱使下暴露出的人性丑陋给予了批判。

上述作品的思情倾向在世纪之交开始兴盛的"底层文学"中延伸扩

---

① 李陀、李静：《漫说"纯文学"——李陀访谈录》，《上海文学》2001 年第 3 期。

② 《本刊 94 推出新体验小说》，《北京文学》1994 年第 1 期。

展，罗伟章的《我们的路》，曹征路的《霓虹》，陈应松的《失语的村庄》、《马嘶岭血案》、《太平狗》，夏天敏的《好大一对羊》，雪漠的《大漠祭》，孙惠芬的《上塘书》、《民工》，尤凤伟的《泥鳅》，贾平凹的《高兴》，周大新的《湖光山色》，关仁山的《麦河》等，以悲悯情怀书写"三农"为主体的底层生存苦难，有自觉的民生关怀意识，同时也以理性批判精神审视乡村政治与权力，剖析物质欲望和"现代病"对底层人群的侵害与异化。上述小说创作传承五四启蒙文学的知识分子立场，也形成了"自上而下"的俯视视角。从另一个意义层面，存在不自觉的"他者"意识，在某种程度上导致对叙事对象理解认识和情感倾向方面的隔膜与偏差。作为虚构的小说，亦不排除作者文学想象与现实真实之间存在的距离和割裂，对整体的现实关系缺乏更加真实深入的揭示。特别需要注意的是，在泛涌的底层叙事潮中，"很难发现创作主体对于生活的深刻思考。无论是对中国社会历史进程的反思，还是对弱势群体内心世界的倾听，都停留在现实生活的表层……无法达到文学应该具有的精神上的冲击力和思想上的穿透力"①。

从报告文学创作看，80年代的作品主要展示改革的宏阔画卷，农村题材有李延国的《中国农民大趋势——胶东风情录》、李存葆和王光明的《沂蒙九章》、王兆军的《原野在呼唤》、牟崇光的《站起来的农民》、王立新的《毛泽东以后的岁月》、张伯笠的《中国星火》、周时奋的《太阳底下是土地》等，这些"全景式"报告文学形成宏大叙事，对"三农"在新时期的奋勇开拓和艰难步履进行了忠实记录。显然，时代精神依然"自上而下"地主导着作家们的题材选择和思想倾向。

当越来越多的现实矛盾和社会问题随着改革深入而暴露出来后，报告文学的忧患意识和反思精神也随之愈加浓厚强烈，像苏晓康的《洪荒启示录》、麦天枢的《西部在移民》等，从历史与现实的纵深层面探究造成中国农民贫困落后的根源，揭露长期以来在封建专制主义和极"左"路线影响下，一些领导干部以权代法、以权谋私、践踏民意、压榨百姓、掩盖问题、弄虚作假、欺上瞒下等恶劣作风，他们根本无视民

---

① 韩伟、姚凤鸣：《重塑中国文学的思想性——以新世纪十年文学为例》，《西北师大学报》（社会科学版）2012年第2期。

生疾苦，根本不把人民的权利放在心上，这就是比一切灾难更可怕、危害更深重的"人治"本质。此外，霍达的《民以食为天》、张玉林的《中国粮荒》、陈祖芬的《一九八七：生存的空间》、凤章的《1988："球籍"的忧思——兼记中国的大学教授们》、徐刚的《沉沦的国土》等，这些揭示粮食、住房、物价、教育、生态等与民生关系密切的社会问题报告文学，都以深刻的批判性思维干预现实，体现出报告文学的本质特征。

　　90年代随着商品经济对文化环境的制约和改造，报告文学作家面对人文意识的集体失落，似乎也"失去了坚挺的精神支柱"，有学者曾指责"报告文学的批判被迫退位"①。客观而论，此时期深入关注社会问题、深刻揭露现实矛盾、有鲜明批判态度的作品较少，与"三农"相关的报告文学多是进行"改革成果"的主流报道与颂扬，如杨守松的《苏州"老乡"》、李超贵的《中国农村大写意》等。但是像黄传会的《"希望工程"纪实》、《中国山村教师》、《中国贫困警示录》等作品，虽然追寻"希望"、歌颂"奉献"为主导，但他开始深入"三农"的考察，使他不能回避或者掩盖所目睹的贫困真相，作品中也就不能不暴露一些"阴暗面"，批判意识渗透在严峻的"贫困根源"反思中。勇于直面现实、针砭时弊的报告文学作家卢跃刚对"转型期"的报告文学发出自己态度鲜明的声音："报告文学作家与小说家不同的是，它必须面对社会写作。对此，他没有任何躲闪和回旋的余地。他必须剖开胸膛直面现实。否则，就别干这种行当。"② 本着这一坚定信念，他在创作中始终关注敏感的社会问题和底层民众的现实处境，他的代表作《辛未水患》、《乡村八记》、《在底层》、《以人民的名义》、《大国寡民》等，都具有浓厚的悲悯情怀和忧患意识，反思与批判有深度、见力度。此外，女作家冷梦的《黄河大移民——三门峡移民始末》、梅洁的《山苍苍，水茫茫》、孙晶岩的《山脊——中国扶贫行动》等，都体现出作家的现实参与精神及责任感。这些创作迹象表明，报告文学的现实主义动力必将在新的历史阶段全面爆发。

---

① 范培松：《论90年代报告文学的批判退位》，《当代作家评论》2002年第2期。

② 卢跃刚：《转型期报告文学的遐想》，《光明日报》1995年1月3日。

农民出身的作家杨豪对"三农"处境有最切身的感受，特别是农民负担过重问题已经非常突出，为此，1996 年他写出了第一部反映农民不堪重负的报告文学，"但是稿子投了十多家刊物，都说切中时弊，但由于怕担风险，就是没人敢发，一直辗转到 1999 年……结果《当代》以极大的勇气在 20 世纪最后一期以《农民的呼唤》为题发出来了，一时间许多家刊物纷纷转载"①。这部作品为新世纪"三农"报告文学的全面崛起打开了突破口。之后《我向总理说实话》、《中国农民调查》等报告文学更为充分地显示出报告文学现实精神深入探进的强力态势。在这些作品产生强烈的社会反响之后，"三农"问题于 2003 年引入政府工作报告，2007 年中央一号文件强调："加强'三农'工作，积极发展现代农业，扎实推进社会主义新农村建设，是全面落实科学发展观、构建社会主义和谐社会的必然要求，是加快社会主义现代化建设的重大任务。"② 可见"三农"报告文学对中央决策起到了推动作用。

我们注意到，"民生问题"报告文学创作热潮的形成，并没有"自上而下"的理念驱动，而是作家们在现实底层感同身受的发现，是来自良知的鞭策。"自下而上"的写作姿态确立了当代文学现实主义精神的新向度。

（二）植入底层的"低视点"

报告文学作家之所以比小说家更敏锐地发现并能够深切体验到民生疾苦，其根本原因在于，报告文学的文体特性决定了报告文学作家的写作态度和方法，他们绝不能远离生活、回避现实，而是必须行走于大地，始终密切关注时代变化，观察、思考种种社会矛盾的前因后果，倾听民声、了解民生。当他们自觉地将自己的身心真正沉入现实的波流与旋涡，将自己的视角植入生活底层，就能够以"低视点"洞察到被某些时代大气象所遮蔽的现实真相，体会民生的实际困境与精神诉求。特别是那些来自农村与基层的作家，他们对农村、对底层社会的关注不是

---

① 岳永安：《我是一个作家　我是一个农民——对话中国三农问题报告文学作家杨豪》，《农村·农业·农民》（B 版）2006 年第 1 期。

② 《中共中央国务院关于积极发展现代农业扎实推进社会主义新农村建设的若干意见》，《人民日报》2007 年 1 月 30 日。

即时即兴的，与生俱来的乡土情结和难以割断的乡土血缘，使他们在重返故土或接近农村时，自觉以"农民后代"的身份和"低视点"关注父老乡亲的生存图景。与小说家对乡土的"文学想象"或"浪漫情怀"的根本差异在于，报告文学作家的问题意识决定着他们的观察与判断是敏感而又理性的，他们清醒地看到城乡二元结构下呈现的巨大反差，可以说深厚的忧患意识是报告文学写作的内驱力。

植入底层的"低视点"，不仅真切看到农民脸上的泪水，听到他们的叹息，也使报告文学从全景扫描的"社会问题宏大叙事"回归人本。陈庆港的《十四家——中国农民生存报告（2000—2010）》完全以"去典型化"的纪实手法，再现那些非常普通平常的农民家庭从早到晚的日常生活，无论男女老幼，每天睁开眼睛就要面对一个"穷"字，因为穷，外出乞讨已习以为常，病痛疾苦早已麻木，生离死别也那么无声无息……

门发出了一阵吱吱嘎嘎的难听的声响。车爱花就一手拿着父亲递给她的粗瓷蓝花碗，一手捂着怀里母亲塞给她的那块馍，出了门。

等在屋外的奶奶挽过还没睡醒的孙女的手，朝着院门走去。杜徐贵的背上，用麻绳绑着一床薄薄的黑色的被子……

车换生是在包明珍的咳嗽声中醒来的。两个月来，车换生家的每一天都是从包明珍的咳嗽声开始的。

杨素花担着满满当当两桶浑水快到院门时，她两腿一软，突然跪在了地上。两只水桶歪倒在她的身边，黄色的浑水流了一地。杨素花双手紧紧抱住头，然后身体弯成弓，将头不断地往地上撞，嘴里发出可怕的呻吟声。车虎生从杨素花的边上走过时，并没有停下来，他继续忙着手里的活。

他用双手把药端给躺在炕上的妈妈时，看到妈妈的眼睛里有泪，他用勺子把药往妈妈的嘴里喂。那碗药没喂完，妈妈就死了。

而王想来当时并不知道。那时父亲王五午正在地里收洋芋，死去的妈妈眼睛仍盯着王想来，他就继续往妈妈嘴里喂药，黑红色的药液顺着妈妈的嘴角一直流到了炕上。①

上面列举的生活场景完全以"镜头"摄录，不需要过多的描述，更不需要情感渲染，但那真真切切的感觉可以从视觉直抵心灵深处，使人产生强烈的震动。

"低视点"的观察，也使置身于农民中间的作家在那些看似无足轻重甚至琐屑的生活细节上，发现普遍性的、根本性的问题。以下是从几部报告文学作品中撷取的"算账"细节。

这位堂妹夫拿出一个账本来，上面详细地记载了他1993年的收支情况：7亩水稻田，亩产均达到1200斤左右，除掉提留、摊派、税款，减去化肥、水费、农药等投资，总共赚了200元人民币！一年里，风里来雨里去，这就是收获，而两个孩子读小学、初中，一学期光学费就得几百元。②

湖南省平江县左源村农民贺送军算了一笔账：一亩水田产稻谷四百五十公斤，按每公斤一元算，可卖四百五十元。化肥、种子、农药、水费等投入，加上请人翻田、插秧、收割等，成本接近两百五十元，再加上一百元左右的税费，辛苦一年，每亩田不算投工，最多只有一百元的收益。如果全靠种田，饭都吃不饱。③

有位农民扳着指头给我们算了一笔账，他说刨去种子、化肥、灌溉、机械种收以及这税那费，假如小麦亩产上不到九百斤，这一年就等于白干。而淮北农村能够达到亩产九百斤小麦的，显然并不多见，可以收到八百斤就已经是相当不错了，一般也只有六百斤，

---

① 陈庆港：《十四家——中国农民生存报告（2000—2010）》，江苏文艺出版社2011年版，第24、25、34、82页。

② 程宝林：《一个农民儿子的村庄实录》，上海文化出版社2004年版，第48页。

③ 肖春飞、杨金志、丛峰等：《我的民工兄弟》，复旦大学出版社2005版，第47页。

就是说，如今农民仅靠种地已是难以为继，但他们却依然要承担多如牛毛的各种税费。①

　　从这三笔账我们看到，无论在土地肥沃、自古有"鱼米之乡"美誉的江汉平原，还是在贫瘠落后的淮北农村，农民们账本上的百位数竟承担着那么沉重又那么渺小的内容——对国家最大极限的奉献、对生存最低微的需求。这些农民一年的血汗钱甚至远远不够城里人最普通的一桌酒饭的消费，这无声的贫困呐喊该让我们警醒了！如果我们的现代化建设，我们的经济腾飞必须要9亿农民做出如此大的牺牲，付出如此沉重的代价，那么我们的现代化又有什么意义呢？我们的经济时代又体现出什么历史性进步呢？

（三）穿越现实的"高境界"

　　前文已述，真实性是考量报告文学现实精神的首要标尺，而报告文学作家的现实介入与参与，又是决定其创作能否抵达真实的首要条件。将身心沉入底层，将视角植入底层，从而与民生同位感受并同心忧患，这是他们可以排除主流意识或固有观念的影响，以"低视点"真切观察真相并获取客观事实依据的前提。但是他们写出的作品能够达到怎样的真实程度、能够实现怎样的现实精神高度，取决于他们的思想境界高度。尤其在社会转型时期，面对错综复杂的现实矛盾与问题，报告文学作家不仅要具备敏锐准确的洞察力和判断力，还应该具备穿越现实的高瞻远瞩的大视域、大胸怀；不仅要有拥抱现实的人道情怀，还要有超越世俗的理想情怀。优秀的报告文学作家注定不能只做暴露问题、呈现事实的摄影机，而应该透过具体的问题和事实——比如各类民生问题的复杂表现、底层民众生存状况的各种形态，去发现社会发展本质规律与人类愿望诉求之间的根本关系，并对此作出理性智慧的洞察、判断、认识，使报告文学的写作意义在文学理想与价值的至高追求中上升到一种"境界"。

---

①　陈桂棣、春桃：《中国农民调查·引言　在现实与目标的夹缝中》，人民文学出版社2004年版，第2页。

《中国农民调查》大量暴露黑暗、揭露问题，尖锐批判体制弊端，但是作者没有止于揭露和批判。作品的最后四章，以"税费改革第一人"何开荫充满曲折与磨难的"税改探索"为主线，展开了一幅交织着光明与阴暗、美好与丑恶、抗争与无奈、欣喜与忧愤的画卷，"寻找出路"的焦灼和"路在何方"的困惑虽然使这部长篇不能画上圆满的句号，但是，作者意味深长地宣告："大幕正在拉开！"通过何开荫、杨文良等农业专家为农民命运和中国社会发展前途而殚精竭虑攻克难关的事迹展现，以及长期在农业改革第一线躬身践行的优秀干部们实干作风的描述，赋予作品感人的理想激情，以穿越现实的高境界展示了报告文学巨大的精神力量。

以"农民工"为描写对象的小说创作，其"苦难叙事"多落入"打工仔出卖苦力，打工妹出卖肉体"的窠臼，他们的生死浮沉、悲欢荣辱、情仇恩怨常常在戏剧化的情节虚构过程中掩盖了生存本相和苦难实质，或者忽略了他们身处物质贫穷中的精神诉求。报告文学不需要给已经超出作家想象的底层苦难再添油加醋，但是必须有文学的高境界和大胸怀，必须以人道主义精神去关怀底层群体的生命尊严和价值追求。黄传会在密切关注"三农"困境和一些新问题的时候，他敏感地发现，"第一代农民工，身背化肥袋走向城市，仅仅是要获得温饱"，"第二代农民工，肩扛编织袋走向城市，追求的是致富"，而第三代农民工"却是拉着拉杆箱走向城市的，他们在打工的同时，不断在寻找自己的价值，实现自己的价值，他们要让自己活得更有尊严"！[1] 带着对新生代农民工新的认识和理解，他倾听来自底层的人格与尊严的呼唤。

> 他们称呼我的名字，
> 他们叫我打工妹。
> 我有自己的名字，
> 我的名字叫金凤。[2]

---

[1] 黄传会：《中国新生代农民工·自序》，人民文学出版社2011年版，第4—5页。

[2] 同上书，第3页。

　　这首打工青年自创的歌深深打动了作者，他似乎听到千千万万的打工青年在呼唤："我们有自己的名字！"然而，我们真正了解这些新生代农民工的需求和苦恼吗？我们有多少人真正懂得去尊重他们、关爱他们？一位建筑工告诉作者："他在北京已经盖了四个小区了，他和妻子十年却一直住在工棚里，再苦再累他都忍了。可是儿子七岁了，在北京却找不到一所公办小学愿意接纳他，最后，他不得不将儿子送进一所打工子弟学校。对于城市的冷漠，这回，他彻底寒心了。"① 其实，真正让农民工寒心的并不是城市的冷漠与歧视，高楼大厦和车轮飞转构成的城市原本就是冰冷的钢筋和机器——它们不能成为人类文明的标志，而人与人构成的社会以及这个社会的人民政府假如缺少公平与温暖，才是让底层百姓深感寒心的根本原因。作者在对现实批判的同时，进行了更深的道德追问及精神关怀，这使他的作品超越了一般性的"农民工"问题报告。

　　黄传会笔下的新生代农民工，并不似一些底层小说中已被定格化的农民工形象——麻木冷漠、机械劳作、忍受苦难……作者非常注意观察有一定文化知识的青年农民工对社会趋势与文化潮流的感应，以及时代风尚在他们精神面貌中的投影。"皮村"——聚居着1万多农民工的"打工者部落"，新崛起的"农民工文化"成为作者格外关注的新事物，像"突然间发现一座矿藏一样兴奋"。这里活跃着"为劳动者而歌，为打工者而呼"的打工青年艺术团；这里建立了打工子弟学校，打工者文化教育协会，打工者协助中心；这里还有世界上独一无二的打工博物馆。在"皮村"，作者结识了许多有朝气、有梦想、有自信、有才华的青年，他们锲而不舍地"寻找自己的价值，寻找自己的理想！"② 从他们身上可以看到新生代农民工不断进取的精神。"皮村"里土生土长的农民工文化，朴实无华地传递出当代农民工的精神诉求——这是我们这个时代不能再漠视的精神诉求！

　　黄传会还在作品中传达出这样一种精神信念——以一己的力量奉献爱心、温暖他人，虽是星星之火，亦可成燎原之势，从而改变社会的冷

---

① 黄传会：《中国新生代农民工》，人民文学出版社 2011 年版，第 310 页。
② 同上书，第 315、121、130 页。

漠。他为我们描述了一颗燃烧希望的星火——"百年职校",这是一所专门面向农民工子弟的免费职校,创办人姚莉与吴云的办学理念很单纯,"让年轻人学点真本事","教穷人的孩子学习技术",然而她们办学的意义远不止于此,首批入学的 84 名学生,背后的家庭"全部都有悲剧色彩的贫困故事",但是他们在开学典礼上,抬起头、挺起胸,齐声朗诵舒婷的诗《这也是一切》——

　　　　不是一切呼吁都没有回响;
　　　　不是一切损失都无法补偿;
　　　　不是一切深渊都是灭亡;
　　　　不是一切灭亡都覆盖在弱者头上;
　　　　不是一切心灵都踩在脚下,烂在泥里;
　　　　不是一切后果都是眼泪血印,而不展现欢容。

　　　　一切的现在都孕育着未来,
　　　　未来的一切都生长于它的昨天。
　　　　希望,而且为它斗争,
　　　　请把这一切都放在你的肩上。①

　　开学第一课让孩子们懂得自尊、自强、自爱,不放弃希望,不哀叹命运,担当起责任,才可能为自己打造一副坚强的金翅膀。

　　进入"百年职校"或"皮村"的新生代农民工是幸运的,然而全国有约 1 亿的新生代农民工没有力量改变自己的处境,他们虽然不缺吃不缺穿,但是他们缺公平、缺尊重、缺温暖,在城市里找不到自己的归宿。面对这些亟待解决却又非常难以解决的"世纪难题",报告文学作家常常惭愧自己无权无势,不能帮助他们解决实际问题。但值得社会尊敬的是,这些作家们怀着道义和真情贴近农民工,听他们诉说自己的故事,分担他们的内心苦恼,向社会吁请对他们的关爱,并且以文学的力量激励他们为梦想而奋斗,正是体现了文学拥抱现实的大胸怀和高境界。

---

① 黄传会:《中国新生代农民工》,人民文学出版社 2011 年版,第 272—273 页。

（四）现代意识烛照下的历史反思

毫无疑问，报告文学写作是紧贴现实的，要求作家必须以强烈的"当下意识"追踪时代动态。然而，作为有别于新闻报道的"深度报告"，报告文学作家对于现实只有"真切的体验和灵魂的贴近"是远远不够的，还应该具备深刻的历史观和历史反思意识。"这一历史观既包括对中国当代历史和当代生活一般性的质疑和批判，也包括对这种质疑和批判的再质疑和再批判，再进一步，它还包括作家超越历史并建构新的历史图景的能力。"梁鸿认为："一个优秀的作家应该通过其文学形式传达出一种富于反思意味的、包含着某种新的可能性的历史景观……而不应该把它作为一个固定化了的背景去叙述，哪怕是一种批判性背景，哪怕这一背景是那苦难而沉默的'底层'世界。"① 历史观与历史反思意识是认知现实图景与变化的必要参照，决定着现实精神所能达到的新高度。

对此，著名报告文学作家赵瑜有着深刻的创作体会。1998 年长江特大洪灾发生后，他奔赴抗洪第一线采访，在他深入长江中游枝江段一个四面环水的孤岛百里洲了解灾情时，对目睹的"三农"问题感到震动，他直言"农民问题不是减少了，而是十分严酷"。在进一步的调查中，他发现："20 世纪 80 年代改革之初的'土地联产承包制'所带来的实惠和兴奋早已消失殆尽，许多地区农民非但依然贫困，还增加了包括丧失土地、环境破坏等各种强加在他们身上的、对生存的威胁。……相当一部分人的命运和遭遇与千百年来农村、农民的状态没有根本性的改变"，"现当代的许多农民问题都是从历史的深处延伸而来的。"② 认识上的深入使他超越了"抗洪"题材的写作初衷，他开始了长达 4 年的"扎根"式的田野调查，同时在湖北作家胡世全的协助下，"反反复复查阅了宜昌和枝江当地出版保存的大量的文史资料档案"，对"三农"

---

① 梁鸿：《当代文学往何处去——对"重返现实主义"思潮的再认识》，《文艺理论与批评》2007 年第 1 期。

② 赵瑜、赵明：《赵瑜·〈革命百里洲〉——关于农民话题和史志性报告文学的专访》，《报告文学》2004 年第 1 期。

问题进行了百年历史的耙梳和反思,从而"赋予它思想的逻辑"①。

"百里洲"作为中国农耕社会的一个缩影,构成中国农村发展与历史变迁的"百年史",通过对"百年史"中历次革命、运动、斗争以及这一切与农民的密切联系进行冷静考察,还原历史真相中凸显出的一个个令人困惑却又切中痛处的问题——无论是反抗饥饿与穷困的暴力革命,还是争取地权与富足的土地改革,无论是走集体化的人民公社道路,还是实施"土地联产承包制",为什么都不能彻底改变农民的命运?而我们的农村与农业,为社会主义建设和发展做出巨大牺牲和奉献,但是农民作为农村农业的主体,却为何不能成为国家公民主体而始终处于"二等公民"、"弱势群体"的地位?在"三农"问题的历史延伸中,除去历史的、政治的、经济的、环境的、政策的诸多因素之外,是否还有农民意识与民族文化性格深层的痼疾,在阻碍"三农"的自我救赎?《革命百里洲》试图将沉睡的史实唤醒,在活生生的人与事中探究上述问题,其深邃的思想旨归将"三农"报告文学的现实精神上升到了新的历史高度。

王新民的《拷问2003渭河特大水灾》也是在深入的历史反思中揭示出现实问题的本质。"三门峡水库"——黄河上第一个大型水利枢纽工程,曾是我们社会主义建设的一座"里程碑",但是近半个世纪以来,它让黄河两岸三地几百万老百姓承受了无休无止的灾难。1960年水库建成蓄水后,庆功的锣鼓声、欢呼声尚在耳畔,严峻的问题就开始出现,渭河流域淤积了大量泥沙,河床抬高,大片良田淹没或浸没,土地迅速盐碱化,为泄泥沙耗费了惊人的人力物力财力,世代生活在渭河平原的几十万农民们开始了背井离乡的"大迁徙"。可以说,三门峡水库建设造成渭河水灾不断,2003年8—10月,渭河流域发生了50多年来最为严重的水灾,造成了多处决口,56万人受灾,37.76万人被迫迁移,12.87万人失去家园,数十人死亡,102万亩丰收在望的庄稼绝收,直接经济损失达23亿元。② 可见,建水库取得的经济利益是以牺牲库区

---

① 赵瑜、赵明:《赵瑜·〈革命百里洲〉——关于农民话题和史志性报告文学的专访》,《报告文学》2004年第1期。

② 王新民:《拷问2003渭河特大水灾》,《报告文学》2004年第3期。

和渭河流域广大农民的利益为代价的。因此，作者要拷问"天灾"背后的"人祸"："一个工程是否应该上马，是从发展速度或树立形象的角度考虑，还是从是否能为百姓带来福利这个方面来考虑？究竟是科学家说了算还是官员说了算？""以史为鉴可知兴替，以水为鉴可明得失。追根溯源，在于汲取教训。"① 三门峡水库实质已成为警示人类的"失败纪念碑"，一切违反自然规律的冒进行为必将遭到大自然的报复和惩罚。

在自然生态环境极其恶劣的贫困农村，如何脱贫致富而又不破坏生态环境，是一个突出的难题。高西沟农民用几代人血汗铸就的"绿色奇迹"给予"三农"发展最有实践指导意义和精神价值的启示。冷梦以穿透性的历史反省和冷峻的现实思索，对"大寨典型"与"高西沟模式"进行比照，揭示了两种现象背后发人深思的本质差异。大寨曾经以"人定胜天"的革命豪迈精神激励全国人民战天斗地，但是"以粮为纲"作为"山区经济单一发展的模式，对大自然采取掠夺式经营，只向自然索取而不回报自然"，它付出的代价便是生态环境的日益恶化；高西沟尊重自然规律、重视"水土保持"，走的是"宜林则林宜草则草的农林牧全面发展"道路，代表着另一种农耕文明。②

高西沟人为什么能够把一个黄土沟壑密布、生态条件恶劣的穷村治理成青山碧水、田野葱茏的生态园？根本原因在于他们有自己矢志不移的"坚持"——20世纪50年代"大跃进"的背景下，他们不搞"浮夸风"，而是踏踏实实治理水土流失；60—70年代毛主席号召"农业学大寨"、提出"以粮为纲"，他们没有砍掉山上的树去种粮食，而是退耕还林；改革开放后全国农村都轰轰烈烈地实行土地承包责任制，分田到户，"高西沟却匪夷所思地为他们的村集体保留下了1660亩生态林、660亩果树林和100亩农田"。高西沟怎么会坚持下来？榆林市委书记周一波说得最到位——"不是靠行政命令，不是靠个别人的意志，甚至不是靠简单地和机械地贯彻执行党在某个历史时期的方针政策。""高

---

① 王新民：《拷问　2003渭河特大水灾》，《报告文学》2004年第3期。
② 冷梦：《高西沟调查——中国新农村启示录》，《北京文学》2006年第8期。

西沟几十年走过的道路，就是'不唯上，只唯实'的科学发展道路。"①

冷梦在对历史的理性反思中观照现实，敏锐地发现高西沟重要的当代意义和深远的历史意义，对"高西沟现象所包含的思想的、情感的内容反复深入发掘，进行深度拓展，着力展现高西沟人的光荣与梦想、坎坷与曲折、沉重与艰辛。抒发当代农民的理想、豪情和价值追求"②。作者赋予《高西沟调查——中国新农村启示录》厚重的社会价值和文学价值。

报告文学作家书写历史，不仅仅是描述历史背景的需要或实现还原历史面目的企图，他们在面对现实矛盾与困惑时，需要突破视域遮蔽或思维局限，去追溯历史深处的渊源与因果逻辑，从而获得深化认识的史实依据和思想启示；同时，在现代意识洞照下对历史进行考察、探究、反思的过程，亦是进而明确、强化、提升现代意识的过程。因此，报告文学现实精神的高度也取决于作家历史反思的深度。

杨豪的《中国农民大迁徙》、卢跃刚的《乡村八记》、杜丽蓉的《城市民工生存报告》、胡传永的《血泪打工妹》等作品，从主题内涵看，并不是单纯展现农民工的生存图景与人生困境，这些作品深度反思的是，近20年来，过度的经济开发、无节制的城市扩张，掀起一波又一波的"圈地风"、"征地潮"，GDP增长速度越来越快而失地的农民也越来越多；经济社会发展需要大量的劳动力，贫困的农民、失地的农民也需要外出谋生存，于是时代大潮将无数农民从故土家园连根拔起，将他们抛进城市，贯穿中国的"农民大迁徙"已成为近20年极为悲壮的社会景观。然而，因农民工的奉献而日新月异的繁华城市，并没有向广大农民张开温暖的怀抱，不平等的户籍制度和带歧视性的劳务管理，反而让他们彻底失去公民的身份与权益，他们尚未告别物质贫困与生活苦难，却又陷入更加恶化的、找不到归宿的精神贫困与灵魂苦难。因此，值得注意的是，这些作品在揭示"三农"困境与现实问题时，"已超越了居高临下式的怜悯与同情，而转向了呼吁关注、维护权益的思维路

---

① 冷梦：《高西沟调查——中国新农村启示录》，《北京文学》2006年第8期。

② 马平川：《冷梦长篇报告文学〈高西沟调查：中国新农村启示录〉——写在黄土地上的绿色篇章》，《文艺报》2007年7月31日。

径。对弱势群体的描述，从更深一个层次上讲，即是检讨社会发展过程中理性精神与公正原则的体现或缺失"①。从这个意义上说，"民生问题"报告文学正在为建构富于反思意味的、同时充满某种新的理想与契机的当代历史景观而发出时代强音。

现实主义是一个古老的文学命题，但它不会随着历史的前进成为永远逝去的风景。在当下文学嬗变更自由、价值取向更丰富的多元共享的时代，尤其不能在逐新求变的狂欢中忽略一个重要启示："虽然文学可以有各种不同的流派和多种不同的创作方法，但是，现实主义是艺术反映现实的基本规律，是人类艺术地掌握世界的漫长过程中逐渐形成并不断丰富不断发展的根本方法，是世世代代作家艺术家通过艰辛跋涉所走过来并将永远走下去的一条宽广的道路。现实主义文学反映实际生活的真实，歌颂美'爱之欲其生'，批判丑'恶之欲其死'，在人类发展史上产生过巨大作用和重大影响，经久不衰，魅力永在。"②

"民生问题"报告文学既是千百年历史中"哀民生之多艰"的忧国忧民现实主义传统的延续，又是呼唤以人为本的平等与尊严，保障人的生存与发展权益的现代现实主义精神的张扬。对于中国当代现实主义文学的发展，"民生问题"报告文学无疑在引导一个可深入探进的新天地。

---

① 王晖：《报告文学：现代性的追寻与反思》，《文学评论》2003 年第 3 期。
② 柯平凭：《现实主义文学呼唤批判精神——现实主义文学论之一》，《文艺理论研究》2004 年第 2 期。

主要参考文献

1. 马克思：《关于费尔巴哈的提纲》、《政治经济学的形而上学》，《马克思恩格斯选集》（第 1 卷），人民出版社 1972 年版。

2. 马克思：《摘自"德法年鉴"的书信》，《马克思恩格斯全集》（第 1 卷），人民出版社 1956 年版。

3. 马克思：《在〈人民报〉创刊纪念会上的演说》，《马克思恩格斯选集》（第 1 卷），人民出版社 1995 年版。

4. 恩格斯：《自然辩证法》，《马克思恩格斯全集》（第 20 卷），人民出版社 1971 年版。

5. 孙中山：《三民主义》，岳麓书社 2000 年版。

6. 《毛泽东选集》（第 3 卷），人民出版社 1991 年版。

7. 《邓小平文选》（第 3 卷），人民出版社 1993 年版。

8. 《中共中央关于构建社会主义和谐社会若干重大问题的决定》，《人民日报》2006 年 10 月 19 日。

9. 胡锦涛：《高举中国特色社会主义伟大旗帜 为夺取全面建设小康社会新胜利而奋斗——在中国共产党第十七次全国代表大会上的报告》，《人民日报》2007 年 10 月 25 日。

10. 胡锦涛：《坚定不移沿着中国特色社会主义道路前进 为全面建成小康社会而奋斗——在中国共产党第十八次全国代表大会上的报告》，《人民日报》2012 年 11 月 18 日。

11. 习近平：《在文艺工作座谈会上的讲话》，《人民日报》2015 年 10 月 15 日。

12. 唐昆雄主编：《马克思主义与社会主义核心价值体系研究》，中国社会科学出版社 2010 年版。

13. 韩震主编：《社会主义核心价值体系研究》，人民出版社 2007 年版。

14. 郑功成：《科学发展与共享和谐——民生视角下的和谐社会》，人民出版社 2006 年版。

15. 柳礼泉：《新中国民生 60 年》，湖南大学出版社 2009 年版。

16. 孙学玉等编著：《当代中国民生问题研究》，人民出版社 2010 年版。

17. 孙立平：《失衡：断裂社会的运作逻辑》，社会科学文献出版社 2004 年版。

18. 孙立平：《现代化与社会转型》，北京大学出版社 2005 年版。

19. 陆学艺主编：《当代中国社会阶层研究报告》，社会科学文献出版社 2002 年版。

20. 陆学艺主编：《当代中国社会结构》，社会科学文献出版社 2010 年版。

21. 王林：《中国社会矛盾预警研究》，重庆大学出版社 2011 年版。

22. 鱼小辉：《社会转型期的若干社会问题探究》，中国社会科学出版社 2004 年版。

23. 杨善华主编：《当代西方社会学理论》，北京大学出版社 1999 年版。

24. 吴志华主编：《政治学导论》，上海教育出版社 2003 年版。

25. 傅永军：《控制与反抗——社会批判理论与当代资本主义》，泰山出版社 1998 年版。

26. 董保华：《劳动法论》，上海世界图书出版公司 1999 年版。

27. ［英］A. 布洛克、O. 斯塔列布拉斯主编：《枫丹娜现代思潮辞典》，李瑞华等译，中国社会科学院文献出版社 1988 年版。

28. ［美］查尔斯·哈珀：《环境与社会：环境问题中的人文视野》，肖晨阳等译，天津人民出版社 1998 年版。

29. ［美］大卫·阿什德：《传播生态学——控制的文化范式》，邵志择译，华夏出版社 2003 年版。

30. 汪凯：《转型中国：媒体、民意与公共政策》，复旦大学出版社 2005 年版。

31. 李培林：《处在社会转型时期的中国》，《国际社会科学杂志》（中文版）1993 年第 3 期。

32. 郑杭生：《改革开放三十年：社会发展理论和社会转型理论》，《中国社会科学》2009 年第 2 期。

33. 温铁军：《中国的问题根本上是农民问题》，《学习月刊》2007 年第 1 期。

34. 邹诗鹏：《三十年来中国社会文化思潮的走向及其历史效应》，《马克思主义与现实》2009 年第 1 期。

35. ［捷克］E·E·基希：《论报告文学》，贾植芳译，泥土社 1953 年版。

36. 尹均生：《国际报告文学的源起与发展》，华中师范大学出版社 2009 年版。

37. 朱子南：《中国报告文学史》，百花洲文艺出版社 1995 年版。

38. 李炳银：《中国报告文学的世纪景观》，长江文艺出版社 2003 年版。

39. 李炳银：《中国报告文学的凝思》，作家出版社 2009 年版。

40. 周政保：《"非虚构"叙述形态：九十年代报告文学批评》，解放军文艺出版社 1999 年版。

41. 何西来：《纪实之美》，作家出版社 2009 年版。

42. 陈进波、马永强：《报告文学探论》，兰州大学出版社 1997 年版。

43. 谢耘耕：《从新兴文体到文学大国——中国 20 世纪报告文学流变史论》，长江文艺出版社 2002 年版。

44. 丁晓原：《文化生态视镜中的中国报告文学》，复旦大学出版社 2008 年版。

45. 丁晓原：《中国报告文学三十年观察》，作家出版社 2011 年版。

46. 王晖：《百年报告文学文体流变与批评态势》，吉林人民出版社 2003 年版。

47. 王晖：《时代文体与文体时代：近 30 年中国写实文学观察》，人民出版社 2010 年版。

48. 章罗生：《中国报告文学新论——从新时期到新世纪》，湖南大学出版社 2012 年版。

49. 龚举善：《报告文学现代转型研究》，中国社会科学出版社 2012 年版。

50. 刘雪梅：《报告文学论》，吉林人民出版社 2000 年版。

51. 何蕊：《报告文学理论新探》，吉林人民出版社 2003 年版。

52. 张瑗：《20 世纪纪实文学导论》，文化艺术出版社 2005 年版。

53. 张德明编：《中外作家论报告文学》，云南人民出版社 1985 年版。

54. ［日］川口浩：《报告文学论》，沈端先译，《北斗》第 2 卷 1 期，湖风书局 1932 年出版。

55. 胡风：《关于速写及其他》，《文学》第 4 卷 2 号，生活书店 1935 年出版。

56. ［法］皮埃尔·梅林：《报告文学论》，徐懋庸译，《文学界》创刊号，上海光明书局 1936 年出版。

57. 茅盾：《关于"报告文学"》，《中流》第 1 卷 11 期，上海杂志公司 1937 年出版。

58. 李广田：《谈报告文学》，《文学枝叶》，益智出版社 1948 年版。

59. 刘茵：《激越而沉重的呐喊——谈环保题材的报告文学》，《妇女·环境·使命——'97 妇女与环境研讨会文集》，中国知网会议数据库，1998 年。

60. 何建明：《人民永驻我心头》，《求是》2012 年第 10 期。

61. 黄传会：《"走"出来的文学》，《南方文坛》2012 年第 1 期。

62. 陈桂棣：《报告文学需要一种精神》，《报告文学》2001 年第 4 期。

63. 李炳银：《生活与文学凝聚的大山——对报告文学创作的阅读与理解》，《文学评论》1992 年 第 2 期。

64. 范培松：《论 90 年代报告文学的批判退位》，《当代作家评论》2002 年第 2 期。

65. 胡柏一：《报告文学的底层意识与作家的文学自觉》，《文艺争鸣》2004 年第 5 期。

66. 李朝全：《新世纪报告文学：危机与新变》，《文艺争鸣》2012 年第 2 期。

67. 李建军：《写作的责任与教养—— 从〈中国农民调查〉说开去》，《文艺争鸣》2004 年第 2 期。

68. 贺绍俊：《有着执着信念的报告文学写作》，《北京文学》2009 年第 7 期。

69. 罗宗宇：《生态危机的艺术报告——新时期以来的生态报告文学简论》，《文艺理论与批评》2002 年第 6 期。

70. 周淼龙：《中国报告文学文体特性的历时考察》，《云梦学刊》2009

年第 2 期。

71. 李扬：《结局或开始：世纪之交的文学处境——论我们时代的价值迷失》，《文艺理论研究》1995 年第 2 期。

72. 孟繁华：《怎样讲述当下中国的乡村故事——新世纪长篇小说中的乡村变革》，《天津社会科学》2011 年第 5 期。

73. 柯平凭：《现实主义文学呼唤批判精神——现实主义文学论之一》，《文艺理论研究》2004 年第 2 期。

74. 周明、刘茵编：《中国当代社会问题纪实》，光明日报出版社 1989 年版。

75. 刘茵、李炳银等编：《中国报告文学精品文库》（上、中、下），作家出版社 1997 年版。

76. 丁晓原主编：《二十一世纪中国文学大系 2001—2010 报告文学卷》（1、2），南京师范大学出版社 2014 年版。

77. 中国作协创研部编：（1998—2014 年度）《中国报告文学精选》，长江文艺出版社，1999—2015 年版。

78. 人民文学出版社编辑部编选：《21 世纪年度报告文学选（2004—2014）报告文学》，人民文学出版社 2005—2015 年版。

79. 陈桂棣、春桃：《中国农民调查》，人民文学出版社 2004 年版。

80. 李昌平：《我向总理说实话》，陕西人民出版社 2009 年版。

81. 黄传会：《中国贫困警示录》，中国社会出版社 1996 年版。

82. 黄传会：《中国新生代农民工》，人民文学出版社 2011 年版。

83. 黄传会：《托起明天的太阳——中国"希望工程"纪实》，作家出版社 1992 年版。

84. 黄传会：《我的课桌在哪里？农民工子女教育调查》，人民文学出版社 2006 年版。

85. 何建明：《共和国告急》，时代文艺出版社 2006 年版。

86. 何建明：《根本利益》，作家出版社 2008 年版。

87. 何建明：《落泪是金》，新世纪出版社 2009 年版。

88. 赵瑜、胡世全：《革命百里洲》，中国青年出版社 2003 年版。

89. 徐刚：《伐木者，醒来！》，吉林人民出版社 1997 年版。

90. 徐刚：《中国：另一种危机》，春风文艺出版社 1995 年版。

91. 徐刚：《拯救大地》，中国文联出版社 2000 年版。

92. 徐刚：《守望家园》（上、中、下），湖南科学技术出版社 1997 年版。

93. 徐刚：《绿色宣言》，时代文艺出版社 1997 年版。

94. 马军：《中国水危机》，中国环境科学出版社 1999 年版。

95. 李林樱：《生存与毁灭——长江上游及三江源地区生态环境考察纪实》，四川出版集团、四川人民出版社 2004 年版。

96. 李林樱：《沙漠密语》，四川出版集团、四川文艺出版社 2011 年版。

97. 陈桂棣、春桃：《调查背后》，武汉出版社 2010 年版。

98. 哲夫：《长江生态报告》，花山文艺出版社 2004 年版。

99. 哲夫：《黄河生态报告》，花山文艺出版社 2004 年版。

100. 哲夫：《淮河生态报告》，花山文艺出版社 2004 年版。

101. 陈庆港：《十四家——中国农民生存报告（2000—2010）》，凤凰出版传媒集团、江苏文艺出版社 2011 年版。

102. 杨豪：《中国农民大迁徙》，浙江文艺出版社 2007 年版。

103. 梅洁、鄂一民：《汉水大移民》（上、下），长江出版传媒、湖北人民出版社 2012 年版。

104. 冷梦：《黄河大移民》，广东南方日报出版社 2011 年版。

105. 冷梦：《高西沟调查——中国新农村启示录》，太白文艺出版社 2007 年版。

106. 宗满德：《村情：西部农民生活实录》，敦煌文艺出版社 2009 年版。

107. 莫伸：《一号文件》，太白文艺出版社 2012 年版。

108. 陈启文：《共和国粮食报告》，湘潭大学出版社 2009 年版。

109. 陈启文：《命脉——中国水利调查》，湘潭大学出版社 2012 年版。

110. 丁燕：《工厂女孩》，外文出版社 2013 年版。

111. 阮梅：《世纪之痛：中国农村留守儿童调查》，人民文学出版社 2008 年版。

112. 梁鸿：《中国在梁庄》，凤凰出版传媒集团、江苏人民出版社 2011 年版。

113. 程宝林：《一个农民儿子的村庄实录》，上海文化出版社 2004

年版。

114. 朱凌：《灰村纪事——草根民主与潜规则的博弈》，东方出版中心2004 年版。

115. 肖春飞、杨金志、丛峰等：《我的民工兄弟》，复旦大学出版社2005 年版。

116. 杜丽蓉：《为了活着——城市民工生存报告》，中国时代经济出版社 2005 年版。

117. 孙惠芬：《生死十日谈》，人民文学出版社 2013 年版。

118. 范香果：《最后的堡垒——二十一世纪中国教育最新报告》，中国广播电视出版社 2003 年版。

119. 杨晓升主编：《中国教育大扫描：家有考生》，文化艺术出版社 2003 年版。

120. 党宪宗：《沉重的母爱——对四十户农民家庭供养大学生的调查报告》，中国文联出版社，2007 年版。

121. 党宪宗：《沉重的回报》，中国文联出版社 2011 年版。

122. 蒋泽先：《中国农民生死报告》，江西人民出版社 2005 年版。

123. 曾德强编著：《中国之痛——医疗行业内幕大揭秘》，中国国际广播音像出版社 2007 年版。

124. 朱晓军：《一个医生的救赎》，人民文学出版社 2009 年版。

125. 许晨：《居者有其屋——中国住房制度改革闻见录》，华夏出版社 1989 年版。

126. 叶永烈：《商品房白皮书》，作家出版社 2003 年版。

127. 苏岭：《中国高房价调查——中国房价，到底谁说了算》，南方日报出版社 2010 年版。

128. 涂名：《房奴：中国房改真相》，中山大学出版社 2007 年版。

129. 雷尔冬编著：《"房奴"实录：一个群体的生存故事》，广东省出版集团、广东经济出版社 2006 年版。

130. 廉思主编：《蚁族——大学毕业生聚居村实录》，广西师范大学出版社 2009 年版。

131. 廉思主编：《蚁族Ⅱ——谁的时代》，中信出版集团股份有限公司 2010 年版。

132. 于秀：《遭遇下岗》，中华工商联合出版社 1998 年版。

133. 国家环境保护局宣传教育司编：《江河并非万古流——环境问题报告文学选萃》，中国环境科学出版社 1989 年版。

134. 周勍：《民以何食为天——中国食品安全现状调查》，中国工人出版社 2007 年版。

135. 曹永胜：《舌尖上的毒——酷农解密食品安全》，中国人民大学出版社 2012 年版。

136. 曲兰：《老年悲歌：来自老父老母的生存报告》，北京十月文艺出版社 2003 年版。

137. 岳非丘：《安民为天》，重庆出版社 2007 年版。

138. 叶照青、朱大印、耿昌军：《来自中国社会底层的报告》，长江文艺出版社 2004 年版。

139. 陈祖芬：《一九八七：生存的空间——关于我国住宅商品化的可行性文学报告》，《花城》1987 年第 6 期。

140. 霍达：《民以食为天》，《中国作家》1989 年第 4 期。

141. 李晓伟：《黄金场——西部采金狂潮启示录》，《当代》1991 年第 1 期。

142. 卢跃刚：《乡村八记》，《中国作家》1994 年第 5 期。

143. 徐刚：《世纪末的忧思》，《人民文学》1994 年第 6 期。

144. 徐刚：《国难》，《报告文学》2003 年第 9 期。

145. 李林樱：《贫困的呐喊》，《报告文学》2001 第 4 期。

146. 梅洁：《西部的倾诉——中国西部女性生存现状忧思录》，《北京文学》2001 年第 5 期。

147. 宁小龄：《户口：项链与绳索》，《人民文学》2001 年第 11 期。

148. 海默：《横亘国人心头的——户口之痛》，《报告文学》2003 年第 1 期。

149. 蒋巍：《你代表谁？——唐维君：决死农民的悲惨际遇》，《报告文学》2003 年第 7 期。

150. 楚良、木施：《失去土地的人们》，《报告文学》2004 年第 11 期。

151. 长江：《矿难如麻》，《当代》2003 年第 4 期。

152. 胡传永：《血泪打工妹》，《北京文学》2003 年第 4 期。

153. 郑小琼：《女工记》，《人民文学》2012 年第 1 期。

154. 梁鸿：《梁庄在中国》，《人民文学》2012 第 12 期。

155. 杨豪：《农村留守妇女生存报告》，《时代报告·中国报告文学》2012 年第 12 期。

156. 方格子：《农村留守妇女》，《北京文学》2014 年第 5 期。

157. 苗秀侠：《迷惘的庄稼——农民工留守子女现状调查》，《北京文学》2011 年第 10 期。

158. 涂俏：《我在深圳"二奶村"的 60 个日日夜夜》，《北京文学》2004 年第 4 期。

159. 常扬：《涅槃——关于下岗职工的文学报告》，《报告文学》2004 年第 2 期。

160. 何忠洲：《向下的青春——"高知"贫民村调查》，《中国新闻周刊》2007 年第 28 期。

161. 曾德强：《关乎生老病死——中国医疗卫生透视》，《报告文学》2005 年 12 期。

162. 朱晓军：《天使在作战》，《北京文学》2006 年第 6 期。

163. 张敏宴：《吸血的血透》，《北京文学》2014 年第 6 期。

164. 陈芳：《中国城市房价为何"高烧难退"——揭开中国房地产暴利黑幕》，北京文学 2006 年第 4 期。

165. 阮梅、吴素梅：《中国式拆迁》，《北京文学》2010 年第 8 期。

166. 陈延一：《生死系于土地——百万"国土人"的一场耕地保卫战》，《时代报告·中国报告文学》2011 年第 10 期。

167. 李青松：《共和国退耕还林》，《报告文学》2003 年第 3 期。

168. 王新民：《拷问 2003 渭河特大水灾》，《报告文学》2004 年第 3 期。

169. 许水涛：《黄万里与三门峡工程的旷世悲歌》，《炎黄春秋》2004 年第 8 期。

170. 郝斌生：《漳河告急》，《时代报告·中国报告文学》2013 年第 6 期。

171. 陈延一：《2013：雾霾挑战中国》，《时代报告·中国报告文学》，2014 年第 4 期。

172. 肖亦农：《寻找毛乌素——绿色乌审启示录》，《中国作家》2012 年第 12 期。

报告文学在构建和谐社会中的作用
（代跋）

尹均生

党中央在十六届四中全会上高瞻远瞩提出了构建和谐社会的科学命题，党的十八大又提出了实现中华民族复兴的"中国梦"的愿景。和谐社会是民主法治、公平正义、诚信友爱、充满活力、安定有序、人与自然和谐相处的社会，是"社会主义核心价值观"的重要内容，也是"中国梦"的重要构成部分。每一个中国公民、每一个有良知的文学家都应当为实现这一美好理想而努力奋斗。

纵观报告文学自诞生以来的百年历程，我们可以这样说，报告文学是唤醒劳苦大众、推动社会变革的创新的现实主义文学形式，以其特有的敏感性成为时代的神经，以其反映大多数人民的心声而成为社会进步的旗帜，以其犀利的锐器而成为搏击腐朽的轻骑兵。在当今飞速发展变化的社会面前，报告文学依然是肩负重任的时代文体，理应以庄严的使命感关注社会的改革发展、关怀民生诉求，将听从人民大众的"将令"与配合党中央的战略部署紧密结合，写出贴近实际、贴近群众、贴近生活的文学精品，为构建和谐社会、实现中国梦的伟大宏愿，发挥报告文学特有的感召鼓舞力量和不可替代的先锋作用。

一

传达社会主流信息，鼓舞、团结、引导广大人民合力为社会主义建设事业热情奋斗，发挥报告文学的凝聚民族向心力的作用。

报告文学是从新闻领域衍生的新型文学品类。百年来，中外报告文学的蓬勃发展，已经形成一种具有强大信息流的文学，对人民群众、社会舆论有着不可低估的影响，新时期徐迟的《哥德巴赫猜想》，不胫而走、风靡全国，引领着对极"左"思潮的批判就是一例。自 20 世纪 90年代以来，由于文化的开放政策，文学艺术呈现多样化、多元化的态势，在一个时期或某一艺术领域，文艺商业化进入高潮，主流文化和社会主流信息受到娱乐至上、全民狂欢文化的挤压，能传播时代精神、反映当代风采、体现核心价值、符合中华文明优良传统的文学作品越来越少。2014 年习近平总书记在文艺工作座谈会上批评说："有数量缺质量"，存在着"一味媚俗、低级趣味"和"脱离大众、脱离现实"等问题。他语重心长地指出："文艺不能在市场经济大潮中迷失方向"，"文艺不能当市场的奴隶，不要沾满了铜臭气。"习近平对文学艺术家们提出了殷切希望："我国作家艺术家应该成为时代风气的先觉者、先行者、先倡者，通过更多有筋骨、有道德、有温度的文艺作品，书写和记录人民的伟大实践、时代的进步要求，彰显信仰之美、崇高之美，弘扬中国精神、凝聚中国力量，鼓舞全国各族人民朝气蓬勃迈向未来。"① 唯有如此，我们的文学创作才能将社会进步发展的主流信息传达给广大人民，凝聚全民族的向心力。

进入新时期以来，描绘改革开放大潮中涌现的先进人物的报告文学始终没有间断。而在整体文化生态受到市场利益诱导、被"三俗"污染的情形下，报告文学坚持着文学的尊严。2014 年刚评出的第十三届精神文明"五个一"工程获奖图书共 28 项，其中有报告文学 7 部，纪实文学 2 部，合计 9 部，占全部获奖份额的 1/3。这是反映我国精神文明建设、文化主流的最高奖项，报告文学获得如此高的荣誉，是历届评奖中所没有的。在 2014 年第六届鲁迅文学奖入围作品中，报告文学有195 部，获奖作品有黄传会的《中国新生代农民工》、任林举的《粮道》、肖亦农的《毛乌素绿色传奇》、铁流和徐锦庚的《中国民办教育调查》等 5 部；第五届徐迟报告文学奖有陈启文的《命脉——中国水利调查》、丁燕的《低天空：珠三角女工的痛与爱》、李青松的《乌梁素海》等 5 部作品获奖，又有梅洁的《汉水大移民》等 10 部获优秀奖。

① 习近平：《在文艺工作座谈会上的讲话》，《人民日报》2015 年 10 月 15 日。

这些作品全方位、多视角地反映了人民大众关心的社会热点、焦点问题——"三农"、生态、民生、教育、水利、抗震救灾、国防、道德建设等，这些报告文学充满家国意识、人文关怀，全方位地展现中华大地的深刻巨变，体现出社会主义核心价值观。

特别需要指出的，报告文学通过对"感动中国"的新时代耀眼人物的事迹书写和精神展现，彰显社会正能量、弘扬优秀的民族精神。何建明的《我们可以称他是伟人》，写了50年红旗不倒，带领华西人民脱贫致富的村党支部书记吴仁宝。50年来，共产党员吴仁宝带领村民把一个地不足一平方公里，人口不足700人，人均欠债1500元的贫困小村，建设成了中国"天下第一村"。如今的华西村扩容到方圆30余平方公里，人口三万人，2005年全村实现经济总产值300亿元，实现利润20亿元，劳动力年收入平均150万元的"人间天堂"。村民居住着连体别墅，户与户有万米长廊连接，每家住户达几百平方米，最少存款也有百万元。华西村成了建设和谐社会新农村的鲜活典型，震惊世界。吴仁宝靠的是什么？靠的就是共产主义理想。用吴仁宝自己的话说："社会主义是什么？就是让百姓过上好日子。"这就是最朴实的马克思主义，最鲜活的邓小平理论。苏东剧变使某些人一叶障目，说"社会主义将由科学走向空想"。华西村的巨变，却让东西方人民看到社会主义正实现着马克思、恩格斯所说的由空想走向现实。吴仁宝们的社会主义实践，在中国目前还为数不多，但也不是仅有的"星星之火"，"全面小康"将深刻改变中国的面貌。何建明的《我们可以称他是伟人》和庞瑞垠的《华西纪事2006：回望吴仁宝》正是传达了我们社会的主流信息，成为鼓舞人们前进的精神力量。

蒋巍的《牛玉儒定律》和萨仁托娅的《牛玉儒——一个人和他热爱的土地》则写出了一个共产党高级干部的典型。牛玉儒工作30多年，在包头市任市长时，一举获得联合国"迪拜国际改善居住环境最佳范例奖"（2000年）；后任呼和浩特市市委书记八个月，为了推进呼市发展，多次外出考察，四天行程万里，连轴转五个城市，超负荷工作，积劳成疾，已成绝症，仍不忘工作，他拖着化疗的病体，三次回呼和浩特市视察。去世前20多天，以晚期癌症之躯，作了神采飞扬的建设好、发展好呼市的长篇报告，从容走向生命的终点。正如中央党刊所评价的"牛玉儒同志的事迹并不是制度驱使、逼迫、约束出来的，而是高度自觉的产物"。他的"生命一分钟，敬业 60 秒"的人生哲学是共产党人修养的最高境界。

构建和谐社会不仅仅是共产党人的历史使命，它要求全社会人与人的和谐，要求着全民族的互相关爱之情。蒋巍的另一部报告文学《丛飞震撼》，写了一个既不是共产党员，也没有固定工作单位，仅仅是一个流浪歌手的丛飞的故事。丛飞无权无钱，他只有一副歌喉，却有着宽阔的爱心。市场经济通行"弱肉强食"的丛林法则；某些社会精英以社会哺育他们的知识奉行"狼的哲学"；某些有权的人，把手中的权换成大把大把的钞票以肥私。然而，丛飞用歌声和汗水换来的钱，仅十年间（从他 27 岁开始）就资助了贵州、四川、湖南贫困山区的 178 个贫困学生；他志愿当贫困学童的"丛飞爸爸"，给予他们不是生父生母的真正父母之爱；他尊重乞丐的人格，帮他们走上自己谋生之路。他以瘦弱之身捐出了 300 多万元，自己却落得身患绝症无钱住院。他施爱于社会却不求回报，无怨无悔走自己的路。一个普通的布衣歌手将孔夫子的仁爱哲学发挥到极致，直至身后捐献出眼角膜，使两个人重见光明。如果丛飞的精神普照天下，社会的和谐、和谐的社会就将遍及神州。

报告文学所报道的这三个典型人物，是在中国社会变革中产生的民族脊梁，代表着五千年奔流不息的民族美德。社会步入了市场经济的时代，但中国不应该重复资本主义经济发展的痛苦，它需要提升全民的道德素质，向人类最美好的和谐社会迈进。无论作者是否自觉地认识到，这些作品广为传诵、不胫而走，及时地配合了党中央"和谐社会"理论的提出，而成为建设和谐社会实践的最强音，凝聚着全民族的向心力。

二

关注民生，关注弱势，反映社情民意，揭露社会弊端，促进社会调整政策，兴利除弊，发挥报告文学的疏导作用。

改革开放 30 多年来，中国的经济发展取得了举世瞩目的成绩，人民群众的生活较之以前有了很大的改善。但是在前进的过程中，我们还没有把社会经济增长和社会的科学发展很好地结合起来，在不同区域和行业之间，在城乡之间，在改革力度深浅不同的单位之间，出现了新的不平衡，最突出的问题体现在分配和收入的差距拉大，社会贫富差距拉大，在城乡中都出现了弱势群体。加之某些行业部门利用改革之名，谋取行业和个人的私利，以教育和卫生部门最为突出，上学难、看病难成为广大人民群众的呼声，本来以公益性为主要特征的教育（包括义务教育）和医疗卫生两项成为亿万人民沉重的负担。

我们的报告文学家并没有在一度喧嚣的文学贵族化、时尚化、休闲化的浪潮中迷失方向，丧失文学家应有的社会责任和道义。正是有着热血刚肠的报告文学家最早将目光投向了供养全国人民衣食的农民。1994年，国务院制定了全国"扶贫攻坚计划"，决心要解决全国农村 8000万人不得温饱的贫困问题。恰恰在这一年，报告文学家麦天枢推出了第一部反映中国农民生活状况的报告文学《中国农民》，作品在肯定了改革后的农村变化之后，观点鲜明地指出：无论是关注"扶贫"的党和政府，还是关心农民生存状况的知识分子，"都不应该也不可能无视贫困地区里的人民在开放的条件下……具体真实的生存状态"。两年后的1996 年，部队作家黄传会在考察了诸多个国家级贫困县后，以更为具体真实的材料，写出《中国贫困警示录》，向社会展示了中国农村大部分地区生产力依然落后，农民依然贫困，农业亟待扶持的现状，"三农"问题的概念浮出水面。这些作品的敏感和及时，绝不是简单的"紧跟"，而是报告文学家所特有的社会责任和道德良知使然。随后，黄传会又以 5 年的时间，连续发表了四部关于农村和农村义务教育现状的报告文学，被社会称赞为"反贫困报告文学"。出生在贫困山区的女作家梅洁，从《山苍苍，水茫茫》到《西部的倾诉》，以热切的目光，注视着山区和边远兄弟民族地区人民同穷山恶水搏斗的壮举，又反映了这些地区人民生活贫困亟待支持并情动中央的故事。报告文学家何建明的《根本利益》，既反映了农村法治不健全，村官、村霸危害一方的恶行，也反映了优秀干部秉公执法、为农民申冤的实情。继后陈桂棣、春桃写出了《中国农民调查》，1993 年他们有感于家乡一户农民只有 5 元钱过年，于是耗时三年，几乎踏遍安徽农村，走访了从中央到地方的大批"三农"专家、官员，全方位地展示了安徽许多地区农民的困境，反映了当前农民的生存状况，并剖析和思考了"三农"问题深层次的原因。作品的现实性和震撼力立刻引起社会共鸣。这些作品一方面保持了报告文学直面现实的优良传统，另一方面不无契合地配合了中央的意图和部署。这一时期，不仅新华社《国内动态》先后反映贫困山区人民"缺衣少食"问题，中央也不断发出各种文件，如2000年的《关于进行农村税费改革试点工作的通知》，2004年《中共中央国务院关于促进农民增加收入若干改革的意见》的"一号文件"，2006年又实行全国全部免除农业税的政策，党中央以极大的关注和努力解决"三农"问题，大刀阔斧地兴利除弊，解放农村生产力，使中国农民能得到改革的实惠。在刚刚闭幕的十八届五中全会上，习近平总书记更高瞻远瞩地提出了"精准扶贫理论"，使我们的"扶贫"工作又上升到前所未有的高度。中国报告文学家的忧患意识和忠直陈言、为民请命同中央政府的步调是完全一致的，既起到了民情上达的疏导作用，又为正确政策的贯彻起到了舆论的先导作用。报告文学家的"三农"报告文学、反贫困报告文学正是对以酒吧、宾馆、香车宝马为背衬，以尔虞我诈、争风吃醋、展览肉体、无病呻吟为主题的所谓"时尚文学"的反拨，是现实主义文学优良传统的回归，是新时期文学的主流。

与此同时，反映教育问题的报告文学同样引起社会的巨大关注，在反映国情民意方面，揭露现行教育体制问题及其种种弊端方面，起了重要作用。新中国成立后，人民政府大力开展扫盲运动，制定了全国普及义务教育的法规，大力发展高等教育，取得了明显的成绩。进入20世纪80年代以后，我国人口急骤增加，社会发展对劳动者科学技术的要求日益提高，人民群众对文化教育的需求不断快速增长。但是，新时期以来，政府教育经费投入不足，有些教育方面的决策仓促，以及教育部门运行的失误，这些环节扭结在一起，逐渐造成我国90年代后的教育危机。最早发出教育警示信号的是1987年《人民文学》刊发的报告文学《神圣忧思录——中小学教育危境纪实》，还只是浅层次地提出了教师的待遇低的问题。进入90年代，中国义务教育、中国高考制度、高校贫困生的问题、高等学校扩招问题、高校学术腐败等深层次的问题凸显出来。这一时期，教育报告文学接踵连篇，引人注目，令人心颤。反映中国义务教育中儿童失学、西部教育极端落后、山村教师的困境、"希望工程"运行艰难等基础教育种种弊端的有《中国山村教师》、《"希望工程"纪实》、《希望工程：苦涩的辉煌》（黄传会），《西部的倾诉》（梅洁），《走向新教育》（王宏甲）等；反映高校贫困生、高校扩招及高收费、高考制度问题的有《黑色的七月》（陈冠柏），《中国高考报告》、《落泪是金》（何建明），《中国高教之虞——高校扩招、就业及其他》（徐江善），《不上大学》（吴芯雯）等。这些报告文学在乱花迷眼的喧嚣文坛成为一条冷色调的触动人心的风景线，促进了人们对下一代的关爱，对祖国未来命运的关注。这批报告文学连连获奖，且震动朝野，促进了《教育法》的颁布，小学教师（特别是民办教师）待遇有所改善；推动了农村义务教育"两免一补"政策（惠及3000万贫困生家庭）和国家资助高校贫困生一系列政策的出台，使人们看到了教育改革的生机和希望。这些报告文学引发了社会大学贫困生的热情资助（仅《落泪是金》的发表，就吸引各界向贫困大学生捐助善款千万元），尤其是一些下岗工人对贫困生的资助更让人动情。

上述报告文学反映了真实的社情民意，疏导了社会热点的困惑，推动政府兴利除弊，引发了社会的爱心善心，在很大程度上促进了社会的和谐。再没有人以"暴露阴暗面"为罪名，对这些作品申斥挞伐了，这是社会多么大的进步啊！

三

通过田野调查，展现隐蔽在社会发展主流下的热点、焦点、痛点，行使公民的参政责任，推动社会和谐发展，发挥报告文学的预警作用。

捷克报告文学家基希指出，报告文学是"调查研究的文学"。夏衍更直白地说，写报告文学要"非跑、非听、非看不可的"。这是报告文学家与时尚文学、贵族文学的作家所根本不相同之处。近年社会学家提出的"田野调查"将调查研究推向了更广更深的范围。这一点，尤为近年报告文学家钟情实践，他们的田野调查报告在发挥报告文学的预警作用方面，取得了很大的社会效果。让我们看一些具体事实和数字。

黄传会在 20 世纪 90 年代十年间，从太行山、沂蒙山、大别山到广西十万大山，深入全国 20 多个省（区、市）的近百个贫困县采访，写出了《中国贫困警示录》等四部"反贫困报告文学"。何建明自费 2 万元采访 40 多个高校，访问了 300 名贫困大学生，写出了《落泪是金》。女作家梅洁独自一个人在贵州、甘肃、宁夏走了 100 天，行程两万里，写出了《西部的倾诉》。谭谈行程三万里，写出了《大山的倾诉》。农民作家范香果 2000 年初踏上采访路，历程 13 省（区）行程三万里，采访 123 所大学、97 所中学、49 所小学、访问 387 人，记录 90 多万字手记、86 盘录音带，写出了《最后的堡垒——21 世纪中国教育最新报告》，诉说农家子弟读书求学的辛酸。陈桂棣、春桃为了写《中国农民调查》，从淮北平原到皖南山区，"地毯式"地采访安徽 50 多个县市、农村，认真核对每一个事实和细节，其搜集的资料和废弃的手稿，几乎和人一样高。长期深入农村的陕西女作家冷梦以三年的时间，三次深入陕西米脂县高西沟，观察思考高西沟在改革发展中如何走上人与自然和谐的新路子，改变祖辈辗转流离的苦日子的艰辛历程，她的《高西沟调查——中国新农村启示录》获全国报告文学特等奖。蒋巍、卢跃刚为维护弱势群体的利益，为调查一桩桩农民的冤案，也是在不断地奔走之中。北京大学博士后王红漫和她的团队历时四年，走遍鲁、川、滇、黑龙江、海南岛等 20 多个省、区，访问 100 多个乡镇、1000 多家农户，调查我国农村医疗之现状，写出了《大国卫生之难——中国农村医疗卫生现状与制度改革探讨》，作者慨叹："不到农村，不知看病之难。"这本真正的"田野调查"之作，既是社会学著作，又是名副其实的报告文学。作者说："作为一个研究学者，既不是农民利益的代言人，更不是政府的御用学者。""我的任务是在掌握真实情况下进行学理分析，为政府公共决策提供政策建议。"① 这话正是有良知的报告文学家的共同心声。香港中文大学年轻学者邱林川积十年之努力，写出了《信息时代的世界工厂——新工人阶级的网络社会》，这本书虽以研究述评为主，

---

① 见记者吴焰采写的报道《看病难：一位北大女博士后历时 4 年的"乡村调查"》，《人民日报·华东新闻》2006 年 3 月 24 日。

但其深入底层社会、关注中国内地农民工生存现状，同黄传会的《中国新生代农民工》有异曲同工之妙。

"知屋漏者在宇下，知政失者在草野。"东汉王充《论衡》中的这句话常被国家领导人引用，以此鼓励社会各界人士多关注下情，多反映意见，主动参政议政。报告文学家深入社会，不仅观察社会发展进步的主流，而且能真切地感知主流下的社会热点、焦点、痛点，及时传达给社会和政府，这不仅是作家的道义和责任，而且与党的十六大以来一再倡导的扩大公民有序的政治参与、实现社会和谐安全发展的目标相一致。胡锦涛曾指出："畅通民主渠道，完善民意表达机制，注重从源头上减少人民内部矛盾的发生。"① 报告文学家通过田野真实调查写出的反映社会热点、焦点、痛点的作品，疏导公众的合理诉求，引起党和政府的重视，甚至在作品中提出建言、建议，正是一个高素质社会公民履行公民权利和义务的正当渠道，而不是什么煽动或煽情，不是闹事，更不应当看成所谓"不同政见"。这也是共产党员作家实践"立党为公，执政为民"的生动体现。

《瞭望新闻周刊》2006年第10期发表评论指出："中华民族有着两种对立的文化传统，一种是阿谀的传统，一种是忧患的传统。"而"忠佞二道的消长，决定着国家兴亡盛衰"；"以为爱国就是努力歌颂自己的国家，这种简单的认识未免过于肤浅"。只有"进亦忧，退亦忧"，"居安思危"才是治国的长久之计。正如报告文学家黄传会所说："正视贫困，反映贫困，不是为了暴露贫困，而是希望有更多的人关注贫困，共同去战胜贫困！"这正是鲜活的爱国主义。黄传会还尖锐地指出："我们是惯于报喜不报忧的国度……在相当长的一个时期内，各级官员只讲教育成绩，不讲失学问题"，"统计数字都是入学率百分之九十几点几，巩固率百分之九十几点几"②，这绝不是真正的爱国主义。

对于报告文学家来说，是深入"田野"还是蜗居书斋，或者"住在大宾馆、大饭店听什么汇报"，是分辨其作品有无生命力的绝对界限。

---

① 胡锦涛：《贯彻落实科学发展观　推动经济社会又快又好发展》（在青海考察工作时的讲话），人民网，2006年1月4日。

② 黄传会：《为孩子、为人民走近贫困》，《广播电视大学学报》2001年第3期。

无产阶级革命导师恩格斯用 21 个月的时间深入英国工人的住宅中进行调查，他说："我抛弃了社交活动和宴会，抛弃了资产阶级的葡萄牙红葡萄酒和香槟酒，把自己的空闲时间几乎都用来和普通工人交往；对此我感到高兴和骄傲。"① 他据此写成了《英国工人阶级状况》，反映了英国工人阶级的状况和疾苦。恩格斯这部书和他的《鸟培河谷来信》都是反映无产阶级早期生活和斗争的优秀报告文学，这对我们今天的作家仍有十分现实的借鉴和教育作用。资本主义社会有一位修女叫特雷莎，经常串走在贫苦人们中间，被称为"贫民窟的天使"，她从不穿袜子，帮助贫苦人时总赤着脚，她有一句名言："帮助穷人自己先要做穷人。"② 她的话对那些厕身富豪人群，满目珠光宝气，垂涎酥胸玉腿，大写胸口、下半身，沉湎于欲望化叙事、身体化写作的美男美女"作家"们，应该是一贴清醒剂。

在预警报告文学的写作者方面，我们不能忘记近 20 年来的一批从事生态环保的作家。据笔者所知，较早的环保及关注生态报告文学，是1987 年震惊全国的兴安岭森林大火后刊发的多篇报告文学，如中凤的《天问"大兴安岭火灾"》等，继后有刘大伟的《白天鹅之死——关于人·社会·生物圈的思考》，徐刚的《伐木者，醒来》，麦天枢的《西部在移民》，岳非丘的《只有一条长江》。近 20 年来，一方面经济迅速增长，另一方面生态继续恶化，江河污染、水土流失、湿地减少、荒漠逼近、人口爆炸、资源短缺、矿难连连、瘟疫流行，大自然的生态严重失去平衡，许多报告文学家奔走在大漠、江河、高山、雪原，进行生态观察，写出一篇篇向国人呼告警示的报告文学。我国森林资源在 20 世纪末就只有世界人均水平的 18%；1989 年，科学家和报告文学家共同预警长江的泥沙淤积严重，9 年后，长江发生了特大洪水，水枯竭和水污染严重影响到人民的日常生存。2003 年的"非典"疫情，全球关注，徐刚的《国难》，突破了一般写 SARS 的模式，扩大视野，将矿难、土地减少、吸毒、贫穷、艾滋病、洪水、水污染、拦江截流等人为地破坏

---

① 恩格斯：《致大不列颠工人阶级》，《马克思恩格斯全集》第 2 卷，人民出版社 1957 年版，第 273 页。

② 柳山：《写给业余作者的信》，《散文通讯》2005 年第 4 期。

大自然综合观察，提醒国人：只有把这些灾害称为"国难"，以"国难意识"面对现实和未来，才能建设人与大自然大致和谐的幸福生活。在党的十六大会议上，党中央提出了科学发展观的理论，2012 年党的十八大将生态文明纳入"五位一体"总体布局。近年来，习近平总书记在各类场合有关生态文明的讲话、论述、批示超过 60 次，2013 年 5 月 24 日，他在主持中共中央政治局第六次集体学习时指出："生态环境保护是功在当代、利在千秋的事业。"2015 年新年伊始，他在云南考察工作时强调："要把生态环境保护放在更加突出位置，像保护眼睛一样保护生态环境，像对待生命一样对待生态环境，在生态环境保护上一定要算大账、算长远账、算整体账、算综合账，不能因小失大、顾此失彼、寅吃卯粮、急功近利。生态环境保护是一个长期任务，要久久为功。"①由此可见党中央对生态文明建设的高度重视。报告文学家们为追寻生态文明、为建设中国和谐家园而进行的调查与写作，正是"功在当代、利在千秋"的文学行动。

四

在歌颂献身祖国大业的英雄人物的同时，敢于揭露社会蛀虫的腐化贪鄙，以社会主义核心价值观为指导，促进党风和社会风气的良性发展。

在长期的人类社会中，光明与黑暗、进步与倒退、美好与丑陋、荣光与羞耻总是二元对立而统一的存在着，共产主义者的责任就是促进与倡导前者，摒弃与抵制后者，推动着人类文明的发展。习近平指出："改革开放以来，我国经济发展很快，人民生活水平提高也很快。同时，我国社会正处在思想大活跃、观念大碰撞、文化大交融的时代，出现了不少问题。其中比较突出的一个问题就是一些人价值观缺失，观念没有善恶，行为没有底线，什么违反党纪国法的事情都敢干，什么缺德的勾当都敢做，没有国家观念、集体观念、家庭观念，不讲对错，不问是

---

① 见中国网《十八大以来习近平 60 多次谈生态文明》，2015 年 3 月 10 日。

非，不知美丑，不辨香臭，浑浑噩噩，穷奢极欲。现在社会上出现的种种问题病根都在这里。这方面的问题如果得不到有效解决，改革开放和社会主义现代化建设就难以顺利推进。"为此，他强调："广大文艺工作者要高扬社会主义核心价值观的旗帜，充分认识肩上的责任……用栩栩如生的作品形象告诉人们什么是应该肯定和赞扬的，什么是必须反对和否定的"，"通过文艺作品传递真善美，传递向上向善的价值观，引导人们增强道德判断力和道德荣誉感，向往和追求讲道德、尊道德、守道德的生活。"① 报告文学的首要社会职能，就是歌颂我们当代伟大的历史性变革，描述我们创造的前人从未有过的伟大事业，用社会主义光明面驱赶阴暗面，用美好的理想激励广大人民、教育我们的下一代。

　　如前所述，新时期报告文学以极大的热情讴歌改革开放以来的潮头英雄，立党为公的共产党人，执政为民的人民公仆。报告文学广为报道的孔繁森、牛玉儒、郑培民、任长霞、宋鱼水、吴天祥、王选、袁隆平是他们当中的典型代表。有的报告文学还被改编成电视剧，通过荧屏进入千家万户。但毋须讳言，在我们的干部队伍中，也出现了成克杰、胡长清、李真、丁马力之流的败类。因此，反贪报告文学也是备受社会关注的热点，为端正党风、政风，张扬干部的道德自律，起到了涤浊扬清的良好社会作用。如杨黎光的《没有家园的灵魂——王建业特大受贿案》，流星的《反贪风暴》，陈桂棣、春桃的《民间包公》，易水的《共和国反贪风云录》，巩胜利的《中国'99 第一贪》，海韵的《厦门远华大案》等。

　　但是，怎样写好反腐反贪报告文学，深化这类报告文学的内涵，提高这类报告文学的质量，也是一个应该研究的问题。写反腐倡廉是端正党风、政风的题中应有之义，但应注意分寸与法度。写暴露社会问题的报告文学要以实事求是的调查、冷静客观的态度、温润和平的语言来写作。写歌颂的不能过头，不能失真；写反腐要避免流于展览丑恶、暴露隐私，甚至津津乐道于犯罪细节。要写出社会正面力量的强势，写出党和人民政府战胜邪恶、融化腐朽的巨大能量，写出"魔高一尺，道高一丈"的正义之剑的锋利和光华。一合的《黑脸》被改编成电视剧，好

---

① 习近平：《在文艺工作座谈会上的讲话》，《人民日报》2015 年 10 月 15 日第 2 版。

评如潮原因即在于此。写贪污腐化分子，应该将重点放在贪鄙者深陷泥淖的心路历程，探索他们灵魂迷失与知悔识过的轨迹；以此警示世人、教育后代，这样才会起到警钟的作用。笔者认为一合的《罪犯与检察官》在写反贪报告文学方面做了有益的探索和尝试。原河北省委秘书长李真，是一个贪污受贿 3000 万元大案的要犯。他在监狱中对体制的幻想，使他抱着侥幸心理顽强抵抗了 108 天，在与检察官侯磊、陈晓颖的对峙较量中，终于心理崩溃，彻底认罪服法。在这个过程中，作者揭示了李真从一个年轻有为的干部怎样蜕变的思想演化过程。古人云："哀莫大于心死。"李真之流正是由于"心死"才走上了人生的不归路。李真犯罪最根本的一条是理想的丧失和信念的动摇。东欧剧变，苏共垮台，使李真认为"共产党快完了"，于是大肆敛财，以备后路。对李真等蜕化变质分子的心理剖析，会给许多共产党员以警钟提醒：信念动摇是最危险的动摇，理想丧失是最致命的丧失。虽然李真罪不容赦，但在共产党人的教育下，还是写下了万言的《心灵的忏悔》，心甘情愿以血"谢罪国人"。正如王宏甲所评论的"将人性中的善与恶的搏斗写到这样一个深度殊为难得"①。

　　"旗帜鲜明"应该成为报告文学独有的灵魂，大力张扬社会主义荣辱观应该是报告文学今后的重要任务。我们在大力歌颂时代英雄的同时，也要敢于揭露腐化变质分子，鞭挞道德沦丧的不良风气，发挥文学的导向作用，使善恶昭彰，是非分明，社会和谐。正如老作家邓友梅所说："在建设民族道德方面，文学艺术有着不可替代的作用。作家、艺术家是通过自己的作品来反映我们时代的道德精神，让人们通过文学艺术欣赏懂得什么是好的、什么是坏的，什么是应该学习的、什么是应该反对的。这不是政治的宣传，不是口号，而是人的道德素质的培养。"②

　　报告文学是新闻领域衍生的文学形式，真实性是新闻的本质要义，也是报告文学的生命所在。追踪时代脚步，涤浊扬清，扶正祛邪，建构和谐，推动社会进步是报告文学的社会职能。歌颂与暴露是文学长期争

---

　　① 　王宏甲：《灵魂的搏斗更惊心动魄：读〈罪犯与检察官〉有感》，《报告文学》2003 年第 5 期。

　　② 　见任晶晶等采写的报道《树立社会主义荣辱观文学界重任在肩》，《文艺报》2006 年 3 月 18 日。

论的话题，其实毛泽东同志早就说过："一切危害人民群众的黑暗势力必须暴露之，一切人民群众的革命斗争必须歌颂之，这就是革命文艺家的基本任务。"① 只是过去在评判歌颂与暴露尺度有所偏颇罢了。今天，我们处在一个尊重人民群众首创精神、民主空气空前浓厚的新时期，评判是非有了更科学客观的标尺，创作自由得到切实的保证与承诺。我们应该放弃一切陈规陋习，以人民的利益为最高标准，当歌者歌之，当斥者斥之。对写社会问题的报告文学，也应该多一点辩证法，多一点宽容度，多一点前瞻性，"知政失者在草野"应成为领导者观察事物的胸怀。

在报告文学理论中，过去有一种"干预生活"的提法，曾经鼓励了一些报告文学家写出了直面现实的报告文学作品，但笔者总觉得"干预"是一种他者的介入，是一种从生活以外的介入。在今天，建设社会主义是中国知识分子责无旁贷的责任与追求；知识分子又是社会主义文化的建设者和导引者，是先进文化的创造者与传播者，一切知识分子（包括报告文学家）应当具有新的使命感。随着民主政治的建设和发展，国家政治运行的日益公开，公民有着对政务活动的知情权、参与权和监督权。这与古代的封建专制、资产阶级的政权垄断有着根本区别，执政党在思想路线上已摆脱"左"的禁锢。我们对社会变革的观察和建言都是一种积极、有序、有效的政治参与。因此，笔者认为将"干预生活"改为"参与生活"，这会使报告文学家有一个更积极的反映生活、进行创作的良好心态。

中华民族的知识分子历来有着体恤百姓、为弱者呼号的忧国忧民传统。从屈原的"长太息以掩涕，哀民生之多艰"，到白居易的"一丛深色花，十户中人赋"；从郑板桥的夜听风雨"疑是民间疾苦声"，到龚自珍的"我亦曾縻太仓粟，夜闻邪许泪滂沱"，无不流露出古代作家忧国忧民的人文情怀和反躬自省的羞耻观，同时他们也在追求着美好的和谐社会的建立。

杜甫所住的茅屋为秋风所破，却梦想"安得广厦千万间，大庇天下

---

① 毛泽东：《在延安文艺座谈会上的讲话》，《毛泽东选集》第 3 卷，人民出版社 1990 年版，第 828 页。

寒士俱欢颜"。陶渊明身居乱世，却梦想着"黄发垂髫，怡然自乐"的桃花源。毫无疑问，本书中讨论的"民生问题"报告文学，都很好地继承了中国现实主义文学经典的优秀传统，但还应该上升到更高的思想境界、超越传统。因为我们有着"执政为民"、"以人为本"理念的负责任的人民政府，相信现有的一切民生难题都会在不久的将来消除化解。有使命意识的报告文学家应该继续满怀热忱地追踪社会前进的步履，以自己的胆识和笔墨，忠实记录中国人民构建和谐社会、实现中华民族伟大复兴的光荣历程，为崛起的新时代奉献辉煌的新篇章。

后　记

　　历时 4 年的研究总算"结题"了。奉出的只是一本薄书，沉淀于心的却是难以消散的情怀与感思。

　　回想 10 多年前读《中国农民调查》时所受到的强烈震撼，那种灵魂的裂痛，至今依然难忘。2004 年开始撰写《20 世纪纪实文学导论》一书之际，我非常投入地读了黄传会、卢跃刚、何建明等报告文学作家的系列作品，他们对中国底层现实的深度调查和真实反映再次使我深受触动。坦白地说，我除了 12 岁那年寄住在无锡乡下外婆家，在镇上的中学念初一那一段不长的时光，几乎没有农村生活的经历。春往秋来的年年岁岁，生命的时空永远是在不同地域的校园流转。长久以来，我对"新时期"的农民形象和农村景象的观感主要建立在新闻报道和文学描述之中，脑海里定格的印象是那手捧丰收果实笑得满脸皱褶的"万元户"，那村落里崭新矗立的小洋楼，当然还有《中国农民大趋势》、《中国农村大写意》中展现的"大"画卷——改革浪潮中令人振奋的壮阔图景。因此，当另一种严峻而沉重的纪实报告将"三农"近 20 年的真实处境呈现在我们面前时，不能不感到难以置信的震惊。

　　李建军先生曾对当代文坛责问："为什么我们从中国作家的作品中，听不到农民的叹息，看不到农民脸上的泪水？我们的作家为什么离农民那么远？"这几句话也让我心生羞愧。自己在填写各类表格上的"研究方向"一栏时常不假思索地写上"报告文学研究"，报告文学是最贴近现实、最敏感地关注社会矛盾并自觉担当道义的文学，那么作为这一文体的研究者，我是否自觉地去贴近了现实社会的脉搏？是否对突出的民生疾苦产生过深切的痛感？

　　当然，如果说自己远离现实、对许多尖锐的问题已经没有感受，也不符合实际。只要良知尚存，谁不曾对当下贫富悬殊现象心怀忧虑？谁不曾对泛滥成灾的"毒食品"义愤填膺？谁不曾对污染的江河痛心疾首？谁不曾对社会公平发出过急迫呼求？谁不曾向"希望工程"慷慨解囊？但也得承认，我们总是被那些量化的工作任务或科研指标还有琐碎的日常生活压迫着缠绕着，被每时每刻涌来的新奇或无聊的信息包裹着，于是身不由己地习惯忍耐、遗忘、放下，日渐萎顿、漠然、麻木……

　　记得好几年前的某个傍晚，我散步经过一家服装厂，看到路边停着一溜简陋的快餐推车，车上的饭菜差不多都一样，清寡的冬瓜、包菜、萝卜等，可见的荤腥就是飘在汤里的一点蛋花，或混在菜里的几片颜色不正的粉红香肠。围在餐车旁买饭的是一群穿灰蓝色工装的女孩，她们马虎潦草地吃完很快又消失在工厂大门里。也许她们还要加班到很晚，这么一顿没啥营养的晚餐能顶得住吗？这家外企生产国际著名的品牌服装，有时厂部做展销活动，周边泊满豪车，收银台前排着长队，美女靓男们云集这里一掷千金。这个品牌的服装即使打3折也动辄在千元以上。在那些一身时尚、一脸优越的年轻人拎着大包小包得意归去的时候，谁会联想到在他们身后是另一群年轻人还在加班劳作，她们的晚餐是路边四五元一份的盒饭。当然，即使人们偶尔向她们投去一瞥，心中生出一丝恻隐，又能有什么意义呢？在不平等的天空下，任何打量她们的目光都有可能变成不平等的提醒。假如不谈未来，我愿意相信她们是满足且快乐的。

　　帮我家做了12年清洁卫生的钟点工是江西人，她的丈夫、儿子们也都在厦门打工多年了，尽管工作不稳定，但一家人每月的收入应该不算少，已经在老家造了新楼房。她每次来总是埋头忙碌，从不多言。有一次她突然开口向我借一本书，是关于优生优育的，她满脸喜气地告诉我儿媳妇怀孕了。我当时有点惊奇，真不知她是怎么在几大架书橱中发现了这本书，我也很为这位阿姨重视子孙后代的优生优育而高兴。几年后的一天，她又满脸愁云地问我有没有认识的小学校长，孙女该上小学了，因为证件不全不能进入公办小学借读。我知道我没有能耐帮她解决这个难题，心里很过意不去，一再做着毫无意义的解释。她叹了一口气说，实在没办法就把孙女送回老家去上学。我一时黯然无语，不仅是因为山村又将多一个留守儿童，也因为我清楚地看到，这个背井离乡许多年的农民工家庭，对未来寄予的希望就这么冷冰冰地被挡在了教育不公的门槛之外。

我们若以普通人的眼睛看中国、看身边，都会感慨这20多年的发展和变化是20年前难以想象的。而贫富差距的惊人扩大、社会阶层的迅速分化，也已经始料不及地影响着我们个人和我们亲戚朋友们的生活状态与命运改变。有的人得到极好的发展，有的人却陷入种种困境。然而，无论我们处在哪个阶层、地位怎样天差地别，我们都共同经历了中国改革与社会转型的剧变时代，在这个过程中人人都切身体验着希望与困惑、追求与挫折、欣慰与忧患、喜悦与痛苦……那么我们真实的感受以及表达这些感受的权利应该是平等的。但是，感受最沧桑的群体却也是最沉默的群体，这个群体的失声使任何高谈阔论变得苍白。

沉默的群体需要真正与他们同在的倾听和言说。

我由衷钦佩那些常年在中国大地上行走的报告文学作家们，他们执著地追踪时代的步履，深深介入社会生活体察民生，做忠实的见证者、倾听者、代言者。

当我将一批批报告文学作品买来、借来，生活的热流就从四面八方涌入我狭小寂静的书斋，浪潮犹在耳边轰鸣，在胸中激荡，我常常为之洒泪感慨。面对这样一种文学，审美意识可能会被社会问题意识覆盖，严谨的学理分析或也被率性的感悟评说所取代——这成为拙著中显而易见的缺陷。如果说当初以社会转型时期"民生问题"报告文学作为研究对象进行课题申报的时候，是带着自觉的学术研究目的，但在进入研究后，却逐渐淡忘了课题设计中建构的某些"学术"意义，而是越来越深刻地意识到自己需要这样一种参与方式表达现实感受与关怀——虽然微弱却有温度。我希望因着这个理由，读者在赐予批评的同时宽谅我的才疏学浅。

衷心感谢我课题组的几位重要成员，尽管他们不能分出精力参与本书的撰写，但他们对课题的申报与研究给予了最有力的支持。我的导师尹均生教授在报告文学研究领域已有40年的探索历程，积累了丰厚的学识，如今虽已80岁高龄了，却依然思维敏捷，见解深邃。老师对这项研究做了高屋建瓴的指导，不断以书信的方式阐述他的观点，帮助我深化认识，还亲自把报刊上剪辑的相关资料寄给我。书稿完成后我请老师粗略看看，在大框架上给我把把关，但他非常认真细致地审阅了全书，给我打来长途电话热情肯定了书稿多方面的价值，针对存在的问题提出了具体的修改建议。应我的要求，老师将自己的文章重新修改后赐为跋，这大大提升了此书的研究境界。中国报告文学学会副会长李炳银老师在主编《时代文学·报告文学》杂志的百忙之中鼎力支持我的研究，他关于报告文学的真知灼见常给我醍醐灌顶的启发。两位美丽才女黄云霞、巨东红友情相助，她们温馨的微笑，贴心的问候总让我如沐春风。

诚挚感谢关心、帮助我的学界前辈和同仁，文学院领导与同事，还有我的研究生们。

深情感谢我的家人！我相信父母在天堂一直以慈祥的目光关注我，每当我遇到困难烦恼总能感受到他们晴空一样爱的慰藉。儿子和他的老爸并肩站在我面前的时候，觉得他们像两棵高大的树，我仰着脑袋和他们说话的神态大概就很像一只福乐鸟吧……

张　瑗

2016 年 3 月